巴巴鲁丘1

[智] 马塞拉·帕斯 / 著

李沁沁　何倩 / 译

海豚出版社
DOLPHIN BOOKS
中国国际出版集团

图书在版编目（CIP）数据

巴巴鲁丘：全4册 / (智) 马塞拉·帕斯著；李沁
沁, 何倩译. -- 北京：海豚出版社, 2020.3
ISBN 978-7-5110-4758-8

Ⅰ.①巴… Ⅱ.①马… ②李… ③何… Ⅲ.①中篇小
说—小说集—智利—现代 Ⅳ.①I784.45

中国版本图书馆CIP数据核字(2019)第175392号

© Ediciones Marcela Paz S.A.

edicionesmarcelapazsa@gmail.com
www.papelucho.com
Original text in Spanish. Translated to French, German, English, Greek, Japanese, Thai
and Italian.

The simplified Chinese translation rights arranged through Rightol Media（本书中文
简体版权经由锐拓传媒旗下小锐取得 Email: copyright@rightol.com）

巴巴鲁丘

［智］马塞拉·帕斯 著　　李沁沁　何倩 译

出 版 人	王　磊	
责任编辑	张　镛　郭雨欣	
特约编辑	李梦黎	
责任印制	于浩杰　蔡　丽	
出　　版	海豚出版社	
地　　址	北京市西城区百万庄大街24号	
邮　　编	100037	
电　　话	010-68325006（销售）010-68996147（总编室）	
印　　刷	北京鑫瑞兴印刷有限公司	
经　　销	新华书店及网络书店	
开　　本	880mm×1230mm　1/32	
印　　张	34.625（全4册）	
字　　数	413千字（全4册）	
版　　次	2020年3月第1版　2020年3月第1次印刷	
标准书号	ISBN 978-7-5110-4758-8	
定　　价	156.00元（全4册）	

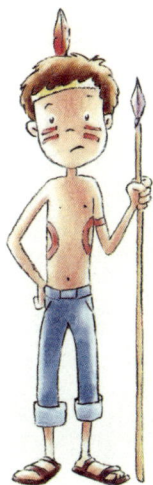

巴巴鲁丘在度假

前 言

　　我知道假期过完后弗雷西亚小姐会要求我们交一篇假期作文，所以去度假前我就编好了一篇去太空探险的作文，我对这篇作文十分满意。

　　为了不把作文弄丢，我把它藏了起来。为了怕自己忘记藏在哪儿，我还在笔记中记下了藏的地方。但糟糕的是我把笔记给弄丢了……我的作文在哪儿呢？

不管怎样，我还是去了学校。

"孩子们，快把假期作文交上来。"弗雷西亚小姐像卖可乐的人一样吆喝道。

昨天晚上，我绞尽脑汁地想那篇作文的内容，还试着编一段会让其他男同学嫉妒的战争故事……但是，没用！就像牙医们说的，牙齿再疼也还是要拔。我最后还是决定写下真实发生的事。

第 一 章

（出发的前一天。场景：房间里。床上堆满了垃圾。）

"我们终于要去度假了！"爸爸说，他敞开了衬衫，摸着脸，大喊道，"我不用刮胡子了！"说得就像有人逼他刮胡子似的。

"你也不用剪头发了……反正你一直想当个嬉皮士……"妈妈说。

"谁来说说你那像鹌鹑一样乱的头发呢？"爸爸反驳道。

“反正在营地也不用打扮得很好看。”妈妈说。

“我们要去露营吗？”我问。

“我要带上我的渔具……”爸爸说。

“我们要去露营吗？”我再一次问他。

“我做梦都想过不需要看表的生活……”妈妈边说边打着哈欠走了。

“也就是说我们要去露营了。”我自己回答了自己。

第 二 章

一大早，爸爸和妈妈就穿上了童子军军装。他们为自己上了年纪感到很伤心。虽然他们一点儿主意都没有，但却自命为队长，队员只有我和小希。

地面上都是袋子、大筐、线绳、竹竿、菜豆、鱼钩、衣服、锅、睡袋……一共十三个包裹。

"十三！这真是一个让人不会忘记的完美数字。"爸爸惊呼道。

"我们不带帐篷吗？"我问。

"我们露天睡！"爸爸回答说。

"下雨怎么办？"妈妈问。

"怎么会下雨呢？你怎么会觉得夏天会下雨呢？"爸爸说。

我们出发去了南部。

这是一辆超级棒的蓝狗牌巴士，像一辆没有翅膀的大飞机。车上有喇叭、厕所、智利糖果和一大堆轮子。车上还放着我们喜欢的音乐。

车子按自己的路线一路飞奔，不停地朝挡路的小汽车和卡车鸣笛，一刻都没有休息地穿过了狭长的智利……

第 三 章

我们下了巴士，爸爸数起了包裹。

"刚好十个！"爸爸十分高兴地叫道。

"爸爸，是十三个，一个完美的数字。"我提示他。

"闭嘴。别发疯了！四个人怎么会有十三个包裹！"蓝狗巴士放下我们后就开走了。

我们身负重荷地走着。我开心地想：多亏丢了三个大筐，才少了三个包裹要背。我们在碰到的第一片草地的第一棵树下扎了营。

"巴巴鲁丘，快过来！我要看你能不能像个优秀的童子军一样把地弄干净。现在马上把这些树枝扔到一边去！"爸爸挺着胸，贪婪地吞咽着南方的空气。（他自以为是奥伊金斯[①]。）

而妈妈松开了发髻，把自己当作了吉普赛人。我马上意识到他们准备把我当奴隶使唤了。

"去把树叶堆起来好铺睡袋！"

"弄一个柴堆生火！取些大石头来！"

"把装衣服的包放到一边！……"

"帮你的妈妈把锅整理好！去拿水桶来！"

我被爸爸妈妈使唤得四处乱跑。但是即便如此，我也试着吞下抗议和抱怨，让他们为有一个如此听话的儿子而感到幸福。

---

① 贝尔纳多·奥伊金斯·里克尔梅（Bernardo O'Higgins Riquelme, 1778—1842）：智利政治家、军事家、民族独立运动领袖，智利独立后第一任最高执政长官。因其在解放智利战争中的功绩，被称为"能干的将军""智利解放者"。

就这样到了晚上。

我们没有找到水桶、火柴、蜡烛和其他三个大筐。因为它们正躺在蓝狗巴士上向南旅行……当然，也找不到爸爸的睡袋。因为爸爸把他的睡袋放在了那其中的一个筐里面。

所以爸爸要睡我的睡袋，我睡小希的睡袋，而小希要睡在一个大筐里。我以前也曾这样睡在一口锅里面过，那样睡觉很累……

我们吃了煮鸡蛋和像是一个月前煮的嫩玉米。我们要渴死了，但是我们只能喝一些裂开的西红柿的汁，因为没有水和饮料……

太痛苦了，我们干燥的舌头在没有唾液的嘴里啧啧作响，但我们最后还是慢慢睡着了。

第四章

　　幸亏上帝发明了做梦，我们才能在露营这场"灾难"中得到安慰。我梦到自己坐在一架喷气式飞机上，当飞机变成潜艇时，我变成了一条在网中挣扎的大鱼，网自然是爸爸。

　　"巴巴鲁丘！快醒醒！你没发现下大雨了吗？"爸爸努力地摇醒我。

　　爸爸太残忍了，为什么不让我继续当一条大鱼呢？在海底我还有一堆事要做呢……

　　我一边喃喃自语，一边拨开爸爸的手。但是没过一会儿，我就被雨淋醒了。的确在下倾盆大雨，而且雨一时半会儿应该不会停……

"你说不用带帐篷？"妈妈尖叫着，"先生，这真是一场灾难！一场悲剧！这里连一个避雨的地方都没有，我们唯一能做的就是傻傻地站在这儿被淋湿。"

"谁知道这个时候会下雨呢！但是不用着急，再过一会儿天就会亮起来。只要太阳出来了，一切都会变干的。"爸爸坚定地说。（他像落入水中的毛茸狗一样在抖动和打战。）他感觉自己又变成了奥伊金斯。

"没有表，你怎么知道还要多久天才会亮呢？"妈妈说。

雨水使夜晚变得潮湿，小希在筐里，头顶着一口锅，所以她什么也不知道，而我们这些大人，全身都在发抖。

我决定帮他们。

"我们可以像猴子一样爬到树上。"我机灵地说。

我们爬上了树，每个人占了根树枝。雨淋不到我们了，但是黑暗令人害怕，雨声大到令人胆战。

我突然远远地看到一辆车。灯光虽然微弱，但在湿漉漉的夜晚星星点点地照耀着，给我们带来了希望。

"爸爸，车！"我的喊叫声穿透了雨声。

"在哪儿？儿子，在哪儿呢？"爸爸问。

"在那里！那边一点儿！"我一边喊，一边用唯一一根能从树枝中松开的手指指着。当然，他看不到我的手指。但如果我不知道他头朝哪边，我也就不能告诉他该朝哪儿看。

"什么都没有！"他像催眠师一样说，"你在做梦……这叫作幻觉，跟沙漠里的海市蜃楼一样。"

"这不是幻觉，"我反驳说，"那辆车在动。但是它无法前进，只能不停地摇晃，却无法开近……"

"我也看到了！"妈妈说，她的声音像喇叭一样，"是一辆车，也许是吉普……"

"是，是，你们说得对……一片叶子挡住了我，我看不见……但那不是一辆车，也没在远处……是旁边树上的一只猫或者一只其他什么小动物。"爸爸说。

　　汽车现在变成小动物了，它没有动也没有前进。

　　"我们得吓走它或杀了它。可能是只野猫。"爸爸哼哼道。

　　"为了以防万一，你要吓走它或杀了它？它是我的，是我发现的，没人能夺走。"我生气了。

　　"其实我觉得这个树枝不安全，你比我轻多了。"爸爸说。

　　它离我很近，我伸手抓住了它。但它不是猫，因为它没有毛，还有点冰冷和滑腻。我马上发现这是一条蛇。我不害怕它们，我为没人喜欢它们而感到难过。

　　我抓住它的头，让它蜷缩在我的手臂上。

　　"它很温顺，爸爸。我把它放在了怀里，它很冷。"

我说。

"不管你愿不愿意，我都要杀了它才安心，给我。"爸爸说。

"我不能。因为我不知道你在哪里。"我说。

"对这种动物的爱是可笑的……巴巴鲁丘，你要明白，动物没有灵魂……"爸爸说。

"这就是我希望你好好对它们的原因。它们只有这一条命。"我说。

"不要在树上吵架……"爸爸话音刚落，砰！树杈断了，他"轰"的一声落在了地上，差点把我们全拉了下来。

"哎呀！"妈妈喊道，"亲爱的，你骨头断了吗？"

"为什么骨头会断？我既不老也不弱……"爸爸生气地说，接着他又爬上了树。

"哎呀！你拽住了我的头发，我不是树枝。"妈妈努力挣脱爸爸的手。

爸爸瞬间没有了可以抓的地方，他想拉住我的腿，但是我一躲。"啪！"只听到一声闷响，爸爸重重地摔在了地上，全身是泥，看起来像鳗鱼一样滑溜溜的。我也不知道什么原因，一阵抽搐，掉在了爸爸身上，失去知觉。还在树上的妈妈感觉树枝要断了，也跳了下来，摔在了我身上……唯一幸运的是——我的蛇得救了。它从我的怀里伸展开，在夜色中离开了……在黑暗中，爸爸被压扁了。

第五章

妈妈摔在我身上时，地面受到了巨大的撞击。这时，雨停了。

一阵光亮撕开了无边的黑暗，雨林慢慢变成了草地。树和其他景物也出现了，一切既美好又耀眼。

我为自己失去了唯一的朋友而难过。它那双发光的眼睛给我带来了光明。我要再次找到它，为了安慰自己，我发誓要和蛇一起回去。

就在发完誓时，爸爸说："现在我们收拾东西，找一个靠河的地方，搭个棚屋，这样我们就有水和屋顶了。"

"我们还是回到路上，找个酒店。"妈妈不想再当一个童子军了……

　　他们吵了起来。爸爸觉得不会因为昨晚下雨今天就还会下雨。我偷偷溜走了，爬到树上找我的蛇。但是，我没有找到！

　　爸爸的喊叫声催我爬下了树。要打包了，我又成了奴隶。

　　"收好，扔到筐里，压好睡袋……"

　　我愤愤地抓住睡袋，边拧边骂，想弄破它。这时我觉得底部有点儿重。我像瞎子一样，眼睛看着天空，手往睡袋底部摸了摸。我感到蛇在里面，突如其来的一阵喜悦让我的背都挺直了……

　　我迅速卷好三个睡袋，放进筐里，把"奖品"扔上肩。我很高兴，满脸微笑地跟父母"童子军"们去他们想去的地方。一个拥有自己秘密的奴隶比当国王都要幸福。

第六章

我们走了一会儿，一朵黑云飘来，又一次唰唰地下起了瓢泼大雨。

"快找地方躲雨！"爸爸依旧像奥伊金斯一样命令道。

"这里，这棵树下……"好命令的妈妈颤着声音说。

大雨让人什么都看不清，每个人都匆忙钻进了一个地方。我发现了一栋破房子，像是小狗住的，挂着十字架，又像是人们所说的建在铁路附近的悼念屋，它正好容得下我、睡袋和所有东西，甚至是正在熔化滴蜡的蜡烛。不管怎样，我和蛇不用淋雨了，希望其他人也能找到这样躲雨的地方！

也不知道过了多久，雨停了，南方就是这样。因为我一直都在饿，所以我不知道时间。

我把睡袋在屋子里铺开，让我的朋友呼吸新鲜空气，碰巧它有点儿喘不过气，因为睡袋让它呼吸不畅。我给它做了人工呼吸后，它醒了。

当它觉得好点儿了后，我们走出了屋子。外面一个人都没有，也看不到晚上我们待过的大树，现在只剩下我和蛇了。

我想：我们现在在南方，如果这儿有一个悼念屋，说明我们在一条铁路的附近，这条铁路是通向北方的。没有太阳，也没有指南针，怎么知道该往哪儿走呢？为了保险起见，我得去找铁路。但是，我迷路了。没有小希的灯，也没有爸爸妈妈的踪迹，只有我和

蛇迷失在智利丛林里。为了安慰自己，我对蛇说：

"要是我们找到一根电缆的话，就给某家日报发份电报求救，'爸爸、妈妈和所有东西都不见了，快来找我。巴巴鲁丘'。"

蛇的舌头闪闪发光，它兴奋了起来，看起来像一名侦探，它在我的胳膊里慢慢蜷成一团。我们继续前进，离我暴躁的父母越来越远了。智利丛林里有一种奇特的声音，远处的回声总让我以为是听到了喊叫声，像是在喊："巴巴鲁丘！"

"是幻觉。"我像爸爸一样对自己说。蛇也听到了一阵悠长的敲打声，它被吓到了。天上有一架飞机嗡嗡飞过，地面轰轰作响，像是要地震了……

"平原的地震没什么的！"我安慰蛇说，"天上的飞机也没什么可怕的，我的巴托洛！"

就这样，我给它起了个名字，叫巴托洛。

整个世界只有我们俩了，我们继续前进。每走一步，我们都听到了更大的敲打声。我开始明白这不是幻觉，这种粉碎的声音离我们越来越近。是一口油井？一家工厂？我希望是家冰淇淋厂。因为我们太饿了！

突然，我们面前出现了一个印第安营地。这对我们来说是一个巨大的惊喜，面前有一个破茅屋，一些矮小的印第安人正在敲鼓……

我们藏在灌木丛后面观察他们，他们体型和我一样，身体上全是画，画的像是嬉皮士，又像是斑马，他们的身上还挂着箭和羽毛。不远处有一团篝火，闻起来像在烧着木棒。这使我放心了：他们没在烤人吃。

我们从藏着的地方走出来，印第安人看到了我们，停止了敲鼓。他们似乎更害怕我们。有一个蛇伙伴太棒了！还没战斗就感觉我已经胜利了。

六名印第安人向我们靠近，又停了下来紧紧地盯着我们。他们身体上的画有一点儿扭曲了，他们的表情都变了，他们害怕巴托洛。

"你们好！"我先对他们说，好让他们平静下来。

"你好！"他们齐声答道，用箭瞄准了我。

"你们是朋友还是敌人？"我问。

他们没有回答，而是再次敲鼓。

"我不懂你们的密码。"我说，"你们会说智利话吗？"

"我们是智利人！"他们再次齐声说。这样，我们成了朋友。

事实证明，他们不是印第安人，而是一群和我岁数一样大的、在露营的男孩。他们叫科特、安迪·潘达、内格罗、塞德利、罗迪和哈波。他们有自己的帐篷，不怕下雨。他们请我喝了罐牛奶，吃了面包、水果，而他们唯一要求就是摸摸巴托洛。

但是巴托洛朝每个人都吐着舌头。

"我们是'美洲狮'帮，"一个男孩边擦身上的画边说，"我们知道智利南部所有的秘密，你想加入吗？"

"我想。"我流着口水回答道。

我们在一条河里钓鲑鱼，这条河除了他们没人知道。我们烤了一种鲜嫩的三文鱼，我没吃过比这更好吃的东西了。当我们在河里洗澡时，巴托洛爬上了树，我们玩了泰山和印第安人的游戏。

等到了晚上，我们都挤进了破茅屋里，因为人太多了，巴托洛待在了外面。

茅屋里又热又挤，或许要下雨了，但也可能不下，不过下不下雨都已经不重要了……

当我发现雨点已经落下时，我想到了我迷路的家人。他们会在智利丛林里被淋湿吗？当妈妈看见我没有睡在睡袋里时会说什么呢？我为她、小希，还有假装自己是将军的爸爸感到难过。我开始胡思乱想……但遗憾的是，我还是睡着了。

第七章

当其他人在睡觉时，我饿醒了。醒来时我一身汗，太阳很大，整个国家都已经是中午了，因为脚下的影子很小。

帮派里什么吃的都有，不一会儿，篝火里冒出一股烤香肠的味道，我们都很想吃，不停地咽着口水。

填饱肚子后，我们开始议事了。

"我们可以用巴托洛来做生意。"哈波说。

"如果我们训练它，可以赚很多钱。"科特说。

"它也许能算命。很多人都想知道自己什么时候

死。"罗迪说。

"但是，一条蛇怎么能算命呢？"内格罗说。

"我们可以训练它。"塞德利说。

"谁都不能训练巴托洛！它会吃苦的，它可受不了。"我说。

他们开始争论起来：

"蛇是不会感到痛苦的。"

"一个叔叔告诉我印度的蛇能算命。"

"如果它聪明的话，学起来不难。"

"如果你不利用巴托洛，你就是个傻子。"

"如果你不让它表演，就把你赶出帮派。"

"我教它柔道。"

"没人能碰它。"我冲他们喊道。

"我们把你赶出帮派。"他们一起说道。巴托洛朝他们吐了口唾沫，我们俩离开了……

走了几步后，帮派的人追上了我们。

"你得跟我们在一起，我们想开马戏团。"内格罗说。

"我们会赚很多钱，巴托洛就不用工作了。"科特说。

于是我们开始计划开马戏团。每个人都知道一些厉害的杂技，而不知道的人也开始练习掌握它。事情进展得很顺利，尽管我们一身瘀伤，甚至一些人鼻子都流了血。只有一个没有拼命练习杂技的，那就是巴托洛。此时它爬上了树，正高兴地朝我们吐着舌头。

现在得出去找个礼堂，或者一个可以播放节目的电视台。

我们把帐篷卷在棍子上，集合好了队伍。每人都背了点儿东西，向着雨林出发了。

跟他们一样，我的身体被涂了很多巫术符号、压花和漂亮的图腾。我负责训练巴托洛。我双脚上缠着它，倒立着用手走路。当其他人摔倒叫苦时，我已经训练它一会儿了。接下来，我们像野蛮人一样地喊叫，并用打鼓来吸引观众。

突然，一根树枝断了，一只小美洲狮从我们的脚边跳了出来。说它小，是因为它只有一只猫那么大。虽然它装得很凶，但看得出来它被吓坏了。

我们追上了它，给它喂了一点儿香肠，还拔了它爪子上的一根刺。之后我们和它成了朋友，也给它起了个名字：考波利坎。

我头上顶着巴托洛，带着三个鼓，领着考波利坎和其他人。马戏团的队伍壮大了，这真是太好了！

现在只差观众了。他们在智利南部的哪里呢？我们什么都听不到，连幻觉都没有，什么都没有。

我们像哥伦布一样漫无目的地继续走着。

当我们感觉路途枯燥、厌烦的时候，突然在地上发现了一张皱巴巴的纸团。而这张纸团说明附近有人！再往远处看，有一个罐子和一些垃圾，我们高兴地大喊。但是考波利坎和巴托洛看起来很紧张……

没走多久，草地上的一条小路慢慢变宽，最后变成了一条大路。"上面有脚印，这是通往胜利的道路！"在一片尖叫声和鼓声中，我们加速行军，巴托洛快速地吐着舌头，考波利坎开始胀气，变得难闻起来。

我们放松了警惕，开始幻想观众簇拥在我们身边，还有络绎不绝的掌声和欢呼声。

最后，我们发现了一间移动的房子，一间，两间，三间，总共有三间房子。这是个未成规模的小镇。这里的人是多么幸福啊！在无聊时我们的马戏团将会给他们带来精彩的节目！

我们高兴得发抖，但是我们放慢了脚步，思索着怎么才能用动物吸引他们，让他们感兴趣。

另外，我们得观察他们在做什么。

如果他们是野人、原始人、杀人犯，我们就得小心了。

但是一个人都没有。一片寂静，哪儿都没有人……

我们又聚在了一起。"深吸气，别说话。"哈波建议说。我们憋了长长的一分钟，没出一点儿声响，钻进了一间移动的房子里。

太棒了！这里什么都有，却一个人都看不到。

有绳索和吊杆、纯金光泽的衬裤、闪闪发光的带扣，甚至还有一件西装。

"一个废弃的马戏团！"我们七个叫道。

"真不可思议。"内格罗说，"这里只差演员了，不过我们到了！"

我们信心满满地检查了其他废弃的房子。

"这里有一个小号！"一个人喊道。

"这有一组音响！"另一个叫道。每过一会儿我们就会发现一件新的东西。

或许那些丢下它们的人不会再出现了，找到没人要的东西是很棒的事，这是无可争辩的！

虽然我们抢了一会儿金色衬裤，但是每个人都还是拿到了自己需要的东西，所有人都穿得十分气派……我们用这些东西排了更多的节目。

伴着胜利的小号声，我们重新敲起了鼓，音响声在雨林里震耳欲聋，就像在进行最后的审判。

我们跟着足迹，在远处看到了真正的人和观众，这是我们唯一缺的。这个世界的真理就是，你要去尝试，愿望才会实现。

你可以看到各种观众：小孩、老人、女人……什么人都有。他们都无聊地干坐着，什么都没做。

看到我们来了，他们伸长了脖子，眼睛发光，十分兴奋。或许他们以为我们是火星人，一些人站了起来想迎接我们，但是一个"胖巨人"伸长了胳膊，阻止了这些想要迎接我们的人。一个瘦子伸出了手，想要偷那条发光的裤子，但是"胖巨人"把裤子扔到了地上。他拿出一条很长的鞭子，眼睛跟愤怒的犀牛的眼睛一样瞪着，嘶叫道："所有人往后！"人们一动也不动，继续呆坐着。

"胖巨人"的胡子像鹿角一样翘起，他把鞭子甩得呼呼作响，向我们走了过来。

"你们是谁？你们想干什么？你们从哪儿来的？"他粗暴地问。

"这是巴托洛！"我展示着我的蛇，骄傲地说。

"这是考波利坎！"科特尖着嗓子说。

"我们是名扬天下的美洲狮马戏团！"我通过扬声器说，"我们只想给观众表演。"

这位拿着鞭子的绅士把鞭子收了起来。

"这儿就有观众，"他指着这一大群人说，"演出什么时候开始呢？"

"马上。"我用扬声器回答道。我的声音就是用来吓人的。

但就在这时，巴托洛钻进了我的小号里，我不得不松开了小号。它把头和满是口水的舌头露了出来，钻在里面就像一只怪物。

　　人们围住了我们，为巴托洛鼓掌。

　　"所有人坐成一圈，演出马上开始！""胖巨人"吼叫道。大家都照做了，这样就有了场地：人们围成的圆形被我们当作舞台。所有人都坐在地上，一双双眼睛看着巴托洛和我。

　　很明显他们最感兴趣的是我的"火箭蛇"。因为它钻在小号里有点儿像火箭。或者是因为它的头在一端，尾巴在另一端，有点儿奇怪。巴托洛选的这件"硬西装"让它紧张不安，双眼发红。

　　"美洲狮"帮开始表演他们的节目，他们表演了山羊跳、空手道和柔道。"托尼"们登场了，他们滑稽的动作很搞笑。观众们一边笑，一边嘲弄着他们，虽然这与鼓掌是一样的，但是显得这些观众素质有点差。

我同时试着把巴托洛从小号里弄出来……

突然，观众开始扔鸡蛋壳、西红柿甚至石头。

于是我带着巴托洛走上前去，宣布了节目。

"先生们！"我说，"这是著名的巴托洛和它的朋友小狮子考波利坎的第一次表演。但是，在表演之前，我亲爱的观众们，得给美洲狮马戏团付门票钱。"

一阵硬币雨砸向我们，我们都懵了，额头都被砸出了大包。哈波躺在了地上，脸朝着天傻笑；塞德利被砸痛了脚，单脚跳了起来。当其他人还没从"轰炸"中回过神来时，观众们已经红着脖子大喊"巴托洛和考波利坎可真了不起"了……

我听说成功总会慢慢消失的，但我不确定这是否会发生在我们身上……

"轰炸"停止了，一些人开始捡硬币。

奇怪的事情发生了：观众里的小孩，他们从我们这儿抢走了钱，我们打了起来。到处都是飞着的拳头和腿，有人绊倒了，又有人被蹬了。大人们笑了起来，直到一声哨声响起。是"胖巨人"鼓足了气吹的，他挥舞着鞭子，但没起作用。于是，他走近了。

"别笑了。"他说，"我对蛇很感兴趣！"

"我们不卖！"我粗暴地回答他。

"你们偷了我的马戏团的器材。如果不把蛇和小美洲狮给我，我就把你们都关起来。"

"我们之前以为这些破烂儿没人要。"我对他说，"你拿去吧！"然后我转头对帮派命令道："全还回去！"

我十分生气，在一分钟内我们把绳子、发臭的西装、金色裤子全还给了"胖巨人"。

"嘿，坏脾气的男孩，"他笑着靠近了我们，"我们来说下蛇和美洲狮的事如何？如果我们是朋友，是马戏团的同事的话，事情就好商量了，对不对？你们可以加入我们，和我们一起坐移动的房子到处旅行。我们要去世界的尽头。"

我转身去问帮派的人。加入马戏团对他们来说很有吸引力，更重要的是可以去世界的尽头……

"我们愿意，"他们朝我说，"我们想去冒险。"

我回到了巴托洛身边，它疑惑地看着我，没有朝我吐舌头，而是躲在了小号里。我手上拿着小号，把它给了"胖巨人"。然而巴托洛马上调转方向，从另一端钻了出来，开心地缠在了我的脖子上。

"巴托洛说不，虽然你们对它感兴趣，但是它不愿意。"我机灵地说。

"我建议你们提一些条件。"鞭子在我脚边轻轻作响。

"没有条件！"我朝"胖巨人"叫道。

"很好。"他说。他的鞭子都要甩到我的鼻子上了，紧接着我感到我的胃里一阵翻滚，他又朝观众们挥舞着鞭子。巴托洛绷紧了它的脖子，它朝"胖巨人"吐着唾沫。这个举动给了我勇气。

"真遗憾，这么多人都不能抵抗巴托洛的毒液。"我蛮横地说。

我正说着，一个大块头靠近了我，他全身都是肌肉，看上去就像是堆轮胎。他抓住了我的一只耳朵，把我提了起来。这时巴托洛从我身上跳了下来，当我回到地面睁开眼时，只见巴托洛正缠在大块头粗大的脖子上，越缠越紧……大块头的脸先是变红，又变黑，最后变成青紫色。他的眼睛也变大了，像是盘子里的鸡蛋。

"放开大猩猩！""胖巨人"咒骂道，"那野兽会把他绞死的！"

"如果你们承诺不找我们麻烦，我就放开他。"我红着脸说。他们都发誓后，我才命令巴托洛："放开他，到这儿来！”

巴托洛松开了大块头的粗脖子，朝我的脚爬来。大块头倒在地上，揉着他的喉咙，观众们和“胖巨人”跑上去安慰他，大块头一边艰难呼吸，一边哭。我们捡起了我们的装备，只拿走了他们丢下的小号。

第 八 章

　　我们安静地走了一会儿，因为有太多话要说，所以不如不说。就这样，我们的对头——他们移动的房屋和他们满是破烂儿的马戏团慢慢地消失在我们的视野中。

　　他们刚刚离开我们的视线，我们就在远处发现了一间茅屋。那是一间真正的农舍，没有轮子，也没有铁杆。正当我们看着茅屋时，突然下起了雨。南方的阵雨真愁人！

　　我们湿淋淋地跑过去敲门，敲了一下门就开了。

屋内点心的味道使我们兴奋了起来，一位毛发旺盛的老妇人请我们进了屋。

　　"进来吧，孩子们，"她皱着脸说，"外面在下雨，快把身子擦干……"

　　我飞快地把巴托洛藏进了小号，以免吓到她。任何东西都可能把老妇人们吓死。考波利坎不会吓到她，因为它全身都湿了，看上去像只爱叫的小狗。

　　我们脱光了衣服，把衣服放在了炉子旁，炉子里开始冒出了白烟。老妇人吹响了口哨，像召唤马似的。她端来一个精美的土锅，请我们吃了点心。

　　她什么都没有问。我们聊了起来。突然，她说：

　　"你们带了一条叫巴托洛的蛇……"

　　我们点心都来不及吞下去，就全都愣住了。她是怎么知道的？她又是怎么知道它的名字的？

　　"你会占卜吗？"内格罗惊恐地问。她什么都没说，脸皱得更厉害了。

"你是女巫吗？"塞德利问。

"我是女巫。"她笑了，一颗牙齿都没有。

这时我来了主意。

"那么你可以占卜下我爸爸、妈妈还有小希在哪吗……要多少钱才能知道呢？"

她伸出了尖尖的舌头，把她的"胡子"舔了个干净。

"钱在这儿没用，"她说，"但是巴托洛有用。你把它给我，我就告诉你怎么找到你父母……"

又有人想抢走我们的巴托洛……我沉思起来。找到我的亲人，让他们不再为我担心，这的确很有吸引力。但是要交出巴托洛，没门儿！

我们七个聚在一个角落里。他们暗地里跟我吵了起来。

"你不能这么自私，为了和家人团聚就把巴托洛给她……"

他们当然不懂。他们在营地里是自由的，没人会去找他们。但是可怜的我，我的家人以为我走丢了。我们都知道，妈妈们总把事情想得最坏，虽然她们知道这绝不会发生，但她们天生就是这样，没有办法。所以我想到了一个著名的真理——一个人什么都不懂会更幸福。

只是为了不吓到一个人，就把我的巴托洛永远丢下，这可不太划算。我花费了一段时间来思考这个问题，不过到最后，夜幕降临时，情况也并非如此糟糕，大家都睡着了。

其他人明白了我的烦恼。

"如果她是巫师，就算她留下了巴托洛，你也可能找不到你的家人。"内格罗说。

"如果她是一个邪恶的女巫，她可以把我们都变成蟾蜍。"塞德利说。

"她可能会用巴托洛做肉汤。"另一个说。

"她会带我们去一个被施了咒的洞穴……"

"她会把我们扔进一个火山口。"

"如果她是占卜师，她知道我们在说什么。"我说。突然，我的耳朵感到一大股热气，考波利坎哼哼着，露出了它锋利的牙齿，它害怕自己成为巴托洛的替代品被交给女巫。

"总之我们七个对一个。"内格罗说，"她不能抢走我们的朋友。"

此时，女巫转过身说：

"别说七个人了，就算是七个人的七十倍，所有的野兽一起也打败不了一个女巫。"她哑着嗓子哈哈大笑，我觉得她要笑得喘不过气了。

为了让她猜不到我们的心思，我们需要不假思索地做事。巴托洛究竟有什么厉害的地方让所有人都想抢走它，甚至为了它，好人都变成了坏人呢？

我望向我的蛇，想寻求它的帮助。它从小号里看着我，给了我一条信息。这是一条不需要传递的信息——直接上。

我马上吹起了小号，巴托洛吐着口水出来了，并快速地吐着舌头。它飞快地在茅屋里绕了一圈，停在了女巫面前，把身子盘了起来直直地立在地上。

"到我这来，巴托洛，"她用奶油般甜腻的声音说，"我需要你，我的王子，我来解除你所中的魔法吧。"

这位老妇人变成了西瓜皮的颜色，她的头发竖了起来。巴托洛没动，继续吐着口水。

"听着，女巫，"科特说，"现在都什么年代了，没有中了魔法的仙女和王子了，也没有魔鬼。连巴托洛都不会相信你的话。"

她没有理会，继续俯身看着巴托洛。她变得越来越绿，我已经不敢和她说话了。

过了一会儿，我们七个和考波利坎挤在了一块儿，考波利坎在愤怒地低吼。

女巫现在头发立得很高了，都快撞到茅屋的屋顶了。她的手机械地抽动着，指甲发出了咯咯声，鼻毛像穿破窗户的子弹一样冒了出来。这是一种民间法术，但这个可怜的愚蠢的老妇人要失望了。

我咳了一声，直接告诉她：

"你已经看到了，巴托洛不喜欢你，也不相信你。这样我们最好还是走吧。"

哈波开了门，所有人都赶紧出去了。考波利坎是第一个，塞德利和我为了对她给我们点心表示感谢，走在了最后。

女巫的头发突然落下来了，她双手紧紧地贴在膝盖上。

"我之前就知道了这一切，"她十分忧伤地说，"我也知道外面等待你们的是什么……"

她又想引诱我们跟她做交易了。

"我们不想知道等待我们的是什么，我们更喜欢惊喜。"内格罗说完，我们离开了。

第九章

雨已经停了，夕阳使得叶子变得更绿了，晶莹的雨珠也变得更明亮了。

"现在方向不是问题了。"内格罗说，"不需要指南针了，因为我们都知道太阳会在海里消失。那边就是西边！"

"知道那边是西边有什么用呢？"哈波说。

"那么另外一边就是东边了。"安迪说。

"这边是南边，那边是北边。"另外一个人张开手臂，把自己当作了指南针。

"如果我们不知道要去哪儿的话，知道这些有什么用呢？"我说，"总之，我们连从哪边来的都不知道……"

"只要我们不要去移动的房子那儿就行，"罗迪说，"我再也不想看见那些人了。"

现在开始一团乱了。我们从这边来的吗？不是，我们是从那边来的。如果我们走那边，我们会碰见马戏团……够了，所有人都变得既焦躁又愤怒。我们也觉得饿了。安迪发现了一些水果，我们马上狼吞虎咽地吃了起来。这时我们有了一个坏点子，这些巨大的水果我们都没吃过，于是我们决定边吃边比赛，看谁吃得多。而巴托洛和考波利坎不想吃。

最后，我们吃饱了。趁着太阳还有最后一丝光线，我们放下了考波利坎，让它当向导。它像俄罗斯火箭一样"嗖"地向前出发，我们几乎追不上它。哈波留在最后面，然后是安迪和科特；其他人都紧紧跟

着考波利坎。跑了很远后，我感到了一阵熟悉的绞痛，但我没有在意。最后我发现我是唯一还在跑的人，罗迪、塞德利和内格罗都落在了后面，我看到他们在地上打滚。我也倒在了地上，因为肚子像是有刀子在割一样疼。我们慢慢地爬到一块儿。在远处，考波利坎看到我们没跑，就停了下来。

"我们中邪了！"哈波啜泣起来，双眼翻白。

"我们是中毒了！"科特打着滚，揉着衬衫。

"该死的水果！"罗迪在地上打着滚大喊。

"得吐出来。"内格罗说，"我不想死，被毒死太可怕了，哎哟……"

"我吃得最多。"

哇！像水管喷水一样，塞德利开始呕吐，他像只球一样跳了起来。他的脸色很难看，一会儿又笑了起来。我们嫉妒地看着他。要是我们也吃了这么多就好了！但是我们没有。肚子越来越痛，我们吐到胃都抽筋了。塞德利真是个超人，把一片蕨叶放到我们喉咙深处搅动。"哇！"……我们一个个都痊愈了，像重新活了一次。考波利坎到处闻，像是饿了，得关心下它了，因为它是食肉动物，但南方的雨林没有肉店。它比昨天看起来瘦了。

天一点点黑了。我们又放出了饥饿的考波利坎，让它带我们去它的"超市"或者它想去吃东西的地方，我们跟着它。当我们中毒时，巴托洛已经吃饱了。它欢乐地缠上我的脖子，又松开，再缠在小号上。

考波利坎步子变小了，它把鼻子埋进叶子和树枝里闻来闻去。它在这里停了会儿，又回来了，然后又在那里拱了拱，仿佛快要消失在树丛中了。

"也许它是带我们去它的窝。"我说，"它有很多家人……"

想到这儿，我们头发都竖了起来。我们不缺勇气，但是，我们怎么抵抗数千只美洲狮呢？它们中的一些已经生气了，以为我们偷走了它们唯一的儿子。

我们退缩了。夜幕降临了，如果考波利坎的家人跳出来，我们该往哪儿跑？藏在哪儿？

突然考波利坎抓住了一根树枝，爬了上去，它消失了。

我们稍微后退了一点，静静等待……

同时，我们计划了一千个方案以防愤怒的野兽突袭。

一根树枝嘎吱地响，我们的腿和脊梁骨都在抖。

考波利坎跳到地面，靠近了我们。它变胖了，看上去大吃了一顿，十分满足，幸福地舔着嘴。

它在树上吃了什么？什么动物是它最喜欢吃的，它一下就找到了并且吃得那么开心？我们一想到这只智利狮子肚子里的东西就害怕……这是个大秘密，也许永远都将会是个秘密。

考波利坎从地面看向我们，好像在对我们说：

"我准备好了，现在怎么办？"

哈波把它搂入怀里，我们继续在自己的路上走着，我们的路比考波利坎走的路好走多了。

天越来越黑，我们开始听到一些属于夜晚的神秘的吱吱呀呀声，风的呼啸声，远处传来的树叶的飒飒声。

我们决定唱歌来赶走恐惧。我们大声唱着永盖城的歌，旅程变得轻松了，也更安全了。

就在不远的地方，出现了一道光……

第 十 章

这是一道巨大的光，伴着音乐声，是硫黄色的，像毛毯一样，就算离得很远也让人感到全身发痒……

我们停下来了一会儿。我认为有人害怕了，丛林里发生的事都很奇怪……

"有两个选择，"我对帮派的人说，"前进或者跑……"

但我听不到有人回答，因为音乐声越来越大了。

考波利坎从哈波的怀里跳了出来，向灯光走去。巴托洛伸长了它迷人的脖子……我们必须前进，这是个信号！

我们走了一步，一步，又一步。每个人都在想自己害怕的事，十分安静。我确定这是美国国家航空航天局的宇宙飞船，所以平静了下来，也感觉没那么痒了。

我们已经离它很近了。

灯光和音乐散落开来，光变暗淡了，但是光晕也变大了……我们停了下来，看看是否危险。

巴托洛向光爬过去，考波利坎跟着它。

"是一群萤火虫！"内格罗说，他很了解这个，"我猜它们在袭击一个蜂房……"

"是在抢蜜！"安迪说，"它们在抢蜜……"

他还没把话说完，音乐声就来了……是一群嗡嗡作响的蜜蜂，它们愤怒地攻击着袭击者，似乎也把我们当成了坏人，要来叮我们。

再看考波利坎，它早已掉头消失在丛林里，后面还跟着巴托洛。那曾经美妙的光芒现在像一片褪色的云，变大后消失了。帮派的人和我开始害怕跟着我们的这群蜜蜂了。

塞德利正用他的刀在挖一条"地道"，还好丛林中的杂草的枝条够茂密，蜜蜂很难追上我们。

我们手脚并用在地上爬，然后盖上了地道的入口。考波利坎硫黄色的眼睛为我们照亮了洞穴，巴托洛的舌头像一个壁炉冒出的火苗。蜜蜂的嗡嗡声慢慢远去了，它们不寻常的音乐声也被一场倾盆大雨削弱了。虽然我们听到了雨声，但是好在地道里没有漏雨。就这样，我们几个人就在地道里睡了过去。

第二天我们被一阵哈哈大笑声吵醒了。有个人，不，是很多人，在旁边的树枝那里大笑。

"又是马戏团的人吗？"哈波用他烤肉架一样扁的嘴问道。

"不是，"聪明的内格罗说，"是智利窜鸟 ①，我听得出它们的音嗓。"

"智利窜鸟？"我们问。我们之前不知道这是一种凶猛的动物，还以为是某种殖民地土著或者河里的鳄鱼，因为感觉不远处有水流动……

"窜鸟是很漂亮、单纯的鸟。"他钻入了地道的树枝中，指着一只窜鸟，"大小在鹈和鸡之间，但还是很大，红色的胸部，黑色的翅膀，笑声是坚硬的喙发出的，还能发出一些乐器的声音。这是一种淘气的鸟。"

我们慢慢离开了地道。当我们挺直了脊梁，抬起头时，感到了一阵饥饿。为了安慰自己，我们进行了心理瑜伽练习。每个人都告诉自己，自己正在吃

---

① 智利窜鸟：分布于南美洲，包括哥伦比亚、委内瑞拉、圭亚那、苏里南、厄瓜多尔、秘鲁、玻利维亚、巴拉圭、巴西、智利、阿根廷、乌拉圭以及马尔维纳斯群岛（也称福克兰群岛）。

最好吃的东西：

"我，"内格罗说，"一个多汁的超大热狗。"他不知不觉流下了口水。

"我，一个西瓜。"安迪说。

"我，一只烤鸡。"另一个人说。

"我，七块多汁的烤里脊肉。"

"我也要。"

"我也要。"

"我也要。"所有人边说着边咽着口水。但是我们还是没"吃饱"。考波利坎和巴托洛开始准备寻找其他吃的了，我们十分信任地跟在它们后面。窜鸟们在笑……

突然，它们停在一个奇怪的东西面前。考波利坎开始舔地面，巴托洛神秘地、妩媚地扭动着，低下了它的头，又抬得很高：它吞下了些什么……

我发现考波利坎在吃蜂蜜和蜂蜡，都是蜂房剩下的，像奶油一样。令人惊讶的是，小小的萤火虫打赢了蜜蜂。我确定它们是带电的，可怜的蜜蜂们死在了那里，蜂蜜滴落了下来。现在看不到萤火虫的光了，也许晚上它们会回来。

我们"粘"在一顿德式的爱玛利蜂蜜糖早餐上，很容易就饱了。我们从眼睛到头发都是黏糊糊的，但是我们很高兴，因为终于不饿了。

可是我们不能再正常地用手了，因为蜂蜜把我们的手指互相粘在了一起。

脚上粘了太多的树枝和树叶，我们都没办法正常走路。

"在地道时我感到那里有水。"我对大家说。我们立刻返回地道。此时，在前面的塞德利正在用刀一点点挖深地道，而我们趴在后面非常缓慢地跟着。我们越来越像树了，身上粘满了树叶、树枝和草。身上缠着厚厚的一层树叶，我们连自己的脸都抓不到。

终于，不知过了多久，我们挖到了水！

唰！所有人一下子都围到水边开始清洗自己。瞬间，水里全是树叶和污泥。

我们终于干净了。休息了一会儿后，我们就离开了地道。趁着太阳还在，我们脱光了衣服，把衣服摊开晒干。希望南方的太阳能把我们晒黑点儿或者晒红点儿，但是我们并没有如愿。

第十一章

当我们在等衣服晒干时，头顶上来了一群巨大的凤头麦鸡①，这种鸟十分好斗，打完就跑。

"是凤头麦鸡，"塞德利说，"我们别惹它们。"

这时我想起了我走失的父母。确切地说，是他们以为他们的儿子——我——走丢了。这是我自己的烦恼，我不能麻烦帮派的人。

---

① 凤头麦鸡（学名：Vanellus vanellus）：鸻科麦鸡属的鸟类，英文名直译为"北方麦鸡"。头顶有黑色反曲的长形羽冠，胸以及上体黑紫色，下体白。

我什么都没说，穿上了运动衫和裤子，向我的朋友巴托洛发出个信号。

　　"再见！"我走了几步后说。

　　"嘿，你！"有人喊，"你去哪儿？你要带巴托洛去干什么？"

　　巴托洛什么都懂。它缠在我的脖子上，朝七位"美洲狮"成员吐着舌头。

　　"当我找到我的家人后，会回来找你们的。现在我只知道他们在找我……"

　　"但是你不知道他们在哪儿。"有人喊。

　　"我得找到他们，如果我留在这儿，就更难找到他们，如果路……"

　　"不一定，"内格罗说，"因为如果你走这边的话，他们就会走另一边……"

　　"总之，地球是个圆的，我们会碰见的。"我说道。

　　我们不停地争来争去时，所有人都开始穿衣服。

考波利坎看着我们，等待着命令。一只美洲狮知道它是一只动物，不能命令人类。但是如果它看到朋友不知所措的时候，还是会帮助他的。

他们还没穿完衣服，考波利坎就跑到了前面。我们只有狂奔才能看见它，它在一条水流湍急的小溪边停住了，在岸边和水里边跳边闻。

"这是个信息。"哈波说。

"当然！它是要我们从水上走。"我说，"这是最快的。"

"也最舒服。"哈波说，他身上的抓痕比学校长椅上的都多。但事实是我们所有人都一脸狼狈，胳膊和脚都摔伤了。

我们用树皮做了几艘独木舟，试验了一番，每个人牢牢地抓紧了自己的船，然后我们笑着下了水。水流把我们带到了一个脏兮兮的地方，我们在石头间跳跃，不停地跟树根和树干撞来撞去，在黄色的水浪里起伏。

我们经过了很多的树林，看见了很多罕见的鸟，一大群鹦鸟①在天空中飞成一道弧线。一些巨大蛮横的叫鹰跟着我们，好像要攻击我们。还好巴托洛吐着闪闪发光的蛇信子，吓跑了它们。

　　船上闹哄哄的，水花四处飞溅。

　　在一片喧闹声中，我几乎，不，是肯定听到了妈妈在远处呼唤我："巴巴鲁丘！"

　　但是船无法停下来。湍急的水流使我们越漂越远，树都看不清楚了，只有风在我们的耳边。为了不被树枝撞到，我们得时刻低下头。

　　"照这个速度，我们要到大海了！"科特尖叫起来。

　　"幸好海边有沙滩，"我喊道，"在海滩上有渔民和海鲜。"

———————

① 鹦鸟：又叫白头鹦鹉，寿命最高可达 28 年以上，为世界濒危物种之一。

正说着，唰！来了一阵漩涡……河浪，礁石，斜坡，还有湿滑的峭壁都搅在了一块儿。水流时而翻滚，时而变成漩涡。

第一个被巨大的波浪抛起的是安迪，他飞向天空，消失了几秒钟，随即又掉到了水中，好在他紧紧抓住了独木舟。在他后面，塞德利和罗迪的独木舟也缠在了一块儿：两艘独木舟像一架海上的飞机，在空中打了个转，又继续航行。内格罗和我也想学着他们的样子，我们张开双臂，用很大的力气搂住了对方的肩膀，双脚定在自己的独木舟上。随后科特和哈波也跟着学。一切都乱套了。我们费了好大力气才把缠着的脚和独木舟分开，重新上路。虽然我们很不想死，但又被另一个漩涡抛起、落下，甚至重复多次。随着湍急的波浪，我们不停地上上下下，感觉我们都变成宇航员了，一下失去了重力，一下又有了重力。

突然，一切都停止了，面前是一片广阔的大海，没有树枝横生的河岸，也没有森林，我们的船轻轻地摇晃。

内格罗把手放入海里，又放进了嘴里：

"嘿！"他说，"海水没有咸味。也许是死海。"

"如果是死海，我能浮在上面。"我说。我没有松开独木舟，跳了下去，但是我沉了下去。很明显这不是死海，如果内格罗没有拽住我的头发帮我的话，我可能当场就淹死了。

"这应该是南方的一个湖泊。"我边说边把全身的水甩干。

我们遗憾地叹气。如果是真正的海洋就更妙了，我们可以到达一些未知的岛屿，还可能在岛上找到之前消失的某个太空舱。

我们鄙视地看着这片湖水，它不咸也不危险，里面甚至没有鲨鱼和鲸鱼。其他人在前面高兴地笑着，他们已经晕头转向了，以为要去世界的另一头了。

没有必要告诉他们真相，也很难告诉他们，因为我们离得太远了。

突然起了一阵狂风，温柔的浪花变得巨大凶猛了起来，独木舟变成了帆船。一股水流把我们卷到了一个角落。我们的独木舟相撞了，再次缠在了一块儿，就像一座漂浮的小岛。

"是飓风！"内格罗说，他的眼睛睁圆了，解释说，"湖上起风可是一件大事。"

这话还不如不说。因为所有人都傻了，我们没有时间继续交谈，我们在独木舟上站都站不稳，里面全是水，不停地摇晃。只有巴托洛保持着冷静，朝飓风吐着舌头。

唰！一阵猛烈的晃动再次使七艘独木舟"吱嘎"一声撞在了一起，我们一身伤。船全成了碎片，我们被缠在树皮里面。

但值得庆幸的是——我们被冲到了陆地上！

第十二章

我们试着去弄清楚这是谁的腿、胳膊和脖子，然后从别人身体里把自己给拔出来。在陆地上实在是太幸福了。

"幸运的飓风！"内格罗说，"它救了我们……"

"你傻了？"安迪更喜欢危险。

"我也希望我们没有那么安全。"我说，"总之，我们既不知道我们在哪儿，也不知道这儿是否有食人族。"我试着鼓励他们。

"虽然这是一个南方的湖，但可能有还没有被开化的印第安人时期的部落。"

"没有道路也没有徒步旅行者走过的迹象。这毫不奇怪，莱夫扎茹 ① 的某个孙子就是从文明中拯救了他的部落。"

"这真是一件苦差事！"我们叹了口气。

"我们应该找武器来保卫自己。"有人说。

"有考波利坎和巴托洛在，不需要武器。"

为了以防万一，我们去找了些锋利的棍子来做箭。因为没人有绳子或类似的东西，每个人把衣服撕破，拧成了细条当作绳子，就这样我们做好了弓。这样就可以射得很远。

"得给箭头涂上毒药。"安迪说，"这样可以

---

① 莱夫扎茹（马普切语：Leftraru，"迅捷的南方长腿鹰"；西班牙语：Lautaro）：智利的"四年的阿劳卡尼亚战争"中年轻的马普切军事统帅。莱夫扎茹的人民曾试图赶走西班牙殖民地开拓者。尽管在武器上远远落后，然而他指挥的军队却给西班牙军队造成了毁灭性的打击。在他将要赢得最后的胜利时，他牺牲在了战斗中，年仅 23 岁。

致命。"

"打仗的时候，巴托洛就可以夺走别人性命。但首先得找个敌人，不然浪费巴托洛的毒液。"

我们把箭放在裤子后面，把弓佩在肩上，向雨林出发。我们竖着耳朵听着，想撞见个敌人。

我们看着树，希望从它的枝叶中跳出某只不认识的远古时期的野兽，但是什么都没有。最后，还是塞德利的刀派上了用场，给我们开了路，避免我们的胸和背布满更多红色的伤痕。

我们的肚子又开始叫了。它们想回家吃饭，哪怕是块硬面包呢。

"我们去做个沙拉吧。"内格罗说，"虽然没有油、柠檬和盐，但是我们很快就会习惯的。"

我们发现了一片长满野菜的"宝地"，菜很新鲜，没人采过。我们扑到了地上，像绵羊吃草一样啃着野菜，直到吃饱。但是野菜里只有维生素，不经饿，我们站起来时又感到饿了，为了吃饱，我们准备好了进行一场恶斗。

突然，我们发现了一只罕见的甲虫，很漂亮，有着向日葵的颜色。内格罗抓住了它，它发出了一股臭气。因为太臭了，内格罗又放走了它。每个生灵在这个世界上都有保护自己的方法。

出乎我们意料的是，一棵树的树枝嘎吱地响了，一只巨大的美洲狮跳了出来（在考波利坎旁边当然是巨大的，但是这只美洲狮本来就大，只是有点瘦）。幸运的是它跳到了另外一根树枝上，所有人都吓得跳了起来，怕它会吃掉我们……就在我们认为已经安全时，砰！树枝掉在了地上，出现了一大群美洲狮，它们愤怒地咆哮着。简直就是一场噩梦，雨林里全是美洲狮，它们愤怒地瞪着眼睛，流着口水……

"瞄准，射击！"科特尖叫道，他把自己当成了头儿。

“不！”我喊道，“不要吓到它们……得和它们谈谈。”

“以防印第安人攻击我们，我们得把箭收好……”哈波附和着。

但就在这时，一只美洲狮轻声地前进，向我们露出了牙齿，像下了一道命令，所有其他的美洲狮都张开了嘴，里面全是白森森的牙齿，眼神尖锐。它们不断前进，这真是一场灾难。

帮派里的很多人都因为害怕后退了一步，但是包括我在内的其他人却不害怕它们，巴托洛缠在我的腰上，我把考波利坎搂进怀里，内心涌起了一股极大的勇气。它们继续前进着。

美洲狮的首领在我面前张开了它那寒气逼人的大嘴。

我一动不动，把考波利坎推向前面，让它来谈判。

事实上，我想让考波利坎给那些干瘦的美洲狮解释一下，使它们相信我们是朋友。说不定我们还能带几只走，这样孤单的考波利坎就有伴儿了。

但是考波利坎没有解释，它只是呆站着，既没前进也没有后退。

帮派的人十分惊讶，静静地等着，都做好了进攻或者逃跑的准备。可是如果美洲狮会爬树的话，我们又该往哪儿躲呢？还是谈判吧……

时间一点点在流逝。

我向巴托洛求助，它回应了我。

我不知道巴托洛是怎么变长的，它鼓成了一根巨大的香肠，全身发红，跟燃烧起来了一样。它的头高高抬起，舌头吐出来一个粉色的东西。

美洲狮首领退了一步，闭上了嘴，其他狮子也闭上了嘴。我心里很失望：狮子如此勇敢，怎么会怕巴托洛这样的蛇呢？

很快，我明白了它是在和它们交谈。可惜我们不是动物，不懂它们的语言。巴托洛似乎在对那些狮子说，我们是一个友好的帮派，只是在智利南部迷了路。狮子们听懂了它的话，让我们平静地离开了。没有任何仪式，它们对吃掉或攻击我们完全没了兴趣，从不同的路回去了……

或许巴托洛和它们说了我们没什么肉，不好吃。

当美洲狮撤退时，巴托洛瘪了下来，变得和以前一样了。然而，内格罗和科特开始抗议。

"那些狮子竟然以为我们没什么肉！"一个人说。

"它们怎么没看到我强壮的肌肉？"

"我的血液里不是充满着力量吗？应该很美味……"

但是美洲狮们没有离开，它们藏了起来，好奇地看着我们。我想它们是不相信我们。我友好地靠近了一只美洲狮，它叫了起来。帮派的人开始责备我。

"笨蛋！"

"你没看到它们才是占优势的一方吗？"

我爱抚着考波利坎，想向它们展示我们是好人。

这时，瘦长的巴托洛开始在雨林里穿行，我们不得不跟着它。它是我们的向导。美洲狮们给我们让开了路。当我们在树林中穿行时，它们静静地看着我们，似乎在站岗。也许这是它们的领地，而我们才是入侵者。

第十三章

我们继续走着，突然看到一片长满了怪东西的田地。田地里面全是骷髅，没有生气。骷髅看起来十分古老，和公元前死掉的先知们的骷髅长得一样。这些骷髅长着巨大的角，这些角实在是太大了，所以我们可以确定这些角是被当成武器用的。我的脑子里一半乱哄哄的，另一半也乱成了一团，直到我想到了战争，脑子才平静了下来。这场战争十分激烈，它们全军覆没。

"你说这里爆发了战争？"塞德利说。

"这儿都是骷髅……"安迪·潘达说，"没有气味……"

　　"是鹿的骷髅。"内格罗说。

　　"是西班牙人的仆人吗？"我问。

　　"笨蛋！是鹿，长着角的一种动物。狮子们吃光了它们的肉，所以狮子才能长这么胖。这是个鹿的坟墓。"

　　"或许它们会吃了我们，我们就变成骷髅了。"一个人牙齿打战地说。

　　"我们为什么不拿它们来当武器呢？这样我们就能成为超级游击队了。"我说。

　　每个人马上选了一件武器。这些骨头很硬，天生就是用来作战的。

　　首先我们穿上了胸甲，但我们穿的不是衬衫，而是鹿的肋骨，在我们碰见树枝、偷袭或者箭时可以保护自己。我们在头上戴了鹿角，这样看起来显得很高，十分可怕。如果袭击者是拳击手的话，我们可以用鹿的头骨来保护下巴。我们现在看起来十分威风。我们惊恐地相互看来看去，甚至考波利坎看到我们也吓了一跳，只有巴托洛吐着舌头，像在嘲笑我们。我们每人手里都带着几块锋利的骨头，到时候就可以当箭头或刀用了。

但是新的盔甲让人难以行走。

我们在树林里缠在了一起：这让我们愤怒地打了起来。一个人刚和另一人分开，又有一个人和他缠在了一块儿，我们的"骨头"咯吱作响。我们生气地抓来抓去，挥舞着手指和拳头，骨头和身上的皮肤上全是红色的抓痕。

这时，天安静地下起了雨来。幸好是在夏天，一个人被抓伤了，雨水落在身上会冲洗掉血迹。这样我们全身淋了个痛快，我们大笑了起来，愤怒被平息了。这时雨也停了，我们继续赶路……

（我不想继续写我的假期作文了，但是弗雷西亚小姐很固执，没有人能说服她。）

"我觉得这不公平。"我说，"我写了一个多笔记本了……"

"如果是因为要花钱买笔记本的话，我给你一个。"她笑着说。

"这是世界上最长的作业……"我抱怨道。

"我们做个交易吧，巴巴鲁丘。你写作文的话，就不用写西班牙语课的任何作业。"

最终我同意了。达成了协议就必须执行，于是我继续写了下去……

第十四章

　　接下来我要说的是：我走着走着，突然开始对我的家人们感到内疚了起来。我想起了妈妈、爸爸、小希。但没人能懂我……

　　我走在了后面，静静地想念着他们。最糟糕的是我可能永远也看不到他们了，这让我感到苦恼。想到我那丢了儿子的妈妈，作为队长要背负巨大的责任的爸爸，黏我的傻妹妹，我该怎么办？我在找他们，他们也在找我。如果世界是圆的，不动也不转的话，我们或许已经相遇了……

一颗滚烫的眼泪落在了我的胸上，我才发现自己在哭。然后我叫自己正常点，一个男人不会哭，也不会气馁。每次想到妈妈，我都感到难受，妈妈肯定也是一样的。或许她有可以忘记那个丢了的儿子的药……（又一滴泪）我用力唱着国歌，才开心了起来。

　　我正开心时，傻瓜哈波忘记了他还戴着鹿角，打算像绵羊一样转个身。结果鹿角一下子卡到了他脖子那，他在里面只能露出个头了，就像这些古老的鹿角里伸出的一个阳台。我们以为他会永远困在那儿，这可就坏了。

　　我们使劲把他从鹿角中拔出来，最后把他和鹿角挂在了一棵树上，这样他就能从鹿角里掉出来了，但是他并没有掉下来。于是我们继续使劲拔，终于把他所有的角都挂在了树上，他像一个火星人，但还是没有掉下来。考波利坎来了，它跳到了上面，就像是压倒骆驼的最后一根稻草。砰！哈波掉在了地上，骨头掉落的声音在整个智利南部回响。

虽然我们花了很久才重新武装好自己，但还是多出了很多没用的骨头。我们继续上路了。在路上我们意外发现了一片野草莓地，草莓看上去很可口。味道确实很甜，我们争先恐后地大吃了起来。

如果这些草莓能像洋葱一样大就好了。能吃到草莓让我们非常开心，因为饥饿在南部是个大问题，大大阻挠了冒险家们继续去冒险。幸好我们现在已经吃饱了，也吃厌了，估计我们这辈子都不会再吃这种水果了。

第 十 五 章

太阳在树林中隐隐出现了，像一座给船指路的灯塔。巴托洛继续在前面带路，我们和考波利坎跟在后面，考波利坎不停地缠在我的腿上。这个小可怜已经累了，我们没有考虑到它还是个小宝宝。不管怎样，就算我们再心疼它，也不能把它抱在怀里。因为我们吃得太饱了，并且全身都挂着武器。

突然，空气中发生了一些变化，流动着一种让人感到新鲜的不同的气息。一道光落下，天空倒映在水里。我们又回到了那片曾遇上飓风的湖泊边，不

过这里是湖的另一边。我们只想进去洗澡，不想再航行了。我们慢慢地钻进水里，底下是一些粗糙的、令人讨厌的石头。我们游去了另一边，那边也是一样。我们的脚被磨痛了，总之我们更想在陆地上待着。

这时，我们感觉到了远处有发动机声，我们向天空望去，看是不是直升机在找我们。但不是，是湖上有一艘船，它全速前进着，船侧浪花四溅，船速快到船尾连水都没挨着。我努力认出了上面的人：我的爸爸、妈妈、妹妹和船主人……

我的嘴里灌满了风，大声地喊着他们……但是，没用！他们是这么找人的吗？难道他们以为我淹死了，漂在水面上吗？

我叫得更大声了，帮派的人也帮我一起叫。我们的声音慢慢地变弱了，船也开远了……

我又一次伤心了起来：他们正在湖上开心地游玩，根本不记得我了！

我爬到了一棵树上看着那艘船，直到它消失……

我静静地看着它留下的波浪，感觉有几滴水珠溅到了我。因为我的眼睛里有水，就像鼻涕一样。

但是，这时我发现了一件事：我们所在的南方是一座岛，因为在更远处的四周都能看到这片刮过飓风的湖泊的湖水……

当一个以为自己是在陆地上的人发现原来是在一座岛上时，他不会说出这件怪事的，他会把这事咽到肚子里。因为有人会想："发生了什么？""我害怕吗？"他会回答自己："也许吧！"总之得想想其他人。一想到"美洲狮"伙伴们，我自言自语道："七个人里，有一个害怕就够了。害怕是会传染的，会影响到所有人。七个人都害怕就坏了。我不能让他们害怕……"

"我得闭嘴！"我内心发了誓，"这是我的秘密……"因为要保守秘密，我感觉自己像个大人了。

我意识到我只是有一点害怕，然而大家都害怕才是真的让人害怕。所以我还是选择一个人来承受这份恐惧吧！

我慢腾腾地爬下了树，耷拉着脑袋。

"你别因为他们没看见你，就神经兮兮的。"内格罗说，"反正我们也没人和父母在一起。"

"如果他们知道的话！"我想，"我们什么时候、怎样才能离开这座岛到达陆地呢？"

或许我们是这里唯一的居民，我们将要去开垦它……我用力抬起了头，心里对自己说："得装成不知道这件事！"为了思考得更顺畅，我捉住了考波利坎，和它打闹了起来。

第十六章

哈波和塞德利已经走在前面了，其他人和巴托洛跟着他们。我和考波利坎慢慢跟在后面，最好不要让他们离开我的视线范围。

如果一个人知道自已哪里都不会去，那么他独自在路上走就会显得很奇怪。四处都能听到树枝在吱吱作响，还有不知名的鸟儿在歌唱。白天还是黑夜、美洲狮或犀牛会不会再出现、世界有没有末日、是不是只有我们在这里，都不重要了……我们不想死。我有一个很棒的主意。但是每次有时间写下时，我就忘记了。

想到死亡，我感到十分伤心，或许是我想得太多了。所以我把它抛在了脑后，和考波利坎玩耍起来。它突然发出一声尖叫，毛和耳朵都竖了起来。

这时我才发现有个人在看着我们。是一个小孩，跟我一样大，他用纽扣大的眼睛看着我。我愣住了，对于在这座荒岛上看到另外一个活人，我还没有心理准备。

"你好，小孩！"他微笑着说。

"你好！"我回答说。我们冲对方微笑。

"这是你的吗？"他指着考波利坎问道。

"是的。"我不知道如何继续谈下去。这时，塞德利和科特到了。那小孩儿也微笑地看着他们。

他问我："他们是你的朋友？"

"当然！"我这么说，既不说是，也不说不是。

其实我不知道他在问我什么，但我似乎回答得很

好，因为他一直在微笑。

"西班牙人？……"他说。我向他点了点头。如果他保持微笑，应该就不是在侮辱我们。其他人也到了，他的笑容变得更灿烂了，露出了更多的牙齿。

一阵狂喜向我袭来，像离心机一样绕着我转。我有很多问题想问这个新朋友。但是我问了的话，其他人就知道我们是在岛上了……所以我克制住了。

"你住在这吗？"哈波天真地问。

他看了下我，照我的样子点了点头。

"你叫什么名字？"安迪问。

"佩林。"他还在咧嘴笑。

"你是西班牙人吗？"罗迪问他。

"我不是，"他说，"你们才是西班牙人。"

我们最好别问他问题了，我们太笨了，不知道他是不是在侮辱我们。总之，我们得跟他做朋友，让他加入帮派，永远都不让他走。

"我们迷路了。"哈波说，"你可以带我们去你家吗？"

佩林看着巴托洛说"不"。他似乎不喜欢它。

"它不会伤害人的。"我解释说，"它是个很好的朋友。"为了证明这一点，我将巴托洛缠在了脖子上。

佩林笑了，走近了摸它。他的手很小，又黑又粗糙，指甲是粉红色的。巴托洛喜欢他，伸出脖子要"抱"他，但佩林走开了。"这座岛上的蛇的名声都很差。"我小声自言自语道。

佩林带我们走过了一条神秘的路，那里有红色的花朵，没有石头，也没有树枝，跟童话里的路一样。道路在巨大的树木间蜿蜒，通往一个让人难以想象的神奇之地。大家都惊讶地倒吸了一口气，张大了嘴巴。

"曼塞拉的城堡。"佩林说，用粉色指甲指了指城堡，骄傲地看着我们。

"这是你的房子？"哈波惊讶地问。

佩林点头说"是"。

"你是王子吗？"塞德利问他。但佩林没有回答，他闭上了纽扣大的眼睛，好像在说"是"。

"我们可以参观一下吗？"安迪想进这座有地道、大炮和壕沟的石头城堡看看，佩林住在这儿肯定很幸福，这些大炮开过火吗？

他带我们在城堡周围转了一圈，给我们看了关押犯人的牢房，那是一个巨大的坑。我们不得不沿着一个土做的梯子爬下去，但这个梯子特别长……

如果佩林是王子，那他的士兵在哪儿？关押在牢房的犯人又在哪儿？佩林只是带我们参观了城堡里所有的地方，但什么都没有解释。

他甚至没有带我们去他的卧室，也没去看他的宫廷。我觉得很奇怪，一个没有宫廷和士兵的王子，一座没有人的城堡……一个荒岛和一个住在这儿的孤单的王子……

当其他人在大炮周围摸大炮时，我靠近了佩林，在他的耳边问："这个岛的名字是什么？"

"曼塞拉岛。"他说，"这是瓦尔迪维亚河和托尔纳加莱翁河。"他又用粉色的指甲指了指。

所以这是一座岛，最糟糕的是：曼塞拉的这座城堡并没那么好，只不过是一片废墟……佩林在那里吹着的是什么哨子？他是一个木乃伊吗？或许是一个鬼魂？

"我想看你睡觉的地方。"我对佩林说。

"为什么呢？"他问。

"因为好奇。"

他想了想，然后说："到了晚上我就随便找地方睡了，没什么特别的。"

所以他不是一位王子，他没有寝宫，没有拿着托盘的仆人，也没有长矛、王冠或者类似的东西。那么这座城堡是给谁住的呢？

我知道如果不是给他住的，也不是给我们住的，可就没人住了。我们可以住进那里，可以重建教堂，建一座西班牙式的房子，并用地牢来养动物。我们有好多事要做。帮派中的人已经把城堡跑了个遍，大喊着玩着游击队的游戏，从一堵墙跳到另一堵墙，掉进坑里。

佩林已经不怕巴托洛了，他一点点地摸着它的尾巴，考波利坎从我的身边跑开了。

我想把所有人叫在一块儿讨论一个计划，但是没人能听见我的叫喊。

我和佩林爬上了最高的一堵墙，朝他们大叫……没用，他们还在玩着幼稚的游戏，完全像聋了一样。我往四周看，发现全是海水。

"这全是海水吗？"我指着岛四周的水说。

"不是，"他说，"是托尔纳加莱翁。"

我想：佩林是马普切人。也许在马普切语里，"托尔纳加莱翁"就是海的意思。最糟糕的是他也不知道我们是怎么称呼这座岛的，我又想到了波浪、风暴和独木舟的问题。现在我想在城堡里生活一段时间，直到我们忘记之前与波涛作战的事。最好是跟佩林一起制订个计划，然后向其他人解释要做的事情。

"你一个人住这儿？"我问他。我必须调查出城堡里是否有其他人，他们是否出去散步了，是否还会回来。佩林神秘地笑了，没有回答我。

"你是城堡的守护者？"

"不是。是乌埃库比①。"

"乌埃库比？他在哪里？"

"你永远不会知道，"他说，"最好不要看到他……"

---

① 乌埃库比：马普切语里的魔鬼。

乌埃库比是谁？他可能消失了，为什么最好不要

看到他？

第十七章

　　我想和帮派的其他人说说这个"幽灵"乌埃库比的事，他才是城堡的守护者。但是没人理会我的叫喊，我慢慢意识到帮派的人也消失了。乌埃库比把他们变成空气了吗？他们永远消失了吗？我一个人该怎么办？他们会在哪儿？他们是被陷在了一个巫术的世界里，还是已经被变成了石头或大炮？我的睫毛开始痒了起来，眼睛里似乎进了什么东西。虽然我和哈波一样都没有喉结，但我现在感觉自己好像长了一个似的，有什么东西不停地在我身体里上下跳动着……

现在，帮派中只剩下我一个人了。我和佩林一起是曼塞拉城堡的主人了，还有两个不说话的朋友：巴托洛和考波利坎。我们现在该做什么呢？

我咽下了那该死的"喉结"。我问佩林："我的朋友在哪里？是乌埃库比拐走了他们吗？"

佩林脸都吓白了。

我想他和乌埃库比处得不好，所以我问他：

"乌埃库比是坏人吗？"

"很坏，很坏……"他说着，用手抱住了胸。

事情越来越糟糕了。如果佩林住在这座城堡里，又如此害怕乌埃库比，是不是因为乌埃库比就在周围乱转呢……

好吧……我试着安慰自己：这些冒险经历至少还可以讲给别人听。我挺起胸膛，觉得勇敢了一点儿。

"乌埃库比会巫术吗？"我问，一边祈祷着他说

"不会"。

"乌埃库比会。"他的脸变得更白了。真倒霉，事情越来越糟了。我亲爱的读者们，你们也许不会相信，但你们要放心，我讲的故事不会很恐怖的。我几乎没讲过什么恐怖的故事！

此时我的头发竖起来了，考波利坎也一样，它看上去像一团毛球。巴托洛伸出了舌头准备发起进攻，我吓得膝盖开始相互碰撞……

"你……你……你……"我说不出话了。

我又试着开口。

"乌埃库……乌埃库……乌埃库……"没用！我说不出话来！"他是恶……恶……恶魔吗？"我终于问了出来。佩林点头说"是"。

你们别以为我害怕了。虽然情况糟糕透了，但是英雄和勇士面对恶魔时是无敌的。

看着这座阴冷的城堡，我想，变成这座城堡里任何一件物品，比如一尊大炮或石头，也并不是那么可怕。总之，石头不会动也不会饿。说到底只是变成了石头，我安慰了自己。我问佩林："你怎么知道乌埃库比在这里转悠的？你敢去参观城堡吗？我们还有一只美洲狮和一条超音速蛇。"我们终于笑了。另外一个人比自己更害怕是件好事，因为通过鼓励另一个人能让自己充满勇气。

我牵住了佩林的手，那是一只僵硬的手，看起来似乎比我的还小，现在又变得更小了……我们走向城堡。

我们先顺着梯子下到了地牢里。没有人。我们又去了教堂，大声叫着。没有人回答。我越来越相信所有人都变成石头的设想了，包括帮派的伙伴在内。石头怎么会回答呢？哈波有一个他不喜欢的小弟弟——可怜的小哈皮托！他一定想不到自己的哥哥变成了石头。

我们进了城堡主的房间。考波利坎爬上了我的胳膊，它很冷。巴托洛像一颗松动的螺丝钉，一下松开，一下又缠上。城堡主的房间里没人，但是我在里面发现了我们来之前用的鹿骨头，至少这是一条线索。

我开始用骨矛刨石头里的孔。突然有发光的东西跳出来了，我怕是帮派里某个人的眼睛。可能是塞德利的，他的眼睛很大。我看都不敢看，突然出现的眼睛会让人害怕。但最后我下决心看了，这不是眼睛，是石头，也许是块宝石，可能是某位石化了的女王的项链上的。我不是女王，但是以防万一，我把它留了下来。我继续挖，又发现一块石头，红色的，跟子弹一样重，我也留了下来。当我变成石头时，就有用了：这些石头能让我显得与众不同，至少能让我认出自己。

我们搜了个遍，从一边跑到另外一边。我开始为其他人感到焦虑，直到我突然在房子里找到一个神

秘的洞穴。这似乎是给大老鼠住的，里面很黑。我探了下头，浑身都在颤抖。佩林像鸡尾酒调制器一样摇着头。

我依然很勇敢地把头塞了进去，像巴托洛一样伸长了脖子，把身子露在了外面。我觉得我听到了奇怪的声音，像是水的咕噜声。

是托尔纳加莱翁河吗？还是凤头麦鸡呢？

我叫佩林也探进头，但他不敢，我把考波利坎放在洞穴门口，它安静地走了进去，可是它进去后再也没回来。所以我们要么等它，要么进去找它。

我在胸前画了个十字后进去了。变勇敢是件坏事：因为就算后悔了，也必须一直勇敢下去。

第 十 八 章

随着我不断前进，滴答声变得越来越大……当我越来越怕时，我突然听到了安迪的笑声，还有哈波的笑声，就像四溅的水花一样。是他们！原来他们藏了起来，故意和我闹着玩。真是太淘气了！

他们在嘲笑我吗？我也要嘲笑他们，我要装作没有发现他们不见了。我没有为看到的不是乌埃库比感到高兴，因为我对于哈波他们十分恼火，一点都开心不起来。我们停止了前进，佩林和我组成了一个秘密的马普切小帮派。我们再也不会见他们了。

"你和我是朋友。"我对佩林说。

"很好的朋友。"他笑着说。

"他们不是。"我朝洞穴说。

"不是！"佩林严肃地重复道。

"你和我现在是Panguipulli（美洲狮山）帮了。"我对他说。

"但没有pangui（美洲狮）？"他问。我忘了pangui在马普切语里是美洲狮，Panguipulli是指美洲狮住的山。佩林说得有道理：如果考波利坎不在，帮派不能叫这个名字。

"那怎么叫呢？"我问。

"叫Pallico（派亚科）吧。"他指着水对我说。

当我们在想两个人能做些什么时，我听到远处传来了钟声。钟声像音乐一样，绵长响亮，让人放松，就像一只蜂鸟撞上了月亮似的嗡嗡响。

"那是什么，佩林？"

他用夹杂着马普切语的智利话跟我解释说那是一座金钟。似乎很多年前，在西班牙人建这座城堡时就有了，他们收集了很多金子，为了安全，把金子铸进了大钟里。

黄金对于阿劳科人来说是一个负担，他们与那些想要金子的人不同。黄金让他们受苦受难，但他们也不想让金子被西班牙人得到，于是在一个好天气，当西班牙人去野餐时，他们悄悄地把金钟偷了回来，丢进了卡耶–卡耶河里。佩林告诉我说这是个秘密，一个我们派亚科帮的秘密。如果有时间，我们就去把钟拿出来，似乎当曼塞拉有一些大事发生时，钟声就会在天黑时响起。黄金钟的钟声比纯银的好听，这样就能伪装成音乐声了。

我和佩林说着话，甚至已经忘记了我要与"美洲狮"帮为敌了。所以当我看见塞德利、考波利坎还有其他人靠近时，我忘记了戒备，也没有做出攻击的样子。

他们满身是汗，脏兮兮的，眼皮上沾满了铅灰色的土，睫毛上全是白色的蜘蛛网。

我装作没有注意到他们的"伪装"。

他们开始抖落身上的灰，爬上洞穴吹嘘着里面有多么恐怖，有多闷，多少泥土掉在了身上，以及他们在里面找到的宝藏。

我一点儿都没跟他们提金钟的事，也没提我和佩林组成的神秘的派亚科帮的事。

"你会喜欢里面的。"内格罗对我说，他眨了眨粘满蜘蛛网的泪汪汪的眼睛。

我用一种"那又怎样"的态度挠了挠肩膀，看见这些蜘蛛网都让我觉得很痒。

"我们确信那里有宝藏。"科特说。

"这种的吗？"我轻蔑地问，给他们看我找到的宝石。

六个人来到了我身边。他们拿着那些石头又摸又咬，掂了掂重量，眼睛像螺旋桨一样转来转去。

"你在哪儿找到的？"

"你还有吗？"

"是宝石。"

"我们发现了一笔宝藏！"

"等等！"我打断了他们，"你们什么都没有找到，这些宝石是我的。"

"好吧，但是你是帮派的头儿，我们的头儿。所以这是所有人的。"

"我从什么时候开始是头儿了？"我问。

其他六个人相互望着，说："从现在起！"

"因为我有一笔宝藏，所以我就是头儿了？"我说。不管怎样，我都适合当头儿，因为头儿下命令，解决一切问题。我觉得和朋友吵架很没意思，况且这宝石又能让我得到什么呢？我忍不住和他们说了黄金钟的事，一下子全告诉了他们。

我突然觉得他们都变小了，也可以说是我变大了。但是他们越对我恭敬，我越冷漠，我注意到这就是他们说的"虚荣心"。不过我相信，没有虚荣的理由，虚荣心就不会存在，所以我有虚荣的理由。

"你想拿金钟怎么办呢？"罗迪问我。

"想做很多事。"我说。我必须和佩林商量一个方案。

"要做很多事情。"我说，"我突然有了很多想法。我必须和佩林一起制订计划。"

"和我们一起。"科特说，"因为钟将来是帮派的。"

"如果我们能把它从河流中拿出来的话。但这并非那么容易。"

"你怎么知道这不容易？"哈波问道。

"因为如果很容易的话，其他人早拿出来了。"我说。

"我们怎么知道它是不是还在那里？"塞德利问。

"因为我听到它响了。"我回答说。

佩林点了点头，笑了笑，露出了比平常更多的牙齿。对乌埃库比的恐惧已经过去了，他又开心了起来。

天空布满了乌云，夜色也随即降临了。我不知道为什么晚上总想吃东西，但糟糕的是不知道要去哪儿找食物。

"我饿了！"塞德利说。每个人都在叹气，揉着自己的肚子。

我不知道佩林是理解了还是猜出来了我们的心思，他比手势让我们跟着他，他带我们走过了一条小路。我们一会儿往下走，一会儿往上走，滑倒了几回，

又跳过几道沟，向上爬了很久，然后在下坡时又快

速地停下……

第十九章

就这样，我们到了一片小树林，那儿有一所泥巴和树枝做的房子，远远地看见一阵烟，烟里有烤面包的香味。

当我看到一位站在门边的印第安老妇人时，我问佩林："这是你的家？这是你的妈妈吗？"

"我没有 Ñuque 也没有 Chao。"佩林说。我明白了他是在说"爸爸"和"妈妈"，"她是我的奶奶，我是她的孙子。"

"当然了！这是你的奶奶，你是她的孙子。"我

解释道，所有人都听见了。

这位老太太与那个想抢走巴托洛的巫婆不一样，她和佩林长得很像，笑起来也会露出牙齿。

我们进去了，奶奶从炉子里拿出了一些热的玉米饼，佩林努力地在地面上挖坑，让我们都能坐下。

"吃吧，吃吧。"奶奶把玉米饼递给了我们。玉米饼太烫了，我们的手都被烫着了，不得不甩一甩让它冷一冷，但我们还是趁热吞了下去。佩林在用他们的语言很快地说着什么，我们都听不懂。我还没吃完一个玉米饼，手上又有了一个，但是我不小心把它弄掉了……

祖孙俩安排我们睡在了一个铺着干草的柔软的角落，他们俩睡在了旁边的另一个角落。炉子慢慢熄灭，天越来越黑，我们做起了梦……

当一个人累了的时候是很难入睡的，但第二天更难醒来。

在梦里，我听到了河里的金钟发出的音乐声，正呼唤着人去找它，又两次都因为帮派的鼾声淹没了钟声而醒来。

钟声沉重地回荡着，甚至太阳都被叫出来了，夜晚一下子变成了白天。我跳了起来，把打鼾的人都叫醒了。他们确实也听到了钟声，虽然睡着了，还是感觉到了钟的呼唤。

佩林的奶奶没有城里的奶奶那么狡猾，也不记得那些洗脸和刷牙的规则，我相信这就是她们的牙齿如此洁白整齐的原因。

起床后唯一要做的是捡生炉子的树枝，有一个人得去学习烤面包，制作浓郁香甜的面粉。

奶奶也给了我们一些裹着蜂蜜的面粉。

第 二 十 章

既然我是帮派的老大，那我的名字就叫酋长好了。

自从我成为"美洲狮"帮的老大后，我变得更加暴躁、专横、自私。我想看看他们能服从我到什么程度，我命令他们捡棍、荆棘来做鱼竿，命令他们跟着我。佩林带我们到了托尔纳加莱翁河边，我们钓到了一些银汉鱼。

因为鱼很重，我们必须用铁钩钩住才能拖到奶奶的茅屋那儿。等拖回去，鱼的皮都没有了，但是依然可以拿来当午餐。

奶奶用烟把鱼熏了一会儿，结果却熏过头了。我们其他人只好把鱼晒干，做成腊鱼。

我们吃了腊鱼后几乎已经忘记了金钟的事了。

"我们明天再去找吧。"内格罗说。

"我们去城堡寻找宝石吧。"科特说。

"最后再去找钟，它太重了。"安迪说。

他们吃饱了就无法无天了，竟然理都没理我。

"我才能下命令！"我用力喊道。

"别傻了！"一个人说，我给了他一拳。一个酋长必须让别人服从他。

打了一拳后，另一人来到了我身边，帮我打了叛徒。而此时，拥护者和叛徒乱作一团打了起来，最后我们都横七竖八地躺在了地上。佩林只是看着，巴托洛和考波利坎待在一边，这样摔倒的人就不会压到它们了。

没有人赢，所有人分成了两派：一派是他们的，一派是我的。"美洲狮"帮只剩三个人了，那些倒霉鬼不知道我在哪里找到的宝石，更不会知道那个大钟在哪里。

我们不欢而散，为了让他们无法追踪到我们，我们随意地走，最后连我们自己都迷路了。

愚蠢的三只"美洲狮"裹着树叶跟着我们，当看到我们因为太累坐在了地上时，他们谦卑地靠到了我们的脚边。因为佩林是我们这一边的，他们是打不赢的，所以他们决定与我们和好。我当酋长也已经当厌了，因为一直都要管很多事。

于是我们坐下来休息，商量金钟的事。

"先潜下水去……"安迪说。

"你疯了吗？这么大一条河……必须知道金钟在哪儿。"

"弄架直升机，就能看到它了。"哈波说。

"当然！这个岛上有一堆。随便选一个！"内格罗说。

"先得找到在哪儿。"我说，"然后再潜水。必须让它响起来，但是现在是白天。"

"怎样才能响？"塞德利问佩林，"奶奶知道吗？"

佩林露出了他的牙齿，神秘地笑了。没有人知道怎样让金钟响起来，于是我待在角落里思考：必须考虑到这是以前的金钟，听说以前的金钟在火灾时会响。西班牙人把所有的黄金放在一起做了个金钟，也许是用来迷惑别人的。这个金钟很重，如果阿劳科人要把它丢进河里，必须从岛的某个小山上将它滚下去……我已经不用再往下想了，因为知道这些信息我们就能找到它了。

"我们生一堆大火。"我说，"以前的金钟起火的时候都会响。"

我们都觉得这个主意很棒。我们在河边找了一座小山，把许多树枝聚在了一起。佩林用他随身带着

的小石头点了火。

火猛烈地烧了起来，起了很多火焰，棍子噼里啪啦地响，冒出了比火山还要多的烟雾。

我们马上灭火，在没有水管的岛上灭火可不容易。我们用石头、湿树枝和一撮撮的泥土灭掉了火。

"我听到了金钟声！"内格罗说。

"金钟声？"

"我听到那边有金钟声。"另一个说。

"在这里。"

"在那里。"

"那边。"

"这边……"

巴托洛伸长了脖子，立了起来。它不喜欢吵架，当我们看到它如此愤怒时，都愣住了。我觉得它是在传达一个信息，但前提是得明白它想说什么。

巴托洛缠住了我的脖子，我抚摸着它，它一点点地安静了下来。突然它跳到了地上，像条波浪一样在树枝和森林里开了条小路。所有"美洲狮"还有佩林都乖乖地、安静地跟着它。

巴托洛闪着硫黄的光，全身沾满草和各种颜色的鲜花。它是不会在绿色的草地中消失的，因为它像太阳一样钻了进去，照亮了路，它带着我们走了许多陌生的地方。

出乎我们的意料，所有的绿色和栗色的草地最后变成了沙砾和一片沙滩。就是那种河边和海边常见的沙滩，海里有许多的浪花。

巴托洛穿过海滩，爬到了水里，就像回到了它的床。如果我们继续这样追着它岂不是疯了吗？因为随着太阳下山，岸上的波浪变得越来越大。波浪随后变成了红色，在愤怒地咆哮。

巴托洛回到岸边看着我们，因为我们没有跟着它而生气。它因愤怒变得苍白，不再发光。它身上全

是沙，看上去很疲倦。

我走近它，让它振作起来。

这时，一股海浪抓住了我，把我和怀里的巴托洛卷入了深海里。但是我们又像垃圾一样被打回了岸上。难道是大海在保护金钟吗？

我们俩在地上打滚晒干了自己。滚着的时候，我透过沾满沙子的睫毛看到了一张网、一张帆布和一艘停在附近的小船。

第二十一章

　　发现了一艘船这件事让我们很高兴，我们朝船跑去，上了船。从船内传出了一个男人的声音。

　　"你们要袭击我吗？"他沙哑着嗓子问。

　　"不是。"我们一起说道。

　　"你们在这里找什么？"

　　那是一个有胡子的男人，身上有很多痣，胸前画着蓝色的锚和长着美人鱼尾巴的丑陋的洛丽塔。他的裤子像快要掉了，露出一个如城堡洞穴那么深的肚脐。

“我们在找金钟。”哈波说。

他笑了，鼻子和鼻孔都变大了。他抓着头和脖子，用手捂住了笑着的嘴。

“这口金钟杀死的人比一场战争杀死的还要多。”

“怎么杀死的？”科特害怕地问。

“用水吞噬了贪婪的他们。”他又开始笑了，笑声似乎永远不会停下。

巴托洛误会了他的笑声，向他伸出舌头。当他看到巴托洛时，立马变得严肃起来。他退后一步，一屁股坐在一个装满了不知道是什么东西的篮子里。这个东西像被缠在带子和树皮绳里，散发着非常奇怪的气味。那些带子和树皮绳缠住了他的身子。他就像一只巨大的章鱼。他越想挣脱，带子和树皮绳缠得越紧。他的身子变得越来越红，他的胡子像一团生气的电线。

我和内格罗想要帮助他解开，但情况却更糟糕了。他砍掉了树绳，把它们扔掉了。他站起来，狠狠踢了一脚那可怜的大筐。

"它们是晒干的蛇吗？"安迪问。因为安迪这个傻问题，他不再继续生气了。

"不是！"他说，"这是马醉木花，你们从没吃过马醉木花吗？"他又问道。

除了佩林，我们都说没有。原来他是一个渔夫。渔夫闭上了一只眼，从船底扒出了一只装着菜的锅。

"尝尝吧！"他说着，但更像是在下命令。

我们看着对方，渔夫朝向佩林的那只闭着的眼睛让我们起疑，但为了不像胆小鬼，我们尝了。我们喜欢这菜，越吃越好吃，越吃越香，之前觉得奇怪的东西竟然这么好吃。他坐下来和我们一起吃，不过他看起来似乎想要说些什么。

"当我像你们这么大时，我离开了我的家乡来这儿找那该死的金钟。"他看着河说，"我离开了家和学校，在上游和下游划了很多个月的船。每天晚上我都听到了金钟声，但却不知道它在哪儿，金钟在呼唤着我，我们四个男孩子想把它从河里取出来。我们有绳子、链子、梭镖还有两只钩住它的钩子……在一个亮如白昼、金钟声十分响亮的月夜，我们出发了。金钟声很响，离我们很近，我们确定我们就在金钟上面。为了取出它，我们把链子和锚丢入水里。为了船不走并且能够更好地缠住它，我们以螺旋的方式划着船。突然金钟不响了，一点声音都没了，这说明链条锁住它了，但是水面出现了漩涡，船一直在转圈，像飞机的螺旋桨……一个同伴失去了平衡，掉进了河里，我们试图抓住他，但是漩涡吞走了他。接着金钟声又响了起来，波浪和漩涡平静了。我们以为有时间救这位朋友，抽签选了两个人下水，另一个人留下来接应。留在船上是我的幸运，其他两个人跳了下去，之后就再也没回来。一片大云飘来，月亮变暗了，金钟声又悲伤地响了起来。

"从那时起，我就一直在找我遇难的朋友。我再也没回过家，我不能抛下他们回去。这样，一年年过去了……我成为一个孤独的渔夫，每次遇到想去找那该死的金钟的冒险家，我都会告诉他们我的故事，救他一命。我救了你们吗？"

我们沉默了，思考了很久，虽然事实上也没有很久。但是金钟究竟是用来干什么的呢？

我们回答"是"。男人很高兴，请我们睡在他的船里。

我还告诉他我的家人不见了，于是他让我们去尼布拉岛看看，说不定能碰见。他给我们盖上了帆布，我们睡着了。

第二十二章

　　第二天早上天亮之前，我们把船拖到了岸边，坐在篮子里轮流划船，突然我发现佩林不见了。我看向岸边，看到了佩林黑乎乎的胖手，他在和我们说再见，他不想离开他的奶奶。

　　光线一点点把黑夜熔化，给太阳让出了一块儿地方。因为景色太美了，我们划船也不觉得辛苦了。

　　想到假期就要真的结束了，我们也没有很烦恼，因为我们到曼塞拉岛后什么都知道了。我祈祷着，因为尼布拉岛比曼塞拉岛对我来说更陌生、更容易迷

路、更偏僻……如果我知道它是怎样一个地方的话，我就不会祈祷了。上帝不会因为一个祈祷的人就把事情改变的。

我们到了尼布拉岛，阳光照在我们的耳朵和脖子上，像是在挠痒。渔夫和他的那些渔民朋友带我们在海滩旅馆吃了一点菜，菜的味道超级棒。但是里面有一个人怕巴托洛，还不怀好意地看着考波利坎。他一脸阴险地偷偷地和我们的渔夫说话，我开始意识到他想杀了考波利坎。他看起来就像是那种纠缠不休的人，龙虾一样的眼睛像微型胶卷一样嘶嘶作响。

我和站在我旁边的哈波说："你和大家说我们最好离开，这个人看起来像个叛徒。"

哈波传出了消息。我们故意问"厕所在哪里"，想一个接一个地出去。但是这个叛徒阻止了我们，他双手抱着胳膊坐在了门口。

没人敢出去了。他踢了下门，由于太虚弱，他摔倒了，没有人跑。他点燃了一支香烟，打着嗝看着我们，用破碎的舌头嘶嘶地说：

"没有人能逃走。"他捋顺了舌头，继续说，"我负责送回……送回，把在这里找到的人送回到，送回到他的妈妈那儿。小汽车已经准备好了。"

他抓住了我们的一只手臂、一只耳朵、一条腰带或者一条腿，然后把我们拖上了一辆小车。

这个像犹大一样阴险的家伙是一个巨人，我想起了我小时候听的关于犹大的故事。幸运的是小车里有很多人，还有一个看上去同样狡诈的汽车司机。当"犹大"想从我们身边抢走巴托洛和考波利坎时，汽车司机生气了：

"它们是这些孩子的宠物！"汽车司机说。说完他就马上载着我们开车出发了，都没让我们跟老渔夫、曼塞拉城堡、佩林和我们的假期好好地道个别……

小小史学家

前 言

　　大人们已经想不起他们在学习上耗费过多少心血了。

　　他们总认为我们小孩脑袋里什么东西都没有……

　　要知道，集中注意力，不去想其他事情是很难的，因为要想的事太多了。

如果有人能给我们清楚地讲述一件事情，我们就能明白他的意思；如果这个人给我们讲的东西有趣，我们就会注意听；如果他说的是我们非常喜欢的故事，那我们就会记住故事，永远不会忘记。

　　对我来说，学习太难了。为了能掌握历史，我不得不亲手写下智利的历史。现在，我才真的理解了这段历史，而且将来也不会忘记它。

巴巴鲁丘

很久以前，也许是两年前吧。那时我读小学三年级，卡门小姐是我们的老师。她是个好人，但是对我没什么好感，因为她总是对我说：

"巴巴鲁丘，快下来，你不要像苍蝇一样贴到屋顶上了。你住在云上面吗？"我不喜欢她这么说我。

我现在还记得那天她给我们讲地球是圆的。

我早就知道地球是圆的，不过我一直想象它是个无边无际的圆盘，天空就是地球的盖子，所以我没听卡门小姐讲课，我以为我已经知道那些知识了。

然而，她突然从衣服口袋里掏出个橙子。她把橙子拿给全班同学看，解释说地球就属于这种圆球形。

当我发现地球如同一个橙子时，我超级想去吃一口"地球"。那个时候我觉得异常口渴，就想上去咬一口橙子，甚至连牙齿都着急地从嘴里露出来了。于是我竖起了一根指头：

"怎么了，巴巴鲁丘？"卡门小姐说道。

"我没听懂。"我回答说。

"那你过来。"

我走上前。事实上我只想摸一下橙子，或者只是闻一下它，因为我不是很确定卡门小姐手上的橙子是真的还是橡胶做的。我已经有一年没吃过橙子了。

"巴巴鲁丘，你哪里没听懂？"

"我不明白这个橙子。"我回答道，橙子的香气让我的胃开始分泌胃液。

"橙子是圆的，你没看到吗？地球也一样，像橙子一样圆。"她说道。

"那我们怎么不会滑倒，掉到地球外面呢？"我

问她。

"巴巴鲁丘，半小时前我就解释过，因为地球中心有块磁铁吸着你，所以当你跳起来，就会重新落到地面。要是地球没有磁铁，你就飞出去了。"

我知道是磁铁的缘故。但我离橙子那么近，它对我的吸引更加强烈，我感到胃里的胃液要流出来了。

"你现在听懂我说的了吗？"她问。

"好像懂了一点……请您拿过来给我看看？"我伸出一只手，她便把橙子递给我。我感觉受到了一种很奇怪的吸引力，好像我是一头狼，而橙子是小红帽。我觉得那就是地球的磁铁。

但是在深入体会这个感受之前，橙子就已经被我咬住了，而且差不多吃完了。

"巴巴鲁丘！"卡门小姐猛拽一下，从我嘴里抢过橙子，那时我只觉得橙子异常酸。

"你为什么那样做？"她气得面红耳赤。

"我以为它是甜的，同时也受到了'磁铁'的吸引。"我看她很生气，就试图向她解释这一切。因为我现在完全明白了地球就像橙子一样，是圆的，而且地球里面有一块吸力超强的磁铁。

那天之后，卡门小姐就再也没有拿过橙子来教我们地球是圆的了，不过我们也都掌握了这个知识。之后她带来了一张世界地图。地图让人非常着迷，因为上面有世界上所有的国家，每个国家都有自己的颜色，都很艳丽，其中占据最多的是海洋。

卡门小姐给我们找智利在哪里。智利紧挨着东太平洋，又长又细，好像一条随时都会断掉的蚯蚓。

"这是智利，这是圣地亚哥。智利的首都以及智利最重要的城市是圣地亚哥。"她指着一个小黑点说。

难以想象，在地图上圣地亚哥看起来比我鼻子上的雀斑还要小。要是圣地亚哥在世界地图上这么小的话，那智利在地图上看起来这么瘦长也就无所谓了。反正它实际上是很辽阔的……

"智利很富饶，它一边是太平洋，一边是安第斯山脉。"卡门小姐说道。

我一直在想什么会成为财富，最后我知道了。一个有海的国家就像一座向全世界敞开大门的房子；一个有山脉的国家就像一座有着堡垒墙的房子，有了这堵墙，任何入侵者也不能进去。

"这片海洋是我们国家的吗？"我问卡门小姐。

"这片海叫太平洋。我们国家的所有海岸都连着海洋，附近的海域都属于智利。"她说。

"真可惜！"我说道。

"可惜，为什么可惜？"

"因为是'太平'洋，所以那里应该从来没有发生过什么事。"

"这只是名字这么叫而已，巴巴鲁丘。那里有海盗船，有战斗和战争，还有很多你以后会知道的事情。"

"也就是说，海的深处有沉船？是装有宝藏、箱子以及各种各样东西的海盗船吗？"我问她。

"是，但是那些东西很难打捞出来……"

"是因为鲸不让打捞吗？"

或许是鱼吃了宝藏，所以它们才有了闪亮的、银色的鱼皮。

"也许是。"她回答说。

我要是能出生在海里就好了……能去世界各地游一游。如果我是一条智利鱼，我会超级喜欢冒险，我会去很多地方寻找最富饶、最有趣、最美的海，再把它带回智利……

"实际上智利鱼聪明却很少成群行动，不容易捉到。世界上很少有国家像智利一样有这么多海岸……"

"那山脉呢？"我追问。

"像我们这样有一条大山脉的国家也不多。"

"也就是说那条山脉不是随随便便的一条细棍了。"

"它是山脉！"卡门小姐说。

"山脉？"

"许多高山一个接着一个连在一起，就叫作山脉。"

"什么样的山？"

"这些山看起来由岩石组成，但实际上是矿石。"

"矿石？"我问她，"那矿石里面是不是有好东西？"

"当然有，有珍贵的矿产。"

"太棒了！一边是海里有宝藏，另一边是山里有珍贵矿产……智利就像一块充满神奇的薄饼，里面有各种各样的馅料：水果蜜饯、坚果、糖果、巧克力……哦！对了，我们已经从珍贵的矿产中挖出东西了吗？"我问。

"只挖出了一些。已经发现了金矿、银矿、铜矿、煤矿和铁矿。"

"可是，还有没发现的吗？但愿他们没时间发现所有矿产，好给我留一个。出生在一个有东西可以挖掘的国家太好了！希望我长大时，安第斯山脉还能保存好自己的宝藏。那请问卡门小姐，安第斯山脉是不是就像智利的地窖一样，储藏着很多很多东西？"

"是的，巴巴鲁丘。"

"我喜欢生在智利，喜欢这三样东西。"

"哪些东西？"

"第一点，可以直接登到山顶，坐着滑板冲向海里。

"第二点，我们是智利海域所有鱼和鲸的所有者。要是有人把鲸驯养得特别好的话，我们就能和它一起生活，乘坐鲸在水下航行，然后拿到那些海盗的宝藏。

"第三点，我长大后会做一个原子能设备，乘坐它飞向山脉核心，挖到珍贵的宝石，再飞回来。这么想想，生在智利真是超级幸福啊！"

第一部分

大发现

　　好像在五百年前，有位叫克里斯托弗·哥伦布的先生。之所以能记住他的名字，是因为我曾经多次听过"哥伦布之蛋"的故事。故事是这样的：在一次聚会上，哥伦布的朋友们打赌看谁能立起一颗鸡蛋，但无论是谁摆鸡蛋，鸡蛋都一次次倒下，怎么也立不住。等到哥伦布尝试的时候，他把鸡蛋磕了一下。结果鸡蛋立住了，但是蛋壳也碎了……除此之外，还有其他关于哥伦布先生的故事。比如，他认为地球是圆的，而其他所有人都坚信地球是平的。但是他说："为什么你看海里的船时，会看到它一点点消失在视野里，就像渐渐沉下去了一样呢？"

大家都笑他。哥伦布是热那亚人，但是由于在热那亚没人关注他，哥伦布就去了邻近的国家——西班牙。

于是哥伦布的好日子来了，他见到了西班牙女王，就是天主教信徒伊莎贝拉①。他给女王讲了自己的想法，女王陷入了思考……

那个时候大家都想去印度，不像现在都想去美国。但是去印度的路途异常遥远。

"女王陛下，我认为，我已经找到了一条去印度最短的路线。"哥伦布对西班牙女王说。

_____

① 伊莎贝拉（1451—1504）：她与欧洲皇室有很深的渊源，包括与英国国王亨利四世。她和夫婿费迪南德国王最有名的作为是赞助哥伦布发现新大陆的探险之旅。

"最短的？"女王问他。

"是的，女王陛下。"

哥伦布从口袋里拿出一个小塑料球，在一边画了一点代表西班牙，另一边画了一点代表印度。他解释说，葡萄牙人从这条路线去印度肯定路途遥远，不过要是从另外一条路线走的话，就会便捷得多。

当然哥伦布说错了，因为他说的那条路线实际上比原来那条路线远得多。但是不管怎样，要不是他想到了这条路线，也许现在依然没人发现我们所在的美洲。

女王不敢为了哥伦布向国王要钱。女王担心国王会对她说："别犯傻了。"因而，她更倾向于赠予哥伦布金银珠宝，好让他卖了换钱。于是，女王把自己所有的项链、戒指、钻石和镯子都给了哥伦布。哥伦布把珠宝卖了，用得到的钱做了三艘大船。

我能想象哥伦布和那些船在一起时是多么地幸

福，就像有人送了三辆摩托车给我做礼物一样……真可惜现在没有那样的女王！

建造这些著名的三桅帆船耽搁了很长时间。但不管怎样，哥伦布看着木匠们干活，以此为乐打发时间。

最后船全部建造好了，哥伦布给它们命名为"圣玛利亚""平塔"和"妮娜"。虽然我并不知道为什么这么叫。

接着，哥伦布将三艘船装满吃的东西和喝的淡水，因为那时还没有可口可乐。他雇了一些想和他一起进行这场冒险的人。所有帆船都从一条新路线出海航行，这是一场大冒险。如果地球不像哥伦布说的那样是圆的，他们就要面临远远地偏离目的地的危险。

哥伦布一行人选了个好日子，准备出发。所有的亲属都去帕洛斯港口欢送他们。他们高声歌唱，升起船帆，起风时，船帆像鼓一样胀起来。三艘船宛若巨大的城堡，缓慢地在海面上航行。人们目送着船队，直到它们渐渐消失在视野中。

这一天是 1492 年 8 月 3 日，我忘不了，因为 8 月 3 日我掉了第一颗牙，而 1492 是我唯一记得的数字。

还记得我的历史老师——卡门小姐吗？我之所以说她对我没什么好感，是因为她老是向我提问。

"巴巴鲁丘，哥伦布看到陆地之前航行了多久？"

"很久。"我回答她，因为我知道那些船没有发动机，所以在没风时，就只能靠船桨了。

"很久是多久？十年，两个月还是一周？"

一般而言，卡门小姐会给出好几个选项，除了真正的答案，剩余的全是混淆视听，不过我才不会被她的选项迷惑。

"两个月。"我说。

"真棒，巴巴鲁丘。船员们航行了两个月没看到陆地，他们会高兴吗？"

"不会。"我回答，因为我知道他们那两个月是怎么度过的。我摔断腿时两个月里什么事都干不了，都快憋死了。哪怕让我在家一直吃冰淇淋也行啊，但事实上我什么都干不了。

"那发生什么事了？"卡门小姐问。

"发生了该发生的事……"我回答她。

"很好，巴巴鲁丘。正如你说的，船员开始愤怒了，因为他们觉得自己被哥伦布骗了，而且他们也厌烦了只吃咸肉和干果的日子。船员们在抱怨，哥伦布觉得他们可能要反抗。那接下来会发生什么？"

"船员暴动。"我说道。我绝不会忘记自己喜欢海盗故事里的船员暴动。哥伦布要是海盗的话，我会更喜欢。

"不错，巴巴鲁丘。如果船员暴动，他们就会杀了哥伦布，那也就没有大探险了。哥伦布只能向上帝祈求帮助，别无选择，要不然大家都会死在海上。接下来他做了什么呢？"

"祈祷。"我回答，因为我认为要想向上帝寻求帮助，就必须祈祷。

"他把自己关进寝舱，跪在床上。然后呢？"

"他睡着了。"我这样说是因为我祈祷的时间久了的话，也会睡着。

"不知过了多久，哥伦布在喊叫声中醒来，他并不知道发生了什么，以为船上真的发生了暴乱。就在这时，一阵急促的敲门声打断了哥伦布的思绪。他一边去开门，一边想，这些船员该不会是来杀自己的吧？然而，这些站在门前的水手们脸色奇怪。嘴里也不知在喊些什么。他们喊了什么呢？"

"船长，陆地！"戈麦斯回答道，他之前在喜剧表演里扮演水手，正好是关于美洲大发现的，整个

剧里戈麦斯唯一要说的台词就是这句。

"真可惜！"我说。

"可惜什么？"

"可惜哥伦布祈祷了那么久，要是船上发生暴动会更有意思。"

"你别说蠢话了，巴巴鲁丘。为什么他们说'船长，陆地！'呢？"

我没回答这个问题。

"巴巴鲁丘……"

"在！"

"我问你话呢，你为什么不回答？"

"因为我忙着想事情呢。"我说。

"我知道你怎么回事了，你又走神了。上课注意听讲，努力理解我说的内容。"

"我听得有点困了。"我回答道。

"好吧。我给大家好好解释一遍，你们要注意听。

哥伦布从寝舱里出来时，天色正渐渐变亮。水手们像疯了一样嚷嚷着，喊叫着。"

"船长，陆地！"戈麦斯再次大喊。

"'船长，桅杆上有只鸟。我们都看到鸟了，这表明陆地距离我们不远了。'有个船员说道。哥伦布在胸口画了个十字，表示对上帝的感谢。接着他调整望远镜，看向大海。

"一些黑点出现了，大家都迫不及待地想看，他们轮流拿着望远镜。所有人都大喊……"

"船长，陆地！"戈麦斯喊着。

"大家站在船头，感觉像做梦一样，航行了这么久才看到……"

"船长，陆地！"戈麦斯又喊了一次。

"'快看那些绿色的东西，是树！'水手们疯狂地划桨，不一会儿三艘船就靠近了海滩。他们确信已经到达了印度。可是海滩看起来很荒凉，没有人，

也没有房子，只有鸟和一些动物。哥伦布和他的船员们接下来做了什么呢？"

"上岸。"我情绪激动地对卡门小姐说。

"'我们要感谢上帝。'哥伦布说完后将一个十字架插在沙子里，所有人都跪下来祈祷。哥伦布以为这是印度一个不为人知的岛屿，于是把这座岛叫作'圣萨尔瓦多'。"

"哥伦布有点迷失方向了。"我说道。

"你为什么这么说？"卡门小姐睁大双眼看向我。

"因为他把美洲当作了印度。"

"的确。他不知道已经发现了美洲。巴巴鲁丘，现在你告诉我，西班牙人踏上这片土地时发生什么事了？"

"我猜他们会在海里洗澡，坐在海滩边上张开腿吃椰子……我想他们还会吃很多其他的水果，也会在沙子里打滚。"

"好。那这一天是什么时候呢？"

没人回答她。

"12月12日。这一天是民族独立日，整个美洲的节日。"卡门小姐说。

"我认为那只不过是西班牙人的节日。因为在我看来，对美洲的印第安人而言，那是悲惨的一天。如果哥伦布没有到达美洲，印第安人会更幸福，他们有箭，有羽毛，有一切东西。"

"你宁愿那天不是节日？"

"呃，庆祝与不庆祝节日之间，还是庆祝更好一点……不过那更应该是印第安人的节日。我想当总统，这样就可以在节日那天让全世界的人都当印第安人……"

下课后我模仿戈麦斯的语气冲他喊："船长，陆地！"

戈麦斯生气了，给了我一巴掌。

"你还真以为自己是船员，跟着哥伦布发现了新大陆啊！"他一边气愤地对我说，一边偷偷地揉自己的手。因为我挡住了他的巴掌，结果他的手狠狠撞上了我后边的柱子。

"要知道不算是哥伦布发现了美洲，因为他以为自己到了印度……"戈麦斯边说边吹自己的手。

"可是不管怎样他的确发现了美洲。"

"装模作样。"他一边说一边把手放到口袋里。

"无论如何，地球就像哥伦布说的那样，是圆形的。而且他也发现了美洲。当然，他没发现我们会更好，因为被发现让我觉得烦恼，不过发现美洲也不是他的本意……如果我是他，我不会回西班牙。"

"我也是。但必须有人去告诉女王，也气气那些不相信地球是圆形的人。"戈麦斯说道。

"但是如果他一直待在这儿，西班牙所有人都会

166

以为他已经死了。哥伦布是美洲的发现者，不过他没怎么打扰印第安人。"我相信事实是那样的。

"你就是个蠢蛋！给我听着：第一，哥伦布只是无意中来到了这块大陆；第二，他根本不知道自己发现了美洲。"

"行了！反正每当有新东西出现时，重要的是这个东西本身，是谁发现的并不重要。"我辩解道。

"你要知道，事实就是哥伦布迷失了方向，然后来到了美洲，只是他自己坚信已经到达了印度。"戈麦斯说道。

"我不知道，反正我说这些又不是要别人夸奖我。"

"你要知道是个叫亚美利哥的人发现了美洲。"戈麦斯继续惹我不高兴。

"不是的！因为他看到哥伦布发现了美洲，于是他就对像你这样愚蠢的人说'亚美利哥的土地'。所以，美洲才有了这个名字。"我给那个大笨蛋解释说。

"那么你觉得美洲应该叫'哥伦布'吗？"

"怎么称呼它对哥伦布和我来说都不重要。重要的是哥伦布发现了美洲。"我回答他。

"你看你怎么又当自己是哥伦布了？"

"那你还以为你是大力水手呢！"

戈麦斯从口袋里掏出拳头，不过他想起自己的手还疼着。而就在这个时候，上课铃声也响了。

第二部分

征服

好长一段时间里我都在思考印第安人的事，结果我真就成为其中一员了。因为睡着的时候，我就成了阿劳科的印第安人。

然而早上醒来后，我的生活依旧是原样。

妈妈对我简单又亲热地说"早安"，给了我一个装满水果的大铜盘。那是我的早饭，我可以吃自己喜欢吃的东西，就算吃到吐也没事。

那段时间里，我每晚都会梦到自己变成印第安

人，而且比现实中过得还好。

因为印第安人不刷牙，不洗澡，不爱干净，也不换衣服。

他们日夜都穿着遮羞布，不去上学也不写作业。印第安妈妈没有教育的怪癖，孩子只要喂点儿吃的就能让他安静下来，也不需要为任何事请假。孩子们可以一个人来去自由，唯一要学的就是打弹弓，能在河里游泳，可以举石头来增长力气，这样才能生存得好。

印第安人从来不生病，他们只有死亡。

在印第安人的部落里，孩子们不会因为打碎了玻璃就被人责备，当然，家里也没有玻璃窗户；妈妈们不用担心给地板打蜡的问题，因为地面完完全全是土制的；屋顶是香蒲盖的，上面有蜘蛛、蟑螂、蜥蜴和燕子窝。屋里没有需要让人留心的衣柜或者家具；

我的印第安妈妈从来不紧张，因为她既没有插座也没有电熨斗；浴室里也没有花洒，因为我们根本就没有浴室；账单上的数字也不会上升，也不用交电费，因为厨具、照明设备和取暖设备都是同一个东西，这个东西就是屋中间的一个大火堆，就在地上，我们感到冷时，或者吃东西以及睡觉时都会围着它；我们没有钟表，也没有时间，睡意来了就是睡觉的时间，睡饱了就是醒来的时间。

能够做阿劳科印第安人的儿子，我感到很幸福。我爸爸是酋长，统领整个部落，我妈妈是他的妻子，而我是他唯一的孩子。

我们一起幸福地生活着。大家常常坐在地上，吃着松子，一下午就过去了。

虽然我们印第安人没有周末，但是每天都像周末一样。这并不是说两者性质一模一样，实际上两者相当不同。

有时我和酋长爸爸一起出去打猎，我们会深入大森林，他带着大木棍，我带着箭。

这天，我们像往常一样去森林里打猎。走着走着，突然一头美洲狮从一棵南美杉后冒出来。

这只美洲狮就像一只黄色的大猫，好看又惹人爱，但实际上却凶猛无比，因为它总是发出低吼，并露出锋利的牙齿。我必须在它扑向我们之前做点什么。所以我立刻拿出弓箭并瞄准美洲狮，只听一声闷响，这只"大猫"轰然倒地。

这只美洲狮倒地之后，不知道从哪又冒出来一群狮子，它们睁着像猫一样凛冽的双眸，怒气冲冲地盯着我们，如同盯着猎物一样。我不停地射箭，狮子们要么中箭倒地，要么逃走了。

有时候我觉得打猎挺无聊的。

我爸爸尊重我的想法，这时候他就会带我去钓鱼。爸爸是酋长，像国王一样想干什么就干什么，没人干预他是去打猎还是去钓鱼。一天，酋长爸爸带我去钓鱼。走之前，我取下用骨头制作的、挂在家里屋顶的鱼钩，拿出我的吊绳，把鱼钩系在上面。我们两个来到岸边后钻进木槽状的独木舟，把皮革做的帆放进舟里，从岸边推下舟，向河流下游驶去。

那些超级古老的、珍贵的、漂亮的鱼从各个方向跳出来，又藏了起来。但是我的酋长爸爸是个有能力的酋长，他不会错失任何良机的。

不一会儿河水变得十分清澈，鱼儿也都相继离开。我们俩毫不犹豫地跳入水中，在河里游泳，好让自己凉快凉快。我们钻到水底，取了金沙，准备带回去给酋长夫人——我的妈妈。金沙太美了，值得收藏。

我们在晒衣服的同时做了顿超级美味的肉末汤，在太阳下吃完后出发去狩猎原驼、骆驼和羊驼，或者鹰。

就在酋长爸爸猎捕到一头原驼时，我已经猎捕了一百头骆驼。我要把它们全带回去给妈妈，好让她做些冬天穿的皮大衣。妈妈最擅长编织羊毛披肩和毯子，而且她是一个乐于分享的人。她会把羊毛送给其他印第安妇女，然后大家一起编织。毕竟不是所有母亲都有个狩猎能力强的孩子。

晚上我们吃黏土烤骆驼肉，配着很多果汁。

饭后酋长爸爸给我讲故事，我们就在炉火边睡着了。

一天我和酋长爸爸带领族人走遍整个部落，寻找新奇的东西好带给妈妈做菜。不知走了多久，突然，我听到树叶嘎吱嘎吱响，还有口哨声……

然而酋长爸爸和其他人似乎都没听见，继续向密林深处走去。

就在这时，一支箭从我耳边呼啸而过。

一瞬间，所有人都警惕了起来，大家不约而同地藏到一棵树后面。

那是一个有着自己的酋长的部落，他们以为我们进入他们的领土是要向他们发起进攻。于是他们射箭，我们也射箭。

不过这场战斗并没持续很久，因为酋长爸爸告诉他们，我们只是在追捕美味的猎物，以便带回家去。

于是他们主动停战，并赠予我们一头肥壮的野猪，双方变得十分友好。

然而并不是所有的矛盾都能顺利化解，印第安人之间也会爆发真正的战争。

而面对战争时，我们几乎都很兴奋，因为印第安人喜欢争斗。

一天晚上，我们得知有个陌生部落要进攻我们的部落。老远就能听到战斗的呼喊声，看到燃烧的火把向我们靠近。

酋长爸爸喊来一位传令官，给了他一支染血的箭，让他叫醒入睡的人。箭是暗号，顷刻间部落里所有人都整装待发，因为不用换衣服，不用等汽车，大家也都不慌忙。接着我们用一只动物完成了战斗前的祭祀，我摩擦着两块石头来生火，点燃了火堆。

大家蹦蹦跳跳了一会儿作为热身，然后就出发去参加战斗了。

我们藏在草木丛中间打算打敌人一个措手不及。很快我们开始射箭、投掷。战斗十分短暂，在敌人乱作一团的时候，我们一鼓作气，取得了胜利。我们举办了一场盛大的活动来欢庆胜利，不过这里没有可口可乐或者威士忌，我们喝一种用纯水果和玉米汁做成的饮料。不好喝，但是很有印第安特色，也很有意义。

酋长爸爸和我从来不喝那个饮料，因为我们都勇敢又强壮，不需要靠那个饮料来强身健体。

卡门小姐在历史课上问我问题：

"巴巴鲁丘，你知道有关印第安人的一些事吗？"

"我知道。"我一边回答她，一边想着每天晚上我都变成印第安人的事情。我梦见自己成为印第安人，而做梦和现实生活是一样的。如果一个人从晚上八点到早上八点都是苏醒的，而从早上八点到晚上八点都在睡觉和做梦，那么梦和现实生活就会混在一起。

"那就跟我们讲讲克丘亚人①。"卡门小姐对我说道。

————————

① 克丘亚人（Quechuans）：南美印第安人，又称奇楚亚人。克丘亚人主要分布在秘鲁、厄瓜多尔、玻利维亚、阿根廷、智利和哥伦比亚，原为库斯科一小部落，后于印加帝国时代崛起，其语言成为印加国语；16 世纪起长期反抗西班牙殖民统治，其土地先后被西班牙殖民者和美国垄断集团掠夺。

我沉默了，因为事实上在梦里我是马普切人^①或者阿劳科人，我不认识克丘亚人，也没见过他们。

　　"巴巴鲁丘！"

　　"到！"我毫不犹豫地答应道。

　　"我说了你来给我讲讲克丘亚人。"老师重复着。

　　"卡门小姐，我不能。"

　　"为什么不能？"

　　"因为我不喜欢指责任何人。"其实我只是这么说说而已。

　　"不用指责他们。克丘亚人是秘鲁的印第安人，

---

① 马普切人（Mapuche）：南美洲南部主要印第安人部落之一，智利和阿根廷最大的印第安部族，生活在智利中南部和阿根廷西南部，操马普切语，人口约为100万。马普切是美洲各土著民族中人口最多的一支。其祖先是一万多年前开垦这块大陆的古猎人，他们是住在南美洲南端温带丛林中的最早居民。当公元16世纪欧洲征服者抵达美洲时，他们已散居于森林、湖泊、火山等环境优美的地方，从事园艺生产。

就像阿劳科人是智利的印第安人一样。虽然他们侵略过智利，但是不能因为这个就说他们不好。"

"我不喜欢克丘亚人。"我说道，现在我的确不喜欢这些克丘亚人。

"巴巴鲁丘，克丘亚人有着伟大的文化。"卡门小姐说道。

"他们的文化真不错。"我说。

"巴巴鲁丘，你什么都不知道。"

"我怎么什么都不知道？"我有点激动，因为那时我心情正慢慢变好。

"那你给我讲讲克丘亚文化。"

我思考了一小会儿，我能说点儿什么？还是说说他的不文明吧。

"克丘亚人是秘鲁人，对吧？您把入侵智利称作文明。"我觉得卡门小姐不是很爱国。

"克丘亚人教阿劳科人用黏土制作东西，还教他

们其他技术。"

"您怎么知道？其实我认为恰恰相反，因为已经有人在智利发现了阿劳科人制作的古老的、超级好的东西……"

卡门小姐笑了。

"也许你说的对。实际上勒佩吉神父正在北部为博物馆挖掘阿劳科艺术的真正珍宝……"她说道。

"您看，是阿劳科人自己学会用黏土制作的吧？"

不是因为我多么擅长，而是因为我有自己的预感……

"这不妨碍克丘亚人有着伟大文化。"卡门小姐说。

唉，卡门小姐真是固执。

历经一切后，我觉得真有必要用收音机获取新闻。

我们印第安人猎杀美洲狮、捕鸟，生活十分幸福。

印第安人之间的战争就像足球赛一样，有时这些人赢，有时那些人赢。

但是有一天，我们看到一支西班牙人的庞大军队突然出现了。

当然，我们还不知道他们是西班牙人，也不知道他们是人类还是火星人。他们骑马而来，我们甚至不认识马。他们没有穿遮羞布，而是穿着巨大的钢盔甲，在太阳下闪闪发光。印第安人觉得那些人是侵略者……

印第安人原本不知道害怕，但是看到他们靠近时，有些奇怪的感受在我们内心滋生。看着那些闪闪发光的枪筒和长矛，我们的头发都有点惊竖起来了。

我们不知道他们是谁，来这儿干什么。

不过看来，射箭不容易对付这些钢铁身躯。一想到要赤膊上阵，我们裸露的身体有点儿起鸡皮疙瘩。

我看了一眼酋长爸爸，发现他的身体僵硬得像块铜。

　　"去准备战斗！"他对我说，嘴唇动也没动。他看起来高大无比。我带着染血的箭飞奔出去，像一道闪电一样跑遍山谷。很快所有人都聚集在爸爸身旁，向敌人射击。

　　箭声和石头声呼啸着，尘土飞扬。

　　可是把他们从马上赶下来很难，因为箭从他们的盔甲上反弹了出去。于是我们射向马，看着他们从马上摔下来，在地上打滚。

　　印第安人伤亡很大，但这并不妨碍我们继续战斗。直到夜幕降临，西班牙人才落败离去。

　　最后我们围坐在住所的篝火旁边，我问酋长爸爸：

　　"对所有人发号施令的那个矮小的、独眼的长官是谁？"

"是迭戈·德·阿尔马格罗 [①]。来自秘鲁,过来寻找我们的黄金。他沿着山脉转悠好几个月了。"他回答我。

"我们有很多黄金吗?"我问他。

"很多,"酋长爸爸看着火焰回答我,"不过储藏得很好。谁要想得到黄金,就必须穿透储藏黄金的岩石层。"

虽然这段话是酋长爸爸在 1536 年说的,但是我永远都不会忘记。因为我家门牌号也是这个数字。

虽然西班牙人已经离开,但是我们的部落依旧整晚警戒。战斗之后大家都很疲惫,倒地就能睡着。可大家都是勇敢的战士,不想再一次在西班牙人的

---

① 迭戈·德·阿尔马格罗(Almagro, Diego de, 约 1475—1538),殖民探险者。查理五世让阿尔马格罗担任秘鲁以南地区(现为智利)的总督。这个地区当时尚未被欧洲人探测过。

攻打中惊醒。

于是，当大家感觉寒冷的时候，都望着月亮，在月光下唱歌跳舞。

接下来的一天，大家正吃早饭时，一个印第安人跑过来对酋长爸爸说，远远看见三个敌人向我们靠近。

酋长爸爸和我出来了，后面跟着几个印第安人。一些人跑去叫醒睡着的人。或许西班牙人又要来进攻我们……

我开始装备我的武器，而其他人则准备装满巨大尖利石块的投石器。

那是骑马而来的三个西班牙人，他们穿着银制盔甲，手拿长矛，几乎全副武装。看到这样的对手，我们吓了一跳。

但我们并没有向他们展开攻击。因为酋长爸爸说，一大群人攻击三个人不是一场勇敢的战斗……

这三个西班牙人靠近我们时，用戴着手套的手向我们打招呼，其中一个人走向酋长爸爸用阿劳科语和他说话。他的阿劳科语说得很烂，不过酋长爸爸能听懂他说的。那个西班牙人说：

"我们想谈判。"

虽然我不知道"谈判"是什么，不过受到惊吓的头发总算落了下来。

我慢慢靠近正在谈话的他们，因为我想闻闻那些看起来健美、高大的动物。趁他们不注意的时候，我偷偷地摸了其中一匹马，它哆嗦了一下。哇，马的味道好闻极了。

因为距离近，我认出了之前下令进攻的独眼龙。我在想：这就是迭戈·德·阿尔马格罗先生，他来自秘鲁，那是克丘亚人的地盘……

另外一个西班牙人用阿劳科语和酋长爸爸说话。

酋长爸爸用阿劳科语回答他，接着西班牙人又说西班牙语，我们都听不懂。迭戈先生用西班牙语说了些什么，那个西班牙人又用阿劳科语说话了。我问妈妈：

"发生什么事了？"

"他们在谈判。"妈妈说，"那个男的是翻译，就像酋长和西班牙人之间的桥梁。他把那些人说的西班牙语翻译成阿劳科语，把酋长说的阿劳科语翻译成西班牙语。"

"那就是谈判？"我问妈妈。

"谈判就是交谈，而不是战斗。"妈妈解释给我听，"现在不会有战争了，因为西班牙人想要黄金，酋长已经告诉他们没有黄金。他们对杀我们不感兴趣……"

我一边吃饭一边听着。接着酋长爸爸邀请他们一起吃早饭，西班牙人也没过多客气，取下头盔，学着我们的样子，品尝眼前的美食。他们胃口极好，吃完饭还吃了水果。

他们离开后，酋长爸爸说他们要回秘鲁。

后来，我听说迭戈·德·阿尔马格罗先生回到秘鲁后，和另一个西班牙人发生了争斗，最后被西班牙人杀了。

虽然迭戈·德·阿尔马格罗先生身材矮小、独眼，或者还有其他我不知道的缺点，但他是第一个来到智利的西班牙人。

但是从那天开始，我们印第安人的生活再也不像以前那样宁静又幸福了。我们总担心另外一支军队的到来。为了保护裸露的身体不被盔甲攻击，我们做了一些原驼皮制的胸甲。但说实话，我们并不爱穿胸甲。因为穿着它们就不能像以前只穿遮羞布一样跑跑跳跳了。

正如我们所担忧的那样，征服者佩德罗·德·巴

尔迪维亚 ① 先生挑了个好日子来了。那个时候征服者一般都不是贵族名流，反倒是些勇猛好战的人。佩德罗·德·巴尔迪维亚先生相当有名，现在圣地亚哥有一条街，还有一个汽车品牌，都是以他的名字命名的。但愿所有出名的人都能拥有自己的大街和汽车，因为那样的话，学历史就容易多了。

　　佩德罗先生从西班牙过来。出发时，他穿着那闪闪发亮的盔甲，还有那 150 位装备精良的西班牙士兵。路过秘鲁时，他还征服了 1000 个印第安人，并将其扩充到了自己的军队中。虽然在西班牙他是

---

①　佩德罗·德·巴尔迪维亚（1497—1553），西班牙征服者，第一任智利皇家总督。1540 年，他率领 150 名西班牙人远征智利，在击败印第安人部队后于隔年成立圣地亚哥—德智利，并且在 1546 年时将西班牙统治地区扩至比奥比奥河南部。1546 年至 1548 年重新返回秘鲁，1549 年转而担任智利总督后开始征服智利南部地区。他最后被反抗运动者俘虏并且被马普切人杀害，死后智利的城市巴尔迪维亚便以他的名字命名。

个百万富翁，不过他还是放弃了自己的财富，来到了智利，想在这里开辟新城市，进行新探险。他对变得富有不感兴趣，反而迷恋一些新颖有趣的事情。

智利的印第安人住得十分分散，以至于佩德罗和他的军队轻而易举就取得了战斗的胜利。

一天，佩德罗来到马波乔河边，因为天气非常炎热，他脱下盔甲，在河里洗澡。

那时的马波乔河和所有荒野的河流一样，没有河岸，河水清澈。

刚潜入水中，佩德罗就听到一个声音对他说："在这个美丽的山谷中，会有一位著名人士诞生。"

佩德罗先生挠了挠头，向四周看了看，可是没看到附近有任何人。于是他重新把头伸入水中。没过一会儿，声音再次出现："在这个美丽的山谷中，会有一位著名人士诞生。"当他第三次把头探入水中，也听到了相同的话。

佩德罗不敢说出他听到的话，而是满怀心事地登上哈尔伦山丘，坐在一块巨石上思考，在太阳下晾干自己。

正当他陷入沉思的时候，一束强光照射到他的身上，使他产生了目眩。他揉了揉眼睛，瞬间灵光涌进大脑，一个想法就此诞生了。

"这里应该建一座城，一座城……"他说出了这个想法。

从那天开始佩德罗开始行动。2月12日，他在山脚下，波乔河岸边建造了圣地亚哥城。这座城之所以叫圣地亚哥，是因为这是西班牙的一个守护神的名字。哈尔伦山也被称作"圣卢西亚"，我觉得有位女士也叫这个名字。

依靠着他的一队士兵和1000个印第安人，佩德罗建造了大量木屋，中间留有一个广场，那就是现在的武器广场。

因为一切进展得十分顺利，佩德罗决定在智利所有美丽的地方建造更多的城市，于是他和他的军队出发了。

我们印第安人看着这些漂亮的小木屋，看着这座住着新居民的圣地亚哥城。新居民看不起我们，这让我们很恼火。

一天晚上，我们在米奇马隆戈酋长家谈话。突然，一直沉默的酋长大喊一声，说道：

"为什么我们要让西班牙人做我们土地的主人？为什么我们不反抗呢？我们让自己像懦夫一样被征服……现在，我们的土地变成了西班牙的殖民地，我们已经不自由了……"

"我们要赶走征服者！"旁边的人站起来喊道。

"我们要斗争！"一些人发自肺腑地喊着。

很快所有人都拿好武器，做好了准备。

大家静悄悄地从各自家里出发，走向不远处的新城。这时西班牙人还在自己崭新的房子里睡觉……

印第安人就像暴风雨一样，席卷了圣地亚哥城。

圣地亚哥人慌忙地从他们的房子里跑出来，躲藏在广场上。这时，一阵箭雨向他们袭来。为了反击，他们在街上修建战壕，用棍棒、树枝做成街垒。

为了吓跑印第安人，圣地亚哥人甚至杀了七个酋长，把他们的头颅放在战壕上。

这一行为彻底激怒了我们，战斗变得更加可怕。

于是圣地亚哥人骑上马，像一阵滚石一样冲向印第安人。

此时，我们被马匹包围着，要想活命，就必须突围离开……

但离开之前，我们放火点燃了城中所有的木屋，整座城像巨大的火堆一样燃烧起来。

佩德罗回到南方后，发现城被烧了，于是他重新建造了一座城。为了不再让印第安人烧城，佩德罗开始建造纯黏土制的砖坯墙，还有屋顶铺满瓦的房子。直到现在，圣地亚哥还有很多这样的房子。

"一切都更好了，印第安人在战败后将不敢再来进攻我们……"佩德罗说。

佩德罗镇定地再次出发了，去建造更多的城市。但他绝对想不到接下来要发生的事。他和他的军队骑着马走了。那时没有汽车也没有火车，骑马是出行的唯一方式。

我们依旧害怕骑马的人。

我们不能说服自己不去害怕他们，这是个难以克服的心理问题。

一个叫劳塔罗的年轻、勇敢的印第安人对我们说：

"我做过佩德罗的马夫，也就是照顾过他的马。他的马是一种高贵的动物，不用害怕它们。西班牙人骑马是为了打仗时能跑起来，但是他们也会死，这和我们印第安人一样。如果大家跟着我，我们肯定能打败佩德罗……"

一声大喊从印第安人们的胸膛轰响而出："劳塔罗酋长！"就这样，劳塔罗被选举为酋长。

第二天我们跟着劳塔罗酋长出发了。

劳塔罗是个伟大的战士，他巧妙地想出了战胜西班牙人的办法。他从四面八方进攻西班牙人，一次又一次，打得他们疲惫不堪……

劳塔罗到了佩德罗所在的图卡佩尔据点。在那里，只有 50 个士兵和一些印第安俘虏跟着佩德罗。

战斗打响了。佩德罗像勇士一样战斗，当然，劳塔罗和其他族人也没有丝毫怠懈，他们不停地进攻，直到战胜佩德罗为止。

战斗的同时，我们也点火烧了佩德罗的大片房屋和据点。火焰像巨舌舔舐着房屋，火势逐渐变大。

棍棒燃烧，火星四溅，散发出恐怖的热量。

西班牙人不得不投降。就这样，佩德罗成了阶下囚。

"如果你放了我，还我自由，我和我的士兵会离开你们的土地，还会送给你 1000 只绵羊。"佩德罗先生说。

但是劳塔罗不愿意。

有人说，最后佩德罗被印第安人莱奥卡坦一棍子打死了。

那天晚上是我们盛大的节日，没有点篝火，而是烧了据点和整座城来庆祝。我们吃的是"堡垒烤肉"，这远比平日的烤肉串美味得多。

在那之后，我们告诉劳塔罗希望攻打更多城市，要将所有佩德罗建造的城市攻打个一干二净，要一次性把西班牙人全赶走。

劳塔罗热情高涨。我们骑着西班牙人的马出发了，没有马鞍也没有铁架。我们骑着背上光秃秃的马，马儿载着穿遮羞布的阿劳科人，我们骑马比那些全副武装的西班牙人骑得还好。

劳塔罗的部队背着箭，骑着马，带着棍棒，举着火把，浩浩荡荡地前进。我们所到之处，火焰熊熊燃起，就像无边无际的火堆，所有东西必须通通让道。

现在劳塔罗是征服者……

我们为他欢呼，一群人宛如利哨，"嗖"地一下出发了。

劳塔罗骑着白马走在部队的前面，任长发在风中飞扬，手握木质长矛，上面还镶嵌着骨质矛头。他一边时走时停，一边朝后面的 600 名勇士呐喊，鼓舞士气。只要是他们经过的地方，都会卷起漫天飞舞的尘土。

大部队满心欢喜地奔向圣地亚哥，但谁都不曾想到悲剧即将发生。

因为早有做好充分准备的人，在等着我们的到来……

劳塔罗一直坚信北方的印第安人会帮助他，而西班牙人才是胆小懦弱的那一方。

但我觉得喊一个人"北方人！"是对他的一种侮辱。如果有人这样喊我，我肯定无法忍受。

现在想想，如果"北方人"真的帮助了劳塔罗，或许整个智利的历史将会被改写。

当时劳塔罗去了彼得罗亚修整队伍，西班牙人趁他修整队伍时，带着火炮步枪从天而降。就这样，我们在猝不及防中被打败了！

这群西班牙人为了吓唬我们，砍下了劳塔罗酋长的头颅，甚至把头颅穿在木桩上。

但他们想错了。单凭死亡是吓不倒我们阿劳科人的！

劳塔罗酋长战死后，考波利坎①成了下一任酋长。考波利坎常在雕像作品、戏剧中出现，所以我们对他并不陌生。后来加瓦里诺又成了酋长，他之前常常与考波利坎发生争执。加瓦里诺是个十分了不起的印第安人，他很勇猛，身形瘦削，有着秃鹰般的眼睛，力气比牛还大。

尽管如此，加瓦里诺还是在与西班牙人的一场斗争中被抓了，接着就被囚禁了。

西班牙的统领下令砍掉他的双手。加瓦里诺眼睛眨都不眨一下，就伸直一条胳膊让他们砍，接着又伸直另外一条胳膊，依旧一声不吭……

---

① 考波利坎（Caupolicán; Quepolicán）：智利印第安阿劳科人首领，反抗西班牙殖民侵略的民族英雄。1540年西班牙殖民者巴尔迪维亚率远征队入侵智利，阿劳科人在其首领考波利坎和劳塔罗的领导下，为捍卫家园，与入侵者进行了英勇斗争。1554年考波利坎及其战友设计捕获巴尔迪维亚并将其处死，击败了西班牙征服者，阿劳科人取得重大胜利。1558年被杀。

当看到自己没有了双手时，他对西班牙人喊叫："我依旧有力气和你们战斗。你们割了我的喉咙吧，否则我会喝干你们的血！"

然而西班牙人更愿意让他活着，好让其他印第安人意识到在自己身上可能也会发生同样的事。

于是，加瓦里诺一直被囚禁在西班牙人那里……

有一天，他看到西班牙人中有一个北方的印第安人，那个人是专门给西班牙人传递情报的。得知这一切的加瓦里诺愤怒地扑到"北方人"面前，打算杀了他。加瓦里诺用他那光秃秃的胳膊击打着"北方人"，如果不是西班牙人前来阻止，那个人可能当场就死了。

"你们会后悔当初没杀了我！"加瓦里诺朝西班牙人大叫。

西班牙人的确后悔了，因为他们发现加瓦里诺的生命力超级顽强。

西班牙人再次将加瓦里诺收押监禁，之后不得不绞死了他。

有一天考波利坎对我们说：

"我们将攻打卡涅特，然后一个接一个地进攻西班牙人占领的城市！"

"好极了！考波利坎万岁！我们要放火烧了所有的城市，烧了卡涅特！"印第安人喊道。

但是考波利坎倾向选择保险的方案，想在西班牙人拿出枪炮之前就吓住他们。

他叫来那个给西班牙当间谍的北方印第安人，问他：

"西班牙士兵睡午觉吗？"

"睡午觉，每天吃完午饭后他们都睡觉……"那个人说。

考波利坎相信了他。

但是这个间谍辜负了考波利坎对他的信任，在和考波利坎"泄密"完之后，他立即去了西班牙统领那里，把之前的谈话内容都告诉了统领。他是印第安人的叛徒。

在这期间，考波利坎并没有怀疑过这个不守信用的间谍。午饭后，考波利坎和他的军队一起进入了卡涅特。

然而，阿劳科人刚刚进入卡涅特，所有城门就都关闭了。之前藏好等着这场突袭的西班牙人出现在我们面前。一场恶战爆发了。在这场战斗中，阿劳科人和西班牙人都伤亡惨重。

但结果还是西班牙人战胜了我们，考波利坎也被囚禁了。

他们用沉重的枷锁锁住他的双手。

考波利坎是位伟大的勇士，是印第安人的荣耀，被西班牙人击败和囚禁后，他的身体和心灵都遭受了极大的痛苦。

战争结束后，考波利坎的妻子弗莱西亚带儿子去看他。

从前至高无上的酋长，现如今却成为阶下囚。考波利坎第一次满含泪水地看着自己的妻儿。他知道自己快要死了，再也见不到自己的儿子了。

"你不是承诺会击败西班牙人吗？你难道不会像个勇士一样在战斗中死去吗？看到你成为阶下囚，我真是感到羞耻。而且我也不愿再做你儿子的母亲了！"弗莱西亚一边暴跳如雷地指责考波利坎，一边将儿子扔到他的脚边，扬长而去。

弗莱西亚离开后，西班牙人抱起考波利坎的儿子……他们担心考波利坎的后代会再次统领印第安人。然而这一切发生的时候，考波利坎甚至一声不吭，就像哈尔伦山上（我想说圣卢西亚）他的青铜雕像一样。

人们创作了关于考波利坎的戏剧，是为了让大家记住这位阿劳科的印第安勇士的名字，不过没有一条大街或者汽车以他的名字命名，也没有什么戏剧、街道、汽车以"加瓦里诺"和"劳塔罗"命名。我认为应该建个加瓦里诺广场，或者叫劳塔罗的体育场，好让人们记住智利历史上曾有过这些勇敢的人。要是我有能力的话，可能会以他们的名字命名某种汽车，这样的话，人们就能时刻想起他们。

第三部分

殖民地

要知道标题中的"殖民地"并不是我们常说的"古龙香水"①。"殖民地"指的是智利作为西班牙的殖民地。换句话说,那个时期的智利相当于西班牙的庄园,"庄园"由西班牙人统治,而统治这些西班牙人的正是西班牙国王。

那个时期,几乎整个美洲都是西班牙的殖民地。

---

① 西班牙语中"colonia"有"殖民地""花露水"等多个释义。

哥伦布乘着西班牙大帆船，带着西班牙人发现了美洲，然后他们征服了这块大陆 。就这样，美洲变成西班牙人的了。

但是，西班牙人付出了巨大努力才征服了印第安人。印第安人时时刻刻都在反抗，西班牙人不得不一次又一次和他们战斗，直到完全打败他们。不过西班牙人有枪有炮，可怜的印第安人只有长矛和弓箭……

西班牙国王派遣了大量船只开往智利，船上乘坐的全是西班牙家庭，他们将在智利定居下来，然后生儿育女。若干年后，智利将会遍地都是西班牙人。西班牙国王赠予这些家庭土地和庄园，给他们钱、矿产以及所有他们在殖民地发现的东西。他们在那儿建造自己的房子，在自己的土地上工作，开采自己的矿产。慢慢地，这些西班牙人变得富有起来。

但是，他们依旧是西班牙人……

我觉得殖民时期是最无聊的时期。

可怜的印第安人被困在自己的住所，面对着来自四面八方的这么多西班牙人，却什么都做不了。

我庆幸自己没有出生在殖民时期，那时候可没有戏剧，没有比赛，没有运动场，没有广播，没有摩托车，甚至连车祸都没有。

哎！那个时候的男孩子们都做些什么呢？

只是翻翻跟斗，再没其他的了⋯⋯

印第安人甚至都没有取暖的火盆，他们只有一堆火。我觉得那时的男孩子和女孩子一样，都戴着花边围脖，留着长卷发。

幸好，海盗德雷克突然出现了。

德雷克是英国探险家，带着五艘海盗船环游世界。他穿过麦哲伦海峡，来到了智利。

他的祖国——英国，当时正在和西班牙开战。当这个英国佬知道智利是西班牙的殖民地时，他说：

"在这儿，我要让所有的哥特佬付出代价⋯⋯"

然而，他刚出麦哲伦海峡，一场大暴风雨就倾袭而来，大风使他的四艘船撞在了岩石上。

　　于是，海盗德雷克驾驶着仅剩的"鹈鹕"号来到了瓦尔帕莱索。

　　那个时候，瓦尔帕莱索是一个非常贫穷的港口，大海沿岸随处可见砖坯做的简陋房屋。不过海岸非常美丽，巨大的岩石、湛蓝的大海，山上还有葱绿的树林，因此西班牙人给它起了"瓦尔帕莱索"这个名字，意思是"天堂所在的地方"。

　　德雷克到达瓦尔帕莱索后发现了一艘装有黄金的西班牙大船。他和手下将大船据为己有，上岸后洗劫了西班牙最大的金库。德雷克为了防止西班牙人追击自己，甚至一把火烧了瓦尔帕莱索。当所有西班牙人全力灭火的时候，德雷克早已起锚离开了。

　　两天后，发生在瓦尔帕莱索的事传到了圣地亚哥……不过，海盗已经走得很远很远了。

据说德雷克把他的财宝藏在瓜亚坎，那里距离科金博很近。

殖民时期还发生了另一件值得一提的事，就是那场有名的地震。

为什么值得一提呢？因为能在地震中活下来，可是一件相当不容易的事。

有一天，就在晚上十点，所有人都入睡的时候（要不还能干其他什么事情呢？），突然从地下传来一声可怕的巨响，整座城开始像果冻一样晃动。

瓦片横飞，墙壁和屋梁坍塌，大量尘土让人窒息。圣卢西亚山滚下大量石头和岩石碎块，此时，整个世界都在摇晃、倒塌。

摔倒在地的人们慌忙起身，绝望地嘶喊，可是地震还在持续。

也不知过了多久，大地终于安静不动了。片刻的安静之后，人们听到被掩埋的、仍然活着的人在呼喊。

当时四处一片黑暗，已经得救的人拼命挖掘伤者。他们搬开掉落的砖坯、木头，呼喊着其他人的名字，摸索着寻找。

这场地震造成了难以估算的伤亡。

那个时候，有名的金特拉拉还活着，她爸爸是西班牙人里斯本盖尔，她自己是个百万富翁，不过本人是个疯子。

金特拉拉臭名昭著：她过着女王般的生活，癖好却是谁惹她生气谁就必死无疑。正因为她是疯子，所以每次向上帝忏悔后她又再一次犯罪。为了不让自己感觉自己邪恶，她在家里供奉了一个木制的耶稣。

地震那晚，耶稣的王冠从头上滑落到脖子，听说只要人们把王冠放回耶稣头顶，耶稣像就会颤抖。

所有东西都在那场地震中变得破碎不堪，不过这个叫作"五月之神"的耶稣像却是个例外。现今他被安放在圣奥古斯丁教堂，每年 5 月 13 日人们都会把他从教堂请出来，抬着他进行节日游行。这一天刚好也是那场大地震的周年纪念日。

其实西班牙人也做了一件好事，就是教印第安人认识了耶稣。

这些西班牙人中的一部分人是宽厚的天主教徒，他们建造教堂，带来了神父。

维亚罗埃尔主教就是其中一位神父，他在地震中受了伤。

虽然自己受伤了，但他还是决定照顾伤者，挽救挣扎在生死线上的人。

渐渐地，人们重新建造了房屋。虽然都是砖坯建筑，但实际上只有一层。墙壁高大，石铺地面随处可见，所有的房子都有庭院。有钱人用大理石铺家里的地面，一般人用河里的石头铺家里的地面。当然铺地面的材料还有其他类型，不过种类少。

庭院里有灶房、鸡舍和马厩，马厩里有马匹、马粪等。

家家户户都有个叫"过滤器"的装置，简单来讲就是水从大石头上滴到黏土做的锅里，这个主要是用来隔泥沙，净化水的。

那时学校就已经出现了，不过学校不多。

那个时候还没有钟表，人们这样唱着报时："三点到了，还在下雨。"这有点像广播报时。

我可不喜欢自己梦到殖民时期。如果真梦到的话，那也希望是在晚上，那样我就可以参加晚会了。

我特别希望那个晚会在安布罗西奥·奥伊金斯总督家举行，他是贝尔纳多·奥伊金斯先生的父亲。安布罗西奥总督是西班牙国王在智利的全权代表，有点像总统。

为了举办这次晚会，厨娘们和打杂的耗费一个星期做出了很多美味的糕点，有甜杏仁酱、燕窝、爆米花、杏仁糖、甜羊羔肉等。

美丽的大烛台上插着无数根蜡烛，大厅被照得明亮无比，桌子旁准备了 80 个座位。

女士们身穿丝绸或者天鹅绒质地的蓬裙礼服，上面镶满了花边。她们穿着高到下巴的束腰，束腰勒得她们几乎不能自如呼吸。男士们身着丝质西装，穿短裤、长袜，脚上是一双大扣带鞋，头戴假发……

短暂的酒宴过后，人们接着去大厅跳波尔卡舞和里戈舞。这些舞蹈和祭祀有关，而且节奏缓慢。现场没有留声机，只有一位女士弹着类似钢琴的乐器。

整个晚会一点都不无聊，因为那个时候只有总督家才举办晚会。

曼努埃尔·阿尔迪先生是第一个智利主教。

那个时候除了阿尔迪主教外，所有的重要人物都是西班牙人。

这并不是说阿尔迪主教就是印第安人，而是因为他的父母和爷爷奶奶都出生在智利，因此他有着纯正的"智利血统"。

阿尔迪主教是穷人和印第安人朴实又真诚的好朋友。孩子们特别喜欢他，甚至走在街上，孩子们都会自动地跟在他身后。他和孩子们一起聊天、玩耍，给孩子带去无穷的快乐。

那个时期爆发了一场恐怖的瘟疫，到处都有死人。

阿尔迪主教全心全意照顾病人，压根儿不去想自己也有可能染上瘟疫，而且他把自己所有的东西都给了穷人。阿尔迪主教就像圣人，从不为自己着想。光凭这一点，他就是血统纯正的印第安圣人。

现今，我们这代男孩子差不多都是第一批智利人的曾孙、玄孙。我们的血液里流淌有印第安血液，要不然的话，我们怎么这么喜欢和印第安男孩们玩要呢？

　　可惜印第安人时期没有摄影师，要不我一定会在家里摆上一张超大的印第安人肖像照。要么是考波利坎的，要么是劳塔罗的或者加瓦里诺的。我特别高兴能成为一个印第安人的玄孙，而且我还可以告诉爸爸我们有纯正的印第安血统……

第四部分
独立

　　我的一根手指被门夹了，指头疼得快扭曲了。乌尔基埃塔告诉我要想手指不那么疼，最好把它举起来，那样血液就往下流。于是我举起了手指。

　　然而卡门小姐以为我打算回答问题。

　　"那么，巴巴鲁丘，你给我讲讲独立……"

　　我沉默不语。

　　"巴巴鲁丘，我正等你回答问题呢。"

　　我放下手指，但是手指疼死了，我不得不再次举起了它。

"你为什么不说话？"

"我手指太疼了。"我回答。

"我刚说了，你来给我讲讲独立。"

"我讲不了。手指疼死了，我想不起与独立有关的事情，我快疼炸了……"我对她说。

她把我喊到讲桌旁，看了看我的手指，不过没什么反应。说了句"没什么"就让我坐回去。

"大家注意听啊！独立时期，智利历史上涌现了大批智利人。他们既不是印第安人也不是西班牙人，而是在智利出生、有着智利血统的人。这些人排斥智利从属于西班牙……"

"我不懂什么是'从属'。"我说。

"从属于某人是说必须遵从这个人，这和'独立'意思相反。一个独立的人是有自我抉择能力的。"

"卡门小姐，您是独立的吗？现在已经没有老师对您发号施令，而且您年龄又这么大，您的爸爸妈

妈也不会指挥您……"

"我才二十五岁！"卡门小姐满脸通红，大声反驳。

"二十五岁啊！四分之一个世纪了！"我满怀羡慕地说着，不过她觉得自己还挺年轻。

"我们不是在谈论我的年龄，我更想知道你们对独立的了解情况。那个时期，这片土地上到处都是智利人，可是他们并不独立，智利从属于西班牙……"

"也就是说全是西班牙人来发号施令？他们也会惩罚智利人吗？"我问卡门小姐。

"当然会啊。智利总督是一个西班牙人，由西班牙国王任命谁可以担任这个最高统领。如果智利人想要自由，想自己选出一个总督，而且总督必须是智利人的话，还需要与现实斗争啊……"

"斗争终于来了！我希望智利历史上有一场大战争！殖民时期太没意思了……"我喊叫着。

"你先别着急。首先，智利人聚集到一起开大会。"

"什么是'大会'？"

"就是大批人聚到一起商谈重要事情。聚到一起的人叫'爱国者'，他们决定让卡拉斯科卸任总督一职。卡拉斯科是个强硬的西班牙人，拒不接受卸任。"

"真可惜！后来没开战吗？"我问。

"急什么啊，巴巴鲁丘，后面会讲到的。卡拉斯科拒绝卸任后，爱国者们推选出了一位智利老者，就是八十岁的堂·马特奥·德·托洛·桑布拉诺先生，他是第一位智利人总督。但是八十高龄的他和年轻爱国者们的想法很难趋于一致，于是爱国者们又选出了由三个智利人组成的'政府委员会'。这三个人（卡雷拉、奥伊金斯和马林）取代了马特奥总督，他们一起担任最高统领的职责。这个委员会成立于1810年9月18日，是第一个国家政府委员会。"

"9月18日啊！把这天确定为国庆节，这个想

法太棒了！"我喊道。

"巴巴鲁丘，国庆节是后来才出现的，的确是用来纪念第一个国家政府委员会的。"

"啊！那不是……"我失望地说着。

"所以你什么都不懂。"

我咂了咂手指，不过指头像砂锅里的土豆一样烫，我只好从嘴里抽出手指。我觉得手指快要烧起来了，于是我又举起了它。

"巴巴鲁丘，你准备好回答问题了？"

"没有，卡门小姐，我只是想让手指降降温。"

"我对你的手指丝毫不感兴趣。"她对我说，"我刚给大家讲完有关第一个国家政府委员会的知识，你们都听懂了吗？"

"没有，卡门小姐。"

她看向天花板，试图找回自己的耐心，最后找回了。

"之前，你们已经了解到西班牙人在智利建造城市。这些人在智利组建家庭，做生意，而且听命于西班牙国王。统治智利的是国王选出的西班牙人，智利人没有统治权。于是号称'爱国者'的智利人要求总督卸任，接着他们选出了三位令人尊敬的智利人代替总督。在这三个人的领导下，智利开始由智利人统治。"

　　"我听懂了！可是你说过要做到这些必须经历斗争，你骗了我们，他们什么都没耗费就开始统治智利了……"我说道。

　　"你会看到的。事情进展并不像一开始时那么顺利。智利仍然有很多西班牙人，他们从巴尔迪维亚时期就是这片土地的主人。这些西班牙人爱戴他们的国王，习惯了听命于国王。他们不会因为爱国者英勇的抗议就交出自己的权力、土地和财富，他们会抗击的……"

卡门小姐亲自包扎好了我的手指，因为她课下是个非常好的人。她给我清洗完手指，包扎手指的时候问我：

　　"巴巴鲁丘，你知道贝尔纳多·奥伊金斯先生吗？"

　　"不知道。"我回答她。

　　"你没听说过他吗？"

　　"当然听说过，因为你刚刚才问我知不知道他……"

　　"你听说过何塞·米盖尔·卡雷拉吗[①]？"

　　"你有他的雕塑吗？"

　　"有是有，不过不是骑马的雕塑。还记得我上课时讲过卡雷拉、奥伊金斯和马林组建了第一个政府委员会吗？"

---

① 　何塞·米盖尔·卡雷拉(José Miguel Carrera Verdugo, 1785—1821)：智利早期独立运动领袖。早年投身于反对西班牙殖民统治的民族独立运动。1811 年通过政变成为政府首脑和独裁者。

"记得。那个委员会很厉害，是不是？卡雷拉是个怎么样的人？"

　　"他是个极其智慧、非常和蔼的人，有活力、慷慨、英勇，深得众人尊重，大家都愿意追随他。因此他的父亲担心他卷入动乱，就让他结束学业前往西班牙。卡雷拉到西班牙后加入西班牙军队，然后参加了西班牙抗击拿破仑的战争。由于表现勇敢，卡雷拉被授予金勋章，提拔为轻骑兵最高长官。不过意外受伤后，他不得不退出战斗，回家养伤。

　　"他正在家里苦恼不能参加战争的时候，突然收到了来自智利的信。他父亲给他讲述了爱国者、政府委员会和独立的事情。卡雷拉从床上一跃而起，接着就登上了去智利的船，他要回来帮助自己国家争取独立。"

　　"然后呢？"

　　"他回智利不久，就同奥伊金斯、马林一起被推选为新政府委员会成员。由于其他两个人对统治不感兴趣，委员会就只剩卡雷拉一个人管理了。"

"他赶走了西班牙人吗？"我问卡门小姐。

"没那么快，巴巴鲁丘。首先，他创办了一份叫作《智利曙光》的日报，接着组建了国家机构，然后用智利旗帜取代了西班牙旗帜。"

"再接着战争爆发了？"

"西班牙人看清卡雷拉的意图和他正着手做的事情后，决定阻止他。西班牙人组建了一支军队，叫作'保皇党军队'，意思是国王的拥护者，军队人数庞大。保皇党军队一出兵就遇到了智利人的爱国者军队。"

"最后战斗打响了？"我急着问。

"卡雷拉知道西班牙人专门来攻打他，于是就把军队的指挥权交给了他的朋友贝尔纳多·奥伊金斯。大部分爱国者只是志愿兵，并非专业士兵。"

"意思是他们不会打仗……"

"勇士们永远懂得战斗。双方军队在奇廉相遇，展开了激烈的肉搏战。但后来因为雨势太大，双方不得不停止交战，爱国者军队去了罗夫莱。"

　　"战斗还是没有打成……"

　　"别急啊。停战之后，爱国者在罗夫莱过夜的时候，保皇党带领庞大的军队和精良的武器进行偷袭。爱国者们像狮子一样英勇抵抗，全力战斗。奥伊金斯向爱国者们大喊：'活要活得光荣，死也要死得光荣！不怕死的跟紧我！'他们向保皇党发起了进攻。虽然爱国者们事先没有做好准备，但是英勇的奥伊金斯带领着大家赢得了这场战斗的胜利。"

　　"一切终于结束了！"我如释重负地说道。此时，卡门小姐也给我包扎好了手指。

　　这天，我和其他同学正打赌智利历史将变得更加有趣时，上课铃声刚好响起，大家匆忙进入教室，但卡门小姐却迟迟没有出现。

最后是利克尔梅女士走进教室，她说卡门小姐生病了，自己过来替卡门小姐上课。

利克尔梅女士教中学三年级历史，她知识渊博，而且上课经验丰富。因此我们大家决定认真听讲，打算一次性听明白老师讲的历史知识，然后给身体康复后的卡门小姐一个惊喜。

"孩子们，上节课讲到哪儿了？"利克尔梅女士平静地问道。

"罗夫莱战役。"我回答她，我认为卡门小姐是在课堂上给我讲的这场战役。

"已经讲到独立了。有人知道奥伊金斯吗？"她礼貌地问我们。

我举了举手指，发现指头已经不痛了。

"这位同学你来说说。"她不知道我的名字，所以这样喊我。

"奥伊金斯取得了罗夫莱战役的胜利。"我一口气说完。

"回答很对。战役取得了胜利，于是爱国者们选他为军队最高统帅。那么，奥伊金斯先生来自哪里呢？"

看没人回答，利克尔梅女士就开始自己讲了起来。

"贝尔纳多·奥伊金斯是总督安布罗西奥·奥伊金斯先生和一位智利女人的儿子，但是西班牙国王不允许他的总督们和智利女人结婚，所以安布罗西奥不得不把自己的儿子藏在一位朋友家里，这样国王就不知道他有儿子。这位朋友把他儿子带到了自己的庄园，因为贝尔纳多非常聪明、乖巧，在这期间他学会了所有技能，骑马、打猎、垒石墙、精准射击等，样样精通。后来，贝尔纳多被他父亲送去了欧洲，让他在英国最好的学校接受教育。

"贝尔纳多在英国很孤单，他想念智利，想念他的智利母亲，想念那个因为担心西班牙国王发现自己，而不敢让他待在身边的父亲。他下定决心：长大成人后，一定会回到智利，为国家的自由而战。因为智利人不需要受西班牙人统治。

"后来贝尔纳多登上了开往智利的大船，在他父亲去世前不久回到了智利。

"这就是贝尔纳多·奥伊金斯，独立战争中智利军队的最高统帅，他在罗夫莱战役中赢得了胜利。"

"就只有这一场战役吗？"我问利克尔梅女士。

"罗夫莱在哪儿？"乌尔基埃塔问道。

"靠近奇廉的地方。"她回答了乌尔基埃塔，但是没有理睬我。

卡门小姐一整个星期都没来学校。我们认为卡门小姐可能病得很重：也许是癌症，也许是瘟疫，说不定星期天早上就会去世。我敢肯定星期一我们一进学校，就会有人对我们说："今天我们要为卡门小姐做弥撒。"

然而事实并非如此，就在现在，卡门小姐已经坐到教室门口等着我们了。此刻的她和以前判若两人，整个人似乎换了一张脸，双眼散发着慈祥的光，给人感觉今天就像是她的圣徒日。

她向我们每个人打招呼，还给大家都发了块糖果。我们上课之前，她说："对我来说这是美好而且难忘的一天。"

我认为卡门小姐可能是在某个彩票站中了一辆摩托车，不过后来我又想还是其他东西更能让女人开心。于是我自言自语："你肯定是坐公交车时有空位，要不就是有人给了你一双长筒袜。看来我是不用再担心你的病情了。"

她没理我，继续说道："我们将要上一堂难忘的历史课，当我老的时候一定会想起今天。当然，当

大家老的时候也会对这堂课记忆犹新的……"

"太棒了！她会给我们发冰淇淋和玩具猎枪。"我对戈麦斯说。

"巴巴鲁丘，你不要再分散课堂注意力了！这是智利历史课，我正在讲独立战争。你喜欢战争故事，现在就是在讲战争，你要认真听课……"

"我们已经学过独立战争了，利克尔梅女士给我们讲了有关贝尔纳多·奥伊金斯的故事。"我告诉卡门小姐。

"她没告诉我这些，不过没关系。今天我们来学习兰卡瓜战役，不过我不是'讲述'历史，而是带你们'体验'历史。"

一听到这儿，我们开始跃跃欲试。这时卡门小姐对我们说：

"大家分成两队，一场战役要有互相敌对的两个阵营。你们一些人当保皇党，一些人当爱国者，但是这并不是针对什么人，你们只是在进行角色扮演。大家听明白了吗？"

我们在书桌两边各自排好队。

"右边的是爱国者，左边的是保皇党。"她说道。

我在右边，但是乌尔基埃塔和马尔多纳多是保皇党。我们超级仇视地盯着对方，尤其是马尔多纳多，他是西班牙人，他很厌烦学习智利史。

"为了让大家真切感受兰卡瓜战役，我们会修一个兰卡瓜广场。"她让我们摆放课桌，中间围成一个广场和四条畅通的街道，课桌封住了街角。

"爱国者和奥伊金斯去中间。"她说道，然后我们大家都进入广场。

"奥伊金斯知道保皇党大部队要来攻打他，于是就和他的手下躲在兰卡瓜广场。他命令士兵们用沙袋、砖坯、石块和木头堵住四个街口。他把广场当堡垒，在那儿等着保皇党进攻。"

我们在广场中央用课本、书包和笔记本堵住了四个入口。但竟没有一个站出来当奥伊金斯的，好在卡门小姐对我们发号施令。

"这一天是 10 月 1 日，"卡门小姐仿佛已置身于战争之中，她铿锵有力地说道。接着她转身对着马尔多纳多说："你们保皇党有 5000 士兵，现在发起进攻……"

她的话还没说完，保皇党就开始从四面八方攻打我们，笔记本、拳头、鞋子四处横飞。我们也没有服输，像狮子一样勇猛抵抗，没让任何人进入广场。

卡门小姐摇了摇铃，接着说：

"第二天，保皇党军为了逼迫奥伊金斯投降，开始新一轮的进攻。嘿，乌尔基埃塔，放下巴巴鲁丘！"卡门小姐看到乌尔基埃塔掐灯捻般拎起我时，大声喊道。接着，她继续说："保皇党们堵住水渠，别让水流进广场。这样爱国者军就没有东西来给枪炮降温，而且他们也会渴死。"为了逼迫爱国者们投降，保皇党放火烧了广场四侧。

"奥伊金斯毫不畏惧死亡：虽然他没有水来灭火，这场大火的热量和烟雾让爱国者们窒息，但是他仍带领军队继续抗争。最终，参与这场战役的1700名爱国者中只剩下300个人还在拼死搏斗。爱国者军队伤亡惨重，他们除了投降别无选择。"

那个时候我们一直认真听卡门小姐指挥，但是当我看到马尔多纳多幸灾乐祸的脸时，我控制不住自己，扑向他，高喊着"智利万岁！""祖国万岁！"最后我将他扑倒在地。

奥伊金斯当时肯定也是这么做、这么喊的。接下来爱国者们都模仿我，像骑兵先锋一样压倒保皇党们……教室里顿时一片混乱……虽然保皇党有5000人，我们只有300人，但我们还是消灭了他们，我们爱国者赢得了战斗的最后胜利。

"战斗"场面混乱不堪。几乎所有的保皇党都被压倒在地，身上有擦伤，甚至有个同学的胳膊都脱臼了。卡门小姐花了好久才让课堂恢复秩序……

最终糟糕的事来了，校长把卡门小姐叫了出去，像指责犯错的小孩一样指责她。

第二天，卡门小姐脸色特别不好，整个人就像生病了一样。

班里几乎有一半人都没来上课，一些好事的妈妈向校长投诉卡门小姐，说她们的孩子受伤了，还说卡门小姐不喜欢自家孩子，所以才让他们当保皇党。马尔多纳多的妈妈更坏，她辱骂了校长后直接把她儿子从学校领走了。

卡门小姐低声啜泣，一直盯着自己的指甲，她这个样子让我很难受。我觉得她的讲课方式很好，通过这次上课，我们将永远不会忘记兰卡瓜战役。

于是我走到她桌子旁，给了她一个橙子。

"你说过永远不会忘记昨天，但我希望你还是忘了吧……"我对她说。

她双眼通红地看着我说："谢谢你，巴巴鲁丘。我不想忘记昨天，昨天过得太精彩了！"

"我真搞不懂那些好事的女人。"我自言自语，不过卡门小姐听到了我的话。

"你过来，"她轻轻拉我的胳膊，让我靠近她，然后悄悄对我说，"家长是什么态度已经不重要了，我有你的信任就够了，我相信你们会牢牢记住这段智利历史的。谢谢你，巴巴鲁丘……"

卡门小姐的"谢谢"让我羞得满脸通红。我回到座位，感觉大家都在悄悄向我挤眉弄眼，这下我的脸更红了。可是我觉得同学们不是在表扬我，而是在讽刺我，嘲笑我在卡门小姐面前出风头。一想到这，我的怒火顿时腾空而起，比火山爆发时喷出的火焰还旺。

过了一会儿，我的怒火还没消，因为我还能察觉到同学们的嘲笑声。我的双手快忍不住了，真想上去打他们几拳。

突然卡门小姐说道："奥伊金斯虽然赢得了兰卡瓜战斗的胜利，但是他并没有打败保皇党……"

瞬间所有人都集中注意力听她说话，大家都希望可以再来一场战役。

"爱国者们知道何塞·德·圣马丁①在阿根廷和保皇党斗争，阿根廷人和智利人一样，都想获得自由。于是奥伊金斯和很多爱国者去了阿根廷，和阿根廷

———————

① 何塞·弗朗西斯科·德·圣马丁·马托拉斯（西班牙语：José Francisco de San Martín Matorras，1778—1850）：阿根廷将军、南美西班牙殖民地独立战争的领袖之一、杰出的军事统帅、阿根廷国父。智利和秘鲁称他为"自由的缔造者"。他将南美洲南部从西班牙统治中解放，与西蒙·玻利瓦尔一道被誉为"美洲的解放者"，他被视为国家英雄。

人并肩作战。奥伊金斯和圣马丁一样，两人都英勇无畏。"

"他们也都有自己的雕像。"我说。

"去往阿根廷的智利爱国者中，有一个人因为自己的能力和勇猛深得圣马丁喜爱，他就是曼努埃尔·罗德里格斯①。"

"有条街就叫这个名字。"我说。

"他是个年轻、直率、勇敢、不安分的人，什么都不害怕。他化装成商贩、妇女或者神甫，潜入保皇党的军营，打探他们的计划，然后把最新消息传给圣马丁。"

---

① 曼努埃尔·罗德里格斯（Manuel Rodriguez Erdoiza）：智利民族英雄。1814 年，阿根廷的一位将军钦佩南美洲的革命过程以及圣地亚哥这座城市，给了罗德里格斯一支军队，横跨安第斯山的南部，并与圣马丁的军队成功会合。这支军队在圣马丁指挥下进军智利，2月 12 日在查卡布科大败西班牙殖民军。1818 年 2 月 12 日，奥伊金斯正式宣布智利独立，成立共和国。

我喜欢这个罗德里格斯，于是我认真听卡门小姐说话。

　　"圣马丁委托罗德里格斯按自己的想法组建一支军队。罗德里格斯挑选最勇敢的人：不管是谁，只要什么都敢做就行。为了能给自己的军队招到合适的人，罗德里格斯首先对他们进行测试。被测试者必须一声不吭忍受至少 25 下鞭打，然后他让这些人化装后潜入保皇党的军营，和军营的人一直交谈，好让保皇党们放松警惕。最后，他们做到了，现在的保皇党丝毫不担心战争的到来，以至于罗德里格斯和他的军队已经抵达保皇党军营的时候，他们才反应过来。但为时已晚。爱国者们发起猛烈的进攻，最后不费吹灰之力就打败了保皇党。"

　　"再给我们讲讲有关曼努埃尔·罗德里格斯的故事吧！"佩雷斯说。

　　"西班牙人到处追击他，不过都没能找到他。他们悬赏大量黄金活捉或者杀死罗德里格斯，但是他都从西班牙人手中逃脱了。一天，西班牙士兵去藏匿他的法官家里搜寻他。那时正好有两个醉汉也在那里，于是罗德里格斯就乔装成醉汉的模样，站在那两个人旁边。他甚至和前来抓他的士兵闲聊起来，不过这些士兵根本就没有认出罗德里格斯来，聊了一会儿就离开了。"

"罗德里格斯还做了什么？"纳瓦罗问老师。

"有一天罗德里格斯装扮成面包师去了一个保皇党军官家里，给他们送面包，没人怀疑他就是罗德里格斯。"

"卡门小姐，再给我们讲点吧！"戈麦斯请求卡门小姐继续说下去。

"好吧……当时梅利皮亚广场被西班牙人占领。罗德里格斯和80个农民骑马到广场的时候，打了保皇党们一个措手不及，甚至都不等他们做出反击，就占领了广场。罗德里格斯这几次的'捣乱'让西班牙人恨到牙根痒痒，于是他们决定拿出一千块银币悬赏罗德里格斯的人头。当罗德里格斯知道这个消息后，不仅没有在意，反而还在这期间接近西班牙国王的代表的车辆，为代表开门，请他下车。谁能想到这个开车门的人就是他们要逮捕的罗德里格斯呢！还有一次，他扮成一个水手潜入一个保皇党军官的厨房，听到了他们在餐厅谋划的事情。"总而言之，罗德里格斯什么都敢做。

"太不可思议了！"我自己也想成为他那样的人。

铃铃铃，下课铃声响了。此时卡门小姐的眼睛已经不红了，我也不害羞了，同学们也没人朝我挤眉弄眼了。因为大家无心想其他事，人人都想扮演"曼努埃尔·罗德里格斯"。

当天晚上，我本来正幸福地睡着，突然伴随着白天的害羞和恼怒一下子惊醒了。卡门小姐对我说的

悄悄话还在我耳边模糊地回响，我还能隐约听到小伙伴们窃窃私语议论我。此时此刻，我非常气恼她让我无法入睡……

第二天我很早就醒了，醒来时我的拳头在空中胡乱挥舞，因为梦里我看到自己一进校园，大家都向我飞吻，于是我决定反击他们……现在房间一片混乱，枕头被撕破了，被褥从床上掉了下去，床头柜的桌子腿也折断了……

然而实际上学校里并没人取笑我，因为昨晚学校遭窃，保险箱被偷了。

此时，警车就停在学校门口。

卡门小姐摇了摇铃，把我们关在教室里，就像什么事都没发生一样。

"我们即将讲完智利史，讲完这个我就要讲其他东西了……"她说。

"学习的坏处就在于此，一个知识结束了，另外一个就会接着开始，永远没有结束的时候。"我说道。

"你午饭吃饱了，以后就不用吃饭了吗？净说瞎话！我们回到曼努埃尔·罗德里格斯的话题。他在哪里训练自己的军营呢？圣马丁和奥伊金斯又在哪里呢？"卡门小姐问。

没人回答她的问题。

"巴巴鲁丘，你告诉我奥伊金斯在哪里。"

"我觉得他在阿根廷。"其实我只是瞎说的，但没想到竟然还猜对了答案。

"回答正确！由爱国者们组成的解放者军马在峡谷里容易滑倒，部队已经准备好进攻保皇党。他们从阿根廷过来，必须翻过安第斯山脉。一部分人跟着总指挥圣马丁，一部分人跟着奥伊金斯。那是艰辛又漫长的征途，一步一步……"

"他们花了多少年？"我问。

"倒是没用那么长时间，但整个征途也花了整整一个月的时间。他们1月初出发，2月初才踏上智利的土地。"

"之前的战争太没意思了。"我说。

"2月12日一大早，奥伊金斯的军队就在查卡布科山遇到了保皇党。"

"卡门小姐，我知道查卡布科山坡。"佩雷斯说道。

"离那儿很近，"卡门小姐对佩雷斯说，"圣马丁下令军队兵分两路前进，然而保皇党早就做好用真枪实弹迎接他们到来的准备。爱国者们没有办法，只好停止前行。一看到当下局势，保皇党们自以为会是胜利的一方，于是他们放松了警惕。突然，奥伊金斯带着军队从天而降，意外出现。保皇党们仓皇抵抗，但是智利爱国者们对这场战役势在必得。火雨、刀砍、肉搏，场面一片混乱。爱国者们仿佛是铁打的身躯，保皇党们除了逃跑，别无选择。保皇党丢下马匹、武器、俘虏和死伤的战友，仓皇逃离。最终智利人夺得了查卡布科战役的胜利。"

"战争就这样结束了？"

"还没有完全结束。奥伊金斯被选为智利的最高领袖，他的职权比当时西班牙总督的还要高。记住，那一年是1817年。"

"1817年？很容易记住。"我说。

"为什么呢？"

"因为简单啊。"我回答她。

"以后看你还能不能记住。"听到卡门小姐这么说，我有点不开心。"我们继续讲历史。奥伊金斯战胜了保皇党们，不过他并没有松懈下来。因为他知道智利还有很多保皇党，他们可能随时随地进行反扑。于是他决定调查一下大多数智利民众是怎么想的。他下令给所有军营都发放两个空白文件，让每个智利人都参与其中。想要智利独立的人签在一个文件上，不想独立或者是支持保皇党的签在另外一个上，这样他就能知道哪边人更多一些。

"爱国者，就是想要智利独立的那些人，他们那个文件上写满了名字，而另外一个文件上的签名少得可怜。于是奥伊金斯就写了智利的独立宣言，并签了名。那一天是 1818 年 2 月 12 日，距离查卡布科战役刚好一年。就在那天智利人民目睹了国旗宣誓（服务效忠国家的誓言），这象征着智利是一个有自己国旗的自由国家。"

"那天是个非常美好的节日吗？"我问卡门小姐。

"那天让人无法忘怀。"她回答我。

"的确是。不过我觉得奥伊金斯之所以选择 2 月 12 日进行国旗宣誓，是为了让我们更容易记住这天，因为查卡布科战役就是在 2 月 12 日取得胜利，圣地亚哥城也是在 2 月 12 日建立的，这是一个众所周知的日子。"我说。

"你说得有道理。但是保皇党趁着奥伊金斯忙于其他事情的时候，攻打了北方的爱国者。"

"真的吗？"不过如果我是保皇党，我也会那么做。

"奥伊金斯得知了这件事后，他和圣马丁一起出发去保卫自己的军队。他们在塔尔卡附近的拉亚达阵地安营扎寨，休整自己的队伍，不幸的是保皇党军过来了……天色已黑，伸手不见五指。爱国者们试图抵抗，但是正值黑夜，他们又不熟悉地形，只能艰难地抵抗着。奥伊金斯的坐骑摔死了，他自己右臂也中了一枪。瞬间，爱国者们群龙无首，他们除了溃逃，别无选择。这就是拉亚达之败。"

这场溃败让我万分恼火，都不能专心思考其他事情了。于是课间休息时我走到卡门小姐跟前，问她：

"智利现在还不是独立的国家吗？"

"巴巴鲁丘，为什么这么说呢？"

"因为拉亚达之战失败，还有马尔多纳多总是激怒我，他说西班牙是我们的母国，还有其他类似的话。"

"马尔多纳多是西班牙人，你不要忘了这点。"

"好吧，那智利还是不是独立的呢？"

"智利完全是独立的国家。"

"怎么说呢？"

"拉亚达之战失败后，奥伊金斯和圣马丁'战死'的消息不胫而走，不过那都是谣言。爱国者军队回到了圣地亚哥，决定在靠近塞里约斯山附近的迈普安营扎寨，保皇党正好离那儿很近。"

"又发生了一场战役吗？"

"是的，这是一场决定性战役。"

"决定性？"我问她。

"意思是说爱国者在这场战役中胜利了。那天是4月5日，上午圣马丁亲自指挥了战斗。那是一场殊死之战，持续了数小时。"

"奥伊金斯呢？"

"他当时在圣地亚哥疗伤呢，你想想他右胳膊可是中了一枪……不过得知爱国者军队在迈普打仗时，他从床上一跃而起，火速穿好衣服，马不停蹄地冲往前线。奥伊金斯就是这样，就算有伤在身，还是会全力赴战。迈普之战是决定性的一战，爱国者胜利了。"

"决定性的？"我问道。

"我给你解释过什么是'决定性的'了。"

"那后面再没战斗了？'决定性的'意思就是'最后的'？"

"巴巴鲁丘，那就是最后一场战斗，你别忘了是4月5日，下午6点。迈普之战中保皇党死了500人，2000人被俘虏。从那一刻开始，智利完全独立了……"

"终于结束了！我再也不用担心还有其他战斗会溃败了……所以说迈普这个地方极其重要。不过我还不了解它，它很远吗？"

"在圣地亚哥旁边……奥伊金斯取得那场战役胜利后，向我们军队的保护神——卡门圣母许诺要以她的名义建一座圣殿，地点就在他赢得智利人民自由的地方……"

"但是接下来他没有履行诺言，因为整个圣殿前不久才建好……"

"迈普圣殿的确才修建好，不过奥伊金斯之前就在那儿的高坛上为卡门圣母修了一座教堂。"

"我想去看看教堂……"

卡门小姐走向正在休息的同学们，拍了拍双手喊我们：

"我给你们准备了个惊喜，"她笑了笑说，"明天我们去了解迈普圣殿，你们可以带些东西过去野餐，因为明天不在教室上课。到时你们将会了解那场解放智利的战役所在的原野。"

大家都鼓掌叫好，我们决定再现迈普战役，好好战斗，赢得战争。然后我们会进入圣殿，感谢卡门圣母，并向圣母玛利亚做祈祷。

Papelucho

巴巴鲁丘2

[智] 马塞拉·帕斯 / 著

李沁沁　何倩 / 译

海豚出版社
DOLPHIN BOOKS
中国国际出版集团

小小侦探

亲爱的妈妈：

    1.我没有走失，所以您不要着急。

    2.我也没有生气，因为一切皆是命中注定。

    3.如果您有 500 比索^①，您可以来伦卡警察局找
我；如果没有，就把我的来复枪卖给挤奶工，他一
直想买我的枪。

    4.我只是被暂时拘留，不是监禁。

    我会给您解释发生的一切事情，因为同样的事也

_____

① 比索：比索为智利流通货币。

可能会发生在您身上。如果您被拘留了，即使要花上500比索，您的妈妈也肯定会去找您，而且您之前说半个鞋底就能值500比索，所以这也不是很多钱。

内里（内格罗）士官是多米的朋友，是他借我纸笔给您写信，也是由他今晚将这封信带给您。我目前所在的监狱有很多人，因此您不用担心我会孤单。

此时除了我，大家都打着呼噜睡着了。一只没有尾巴的老鼠正在吃奇里奎埃的面包，虽然面包就装在他的口袋里，但是他没有感觉到。

或许您也不记得奇里奎埃是谁了。

事情是这样的：

今天早上您出门后，我去门口等您，打算您回来后直接问您一件我记不太清的事情。我等您的时候，奇里奎埃从门口经过，我们就聊了起来。他以前住在罗萨莉塔姑姑的庄园，您还记得他吗？现在他住在圣地亚哥，因为他在火车上睡着了，醒来时火车停在圣地亚哥，所以他也就在圣地亚哥住下了。奇里奎埃在街上发现了一个黄金做的小屋，我们不知道它是干什么用的，不过也许还值 100 万比索呢。我告诉他如果卖了小屋，他就能买一辆摩托车，但是他说一旦拿去卖就会被抓，因为别人会以为是他偷了小屋。我说他是个悲观主义者，他不明白那是什么意思，不过他知道很多我不知道的东西。就在我们争论的时候，奇里奎埃等的公共汽车来了，他就上了车。因为我想说服他卖小屋，所以也跟着他上了车。车上很吵，发动机的烟雾遮住了我们的视线，不知不觉村子就到了，然后我们下车了。

最后奇里奎埃以 50 比索的价格把黄金小屋卖给了我，我把小屋放进口袋，想作为礼物送给您。之后我们去了一家杂货店，吃了饼干、火腿。

"我想去你家看看。"我对奇里奎埃说。

"就是那儿的一间茅草屋……"他给我指了指由

木棍、硬纸、罐子和袋子搭的简陋棚户区。

最终我还是说服他带我去看看他家，于是我们朝那儿走去。

那儿的村子像个足球场，不过实际上不是足球场，那儿也没有任何危险，大家都互相认识。我们追着太阳走了数公里，经过一个到处是西瓜皮的水沟，奇里奎埃告诉我那儿曾经沉没了一辆公共汽车，有七个女人被淹死了。我们还路过一棵没有枝丫的老树，树枝都被用来烧柴火了。我们还经过了一个很大的垃圾堆，可以在里面寻找遗失物品，收集可以卖的罐子、纸张和布料。垃圾场仿佛是一座无形的矿产，因为里面的东西可以随意挑选和买卖，所以有点恶臭也无所谓。

然而接下来发生的一切都糟糕透了，我不知道该怎么给您讲。

我们走向奇里奎埃家的时候，看到一间茅屋前有人正在激烈地争执。一个男人打另外一个男人，旁边的女人像喇叭一样大喊大叫。不过没人注意他们，似乎这个村的人就是这样说话的，也正因为根本没人理他们，所以后来那个女人也安静了。最后，争执中胜利的那个男人离开了，输的那个男人躺在地上，流着血。我对奇里奎埃说：

"也许他死了……"

可是奇里奎埃笑了。

"他喝醉了，每天都是这样。"奇里奎埃回答我。

我不相信，于是上前去看。

"喂，你要阿司匹林吗？"我对那个男人说。

然而他瞪着犀牛般的双眼，瞥了我一下，吐了口血。我知道人一旦吐血，情况就十分严重了。之后他转了转眼珠，眼睛朝上看，我判定他是死了。

我去找奇里奎埃，发现他正在和村里的男孩玩耍。我一心想着死去的那个人，觉得帮助他是我的

义务，所以根本顾不上玩。但是现在想想，也许那就是噩梦的开始，因为后来发生的一切都归咎于此。

"喂，奇里奎埃，如果你认为地上那个男人没死，那他肯定也已经奄奄一息了。"我对奇里奎埃说。

结果其他男孩也对这件事感兴趣，于是我们几个人一起去看那个男人。我们挠了挠他的胳肢窝，拽了拽他的头发，他眼睛眨都没眨，因此我们确信他已经死了。

"必须把他埋了，因为如果不埋的话……"年龄最大的鲁维奥说。

于是我们几个抬起他，来到垃圾堆，用垃圾把他盖得严严实实。他一声不吭，已经彻彻底底死了。没有人奖励我们，也没有人询问关于他的事，我们就这样把他埋了。刚埋完人就听到奇里奎埃的姑姑喊他，于是我们俩就去了他家。一进家门，他姑姑就敲着他的头，开始责骂他。

"小兔崽子，到处瞎转悠什么，怎么没按我说的去做？"他姑姑对他说。

"可是你没有告诉我要做什么。"奇里奎埃辩解。

"你带什么了？"

"你没说要我带什么……"

"谁让你和这个阔公子玩的？"

"是他跟我回来的……"

"你带早饭了吗？"

奇里奎埃翻了翻他的破口袋，然后低头沉默不语，两只脚互相踩来踩去。

他姑姑又敲了一下他的头，接着说"做硬面包用的糖都没了。"一个挂着鼻涕的胖小子哭了起来，他姑姑给了胖小子一根黄玉米，让他坐在地上，于是他就安静地坐在那儿啃起了玉米。

"我们为什么不卖点我的东西呢？你姑姑还没吃早饭呢。"我对奇里奎埃说。

奇里奎埃上下打量我，似乎从没见过我一样，然后拽了拽我的衬衫。

"我知道谁可以买你的衬衫。"他说。

我们去另一间茅屋卖衬衫，对方给了我们 20 比索和一件穿过的运动 T 恤。我穿上又小又破的 T 恤，现在没人喊我"阔公子"了。我们在杂货店买了做硬面包用的糖、面包和两根棒棒糖，把这些东西带给了姑姑。她没对我们说谢谢，转身开始生火，而且一直念叨奇里奎埃的不好。后来她给了我们每人一杯热乎乎的糖水，鼻涕虫小胖子放下玉米，也喝起水来。这时他姑姑突然发火，问我们：

"你们对查托做了什么？谁让你们掺和这个麻烦事的？"

奇里奎埃没回答她，于是我解释说：

"那个男的死了，所以我们把他埋了……"

"死了？"他姑姑睁大双眼看向奇里奎埃。他点头说"是的"，然后继续喝水，他姑姑开始唠叨这件事。

"如果他死了，巡逻车就会过来，大家都要被问话，你们肯定是第一个。如果人不是你们杀的，进监狱的就是波尼托……你确定查托已经死了？"她又问奇里奎埃。

这个时候鼻涕虫把小胖手伸进了火里，烫得尖叫起来，他姑姑不问我们了，赶紧找药给小胖子擦。

我想笑，不过突然间看到了波尼托，就是那个和查托发生争执的人，于是我跑向他。

"先生，你要么藏起来，要么消失不见。查托死了，警察会抓你进监狱的。"我对他说。

他用黑黑的手捂住我的嘴，把我拉到一边。

"谁告诉你这个？"他尖声问我。

"我看到了，我们大家都看到了。不过他已经被埋了……"

"埋了？谁把他埋了？"

“我和奇里奎埃。”

“奇里奎埃？他在哪儿？”

奇里奎埃没在家里，他跑到了远处的悬崖桥上，隐约能看到他的身影。波尼托抓住我的胳膊，拉起我就向悬崖桥跑去。我们急速狂奔，但是没有追上奇里奎埃。最后我们来到一条街上，看到他上了一辆公共汽车。波尼托放开我，喘着气，喘得比破汽车的声音还要大。

我动都没动，他又用手抓着我。

“你是谁？”他问我。

“巴巴鲁丘。”我对他说。

“你是村里人？”

“不是，我和奇里奎埃一起来的。”

“你有家吗？”

“当然有，现在我就想回家。”

“先别着急，朋友，你要和我待在一起。”

我试着从他手里挣脱，但是他抓得更紧了。

"你弄疼我了。"我告诉他。

"走吧。"他像军官一样发号施令。我们沿街走着，最后去了一家酒吧，酒吧给人一种阴森森的感觉。他依旧没有松开我，而我也一直在想怎么从他手里逃走。他一直不说话，这让我有点害怕，我也想知道接下来我们要做什么。

他在一张桌子旁坐下，要了一杯酸葡萄酒，酒保给他上了一大杯葡萄酒。看他喝酒，我想到了查托的血，顿时恶心反胃。

我不知道他在想什么，反正他一直抓着我的胳膊。我想和他说话，探探口风。

"我来只是告诉你查托的事，好让你逃跑，可是你为什么不放我走呢？"我声音嘶哑地问。

"因为你是大嘴巴，会走漏消息，所以这几天你必须当个哑巴。"

"我向你保证什么人也不告诉，什么事也不说。"
我对他说。

"可是我不相信。"

"我通知你不过是让你能够脱身，因为你没想杀
他，你们只是发生了争执……"

波尼托陷入了思考。他脸色如铅块般沉重，鼻子
发红，双手颤抖，呼吸困难。

"我想回家。"我对他说。

"闭嘴！让我想想……"他怒气冲冲地说。

酒吧门开了，他吓了一跳，双眼瞪大。一个扁鼻
子男人走进来，嘴里嘟囔着，走向桌子。

"我是来通知你的，你知道发生什么事了吗？"
他对波尼托说。

波尼托抿紧嘴巴说："是的。"

"那么事情是真的了？"

"真的。谁告诉你的？"

"我老婆罗哈。她看见你和这个小男孩跟在奇里奎埃后面跑，感到很奇怪，所以这就来调查。"

这时突然传来一阵吵闹声，波尼托一跃而起，松开我的胳膊，取出一张纸币放在桌上。我们三个快速离开了酒吧。

"你要做什么？"

"我不知道。眼下先藏起来，之后再联系桑特利塞斯，他认识一些律师。"

我们上了一辆公共汽车。他们俩坐着，我站着，波尼托的一只手拉着我的胳膊。我们要去哪儿藏着呢？我脑子里闪现过很多办法，但是我不敢说出来。也许最好的办法就是去我家，没人会想到去那儿找他。

"你有钱吗？"波尼托问那个扁鼻子男人。

"有一点，你要干什么？"

"坐火车，我要走得远远的……"

转眼间我们就下车了，那儿离火车站很近。波尼托低声和那个扁鼻子男人说话，双手还抓着我的两个胳膊，看来我要和他一起进监狱了。我突然抽动胳膊，瞬间从他的两只手中挣脱出来，但是还没跑就又被抓住了。

他狠狠地掐了我一下，痛得我的眼泪都流了出来。

"你如果再企图逃跑，我会让你痛苦一生。"波尼托对我说完后接着对那个扁鼻子男人说："你负责看着他和找到奇里奎埃，也许你在糕点店能找到奇里奎埃。"说完他就离开了。我目送他去了火车站，实际我更想和他一起离开，因为相比而言我和他更熟悉，现在这个男人太让人讨厌了。

"走吧！"他对我说。他的手没那么生硬，但抓得我更紧。

最后我们到了一家糕点店。苍蝇趴在蛋糕上，就像粘在窗帘上一样，让人一看就没有食欲。我看见奇里奎埃消失在一幅窗帘后，不过这个男人拉着我，叫我跟着他。那是一个摆满脏箱子的简陋房子，也是一个烟雾缭绕的厨房。

"奇里奎埃，你过来和我一起，你们俩要和我待到明天。如果你们不企图逃跑，没人会让你们做什么，就算让你们做什么，那做的也是好事。"这个男人对奇里奎埃说。

接下来发生的事没那么糟糕。他给我们买了糖果，带我们去了他家。奇里奎埃不和我说话，一直气哄哄地望着我。

这个男人实际叫奥罗西博，他的家像个候车室：木质地板，桌子上放着花瓶，一个柜子上摆着三个冠军奖杯和一张框起来的照片，照片里他穿着冠军服。

他老婆胖胖的，脸色红润，是个大块头。她怒气冲冲地看着我们，不过后来怒气就没了。她锁上门，把钥匙放进口袋，接着做自己的事。奥罗西博在院子里坐下开始读报纸，他老婆一直在剁洋葱。

"我说过你不要掺和进来。"奇里奎埃终于和我说话了。

"可是那样波尼托就得救了，而且我们也不会有什么危险。"

"但愿吧。"奇里奎埃看向庭院。

"我想给家里打个电话，告诉多米我要推迟时间回家……"我对他说，他笑了。

"你没听懂他们对你说的话吗？你是脑子摔坏了吗？谁知道什么时候我们才能离开这儿。"

"我必须通知我妈妈。"

"小心点！我可不想为你做的事付出代价，我们俩还是安静点吧。"

我开始思考起来，现在还是上午，炸洋葱的味道让我的肚子咕咕叫，我超级想吃午饭。奥罗西博的老婆忙得汗流浃背。

我对她说："如果您愿意的话，我可以来炸洋葱。"她看了我一下，递来一把勺子，我开始翻动洋葱。她取出一块肉，切了起来。炸洋葱很美味，我的口水一直流，我必须尝尝。我被洋葱烫了一下，幸好没人发现。现在我已想不起自己为什么在这里，也没有之前那么害怕了，只是一个劲儿地饿。我再也忍受不下去了，就问奥罗西博的老婆：

"您什么时候吃午饭？"

"和你这个没礼貌的小屁孩有什么关系？"她回答我。

"是这样，您愿意的话，我可以给您洗盘子。要是还有一点剩饭的话……"

"可怜的人总会找理由。你要是饿的话，就坐下来自己吃吧。"她说。

我和奇里奎埃两人坐下来，每人拿着一个大盘子，吃得干干净净。奥罗西博和他老婆吃着盘子里的东西，不说话。他们用面包擦干净盘子后，他老婆伸了下懒腰，摸了摸口袋里的钥匙，吧唧着嘴躺在床上睡觉了，钥匙就在她身下。奥罗西博活动了下身体，从口袋里掏出一支吓人的左轮手枪，放到桌子上，两个胳膊压在枪上面，像枕着枕头一样睡觉了。

最后我没能写完信，因为我也睡着了。因此，我也没有把信送给您。我想您找不到我，一定会手足无措，不过我猜您会习惯的。

他们打呼噜的时候，奇里奎埃开始紧张起来。

"我们得逃走。"他对我说。

"我准备好了，可是我们怎么离开？"我问他。

"按照我说的做。"奇里奎埃悄悄地对我说，表情很严肃。

我看他从厨房储物柜取了几滴凡士林，滴在纸上，然后在每个角落放了几张纸。

"你要做什么？"我问他。

"我想好了。这是我们唯一逃跑的方式，我要吓吓这些人。"他对我说。

我正想问他要不要点个火，奇里奎埃就拿出火柴，匆忙点燃四处的纸张和凡士林。

火焰和烟雾弥漫了整个房间，奇里奎埃大喊"着火了！"奥罗西博从睡梦中惊醒。

他泼水、咒骂、扔东西、四处乱踢、喊叫着。他老婆还没醒，不过他挥着手，咳嗽着，一下子打开了窗户，好让烟散出去。混着烟雾，我和奇里奎埃溜了出去，在街上如火箭般狂奔着，直到跑到悬崖边才停下来。我们沿着一股水流向下走，最后来到一个石洞穴。

奇里奎埃坐下来休息，吐痰，捶腿。我的脚都起泡了。

"在这里他们就找不到我们了，这是索托的山

洞。"他说。

"我更想回家。"我告诉他，但是奇里奎埃有些生气了。

"你别动！"他说着，从裤子里掏出奥罗西博的左轮手枪。

"哇！有子弹吗？"我说。

我们开始检查手枪，但是奇里奎埃不让我碰枪，好像那是他自己的枪一样。那是一把相当不错的老式左轮手枪，里面装有五颗子弹。

"你要卖了它吗？还是把它还给奥罗西博？"我问他。

"我自己拿着。可能某一天我会需要它，而且我知道枪是奥罗西博从盖马奥那里偷的。"他对我说。

奇里奎埃把手枪藏在石头中间，用纸张和垃圾盖得严严实实，接着开始沉思。

"我想回家。"我再次对他说。

"你晚上再回家，关于这些事情，你一个字都不能透露。要不然你会付出代价的。"

"到晚上之前我们做什么？这才午饭过后……"我问他。

"别让我再想了！"他瞪着黑溜溜的大眼睛回答我。

他思考的时候，我开始移动石头，搜寻山洞里的宝藏。那儿有许多又脏又旧的东西，还有钟表、餐具和照相机，索托就像个小偷，藏了很多东西。奇里奎埃既然知道这个山洞，那他应该就是索托的朋友。

"喂，你是索托的朋友吗？"我问他。

"他是我的教父。"他回答。

"哇呜！什么样的教父呢？"我说。

"实打实的教父。"他回答我。

"他是小偷？是不是？"

"不是的，他是我的教父。"他满脸微笑地说，但是转瞬又变严肃了，问我，"你知道怎么到这儿来吗？"

我摇了摇头，刚才跑得那么快，我都不知道是从哪儿过来的。奇里奎埃一直看着我。

"和你在一起真是倒了八辈子霉！现在我都不知道怎么摆脱你。"他朝我愤怒地喊着。

"如果我回家了，你就再也看不到我了。"我回答他。

"你这个大嘴巴！你肯定会到处乱讲你看到的事情。要是索托在这儿，你就不会再说了……"

"他会'杀'了我吗？"我咽了咽唾沫问。奇里奎埃缩缩肩膀，向远处吐了口唾沫。

"你的教父什么时候到？"我问他。我一点都不想认识他的教父。过了一会儿，我又问他："你在想什么？"

"在想怎么才能让你忘记看到的一切。我知道有个办法，如果我让你神志不清，就什么也想不起来了。但是我害怕卷入麻烦，你是个富家公子哥儿，他们肯定会到处找你，找到你时就会发现我。"

"我向你保证我会保持沉默。"我对他说。

奇里奎埃笑了，满脸警告的意味，他已经不像是我的朋友了。我觉得自己就像个白痴，而且他也让我觉得自己就是个白痴，这让我很生气。

"别以为我做不到信守承诺，我现在就告诉你，你会后悔的！"我重重地扇了一下他的鼻子，和他打了起来。

我们周围全是石头，这场架打得奇里奎埃鼻孔冒血，而我浑身疼痛。于是我们停止了打架，挑起争端的是他，要握手言和的也是他，我觉得这显得我很窝囊。

最后我不得不停止写信，因为我快要饿死了，肚子一直咕咕叫，我甚至饿得开始咬铅笔、嚼铅笔。牢房里的一个伙伴同情我，给我了一包糖果条。他说自己要是进牢房，会带些东西，这个想法挺不错。糖果很美味，我吃得很饱，因为他差不多把自己的糖果全给我了。随后他又给我了一把小刀，我削了铅笔的另一头，笔头削得特别尖。

从山洞里出来的时候我和奇里奎埃又成了朋友。我们想如果全村人都已经知道查托死了，他们肯定会因为我们埋了他而找到我们，并问我们很多问题，所以，为了避免麻烦，最好还是把他挖出来。

因此我们回到了村子里，为了避免别人发现我们，我们俩径直走向垃圾堆。

那个时候太阳超级毒辣，垃圾堆的味道相当恐怖。我们一只手捏着鼻子，另一只手刨着。

可是查托不见了，哪儿都找不到……

这太不可思议了！也许是有人偷了他的尸体。

好家伙！偷死人比偷活人更糟糕。不可能是波尼托，因为他去欧洲旅行了；也不可能是罗哈，她正在屋前哭喊呢；奥罗西博又正在灭火。会是谁呢？

我们必须在巡逻队到来之前找到偷尸体的人。如果没有死人，没有谋杀，没有小偷，巡逻队来这儿做什么？

我又不得不停止写信，因为铅笔用完了。幸运的是内里士官来了，他把自己的铅笔借给我，还给我们带了水、咖啡和面包当早餐，我吃了面包，喝了水。为了以防再感到饿，我就想象回到家后我要吃什么。

今天您做点心了吗？我觉得我有三顿都没吃了，所以请把属于我的三块点心给我留着。

而且我告诉您，如果您现在不来找我，我可能会被带到另一个警察局，那时就真的进监狱了，我想爸爸和您应该不想有个当囚犯的儿子吧？总之您快来吧，我在家里还有很多事要干呢！

内里士官离开了，我又接着给您讲发生的事。

我们必须找到失踪的尸体，因此我们在垃圾堆找呀找，我找到了一只鞋，我猜它肯定是查托的，于是我拿着鞋去找罗哈，问她：

"您是查托的妻子吗？"

"你为什么问我这个？"她说。

"您认识这只鞋吗？"

她看了看鞋，什么都没说，但是突然哭了起来，一边抽泣一边呼喊。很快她的朋友们就来了，一直看着她。我想起自己还要回家，于是准备走，突然间两个人抓住我的胳膊，对我说：

"你得和我们待在一起。"

我想一下子挣脱了撒腿就跑。不过他们用力抓住我，还捂住我的嘴，把我带到一间茅屋绑住了我。我愤怒地哭着，后来他们离开了，把我留在了那里。一个像是房间主人的女人对我说：

"如果你保证不离开这儿，我就给你松绑。"我答应了，于是她松开了我。

我活动了一下身体，骨头发出响声。随后我和一只无尾狗交了朋友。那个女人在洗衣服。

"它叫钦科尔。"她一边看着我，一边给我介绍这只狗。

"这是你的狗吗？你有孩子吗？"我问她。

"你为什么问我这个？"她继续洗衣服。

"因为你看起来是个好人，并不是所有人都是好人……"我摸着钦科尔对她说，"我在这个村子遭遇了很多事，遇到的所有人都认为我是个爱吹嘘的人。"

她对我说："他们不认识你。有时候富人对穷人不好，所以我们害怕他们。"

"你怎么知道我是有钱人？"

她笑了。

"你不是这里的人，我认识这个村子的所有人。"

"你会让我回家吗？"

"如果我让你走，对你对我都会是坏事。他们会重新抓住你，把你交给奥罗西博，让他'照顾'你。他现在对你们让他家着火的事特别生气……"

"那奇里奎埃呢？"我问她。

"很多天内他都不会出现了。"

"今天早上大家和我俩都看到他们打架了，所有目击者都能说出是谁杀了查托。"

"没人坦白的，那会让人付出昂贵的代价。我不认为你会说出去，但是如果你没意识到这一点的话，他们会让你说出事实，或者你认为的事实。"

"那我一辈子都得藏在这里吗？"

她做了个"我怎么知道"的表情，又开始洗衣服了。

我开始想念妈妈，想念家里，最后我决定还是忘记过去，试着成为一个当地的小男孩。这个念头一出来后，我真想给自己一拳。

我从痛苦中得到了什么呢？晚上要来了，这只是第一天，我最好赶紧习惯这样的生活。

"如果你儿子走丢了，你会紧张吗？"我问她，她没有回答我，我又对她说，"内心不安不是一件好事，它不会让人做好事。人到了什么年龄会开始焦虑不安呢？"

"你一直问奇怪的问题。那我问你，是谁让你搅和到这里面来的？"她说。

"我是奇里奎埃的朋友。"

"你拿这只破鞋做什么？"

"这只鞋吗？（我已经忘了手里还有鞋）你知道鞋的主人是谁吗？"

“不知道！”她说。

我感觉到我的问题让她不舒服。我想或许她知道谁偷了查托的尸体，也许她就是同谋。

“你为什么用这样的眼神看我？”她问我，我心想不能让她察觉出我的猜想，于是我转眼看了看鞋，没有回答她。

“扔了这只鞋，它太难闻了。”她对我说，我更加确定手里拿的是一条真正的线索，所以我没有松手。

“你真是个奇怪的男孩。穿着好鞋，却拿着那只又脏又臭的旧鞋不放……”她对我说。

“这只鞋能给我带来好运。”我正说道，突然间那只鞋鞋跟掉了，一张纸露了出来……

我猜想这张纸应该是另外一条线索，不过我什么都没说，把纸条留在那儿，准备之后再读它。那个女人正用一张旧椅子的木料点火，火焰燃起来的时候，她递给我一壶水。

"把壶放到火上！"她对我说。因为壶太重了，我不得不放下我手里的鞋。就在那一瞬间她抓起鞋，扔到火里。我松开水壶，试图救出鞋子和纸条，不过没能成功。

因为水溢出来了，壶也摔了，那个女人发怒了，她不再是我的朋友了。不管怎样，我认定她就是同谋，她烧了纸条就是为了抹掉痕迹，毁灭线索。

"狂妄的入侵者，如果你不害怕奥罗西博，我现在就送你去他家！"她对我说。

"如果你放我离开，我就把我妈妈的水壶送你，还给你其他东西。"我告诉她。

"我不想要你送的东西，发生在你身上的不仅仅是入侵这一件事。谁派你掺和这里的事情的？"

"纯粹是偶然！这是我掺和进来的第一桩犯罪。"

"不是犯罪！波尼托绝不是凶手。"她拿起勺子，满脸威胁。

我刚要回话的时候，两个陌生女人和一个陌生男人走进茅屋，他们同时开口说巡逻队到了。远远就能听见警笛声渐渐靠近。此时我在想，接下来会发生什么？谁会代替波尼托入狱？也许是这位拿勺子的女士，她是凶手的同谋，那些人来是通知她某些事情的。

　　之后又出现了一系列意外。他们说了一些我没听明白的话，然后就关门出去了，一切都像电影里的场景一样。我试图开门，但是无论怎么敲击、捶打门上的木板都无济于事。茅屋里阴暗无比，什么都做不了，慢慢地我习惯了从木板缝透过来的阳光，顺便借光线打量了一遍屋子。桌子上有一些茶色玻璃杯，一个角落里摆着几件损坏的工具，另一个角落里堆着一大摞床上用的布料。我难过极了，想着竟还有人生活在贫困之中，这太糟糕了，应该想个办法解决贫穷问题。如果每天派一辆卡车去这些人的家里，收集他们存着的旧东西，再分发给他们新的东西，或许会是个解决方案。

我一直在思考这个问题，因此当我听到茅屋布料堆里传来窸窸窣窣声时，我还以为自己在做梦。我听了听，瞬间高兴了起来，因为有只小猫要来给我做伴了。我兴奋地靠近那一大堆布料，在里面翻来覆去找小猫，结果发现了一个小宝宝。不是一只小猫，而是一个小女孩，被包裹着藏在一堆废布料中间，一直哇哇叫，脸都哭皱了。这个小家伙真的吓了我一大跳。

但是接下来的事让我痛苦极了。小宝宝太小了，动来动去，不停地哇哇哭喊，我猜她肯定是想要自己的奶瓶了。不过不管我怎么找，都没能找到奶瓶。于是，为了让她有东西可吸，我就把我的手指伸给她。她喜欢手指头，吸着我的指头一下子安静了。过了一会儿，我抽回手指，但是她又开始哭叫，我不得不再次把手指递过去。她拼命地吮吸我的指头，

我的手指变得又白又皱。最要命的是，我没办法让她不再吸我的手指。

为了能让自己活动活动，我不得不把她抱在我的怀里，抱着她一直来回地走。她很幸福，但是我却越来越想回我的家。突然我发现门上有个像木门闩的东西，这就很容易打开门了。我试了试，门真的打开了！我要在所有人回来之前离开这里。

我把小宝宝放回布料中间，但是她又开始使劲哭叫，所以我得找个东西塞进她嘴里来代替我的手指，不过我只找到了一根木棍，她一点都不喜欢吸这根木棍。她哭喊得越来越厉害，最后甚至气得直哆嗦，脸蛋发红，嘴巴张得像整张脸一样大，仿佛快要不能呼吸了。

我从没见过这么坏脾气的小宝宝。总之，如果我不给她吸我的手指，她就会发怒，我又不敢让她一个人在那儿恼火生气，只好再次把她抱在怀里，她

不哭喊了。我也得离开这儿，可是我该带着她去做什么呢？

我绝望地走出茅屋，发现房子周围没有人。远远望去，所有人都围着巡逻车。我不能靠过去，也不能扔下这个小宝宝。妈妈，要是您在我这个处境，您会怎么做呢？但无论如何请原谅我接下来要做的：我带着小宝宝跑了，不顾一切地跑了。她很开心，即使我拿开手指，她也不再喊叫了。

一看她安静了，我就想解脱自己，于是我把她放到地上。不过我刚松开她，她就焦躁不安，呼吸不上气。我只能重新抱起她，但是心思没在她身上，我只是想着我自己，想着一会儿就回家了，想着不要让波尼托的朋友再把我藏起来，想着离这桩犯罪案远远的。

我坐上公交车后，已经不忧心那个不寻常的小宝宝了，她睁大眼睛看着我。妈妈，如果您看见我和她在一起会是什么表情呢？我想您会手足无措，多米也许会说她要走了，小宝宝哭的时候爸爸会不喜欢……所以，最好的办法就是把她还回去。但是，怎么还呢？如果村里人看见我了，肯定又会把我关起来，不让我讲话，所以我得等到晚上再送她回去。此时此刻我不能给您打电话，因为会让您担心我。这就是我做的事情，我还得告诉多米我会回去吃饭，之后我再跟您解释这一切。

我花了好久才找到路，以至于我要说话的时候，小宝宝都睡着了。时机来了！我可以现在放下她，而且她也不会哭。可是，放哪儿呢？她妈妈肯定很想她。我必须冒冒险，把她送回家。

我慢慢把手指抽出来，小宝宝的嘴巴已经不动了，不再吸我的手指了。幸运的是巡逻车已经走了，整个村子看来恢复了宁静。于是我目不斜视地跑了起来，直奔小宝宝出现的那间茅屋，宝宝还在熟睡当中。

我刚跑到茅屋，就有人抓住我的胳膊，另一个人大喊："抓住了！"我还没反应过来，身边就围了很多很多人。所有人都辱骂我，说我偷了小宝宝，他们说得有板有眼，还不让我辩解。小宝宝醒了，转着眼睛看呀看。他们从我怀里抱走小宝宝，接着就听到宝宝放声大哭，可是他们没人在乎小宝宝的哭声。要是我早知道他们自己都对小宝宝的哭喊不管不顾，我当时就不会和她待在一起，也不会同情她了。

在辱骂和指责声中，我突然看到了巡逻队里的两个中尉都带着冲锋枪，是全新的，一看就还没用过。

"是你偷了婴儿。"一个因患支气管炎而导致嗓子嘶哑的中尉说话了。另外一个中尉接着说：

"你被绑架了，是吗？是谁派你来偷小宝宝的？"

"没人让我偷她！她是个爱哭鬼，只有在我怀里时才会安静。不过，中尉先生，请告诉我们要去哪儿……"

"你猜。"他笑着对我说。

"去我家。"我高兴地说。

"就是那儿。为了不让你受累，我们开车带你去你家。"

"谢谢你。多米会给你上茶和烤肉的，她只给穿制服的人做烤肉。不过你们怎么知道我家在哪儿呢？"

"我们是百事通！穿制服的人有烤肉吃，对吗？有很多人去过你家吗？"另外一个中尉笑着问我。

"没有很多人。从来没有很多人一起来过，差不多都是值班的那个人过来，之后另一个人来。"

"多米是你姐姐吗？"

这次我笑了。我们接着聊天，聊冲锋枪，聊其他问题。最终我们来到了一个我想都没想到的地方——警察局。

我以为他们是要去找个东西，或者给别人捎个口信，也许是让我走，等等。但是他们让我下车，搜着我的胳膊就进去了。一进去他们就不再记得我们是好朋友了。

　　一个态度粗鲁的中尉向另外一个中尉介绍我，说我是一桩盗窃案件"嫌疑犯"之类的。那个严厉的人拿着一张单子，看了我好久，好像我就是个怪物。最后他终于问我：

　　"小土匪，你的名字！"

　　"巴巴鲁丘。"

　　"地址？"

　　"干什么？我不想你们把我家牵扯进来。"

　　"地址！"他哈哈大笑，于是我给了他一个老地址，是我以前的家。

　　"入过几次狱？"

　　"从来没有。"

　　"你知道牢房吗？"

　　我摇了摇头，嘴里有很多唾沫，就像吃了泻药

一样。

"马上你就知道了。你知道劳教所吗？"

我又摇了摇头，也不想知道它。

"是谁让你偷小宝宝的？"

"没有，我没偷小宝宝。我偷她干什么？她那么爱哭叫，如果我放她一个人在那儿，她会生气哭的，所以我把她抱在怀里……"

"所以你带着她匆匆跑了？那是让小孩子安静的新办法吗？"

"我是回家！"

"带着小宝宝吗？你爸爸让你做的？"

"不是，先生，我是回家。小宝宝和我在一起是因为如果我不带她走，她就会哭死。"

"我明白了，你是出于同情才'偷'她的。但是不管怎样，你爸爸需要这个宝宝？"

"这个我不知道，不过我觉得那个爱哭鬼不会让我爸爸好受。"

"就算你是这么想，但不管怎样你还是带走了她。你必须听从你爸爸的命令，不是吗？他要小宝宝干什么？"

"我不知道。"

"因此你带着小宝宝，却不知道你爸爸要小宝宝干什么。你让孩子的妈妈伤心痛苦，一直找她。你爸爸是医生吗？"

"不是，先生，他失业了。"

"你经常去村里？"

"我第一次去。"

"要是我不信你，你别生气。我们在警察局什么都知道，而且认识村民。你比同龄人早熟多了，这对你非常不好。不过在这里我们给你的待遇将对你有好处……"他笑了，他的笑容让我后背发凉。

"什么待遇？"我问他，口里含着甜甜的唾沫。

"你会知道的。现在你还是坦白点，这样你的待遇才会更好些。"

"我不会唱歌，不过你想的话……"

"别装傻了，孩子！我说的'坦白'是想让你说出你所知道的一切。如果你全讲了，我们就不用再问你，事情就简单多了。"

"我以男子汉的名义起誓，我不会说出那件神秘的事的。"我对他说。

"男子汉的名义，是吗？"

"是的，先生。"

"是什么神秘的事呢？"

"我不能说。"

"没关系，你爸爸会告诉我们一切的。"

"我爸爸和这件事一点关系都没有。这件事发生在村子里，他什么都不知道。"

"但是你知道，是不是？"

我想了一下，看来中尉是想逼我食言了。

"听着，如果你答应保守秘密，我就说。你到底是不是个信守承诺的人呢？"

"也许我是言而无信的人……但是从法律角度来说，你必须说出真相。沉默意味着你是共犯，是在帮凶手。"

"不是因为要帮他，但是我承诺过不说的。"

我渐渐察觉到事情的严重性，开始感到害怕。我想，我可以说出发生的事，但不说出他们的名字。用这样的"坦白"去取悦中尉他们，这就算兑现了我不讲出名字的承诺。

"先生，在给我安排待遇之前，我想先给你说说，我在家从未被打过，因为可能会死人，在这儿我也要这样。"

"既然如此，如果你不想年纪轻轻就死的话，就赶紧坦白你知道的一切。"

"首先，请您告诉我一件事：如果在没有任何死人，而且凶手是意外杀人的前提下，那凶手还算犯罪吗？"

"我不怎么明白你的话。如果没有死人，凶手怎么意外杀人呢？"

"他们在争执……"

"现在我懂了。谁在争执？"

"我不认识他们。"

"好，然后呢？"

"然后一个人死了，另一个人不见了。"

"不错，死去的人在哪里？"

"也不见了。"

"这不就清楚了。有人把他藏了起来，死人不可能自己逃跑。"

"我之前也这么想。我只是埋了他，后来我去看他，他就已经不见了……"

"凶手呢？"

"他先不见的。"

"小宝宝是在哪儿出现的？"

"大哭的时候。"

"所以，你除了偷盗婴儿，还参与了另一桩犯罪活动？"

"'参与'？不，先生，我没有。而且如果没有死人，就不可能有犯罪。"

"相当有逻辑。但是，是你自己说犯罪的。"

"可是我没说任何人。而且我认为是你想让我给你说这个的……我现在可以走了吗？"

"你可以去休息室了，明天我们再谈。"中尉笑了笑。

他真狡猾……

"这就是说我被监禁了？"我问他。

"不着急，你只是暂时被逮捕了。"他看着我，又对另一个半睡半醒的人说了几句话。他们拽住我的一只耳朵，把我塞进了我现在待的地方。我的耳朵怎么了？为什么所有人都觉得那是我的软肋？

来自巴巴鲁丘

备注：

第一，谁都别吃我床头柜上的奶酪。

第二，如果您来找我，要给我带些吃的东西。

第三，我想起了那位儿子走失的知名人士。儿子回家后，他万分幸福，就举办了一个晚会，还杀了一只羊，因为他儿子之前在外流浪。如果您要宰杀什么的话，也不需要买一整只羊，排骨就可以了。另外，千万不要动我的蛋糕。

我不想再写日记了，要写到什么时候啊？但是截至目前发生了太多事。我又想解释一下，后来我回家了，然而大家并没有表现出他们应该表现出来的样子。

但是，我担心的事情还是发生了，因为我回去那天，饭桌上一丁点肉都没有，只有水果干，压根儿没有人庆祝在外流浪的儿子的回归，不过我也不指望他们能办个欢迎会。没人关心我被拘留的事，也没人欢迎我回家，大家反而都来训斥我……

妈妈那天的表现很奇怪，似乎有点精神错乱，第二天还是那样。每次别人问她事，她都回答一些不着边际的话。妈妈好像生病了，爸爸一直神情紧张，多米的脸色像吸了大麻一样。家里到底发生了什么事，大家怎么变化这么大？

我一直担心那个小宝宝，昨晚还梦见她了。她就像刻在了我脑袋里一样，我在每件东西上都能看到她的影子，而且一想到她因嘴里没东西吸而哭叫，我就内心不安。我看着自己的手指，想着她，想到她之前是那么喜欢我的手指，最后我决定在我家给她找个奶瓶或者奶嘴。

我走进一个叫作"缝纫室"的房间，那个房间一直废弃着。房间钥匙不在我这儿，但是浴室的钥匙可以打开这间屋子。房间里有一个安装好的类似婴儿床的篮子、一个有奶嘴的奶瓶、一件粉色披肩和一件山羊胡做的毛背心，都用透明塑料纸包着。我觉得很神奇，1比索都不用花，就能在我自己家找到小宝宝需要的所有东西，而且这些东西别人也用不着，妈妈只是因为有保存癖好才收藏着它们。

最终我带着在"缝纫室"搜罗到的东西，离开家去了村子，把它们带给小宝宝。去的路上我走得很快，因为我只想见到小宝宝或者她妈妈，而且打算在那些认识我的人发现我之前就赶回来。公交车司机不让我带篮子上车，说占地方，不过我告诉他我会钻进篮子里，不会多占空间，于是他就让我上车了。

到村子里后，我哪儿都不看，径直跑到小宝宝所在的茅屋。她一个人正躺在角落里，眼睛睁得大大的，她认出了我，开心地笑着。我把小宝宝放进婴儿床，给她盖上粉色披肩和毛背心，然后把装水的奶瓶塞进她嘴里，一切都搞定后，我开心地回家了。当小宝宝的妈妈回来后发现自家孩子睡在新婴儿床里，吃得好，躺得又舒服，她会是什么反应呢？

　　然而刚到家，我就觉得家里气氛怪怪的。妈妈死气沉沉地躺在床上，她以为我又走失了。多米的脸拉得老长，都快变成驴脸了，她已经给医生和爸爸办公室都打过电话了。没人责骂我乱跑，但是大家都说妈妈是因为我才生病的，我出门后她担心我，而且一直在哭，最后就变成了现在这个样子。看着妈妈躺在床上，我心里很不舒服，打我骂我可能会让我感觉好点，但就是没人这么做。

最后，爸爸带着医生回来了，他们关上了妈妈房间的门，多米的脸还拉得那么长。妈妈房间关着的门就像一个电视，或者一面镜子，我似乎在上面看到医生摇着头说"没办法了！"。难道爸爸就要丧偶了？我就要成为没妈的孩子了？哈维尔也要因为我的原因失去妈妈吗？为什么妈妈们的神经会这么脆弱，随便什么事都能让她们崩溃？我已经听不到任何声音了，想着灵车、花圈，我悲伤极了。最后门打开了，医生和爸爸走了出来，医生面露笑容对爸爸说：

"兄弟，恭喜你！八年了……"

我听不懂他们的意思，顿时有点难过，难道是什么神秘的事吗？医生还对爸爸说"要冷静，没什么事，沉稳点……"

最后，医生回去了。

我已经非常害怕了，战战兢兢走进房间去看妈妈。此时的她脸色煞白，我差点哭了出来，因为感觉她快要死了……我看着她，无法抑制自己的悲伤，直到听到她对我说：

"宝贝，来我这边……"

妈妈的身体状况应该很糟，因为好端端的，她不会叫我"宝贝"，所以这预示她的情况很差。我只好咽下悲伤，强装坚强，朝她走了过去。

"你会表现得很好，对吗？"妈妈用温柔的声音对我说话，我点头回答说"是"。她亲了我一下，于是悲伤从我眼睛里溜走了，接着她又亲了我好几下。

"宝贝，你别难过。"妈妈说。可是我忍不住哭了出来，而且边哭边问她：

"真的是因为我的错，你才生病了吗？"

"不是的。来，我跟你说个秘密。"妈妈微笑着说。

"你将会有个小妹妹，因为我又要当妈妈了。"

所以说我要当哥哥了？妈妈感觉不舒服，不过我什么感觉都没有。我要当哥哥了，可我自己却什么都不知道。家里马上要来个"局外人"了，妈妈说会是个小妹妹，虽然没人认识她，但她的确就要成为家里的一分子了，想到这儿我就觉得有点奇怪，但我还是想认识她。

"所以你才生病了吗？"

"我没生病。你要好好表现，不能让妹妹'不见'了。"妈妈说。

"她还没出生，怎么会不见了呢？"我问妈妈，但是她没回答我，只是咧嘴笑。唉，大人们就是喜欢神神秘秘。

"你想有个小妹妹吗？"她对我说。

"看情况。"我回答。我不知道为什么，现在的小婴儿都是爱哭鬼，对于他们你一点法子都没有。我觉得这个妹妹会和村里那个小宝宝一样，不让人省心。我正这么想的时候，爸爸高兴地进屋了。

"巴巴鲁丘，你来照顾妈妈，她让你做什么你就做什么。千万别让她起来，别让她觉得不舒服。"

"知道了，爸爸。"

"你赶紧把头发剪剪，跟个地板刷一样。"

"不用了，我不想让他出去。头发沾点水，梳梳就行。"妈妈说。

然后爸爸妈妈开始讨论，看来妈妈的身体不严重啊。我很高兴自己不会成为没妈的孩子了，虽然会多个不让我省心的妹妹和我做伴。

"我到底听你们俩谁的？"我问。

"听你妈的。"爸爸回答，满脸的笑容都快包不住了。

"拿我的梳子梳梳。"爸爸继续说。

我照做了。不过我很气恼，就弄坏了梳子，顺便在卫生间摆了个十字。不过打扫卫生间的时候，梳子掉进了下水道，堵住了管子。我想把这件事告诉妈妈，但是爸爸说了不能打扰她，那该怎么办？

真倒霉！

爸爸去办公室了，妈妈还躺在床上，我想去陪妈妈，可是发现她睡着了。我想努力试着当一个小女孩的哥哥，但是又觉得她可能很挑剔而且爱惹事。一想到这儿，我就有点想让她"不见"了……可是就算妈妈睡着了，如果她一直待在房间里，那么在这么小的卧室，在这么大点的床上，丢失孩子是不可能的。

于是我摇醒妈妈：

"妈妈，如果你躺床上觉得无聊，可以起来活动一下。"我对妈妈说。

"我不无聊，让我睡会儿……"

"白天睡觉的话，你晚上干什么？"

"继续睡觉啊。生个小宝宝需要做出很大牺牲。"女人们都把生小宝宝叫作"牺牲"，而且用叹息和神秘对待这种"牺牲",甚至不知道给自己找点乐趣,所以我必须帮助妈妈。

我去花园里找了些软泥巴。妈妈之前一直想做陶瓷,现在躺在床上,正好可以趁着这段时间做这个。我拿了泥巴跑回去,发现妈妈又睡着了,我只好把泥巴放在她手边,以便她醒来时可以直接玩,可是我竟忽略了泥巴会弄脏床单、被罩,真麻烦!不管了,大人们总是想着不要弄脏床单,而不是要好好玩。

没过多久妈妈就醒了,于是我问妈妈:

"我想让你给我说说这个小妹妹长什么样。"

"我还不知道。"

"我想知道她在不在。"

"当然在,不过我们不认识她,要为她祈祷。"

"如果我们不认识她,为什么还要祈祷?她可能是个讨厌鬼。"

"儿子,她是你妹妹啊。"

"如果是妹妹，那她叫什么？"

"现在还没名字。不过也有可能是个小弟弟，我们都不确定。"

"我不懂。如果孩子在，那就是个小宝宝；如果是小宝宝，会是什么样子的呢？男孩还是女孩？"

"孩子在啊，但我们不确定是男是女，也不确定小宝宝会顺利出生，还是会'不见了'。"

反正我没听明白妈妈的话，只知道如果小宝宝不见了，至少不用去找她。一个"不见了"的妹妹或者一个"不见了"的弟弟，结果一样，都是"不见了"。

不管怎样，如果小弟弟（或者小妹妹）真的出生了，有个小人儿让我使唤也是不错的，而且我还可以教育她，教她做事。对了，还有洗礼，那至少是个有甜点、蛋糕和回忆的美好晚会。

可是还要多少天才能等到这些呢？

我身上发生了件严重的事，但是我不敢告诉妈妈，因为爸爸整天说"不要打扰她！"。

　　事情是这样的：我用锤子砸核桃时弄伤了手指，就这样我可怜的手指疼了一晚上。我感觉它一直在微微跳动，最后我睡着了，不过那个时候手指不动了，我猜它可能已经死了，我都不知道手指上竟然还有"心脏"！醒来时，我发现手指真的死了，因为我感觉不到疼了，而且手指也变黑了。我为它感到惋惜，但是我不知道怎么丢掉它。有根死了的手指，而且谁都不知道，这件事太恐怖了。

　　妈妈现在又因为另外一些事生病了，比如"拥抱"这种事。多米说那不严重，但是患病时间长。总之，现在我得习惯要有一个妹妹了。

　　我想教她学会服从我的使唤，因为我从来没有使唤过别人。小时候哈维尔使唤我，整天让我干这干那，但马上我就不是最小的那个了。我可以让小妹妹服从我，听我使唤。以后我不用再整理房间，不用做家务，不用收拾地上的东西，不用跑腿儿，一想到这儿，我整个人就感到幸福。最小的就要干这些事，而且要在她成长的过程中好好教她，我会在她换牙之前把这些都教会她。她会成为我的"奴隶"，就像我曾经是哈维尔的"奴隶"一样。等到她满九岁的时候，我会告诉她妈妈可能会再生出一个弟弟，到时她就能休息休息，不再听别人使唤了。

现在妈妈不让我出门，于是我让多米给我买了个奶嘴，这样妹妹以后就可以闭嘴了。我不知道小宝宝怎么都那么喜欢奶嘴，可是那真的很无趣啊。我咂了咂奶嘴，看自己能不能习惯，结果一点都不行！我也不习惯妈妈突然变了样，感觉她全身都散发着圣母般的光辉。事到如今不能责怪任何人，更别说哈维尔了。如果多米怀孕了，情况会不会也是这个样子……

昨晚我梦见自己成了没妈的孩子，面对小妹妹不知道该做什么。梦里的卡门圣母命令我去找缝纫室的婴儿床、粉色披肩和奶瓶，可是我想起自己已经把那些东西带去村里给那个小婴儿了。就这样，伴着有关小妹妹的烦心事，我醒来了。她可能在任何一天出生，到时妈妈会需要那些东西，自然而然就会发现东西都不见了，妈妈也会因为自己的女儿没地方睡觉而忧心难过。

我坐在床上，整晚都在思索要如何去找这些东西，同时还不能出门，以免妈妈又为我担心。如果妈妈真是圣母，那她就会有魔法让缝纫室的东西重现。但是不可能，她不是什么圣母，也没有什么魔法。虽然她正努力成为圣母，但是我觉得效果不怎么好，因为圣母不会整天都睡觉。

到了学校我还在想着婴儿床、奶瓶和粉色披肩。从学校回来的路上我去了一家商店，店员说有个小婴儿床特别漂亮又实用，不过要几千比索。我想步行上学的话就能在公交上节省钱，而且我还可以攒钱。不过我算了一笔账，除去节假日，几乎要花一年时间才能买到婴儿床，更何况还有奶嘴和披肩……总之，我得另想办法赚钱。

　　今天一个爱捏别人下巴、爱打别人的头的老太太来看妈妈。她自以为和蔼可亲，但是我觉得她身上散发着一股腐朽味，尽管她穿了件新外套。那位老太太坐在那把一条腿坏了的椅子上，结果椅子腿断了，她摔倒了。但是这和我没关系，因为我已经修好了椅子，绝对是她太重了，才把椅子弄坏的，另外她摔倒的时候还打坏了家里的东西。她和椅子一样，都太老了，老人总是会打坏东西。

　　家里闹腾起来了，连诊所的救护车都来了，载着她和她的新外套，以及她的所有东西离开了。

妈妈神情紧张，开始大吵起来，爸爸不得不给她喂了大剂量的药，最后才让她安静下来。现在得为那个老太太做点事，于是我就让多米做了块蛋糕。

除了睡觉，我真的没什么事可干了。但实际上我又很烦恼，因为妈妈随时都可能坐到那把腿坏了的椅子上，而我又把椅子放在那儿。

再加上现在正是下午茶时间，我一点睡眠的欲望都没有了。

突然，我听到奇里奎埃的口哨声，我翻身而起，想看看他找我做什么。他看起来非常着急，因为村里小宝宝的妈妈托奇里奎埃让我给她带点食物。可是我的家里没有什么食物，厨房里只剩了一块肉，而且我也没有钱，因此我只好把那一块肉给奇里奎埃，让他带回去给小宝宝。

多米和妈妈在家里嘟囔着四处找肉，但是都没有找到，幸好没人问我肉的事。我想了个办法，很简单，就是我给肉店打电话，让他们送十斤肉过来，到时妈妈和多米就不发牢骚了。但是第一次没成功，不过肉店又打电话过来询问谁要肉，要多少肉。

"我要十斤肉。如果没肉，你们就去搞点，这样就有肉卖了。"我自以为聪明地向肉店建议。多米和妈妈都表情严肃地看着我，不过她们已经不发牢骚了。

我有个新朋友叫拉蒙，他住在一个玻璃超级干净明亮的大房子里，他家的花园都是室内的，家里的车库甚至比我家整个房子还大，价值上百万比索。拉蒙的姐姐快要结婚了，现在一直在换礼服、口红和发型，她男朋友的脸都快气得挤成一团了。

最终他姐姐换好了礼服和妆容，一对新人互相看呀看，然后都笑了。他们让我和拉蒙去别的地方，还让拉蒙陪我玩，不过我不知道该和他玩什么。

我喜欢去他家，因为不是所有人都能收到邀请函，我收到邀请函的时候激动到手足无措。

他们家的帮佣普佩丽娜对于开门收礼物已经厌烦了，于是我自告奋勇去开门。普佩丽娜给了我100比索，让我给每个人30比索小费，剩下的10比索归我。第一个礼物是一盏灯，送灯的女士竟然开着一辆豪车。我收下了灯，给了她100比索。

"不找70比索零钱吗？"我问她，她笑着摇了摇头，把100比索退给我，然后离开了。

第二个礼物也是灯，和第一盏灯有点像，不过比第一盏丑一点，是一个开别克的男人送过来的，他也没要小费。第三个礼物依旧和之前两盏灯差不多，送灯的夫妇留下灯，也没要小费就走了。

到现在我已经为婴儿床赚了100比索。后面门铃响了好几次，但是因为普佩丽娜给的小费"用完了"，所以我就没开门。

拉蒙姐姐的婚礼将会是最大的晚会，到时会有各种各样的冷饮、三明治、火鸡、蛋糕以及其他美味的东西。家里现在总共有 300 件礼物，各式各样的杯子有 200 个，其余都是各种类型的灯。

哈维尔和我准备好好享受这一天，也准备好好利用这一天，因为我们忍拉蒙忍得太久了。但是现在因为礼物和小费的事，我要有耐心，得把忍受他当作一种赚钱的工作。

我现在已经攒了 500 比索，准备买婴儿床。

拉蒙的妈妈因为邀请函的事紧张不安，听说是没有时间派送邀请函。于是为了另外 500 比索，我自告奋勇去送邀请函。

"这个小孩看着很负责任。"她对我说，然后给了我 500 比索小费。

然而当我告诉妈妈我要去送邀请函，而且会平安无恙地回家时，她对我说"想都别想"，让我别再谈论这个了。

但最终妈妈还是心软了，对我说："那你去邮局寄邀请函吧。"

我去了邮局，寄了邀请函，转身就去了卖婴儿床的商店。

"1000 比索买婴儿床。"我对售货员说。

"付现金吗？"

"婴儿床是有腿的，也是有臂的，就像缝纫机一样吗？"我问。

"不是，小伙子。我是问 1000 比索用现金付，剩下的用支票吗？"

"随便你。我能买婴儿床吗？"

"当然可以。签了支票就可以带走，不过有点贵。"

"怎么贵？"

"婴儿床是 2000 比索。"

我犹豫了一下，售货员嚷嚷着说货币贬值、物价上涨以及其他乱七八糟的东西，最后我还是签了支票，毕竟签签支票还是挺简单的。

我带走了婴儿床，把它藏在花园里，打算趁晚上大家睡着后就把它拿进去。这么珍贵、漂亮又实用的婴儿床，妈妈看到后肯定会高兴的。

我悄悄还回了可爱妹妹的婴儿床。当时爸妈正在吃饭，哈维尔在厨房加热可乐，多米不知道哪儿去了，反正没人看见我进来。我发现这个婴儿床比妈妈原来那个更实用、更好看。

一旦你意识到自己已经还回了一件东西时，心里的一块大石头也就落地了，你会幸福到能够安然入睡，于是我一下子就睡着了。

梦里我看到了婴儿床，它变得好大好大，之后又变得好小好小，然后不见了，怎么回事呢？"砰"的一声，我一下子惊醒了。

当时正值大晚上，刚好是半夜。

我的心脏咚咚跳，就像鞋匠正踩着缝纫机补鞋一样，我睡不着了。

家里应该正发生着什么不寻常的事，所以我的心脏才这样跳个不停。我觉得人一生中最值得做的事情就是当一名侦探，静静等待小偷来临或者其他奇怪的事发生，这种时候，侦探不会害怕，反而会兴奋。

于是，我决定去当一名侦探。我要告诉那些坏人，总是像老鼠一样躲躲藏藏地生活是没有任何意义的。

当我决定要当侦探时，我的心跳平缓了。此时正值深更半夜，家里正发生着不寻常的事，而我，作为一名侦探，必须去探究一下。

于是我果断起床，因为侦探什么都不怕。

我发现妈妈房间有光，还有声音传出。爸爸好像很生气，他说：

"不能这样下去……"

我试着猜是因为什么事，不过没猜出来。妈妈情绪激动地反驳，我都听不懂她说了什么，但是我觉得爸爸有点不讲理，爱吵架，因此我为可怜的妈妈感到难过，正准备为她辩护，这时，她突然蛮横起来。

"你以为你是谁？"她用无线电广播般的声音说。

瞬间我不再替妈妈感到难过了，反而开始同情爸爸。他们为什么要吵架呢？会是因为杂货店的账单吗？他们会分开吗？会离婚吗？我开始思索：如果我跟了爸爸，以后他去办公室后我就自由了。但是如果儿子抛弃了妈妈，可怜的她该怎么办呢？她要在哪儿打发时间呢？我还要帮着照顾即将出生的妹妹呢，妹妹会跟着爸爸吗？

我踮着脚回到床上，一直在思考这个问题。

爸爸妈妈的争吵还在继续。我的心跳又加剧了，必须赶在明天之前做出跟谁的决定。但是，我的感情就像荡秋千一样，从一个人转向另一个人，现在

都不知道该怎么办了。

就这样，我在纠结中失眠了。失眠是最可怕的，翻来覆去怎么都睡不着。最终争吵停止了，我想最坏的结果无非是一个人打了另一个人。但是不管怎样，我必须去告诉妈妈我彻底失眠了。因此我又起床，踮着脚走到她房间。踮着脚是因为凶手都要抹掉犯罪痕迹。

房间的灯还开着，但他们俩都安静地睡了，我费了好大劲才叫醒妈妈。

"大晚上还要烦我吗？"她对我说。

"我失眠了。"我跟她解释。

"为什么？你生病了吗？"但实际上我什么病都没有，这让她很生气，可是我不能告诉她我为什么不能入睡。这个瞬间，我突然觉得他们如果继续争吵的话，我就会跟着爸爸。

最后妈妈给我吃了点药，什么事都没有了。

然而第二天我醒来时已经很晚了，我竟然忘记了起床去上学。当我听到爸爸用雷鸣般的声音喊我的名字时，我立马想起昨晚的争吵。我又一次改变了想法，如果他们离婚，我想跟着妈妈。在去他们房间的路上我的大脑飞速运转，思考着要做的事，因为我十分确信他们叫我是让我做出选择。

　　结果截然相反，他们没有说这件事，反而异口同声地对我说：

　　"你不去上学是什么意思？你以为你是谁？"他们的语气和昨晚争吵时一样，不过这次是针对我。原来我才是要与他们分开的人啊！我看向他们，思索着，不知道说什么。

　　"回答我们！"

　　"我在思考。"我说。

　　"现在不是思考的时候……"

　　我转身回去穿衣服，不过没走成，因为爸爸揪住

了我的耳朵，疼死我了。他说我是个没责任心、胆小懒散、容易让人厌烦的人，说他在我这个年纪已经拿了各种奖，还说我都不知道是什么"奖"，想不到有多少种奖，等等。听到这个时，我很高兴没有看到他们离婚，于是就笑了。

但是我的笑声并不合时宜，爸爸揪住我另一只耳朵，对我说：

"笑什么笑！男子汉要敢作敢当！"

虽然现在我两只耳朵都很疼，但是爸爸妈妈不离婚了，我还是幸福的。

今天是最特别的一天。

很久以前，我给一位有名的壮汉寄过一张剪报，上面写着我的名字和地址，这个人就是查尔斯·阿特拉斯，世界上最强壮的运动员。今天多米回家时带着一个超大的信封，是给我的，信封上是机打的字，盖着美国邮戳。不过那时我已经想不起我寄过剪报的事了，我以为那是个玩笑，但后来还是选择相信事实。于是我打开信封，取出信。信封里有一本书，还有三张纸，都是查尔斯·阿特拉斯先生本人给我写的，他相信我在三个月之内能成为某件事的冠军，我会不断成长，会拥有全国最强壮的肌肉。我必须把我的肌肉尺寸写在纸上，因此我让妈妈给我量量身材。但是我和名人之间的差距太大了，那样的话他肯定不会重视我，于是我又让妈妈量了爸爸的尺寸，然后把这些数据给他寄过去。

最近有一件事情挺奇怪的。

昨天我从学校回来的时候，有个神秘的家伙正在打量我们家的房子，而且我发现最近几天都是这样。

今天下午我和多米一起回家时又碰到了他。

我觉得那家伙就跟电影里的强盗一样，是提前过来踩点、巡视房子的，接着就会偷我们家的东西。现在多米正在和他说话，也许他就是骗骗天真的多米，说不定一转眼就会迷晕她。

于是我藏在厨房，从窗户监视他。我看到那个坏蛋抓住了多米的腰带。我想，如果多米没有掐住坏蛋的喉咙的话，我就向他射击，我有个装锤子头的弹弓。

不过那个坏蛋只是抓住了她的腰带……

实际上那个"坏蛋"叫克洛罗菲洛，是我搞错了，一直以为他是个坏人。事实上他是个不折不扣的侦探，是个大人物。我不知道他怎么就成了我的朋友……

我从学校回来后，他正在我家餐厅数财物。我差点就搞砸了，因为我以为他是小偷，想给他使点坏。那时家里正好没人——大家都去看拉蒙的姐姐出嫁了。因此我看到他后，对他说：

"喂！你在这儿做什么？"我踢了踢腿，摆好搏斗架势。

"我在清点财产。你知道什么是'清点'吗？"他对我说。

"不知道。"我干巴巴地说，"不过在我爸爸回来之前你赶紧走……"

"别急嘛，小朋友。你知道我是谁吗？"

他笑了笑，露出的牙齿跟钉耙一样，然后从马甲下掏出一张镶金名片给我看。

"现在你知道了吗？"

我摇了摇头，因为我仍然认为他是个强盗，而且就是每天下午抓住多米腰带的那个坏蛋。

"你不知道这张名片的意思吗？好好看看，我是一名侦探。"

"真的吗？"我问他，就在那时我觉得他变得平易近人了，"那你不打算杀多米了？你想和她结婚？"

"什么意思？"

"就像故事里讲的一样，一位纯朴的厨娘嫁给了一名侦探。如果是真的，那她可就太幸运了！"

"你也说过了，她是个好女孩。你看见过我们在一起吗？"

"看见过好多次。我还以为你是个小偷呢！"

"不要以貌取人。现在你也见到我了，我正在清点你家东西。你父母去参加婚宴了，托我照看这些东西，而且这块街区得好好巡查……"

"你想让我去叫多米吗？"我试图做些事，以便让他忘了我之前的冒犯。

"不用打扰她，让她去放松一下，她出去的时候我负责她的工作。你知道恋人们都是这样……"

"你要做饭吗？"

"不用。你父母去参加婚宴了，他们让我叫你也过去，说那儿有甜点和冷饮，多米会给你准备好的。"

"可是拉蒙告诉我，他妈妈不想让我去。"我反驳克洛罗菲洛，但他还是说服了我，他说多米已经在拉蒙家厨房等着我了。于是我飞跑过去，想到有美食等着我，我的嘴里就满是口水。然而到那儿后，他们不让我进去，没办法，我只好生气地回来了。在我准备进门的时候，克洛罗菲洛正好要出门。

　　"你怎么这么快就回来了？"他问我，但是我正在生气，就没有回答他。

　　"你要走吗？"我问他。

　　"我接到电话说有紧急调查。你别告诉你爸爸我要走了，也别告诉多米。你要学着当男子汉，要保守住秘密。我能相信你吗？"

　　"我觉得能！"

　　"好，如果你向我发誓不跟任何人乱说，我就告诉你我的秘密。违背誓言就要受惩罚。"

　　"我知道。"

"那你发誓会保守秘密。"

"我不想发誓。"

"那我不告诉你秘密了，再见！"

"那……那我向你发誓。"

"保守秘密一直到明天晚上八点前就可以了。秘密是有关你爸爸的事，但他不想让任何人知道，连你妈妈都不行。你还记得我刚才和你说'清点'吗？我已经完成了你爸爸交给我的任务，金银、珠宝、贵重物品等所有东西都数好、保存好了，全锁在食品储藏室，不过钥匙我拿走了，明天这个时候我会过来开锁。现在它们不会面临被偷的风险了，因为这房间可不是孤零零的，而是有我保护着呢。你要保持沉默，要当个男子汉，知道吗？"

"你明天会来吗？"

"明天这个时候我会带着钥匙来，一切都准备妥当了，但是明天我来之前你什么都不要说，你爸爸清楚地知道嘱托给我的事。如果你妈妈或者多米表现奇怪，你也不用管，她们什么都不知道。"

他一说完就走了，但是和我握手的时候，往我手指间塞了张钞票。看来侦探们都是有钱人啊。

大家都去参加婚宴了，没人给我做饭，所以我没吃东西就睡觉了。第二天醒来后，发现时间还很早，于是又马上跑去拉蒙家。那时他家还很乱，到处都是干花，还有装着冰淇淋残渣的盒子，盒子多到就算一个人不停刮残渣吃也吃不完。

人在特别伤心和饥饿的时候总能吃到超美味的东西，只有上天知道为什么会这样。总之，现在我不用再挨饿了，因为我收获了意外惊喜——吃到了美食。

然而晚上到家后我又遇到了意外——妈妈和多米在大惊小怪地喊叫，因为她们发现杯子没有了，盘子没有了，什么都不见了。

"我们家被偷了！"她们大喊，多米一下哭了起来。

我差点就说出克洛罗菲洛的事，幸运的是我想起了誓言，我要保守秘密到晚上八点，现在刚晚上七点。妈妈到处喊叫，爸爸还在办公室没回来，要不然他肯定能让妈妈安静下来。最后，妈妈打电话报警了。然而我必须保持沉默——至少要坚持到晚上八点。

妈妈一直哭哭啼啼，整个身体都在抱怨。我觉得爸爸和克洛罗菲洛回来后打开储藏室，她会发现惊喜就在那里等着她，到时她的心情肯定就变好了。但是保守秘密真的好难啊，我都快坚持不住了。

我去了拉蒙家，在那儿待着打发时间，要不然一个小时太难熬了。八点一到，我马上回家，因为我还想看看克洛罗菲洛带着钥匙过来时大家是什么表情。

时间过得很快，我在拉蒙家没待多久就听到了警笛声，于是我赶紧回家，发现差五分钟就八点了。我本来打算对克洛罗菲洛说"你太准时了！"，结果我竟然没看到他。

一个中尉带着两个拿枪的士兵进来了。妈妈疲惫不堪，多米一直抽泣，话都讲不清，唯一能说几句话的就是哈维尔，不过他什么都不知道。我一直看时间，盯着门，等着克洛罗菲洛从那儿出现。

"你什么时候发现东西不见了？"中尉问。

"今天早上多米没东西做早饭的时候。"妈妈说。

"是煮茶的时候。那时候大家都还在睡觉，没人吃早饭。"哈维尔说。

"是的，中尉先生。"妈妈笑着说，"我们起晚了，因为我们昨晚在婚宴上一直待到天亮……"

"天亮时东西还在这儿吗？"

"当然了。"

"那么盗窃就是在早上发生的，当时你们还在睡觉的时候。"

"不是那样的，先生。"我开口了，不过没多说，因为我还记着誓言。唉，有时候发誓太可怕了。

"你闭嘴！你什么都不知道，别瞎说。"哈维尔对我说。

"我知道的比你多！"我愤怒地冲他说。唯一一个知道真相的人，却被说成什么都不知道，这实在是太可气了。我真想告诉大家真相，但是我不能忘了誓言。

"你们认为盗窃是什么时候发生的？"中尉看着大家问。

妈妈说"在早上"，多米说"昨晚"，哈维尔说"凌晨三点"，而我说"八点钟"。

"你们的答案真多。"中尉说，那个时候妈妈和多米同时说话，但谁的话我都没听清楚。

"你们觉得小偷是从哪儿进来的？"中尉问。

"从屋顶。"多米说。

"从窗户。"妈妈说。

“从烟囱。”哈维尔说。

我什么都没说。

中尉在本子上做了记录，然后分别去看了窗户、烟囱和屋顶。我把双手插进口袋，不想露出马脚。

“你们确定门关了？”中尉又问。

“确定。”妈妈说。我摇了摇头，哈维尔恼怒地看向我。中尉小心翼翼地开门、关门，然后又做记录。

我看了看中尉的手表，已经八点整了，我可以说真相了。但是又不能，因为我发过誓，而且说不定中尉的手表走得快。

这时，恰好爸爸回来了。妈妈似乎疯了，歇斯底里地哭着，多米也开始大声啜泣。家里比之前更混乱了，所有人都想解释，但是谁的话都听不清。爸爸以为妹妹快要“不见了”，他责怪多米应该叫医生的时候却喊了警察。

家里现在一片混乱，于是我决定和爸爸说话。

"爸爸，没什么事的，不就是清单的事嘛。"

"什么清单？"他看向我，脸色失常。

"你知道的。"我指了一下锁眼给他看，但是他没察觉到。我又对他指了一下，他还是没反应，我只好直接说：

"爸爸，我在给你指锁眼。"

"知道。"他喊着对我说，"我发现了，你指锁眼搞什么鬼名堂？"

"提醒你，让你明白啊。"我气恼地回答他。

"想让我明白什么？都是你惹的祸吗？"

我气得头都快大了。

"不是我，是你啊。"我对他说。

"无理取闹！"爸爸揪住我的耳朵，认定我无理取闹。我只好当他记性不好，想不起清单了。我一跃而起，躲到中尉身边。

"警察先生，我爸爸想不起来自己交代过的事了。昨天他让一个侦探给他清点财产，而且嘱托侦探把所有东西都存放在食品储藏室……"我对中尉说。

"你从哪儿知道这些的？"爸爸诧异地看着我。

"克洛罗菲洛告诉我的……"

我刚说完这句话，多米就昏倒了，大家急忙围向她，想让她醒过来。妈妈给她喝水，爸爸拍她的脸颊，中尉让她朝上躺着，我在她耳旁吹哨。最后她醒过来了，不过我觉得她还是昏倒了好，因为她开始大喊大叫。爸爸生气了，让她安静点。

"现在你说说怎么回事。"多米的喊叫声小点后，爸爸对我说。

"都是因为你有秘密不想告诉大家，所以侦探先生才让我发誓不要说出来。"

"你继续说！"

"完了，就这些，我发誓直到晚上八点才能说秘密。克洛罗菲洛还告诉我清单和所有东西都锁在储藏室，你们为什么不打开呢？"

妈妈听到这些后心情突然变好了，不过一时半会儿没找到钥匙，她又开始责怪爸爸。最后他们打算强行开门，但是又突然找到了储藏室门上的钥匙。

结果开门后所有人都蒙了，因为里面什么都没有！

大家转身看向我，所有人一起问我问题，好像我就是小偷似的。

"谁知道克洛罗菲洛先生离开后家里有没有进小偷，说不定还是小偷偷走了东西呢！"我有点底气不足地说。

"你说的克洛罗菲洛就是小偷！你要明白根本没有侦探也没有什么清单。克洛罗菲洛骗了你，你还相信了他，是他偷走了所有东西。现在你要说清事实，好让警察早日抓到小偷，明白吗？"

"这很容易！克洛罗菲洛每天都来看多米。"我刚说完这句话就后悔了，因为大家都转向多米，开始问她问题。

多米很伤心，因为克洛罗菲洛爱的不是她，而是我家的金银财宝。我发誓不会再上当受骗了，而且是和多米两个人一起发誓的。

最后这起盗窃案登上了《你看》和《最新消息》，多米的头像也上报了。穷人上报纸和富人上报纸情况截然相反，前者更可怕。她还要去做口供，而且她说的话也上《你看》了。多米觉得克洛罗菲洛有天会因口供的事来杀她，因此她想离家出走，那样克洛罗菲洛就不知道她在哪儿了。

认为有人要杀自己这件事真是太恐怖了。

我发誓以后再也不上当受骗了，所以现在我谁也不信。

今天有位先生来看望爸爸，因为多米不敢开门，所以我去开了门，但是我不相信他就是爸爸的朋友，于是我告诉他：

"我爸爸不在家，你改天再来……"

"真不巧，但是我有急事，愿意等他。"

"那你在街上等吧。"我正打算关门时，他推门进来了。

"没教养的孩子。你爸爸要是知道你这么招待他的朋友，招待共和党的参议员，你肯定没有好果子吃。"

他进屋坐下来，不过我没走开，等他开始编故事、偷东西。他长着一张货真价实的小偷脸，尤其是他那强行进入我家的方式。总之我确定他就是一个小偷，于是我在他对面坐下来。

他拿出一根烟，抽了起来，我递给他一个烟灰缸。他从上到下打量我，问我话：

"你爸爸什么时候回来？"

"马上。"我说。我以为他一会儿就走，但是并没有。他跷起二郎腿，开始读报纸，就像在自己家

里一样。我想去找多米，但又不敢留他一个人在那儿。

突然他站起来，找起书来。他拿了一本书，好像那书就是他自己的一样，开始浏览起来。我很生气，但是什么都没说。接着他在四处走动，打量家里的东西，还拿在手上来回细看，我猜他应该在看东西是不是金子做的。当时我吓了一跳，因为他可能随时推我一把，然后带着自己想要的东西离开。于是我脑子急速旋转，思索着怎样才能打晕他，想着想着突然就蹦出了一个办法。我躺在地上，玩起口袋里的几个比索，同时慢慢蹭到他的身边。我打算神不知鬼不觉地把他一只鞋的鞋带绑到另外一只鞋上，这样他走的时候就会绊倒，到时我就能趁机用通烟囱的铁棍打晕他。此时他正在把玩一个物件，并没有发现我靠近他，但是不巧的是我鼻子发痒，打了个喷嚏，结果他看向我。

"你在干什么？"他问我。

"玩啊，免得自己无聊。"我回答。我恼火自己的喷嚏。因为他一直看着我，我都不能实施自己的计划了。

"你一个人在家吗？"他继续问我。

"和多米一起，她在厨房呢。"我回答。

"你爸爸就要回来了吗？"他又问我。

"是。"突然想到也许他不知道爸爸什么时候回来会好点，所以我又说了"不是"。

"我能用一下电话吗？"他问我，顷刻间我灵光一现，想到了一个超级好的办法。

"当然可以，不过这个坏了，你可以用另一个好的。"我给他指了指衣柜的门。

他打开衣柜前脚刚进去，我后脚就关门上锁，紧接着跑到厨房告诉多米我抓了一个小偷。她听完后脸色煞白，都快哭出来了，但还是给爸爸办公室和警局打了电话，然后我们就坐在窗边等着，而那位先生正在踢打衣柜门。

最后爸爸带着中尉和拿枪的士兵及时赶了回来。他们用枪瞄准衣柜，然后打开了门。

家里顿时全是吵闹声，因为我不小心把那位先生当成了小偷。他出来后就一直辱骂爸爸，辱骂我，辱骂中尉，边走边骂，嘴里还叫嚷着要让我们付出代价。

事实上，他是一位名副其实的共和党参议员，可是他长了一张小偷脸，这能怪谁呢。他离开我家后爸爸大咽一口唾沫，虽然没有训斥我，但说我一无是处。我知道爸爸接下来还会训斥我，所以我一直等着他的责骂，一晚上都不敢说话。不过什么都没发生，可是我觉得一直什么都不说才是真的在责怪。我受够了自己表现得和白痴一样，可是没人向我挑明。如果别人坦白说我是白痴，我就会反驳；如果没人说，我就会自己无意说出来，可是那样显得更白痴，所以我宁愿别人指责我。哎呀，我要折磨死自己了！

妈妈又开始焦躁不安了，什么事都能让她情绪变差。如果一直不说话，她会骂你；如果唱歌，她还是会骂你；出门或回家时好好和她打招呼，或者洗洗东西，给鞋擦擦油，都会让她不爽。而且你不能问她任何事，因为她会絮絮叨叨，说个不停。

昨天我和拉蒙、哈维尔玩"鹰人"的游戏，要从屋顶跳到地上，具体来说是跳到椅子上。为了避免摔倒，我们在椅子下放了张沙发垫。不幸的是哈维尔没跳准地方，头朝下栽到地上，看上去就像死了。没哭叫、没流血、没抱怨、没呼吸，他从头到脚全身僵硬。拉蒙和我吓坏了，我们不知道该怎么办。多米出门了，我们又不敢告诉妈妈，害怕她又情绪紧张。因此，我们躲在多米床下，诚心向圣母玛利亚祈祷。后来煮茶时，茶壶破裂，石蜡散了一厨房，妈妈又一直神神叨叨，结果我们都忘了哈维尔。

吃饭时爸爸问哈维尔去哪儿了，妈妈一脸诧异，我这才想起他。哥哥死了，我难过极了，于是放声大哭，边哭边告诉他们哈维尔在哪儿。我们一起去看他，结果他已经醒了，但是什么都想不起来了，头也几乎不疼了。

最近发生了一件大好事：爸爸做了一桩生意，也许我们马上就是百万富翁了。我很高兴，终于可以每天都能吃鸡肉，随时都有三明治和冷饮了，每餐都会有甜点，储藏室有火腿，罐装奶酪，还有成筐的水果，想吃就能吃到。

我们将住在"石油之都"——孔孔（智利城市），爸爸说那儿的生活棒极了，到时会有地铁、直升机以及商品琳琅满目的大商店。爸爸将会成为总统一样的人，我们会有私人海域，有很多很多石油，有

些东西都不必再节省着用了。

小宝宝会在那儿出生，我会长大变高，哈维尔会留胡子，妈妈和爸爸会老去，也许到时我们还要代替他们工作。

唯一不喜欢这次出行的是多米，因为她不想离开。她现在正和一位"卡宾枪手"谈恋爱，那个警察会带她去剧院，去看无线电技术比赛。警察说多米正在一点一点学习，因为她除了恋爱和做饭，什么都不会。

还剩不到一个月就要走了，也许我们会坐飞机去。为了防止没人和我说话，我要带一群家养的小猫、一只吃掌心糖的蟑螂，以及一只养在浴盆的蛤蟆，我用过滤器盖着浴盆以防它逃跑。我不让多米去浴室，她说如果我自己清理浴室，她就无所谓，因此这几天都是我自己打扫，但那儿还是堆积了很多东西。

我们将用爸爸的工资买辆汽车。我看中了一款

车，是奔驰，车大漆亮，车里还带冷热水喷头。我还看了最新款的别克，车里装有电视机和灭火器。然而爸爸说他会自己选车，我仿佛已经看到他随便买了一辆低排量汽车。

哈维尔的朋友和拉蒙都羡慕死我们即将要过上的好日子了。

多米的"卡宾枪手"男朋友送了我三颗子弹，还答应给我一把旧式卡宾枪。他是个好人，不过长得像蝙蝠侠，我不知道多米怎么会喜欢他。我跟他讲了我要当侦探的秘密，所以他正在教我一些东西。

"卡宾枪手"每天都来处理那起盗窃案件，不过总是在爸爸妈妈不在的时候过来。他带过来一些已经抓到的小偷的画像，让多米看是不是克洛罗菲洛，我认出了其中一张是他，但多米说不是，我真是看不透女人。

昨天下午，我从拉蒙家回来时，看到多米和一个男的站在墙角，我肯定那就是克洛罗菲洛。他一看到我过来就离开了，连招呼都不打。多米说我疯了，竟认为那是克洛罗菲洛。她说那是她的一个哥哥，从拉利瓜过来看望她。多米说她已经很多年没有哥哥的消息了，因为他年纪轻轻就出去找工作，还说她哥哥小时特别固执、调皮，什么都想碰，所以他爸爸常用绳子或短鞭打他。最后，多米整个下午都在和我讲她哥哥的故事，尤其是在山里猎杀狮子的事，说得我都想认识他了。多米答应给我介绍他，但是我们马上就要离开这里了啊。

不知道为什么，我觉得多米说的一切都是谎言。那个人就是克洛罗菲洛，克洛罗菲洛就是多米的哥哥，他们两个一直都是同一个人。的确有这种可能，这样就能理解为什么多米不想让警察抓住他，因为她一直希望她哥哥能把偷的东西还回来。说不定她还用"卡宾枪手"威胁他，让他把所有东西都带回来。

终于，距离去孔孔只剩三天了。我对于时间过得如此之慢感到有点焦躁，因为我在手提箱里放了夹着肉和番茄的三明治，准备路上吃，时间一久这些东西可能会变坏。不过只剩三天了，箱子密封良好，应该不会有问题。

现在已经没人提盗窃的事了，大家都在谈论即将来临的出行。爸爸妈妈去和朋友们道别，我去向拉蒙和加油站工人索托道别。我给索托带了一些书，免得他无聊，而他给了我一小瓶除垢剂，以后就不用担心弄脏衣服了。

多米去找她"哥哥"道别，让我一直待在家里。她做了很多蜜炸果给我，但是我已经吃厌了，打算出门卖了它。路上遇到了一只瘦巴巴的狗，于是我就把蜜炸果都给狗了。结果多米刚好碰到我喂狗，于是她生气了，说面粉很贵，我这是在浪费粮食。哼！她竟然不觉得狗也很珍贵。

我正跟多米解释喂狗的事，多米的男朋友"卡宾枪手"带着一个木筐来了，筐里装着所有被偷的东西。可惜我们就要走了，而且妈妈也买新的了，这些会和新的搞混的。

不过我更想见一下克洛罗菲洛，我要当面指出他是罪犯，因此我问"卡宾枪手"：

"小偷抓到了吗？"

"还没有，巴巴鲁丘，东西是偶然发现的。这附近的一个车库旁有一大堆垃圾，垃圾工人在清理垃圾的时候发现了现在你看到的这筐东西。"

"克洛罗菲洛呢？没有踪迹吗？"

"有一点线索，我们正在追捕，很快就会逮到他，他逃不了的。"

"应该以欺骗和盗窃罪把他关进监狱。"我对他说。这时多米送来一杯啤酒，他就不和我说话了。

妈妈回来后，刚开始看到这些东西十分高兴，但是后来像我之前说的那样，担心把这些东西和新的搞混了。她对爸爸说，最好把这些东西拍卖了，不过在我看来，这个工程量相当大。

拍卖就在明天进行。

报纸上登了这样一则消息：旅行大拍卖！清单上所有东西一律拍卖。清单上没有标价，不过从报纸上看这些东西还不错。因为拍卖的举行，我们不得不把出行推到下一周。现在我们挤在一个房间里，在那儿吃饭睡觉。情况有点奇怪，因为从今天开始，之前所有属于我们的东西都将不再属于我们了，而且我们自己也没剩什么东西。每件东西上都有标价，家里挤满了人，他们转悠，看东西，然后离去。

家里所有人都住在妈妈的房间，像露营一样打地铺，甚至大家共用一个盘子吃饭。

一开始还有点意思，不过午饭之后我们感觉就像蹲监狱一样，最终爸爸允许我们出房间转悠。

拍卖会上有一个好看的老式收音机，现在依然可以使用。

爸爸说那台收音机不属于我们这个年代，于是我调了调电波，让它看起来就是属于我们这个年代的。与此同时，一个小女孩和她妈妈走过来了。小女孩问我这是不是录音机，有没有电视看，我告诉她有，但是她妈妈说"太贵了"，然后就走了。一个男人过来看了很久也走了，所以仍然没人买收音机。如果它没被拍卖的话，我打算用它换我在打球时丢失的溜冰鞋。

吃饭时间到了，我们坐在地铺上，大家共享一大盘沙拉。我问爸爸：

"我们可以参加家里的拍卖吗？"

"按道理说可以，不过这个做法太蠢了。你还小，拍卖的人不会注意到你的。"

我觉得蠢不是件严重的事，只不过比较傻而已，没什么的。我超级想要那台收音机，我一直盯着它，甚至都能嗅到它的味道。既然我每天都会干很多蠢事，那多干一件也无所谓！

爸爸能买一辆车，为什么我不能拍一台收音机呢？也许明天下午我就会成为世界上最幸福的人了。

然而随之降临的不是幸福，而是死的欲望。自己家里搞的拍卖，结果连一个收音机都没买下来，说出去都让人笑话。不仅如此，我还挨了爸爸的打，现在只能用嘴写字，用嘴吃饭，他真是个独裁者。

你要问我为什么会挨打？事情是这样的：我心情不错，早早起床，然后去了拍卖现场，稀里糊涂地明白了拍卖是怎么操作的，并且也喜欢上了拍卖。不就是竖竖手指的事嘛！我有好多好多东西想拍卖，但是我忍住了，还是先拿到收音机再说吧。

随后负责拍卖的先生高声喊，"这是世界上最好的收音机，比我想象中的还要好，友情价 50 万比索就能买到。"我举起了手指，但是太挤了，没人看到我。那个先生降价到了 40 万比索，我又举起手指，结果戳进了一位女士的包里，没露出来。他又降到了 30 万比索，于是我站到椅子上，刚举起手指，他又降到了 20 万比索。我再一次举起手指，前面的那位女士动了一下，我的手指才被大家看到。

"20 万比索一次！"那位先生大喊，我顿时觉得幸福无比。

这时拍卖人员看到了我的手指，于是大喊：

"25 万比索一次！"

之前挡我手指那位女士移动了，但是我的手指还僵在那里，一动不动，于是拍卖人员接着喊：

"30 万！ 35 万！ 40 万！ 45 万！ 50 万！ 50 万了！先生们、女士们，这可是个货真价实的好礼物啊！55 万！ 60 万！ 60 万成交！ 60 万，60 万！这位先生……"工作人员给我了一张纸，我知道收音机是我的了。正如拍卖人员所说，60 万比索，一个真正的礼物。

爸爸到家后，对妈妈说了这个晚上发生的事：

"抱歉，不能给你之前准备好的惊喜了。我看你对收音机感兴趣，本来打算给你买下来的，50 万比索都准备好了，可是另一个竞拍者紧追不舍……"

"爸爸！"我在床上高兴地朝他喊，"收音机是你的，你想的话就能给妈妈！因为我就是另一个竞拍者！给你看这张纸！"

我以为爸爸会给我一个拥抱，并赞叹我聪明机智，但是没想到一场对我的"惩罚"悄然而至。巴掌声四处响起，整个房间都在旋转，就连妈妈的解释都被淹没在嘈杂声中。

爸爸扬声大骂："你这个蠢货让我多付两倍钱！只有两个竞标者，竟然就是我和你。本来 20 万比索就可以拿到，现在我不得不支付三倍钱。60万比索一台收音机，一半钱都不值！"

我觉得爸爸会为多付1比索就打我一巴掌，所以他会一直打，永远不会停。我缩了缩，弯下身体，不过还是没躲过巴掌。我大声嘶喊，眼泪奔涌而出，爸爸第一次发这么大的火，以至于吓得我把刚吃的面条都吐了出来，而且一边抽噎一边吐，然而爸爸的手并没有停止，还在继续打我。最后可怜的妈妈说"不买汽车了，有个能用的收音机更好"，她谢谢爸爸送的礼物之后，爸爸这才把啜泣的我扔在地上，而此时的床上全是面条。

就这样，收音机最后还是不属于我，真是要活活气死我了。

虽然出现了"收音机事件"，但是整个拍卖效果还是不错。爸爸最后也买了辆汽车，但是车相当老，不过无所谓了，毕竟便宜嘛。我还没见过车，因为正放在车库检修。那辆车就像是我的孪生兄弟，我年龄不大，还没满九岁，车还比我小一点，而且性能什么的都挺不错。

我们已经收拾好了东西，整装待发，因为明天九点爸爸就会拿到车。不过收音机以及所有我们购买的新东西，再加上多米，都将一起待在卡车上。马上要离开了，要去另一个地方开始美好的新生活，我超级高兴。

最终我们抵达了孔孔。

爸爸买的汽车太烂了，刚出圣地亚哥，发动机就熄火了。我们不得不把车拖到修理部，换一下白金触点、火花塞、电池、刹车等零件。我不知道我们耽搁了几个小时，好像在修车处停了很久。爸爸付了一大笔钱，我们这才又高高兴兴上路了。

汽车行驶在一条叫作"泛美公路"的大道上，我觉得从那儿可以到达世界上任何一个地方。车开着开着，突然"砰"的一声重击，我们应声停下，原来是轮胎出了问题。

哈维尔和我下车给爸爸帮忙。拆汽车取配件太难了，因为整个汽车塞满了东西：浅口锅、毛背心、灯、面条、鞋、衣服等，所有东西下面才是轮胎，以及一只猫。

妈妈和多米也下车了，开始做三明治。我们都在忙活，小猫蹲在车底陪着我们，但是谁也不认识它。最后我们清空汽车，取出新轮胎，抬起车，这才发现小猫竟然只有三只脚。受惊的小猫起身逃跑，但"哗啦"一声，一下摔在锅上，搞得一片混乱。

一辆卡车路过，车上几个男人下车帮我们抬起汽车，换了轮胎。接着我们重新把东西塞进车里，但是我不知道为什么塞不下了，于是爸爸把剩余的东西放到车顶。

我们又开开心心地出发了，不过没走多远，突然一股沸水溅到车窗玻璃上。我们下车查看，发现引擎盖在冒烟。爸爸说是水箱"沸腾"了，必须等一会儿，让它降降温。

　　几个小时后我们再次出发，可是没过多久它又沸腾了，又得再等等。爸爸决定开慢点，以免水箱再次沸腾。他想开车灯，结果刚按按钮，"嚓"的一声灯就灭了，这下变成了保险丝的问题，可是没配件了。我们不得不开得更慢，接着一个轮胎又磨坏了，汽车彻底没法开了，我们不得不坐顺风车继续前行。

　　最终我们坐上了一辆大卡车，大到可以容纳所有东西，包括我们放在车顶的东西。

　　最后我们在深夜十二点到达了孔孔。

　　这里的炼油厂宛若一艘巨船，有灯、烟囱以及吐着赤色火焰的大银球；也有点像火星，因为一切仿佛变成了宇宙空间。炼油厂一开始有股东西煮坏了

的味道，接着变成了清新的、咸咸的味道，就像海蟹的味道。

这一点让我在漫长的旅途中收获了颇多安慰。来到这块如此美妙的土地，一切都那么不同，有很多宽阔而且新奇的地方可以去玩乐。爸爸打算明天带我和哈维尔四处转转，而妈妈只要一想到她的小宝宝就特别满足，所以允许我们可以晚上才回来。真好，明天我就能到处转转，仔细看看这个散发着迷人味道的地方。

我们住的房子坐落在山里，从那儿可以清楚地看到黑色的大海。房子里家具很少，妈妈随便在地上铺了铺床，我们就睡觉了，明天我们再安置收音机和其他东西。

除了我，大家都睡着了，因为我失眠了。炼油厂的红色大灯非常棒，以至于我觉得将灯再调亮一点，世界上就不再有黑夜了。

我开始写日记，写着写着突然感到很饿，不过我想起了不久前做好后放进手提箱的三明治。于是我打开箱子，结果满眼都是长长的白毛，手提箱里散发出浓浓的腐臭味，我不得不扔掉三明治。

但愿天早点亮，我还有很多事要做，很多东西要参观，我可不想浪费时间。

我的床上有很多跳蚤，导致我的肋骨上出现了白心粉边的小肿块，可是跳蚤太小了，我都抓不到。那些跳蚤貌似饥肠辘辘，很久都没吃东西了，所以它们吸血我也就不介意了。我不会挠身体，因为可能会打扰或者压扁它们，希望明天跳蚤们还能平安无事，健康成长。

但是天一亮，我一下子就觉得自己的生活太悲惨了。因为我喉咙肿了，几乎无法咽下东西。

我以为孔孔是个与众不同的地方，结果恰恰相反。当一个人做好了万全的思想准备，打算在摩天大楼林立的城市里生活，但是最后却要住在乡村，势必要花好大劲才能适应这个转变。

第一天还不算太坏，有美丽的大海和沙滩，还有庞大的停有小船的入海口以及炼油厂。然而第二天，我想去商店看看时，才发现这里不怎么好。

在这里只要征得当地人的许可，就可以做某些被法律禁止的事了。我一个人出去，走过整座山头，踏遍所有地方，不过走得越多，我对孔孔的偏见越少了。

最终我还是觉得十分值得去适应这里的生活。我和一个叫赫内拉尔的渔夫交了朋友，他有一条没有发动机的小船，不过可以人工划桨。虽然我划过三次桨，但是每次都费了好大劲。好在这个地方所有人都一样，大家互相信任。到处都是渔夫或者仓库管理员，他们不用上班，只是坐船出海打鱼。这里没人会感到疲倦，也没人抱怨，大家坐在码头休息、聊天或者钓鱼。

电话接线员正坐在满是铰链标记的桌前编织东西。突然一个塞子掉落，她拿起听筒说：

"这里是孔孔，我是接线员……"然后插入听筒，拨动按钮，又继续开始编织。

邮局有一个宛若白箱子的网格，电报声一直响着，不过不用管，那样做只是避免网格烧伤而已。另外，邮局里每来一封信工作人员就要在本子上标记一下。仓库里有成袋的玉米，很多笤帚，不过巧克力很少。仓库主人是意大利人，脸色红润。不过即使有 100 比索，也没人想买什么东西，在这个地方钱是没有用的。

妈妈喜欢这里的生活，不过她觉得将来会很难习惯，多米也是。爸爸虚荣心很强，他想要拥有价值数百万比索的炼油厂、塔以及其他东西。哈维尔比较沉闷，因为他说自己已经和警察成了朋友，所以不想和别人说话。

我出去的时候，猫咪们吃了我的蟑螂，然后跑哪儿去了我也不知道。赫内拉尔送了我一些银汉鱼，我把它们养在浴缸里。但是家里只有一个浴室，所以明天一大早我要在爸爸醒来之前做个大水池，把鱼放在水池里。我还去了岛上找海鸥，因为生活太无聊了。多米整天出门，哈维尔去了警局，妈妈一直在缝纫机上忙活，给小宝宝做些没用的东西。爸爸下午回家，一副电影里牧场主的表情，谈论的全是钱和石油副产品。一想到自己孤独一人（因为没人跟我说话）过着想过却不能过的生活时，我的嗓子就会肿胀难受，所以我不得不去找海鸥们说话。

坐在入河口的石头上等赫内拉尔时超级无聊，幸好有辆摩托车过来加油，转移了我的注意力。那是一辆大型摩托车，我和骑车人交了朋友。他是个什么都知道的牧师，但他并不认为自己神圣万能，也不觉得别人就要听他指挥。他为人友好，看到我很无聊，就邀请我坐他的摩托车出去玩，于是我跟着他去看一位因病亡故的人。他处理死亡事宜时，我就待在车旁，他也不管我会不会试一下骑摩托车。有摩托车，有这位牧师，看来我不会无聊的。

教区是一个所有人都可以带着问题过来的地方，就像调查员一样，什么事在这儿都能得到解决。我们的牧师不是正在忙着，就是准备忙着，这是好事。牧师对我和对所有去教区的人一样：摩托车摆在那儿，牧师自己可以用，曼努艾拉女士可以用，纽·鲁本可以用，胡安也可以用。做弥撒、去忏悔，出门办个事或订个货，或者去买药或买婴儿床，这些理由都行。

我经常陪牧师为大家办事，以至于后来大家也像喜欢牧师一样喜欢我。

今天我和克萨达一家人乘大船出去钓鱼。我们带着尼龙网，不过网特别旧。大海一开始风平浪静，不过后来起风了，大船开始上下颠簸。我胃里一阵翻滚，不过一直划着桨，和其他人说话，反应也就没那么强烈了。我们撒网后绑紧网，以免被水冲走。不过木桩超大，渔网也不会漂走。我们一起回到码头，留时间让鱼进网。我的心一直怦怦跳，感觉好像每进去一条鱼，心脏就跳动一下。我感觉自己的心脏跳了三十下，于是我知道已经有三十条鱼入网了，也许还有其他来自大海的惊喜，比如海盗的宝藏、沉没的物件以及其他东西。

然而克萨达一家全在码头聊天，特别镇定。过了一会儿他们离开码头去吃午饭，一时半会儿回不来。我没有跟着去，因为我担心渔网承受不了这么大的重量，导致网里的东西都会浮起。码头上空荡荡的，岸边的小船也是，大朵大朵的浪花抬起小船上下起伏。最后我实在忍不住了，推了小船一把，跳了上去。一阵和善的浪花推着小船向海里驶去，我划了一会儿，向木桩慢慢靠近。

我思索着孔孔的好处：这里不仅什么都可以做，而且渔民可以随便带走自己抓到的鱼，没人管。这对渔民来说是件好事。

一想到这儿我就很开心，不过有点累，因为船桨宽大，浪花也大。我看向码头，忽然发现渔民吃完饭回来了，不过他们只是远远地向我打招呼。太累了，我已经划不到木桩那儿了，只想坐下休息会儿，于是就停了桨，放在一边没管它，结果一只桨落入水中……

现在我只能靠一只桨划了，那可不容易。

我不得不思考这个问题，但是也必须休息一会儿。

然而仿佛奇迹出现了一样，渔网渐渐靠近小船。我开心极了，不用再想着从水里捞出网有多难了。我的孤船靠近渔网的时候，我觉得自己就像海上的国王。大海广阔无垠，成千上万升蓝色海水，到处是奥妙和秘密，而且远离肮脏的陆地。我正漂浮着，

去往任意一个地方。新世界，新国家，也许就会发现什么神奇的事情。我看看天空，又望望海水，盘算着很多事，什么都记不起来了。我觉得自己睡着了。

我在木板上醒来，不过眼睛睁不开，虽然我一直试图睁开双眼，但是都没用。

我看不见，但是能感受到。身边围着成千上万条鱼和鲨，空气里全是美味食物的味道。鲨鱼颜色艳丽，闪闪发光，它们用非常复杂的语言和我说话。仿佛我是万物之王，所有的鱼都向我禀报，像看着冠军一样凝视着我。但是突然之间，它们的声音加重，我开始听懂了它们的话：

"注意了，抓住他！在他跳出去之前抓住他！他要回去了！"

最后我睁开双眼，发现身边出现了另一条小船，还有包括克萨达在内的四个男人。

他们拿着桨，把我的小船拴在他们船上，说话声

音像打仗一样。

克萨达和一个渔民来到我的船上，开始把船划向海滩，另外两个人去拿已经漂向远处的渔网。

"看你都做了什么！差点淹死自己！要是你家里人知道的话，可不只是责罚你了……"克萨达生气地说。

"我睡着了，我本来打算收网的。"我向他解释。

"幸好只是桨丢了。如果你试图收网，肯定会头朝下栽入水中，那时一切就都晚了。"

这里的渔民都非常友善，最后他们不仅不再指责我，还送了我一条有着纽扣眼的银锯鳐。

小的时候，想了解什么只能靠问，但是现在自己都能回答和解决问题了。这就是我长大的标志，也是不需要再和其他人一起玩耍的证明。我能一个人自娱自乐，而且从来不会觉得无聊。

我一个人去了里托盖海滩，那里除了我和一只海鸥，什么东西都没有。我行走在湿润松软的沙子上，留下无数深深的脚印，里面灌满了水。一阵阵浪花涌过来，最后冲刷掉脚印，好像这是大海和我之间的游戏。如果我静止不动，大海就会把我定在海滩上，仿佛我的双脚是根，身体是树。我感觉很开心。突然，海鸥张开双翅，飞向大海上的一个小岛。岛上全是白色岩石，应该都是珍珠或者可以食用的美味食物，就像奶油海鲜一样。海鸥三次如利剑般扎入海里，溅起水花，然后身影消失了，不过它马上叼着猎物，幸福地从水里钻出来。我站在海滩上看着它，半条腿埋在沙子里，思索着等妹妹出生后也要把她带到这片海滩，邀请她去岛上，和她分享秘密。我的海鸥朋友飞回来时我还在想着那些事情。

海鸥在前面飞，我在后面追。我们走进水里，来到岩石前，爬了上去。随着我们越走越远，尖尖的岩石开始变得柔软，就像有着滑滑的绿舌头一样。

舌头里有蜗牛、珍珠和贝壳，有各种各样的东西，宛若一个宝库。海鸥看向我，几乎贴着岩石到处飞，好像它就是这儿的主人，而我是客人。突然间我看到地上有个白色的东西，顿时觉得自己发现了新大陆。我走上前，结果发现那是个骷髅头，看起来像是个曾经在这儿生活过的、因为海难去世了的老居民。

毋庸置疑，海鸥吃掉了他的眼睛和肉身。他一定很丑，因为古人的脸都特别长，但是也许还有人在想念他，却不知道他在哪里。我为他祈祷，把他埋在海滩的沙子里，插了个蜗牛十字架，愿他的灵魂得到安息。海鸥围着十字架飞，在沙滩上留下一道星状痕迹。

岩石上有个洞，像个小山洞，刚好可以容纳我，我甚至觉得自己可以一个人住在那里。整个蜗牛珍珠宝库是我的大发现，骷髅头属于我，他的坟墓也属于我，还有金光闪闪的沙粒，不过没人知道我的财富。

我不是孤零零的，因为有海鸥陪着我，而且动物是人类最好的朋友。如果我不知道该用我的财富干什么，我可以分一些给牧师，让他送给穷人。

一想到塞到洞里的东西，我就感到很幸福。可是突然间我周围全是海水，大海几乎覆盖了整块岩石，甚至我的"床"都被淹没了。我看向海滩，浪花冲走了海鸥在遇难者坟墓周围留下的痕迹，蜗牛十字架也被海水带走了，到处都是水。我想到了所谓的"涨潮"，于是非常着急，想要回家。

我爬上岩石最高处，看到太阳像个红色的大球，宛若一团火，慢慢沉入海里，一切都变成了深粉色。海水淹没了我的双脚，非常冰凉。此时的岩石就像一个孤岛，海滩还很远。我的所有东西都被淹没了，刚刚埋掉的遇难者、发现的宝库，甚至连我自己也快被淹没了。唉，总有一些可恶的山洞诱惑人们去发现宝藏，然后再把他们埋葬在金银财宝之间，或

者淹死他们。

天冷了，夜色慢慢降临。海鸥站在露出水面的另一个岩石尖看着我，我已经无法思考，只能祈祷了。我渐渐陷入水里，甚至后脑勺都浸在水中，但是我紧紧抓住岩石，死都不放手。海鸥一边飞向海滩，一边回头看我，然而浪花快要冲走我了。我觉得自己快要被淹死了。这时一个大浪过来，浪花卷着我，把我送到了海滩上。

最后我站起来开始拼命奔跑，跑进黑暗里。离开之前，我回过头，想记住宝库、宝藏和岩石所在的地方。

然而一切都消失了，我的视线里全是海水。

我交了个新朋友，叫乔乔。他爸爸是走私犯，走私尼龙、自动铅笔和威士忌，完全就像一个可以移动的商店，什么都卖，不过是秘密地卖。

乔乔和我总是形影不离，就像水牛和它的锁链一样。乔乔主意多，朋友也多，我们一起去港口收包裹、送口信、办差事。我们朋友多，可以登上所有的船，进入船舱，几乎都可以开船去航行了。

我觉得船涵盖了房子的所有好处，只不过没有固定地点。谁也不用缴费，不用照看花园，启动发动机就能去世界各地旅行。水手不用去上学，在大自然中就能学会所有东西。机器、电缆、锚和锁链，到处都是香味——海的味道。大海会给你一颗海盗般的心，让你自我膨胀，并且像悬索桥一样来回摇晃。现在我都不习惯待在陆地上了。

乔乔和我的另一个朋友邀请我们去玩，说要带我们认识新鲜事物。我希望最好可以一直航行，这样我就能去不同的地方，可以认识食人族、中国人、鳄鱼和大象……

于是，我们在博物馆度过了美好的一天。我们参

观了八条不同的船：有捕鱼船、油轮，有尼龙做的宫殿般的船，还有其他装动物的船，看来上天想让世界万物都坐一回船。

回家后我发现爸爸妈妈都不在家，多米宛若房子的主人，待在卧室，开着收音机，同朋友内格罗和科尔维娜聊天、跳舞，时不时发出笑声。她看到我和乔乔回来后，朝我发火，好像她就是我妈妈一样。她大声训斥我，可是我觉得那都快是辱骂了。

"你野到哪儿去了？跟鸽子一样不知道回家！都是因为你，他们不得不去诊所。都怪你！都怪你！"

"谁去诊所了？"我问她。

"太太和先生。"不过我没听懂。

"都是因为你，希望一切都会平安无事的！"她解释说。

"'会平安无事的'是什么意思？妈妈早上醒来时生病了吗？"

“小宝宝也会平安无事的。”她又说。

“好吧，妈妈去诊所了，那我爸爸呢？”

“你爸爸陪她去了。他告诉我一见你回来，就让你去睡觉。”

我彻底怒了。如果妈妈生病了，多米没理由和她的朋友在家里跳舞啊。

“我要去诊所，我不去睡觉。”我对她说，然后摔门而出。然而她继续同她的朋友跳舞……

我想去见我可怜的妈妈。

我去了牧师那里，请他骑摩托车送我去港口诊所。虽然他特别忙，不过还是为我放下了手中的一切。我想他应该是意识到妈妈生病对儿子来说是一件严重的事。

我们深夜到达诊所，可是诊所关门了，不过他们诊所的人都认识牧师，所以放我们进去了。

害怕变成孤儿的焦虑喷涌而出，吓得我几乎不敢穿过诊所走廊，不过我们最终还是来到了产科。

这个时候如果你是侦探，你就应该已经猜到很多事了。

我一听到小猫叫声就意识到那是我妹妹的声音，该来的总算来了。我知道妈妈很幸福，至少我是那么想的。

房间是纯白的，床和床头柜都是白的。妈妈平安无恙，面带笑容。她身边有个白色的小婴儿床，爸爸一副中了大奖的表情。

"巴巴鲁丘，来看看你的妹妹。"爸爸对我说。

"她叫什么？"我问。

"希梅娜·德·卡门，我们都管她叫'小希'。"妈妈说。

我惭愧地走近她，感觉自己的妹妹很奇怪。她红彤彤的，小小的，像条小蚯蚓。看来我要习惯她，习惯她的名字。

"她很漂亮吧，是不是？"妈妈说。

牧师祝贺爸爸和妈妈，祝福妹妹。想到她会一直跟着我去旅行，但是途中没人能理解她，我就感到有点难过。

"她太小了。几点出生的？"我问。

"三个小时前。"爸爸回答我，"顺便问一下，你跑哪儿去了？"

然而妈妈不想徒增是非，所以插嘴说：

"巴巴鲁丘，从今往后，你要照顾你的小妹妹。哥哥从小就要保护妹妹，知道吗？"

妹妹像猫一样哭叫着。我看了看自己的手指"奶嘴"，黑乎乎的，沾满了油，我都不敢把它塞给妹妹。

"妈妈，最好让别人照顾她。她脾气不好，得教育教育她。"

我想到村里的那个小宝宝，想到船，想到我要开始的新生活。现在保护妹妹的任务让所有的事情都变得复杂了。

"她多久才能长大？"我问妈妈。

不过那时访客们来了，房间里挤满了人和礼物，夹杂着说话声和婴儿的哭声。没人注意我，于是我瞬间把手指塞到小希的嘴里，她立马就不哭了。

我抽出手指时，手指发白。小希看起来像条小狗，嘴巴和舌头都是黑的。护士惊慌失措，用了好多棉棒为她清洗嘴唇，甚至取出了一点点石油。于是大家决定不再让我靠近妹妹，但是毫无疑问，可怜的、小小的妹妹已经喜欢上了我。

不管我们打算做什么事时，有个妹妹都会让事情变得复杂。也许她会一直哭闹，直到我把自己神奇的手指塞进她嘴里，她才会安静。真希望她马上就能长大，能自己照顾自己。

一想到有个小女孩只有等你回去时才能安静不哭闹，我这个"水手侦探"就无法安静地旅行了……

我是大傻瓜吗

放学时，布里吉特小姐叫住我并递给我一封信。

"巴巴鲁丘，把这封信给你妈妈，明天再把她签过名的这个信封交给我。明白吗？"

"当然，我明白了，"我对她说，"如果你没有信封的话，我还可以带更多的信封给你。"

"不，"她生气地说道，"我想要的是你妈妈签了名的信封。"

我把信封放进书包，心想她一定是要祝贺我妈妈有我这个儿子，要不然她还能因为什么事情写信给妈妈呢？我因妈妈有我这么一个优秀的儿子而感到骄傲。所以我一到家就把这封信交给了妈妈，一边看着她读信，一边期待着她的拥抱。

但到头来，什么都没有。

妈妈读着读着，眉头就皱了起来。

终于，她看完了。她看着我，什么都没说，但是她的眼睛看起来像两把冲锋枪。我笑了起来，一直在期待着什么。

"去玩吧。"她对我说。她没有拥抱我，也没有像其他时候那样跟我说"去做你的作业"，这真奇怪。

第二天，当我要出门的时候，她阻止了我：

"你今天别去学校了，我要带你去看医生。"她对我说。

"我得了什么病？"我问道，"我哪里都不痛，身上也没有疤。只是膝盖上有一小块结痂……"

但事实上不辩解会比较好。总之，我被假期中这样一个意外的"惊喜"束缚住了。

下午我们去看了医生。他是一个问题很多的人，外表装得很友善，但其实内心一定不正常。

医生用一把小巧的锤子敲击着我的结痂处和身上的其他地方。在和妈妈说话的同时，他用另一只手继续敲打着。我在想，如果他不是用肥胖的手而是用鼻子上巨大的脓包来敲打我的话，会怎么样呢？但他马上就把那脓包抓破了，并继续讨论着"这个孩子"的事情。

我试图去理解他们所说的话，并且差不多搞明白了。我非常确定他们是在说我有某项奇怪的天赋。但这比说我看起来像一个很傻，但又傻得与众不同的大傻瓜要好多了。

我的父母也在这件事情上争论不休，他们去学校见了我的老师，回来时非常愤怒，一直争辩着。最终，爸爸说布里吉特小姐应该去看医生，因为她是一个妄想症患者和诽谤者。

总之，"我有病"，但没有人帮我治好它。

晚上我失眠了。我向在电视机前打鼾的爸爸走去，捏住他的鼻子——因为这是叫醒他的唯一方法。在他生气之前，我对他说：

"爸爸，我同情你，因为你有一个'有病'的孩子。"

"谢谢！你别担心……"他又一次合上了双眼。

"我想知道我的病会不会传染。"我猛摇他的手臂问道。

"不，不可能……"他睁开双眼，皱着眉头看着我回答道。

"那为什么不让我去学校呢？"

"你休息几天会比较好。"

"这是说我不需要再学习了吗？我不用再回到学校了吗？"

"等你好转了就会回去的。"爸爸安慰着说道。

"如果不给我治疗，怎么能好呢？需要动手术吗？"

"不不不，不需要手术也不需要治疗，只需要上几堂有关注意力的课程就够了。"

"几堂有关注意力的课？我不明白……"

"就是这样！"他激动地叫道，"你只是不明白一些简单的事。上几堂课你就会好的。"他为我欢呼鼓掌。

"我的什么会好转？"

"当然是你所患的……"

他不敢告诉我病的名字，但我知道那是阅读障碍症。他只说了病名的一半，另一半呢？

我回到床上，但我完全没有理解爸爸跟我说的事情。这就是我的病，我是大傻瓜，我会好转的。现在我只知道这些，所以还是睡觉吧。

或许等我睡醒我就恢复健康了。

但是我怎么也睡不着，仿佛明天就是我的生日一样，但其实明天并不是我的生日。我想起自己病了，但没有治疗方法，我不用上学也没有家庭作业……

我终于可以赶在别人之前实现我的重大发明了。我在学校的时候没有时间，所以在这个病假期间，我可以把它们发明出来了。

我拿起日记本，爬上了梨树，那里没有人打扰我，在忘记之前我在日记本里写下了一切。

第一个发明——多汁的烤肉。没有肉，这个世界就会毁灭。而获取多汁的烤肉的方法就是：让一架低空飞行的直升机在穿过一个有奶牛的牧场时，用它的螺旋桨从每头奶牛身上悄悄割一块肉。这样奶牛既不会察觉到，并且到第二天它还是健康的。如此一来动物永远不会死亡，而割下来的肉会自动落在发热的引擎上，被烤熟后由副驾驶员将它放入面包中。

第二个发明——电子鞋。这种鞋的速度有三档，接触器的金属线由纯物质构成，它在鞋的后跟处，还有两个装着电池的袋子。与聋哑人用的设备差不多。是一个便宜又简单的发明。

第三个发明——通风吸尘器。到现在我还没能发明出来。它是一款可以消除灰尘、皱纹，还有老一辈的父母脑袋里不好想法的设备。这个设备3分钟1000转，可以消除父母们额头上的皱纹，并能够让他们做好准备去回答别人提出的问题。等它转了5分钟后，父母们就会有想要去玩的想法了。

当我从梨树上下来的时候，全家人都已经吃过午饭了，多米把我的午餐给我之后就站了起来，因为她要出门了，我坚持单独一个人待着。一个人就算是大傻瓜也不一定就是无聊的。在这段时间里，自己可以一直做发明，虽然也会累，但在需要放松的时候，自己也会找一些有趣的事情消遣一下。可是一个像

我这样大的人，是不会把观察树叶摆动或者看汽车经过这种事当作消遣的。

当一个人独处时，他只有两种选择：过得非常好或者感到无聊。如果他过得非常好时，又会有两种选择：要么自己一个人过得更好，要么被别人打扰。因为一直处在同样程度的快乐中就跟无聊没什么区别。

但糟糕的是，往往一个人希望过得更好，他反而会过得更糟。所以还是试着过得更糟比较好，因为过得不太好时，事情才会开始往好的方向发展。因为生活总不能比之前更糟了……

于是我坐在小路上等待着发生点什么。我想，上天对那些觉得生活无聊的人永远充满着怜悯之心——因为我突然看到了一辆白色的标致汽车，它的前面有两个头发乱糟糟的人，但是这两个人却没能让车启动起来。

我走近看了看。

他们打开了发动机盖，并把手塞进每个零件里进行检查。

"你想干吗？"其中一个人对我说道。

"车没有汽油了。"我说道。

那两个头发乱糟糟的人对视了一眼。他们闻了闻发动机并窃窃私语了一番。

"你有油桶吗？"其中一个人问道。

"附近有加油站吗？"另一个人问道。

"往那边走 375 米，再往左走 250 米就是加油站。但我没有油桶，我也不能走开，因为我生病了。"我回答道。

他们对视之后又开始窃窃私语了。

"我们去找汽油时，你可以帮忙看管车吗？"

他们为我开了门，我坐进了驾驶座。他们吵吵嚷嚷地出发了。看着他们远去，我感到很开心，因为我可以扮演一名出租车司机了，我可以这样自娱自乐很久。

但这种自娱自乐并没有持续多久。拐角处出现了一位士兵，他悄悄地向车这边靠近。突然，他站住了，看着我的"出租车"并拿出了一个笔记本。他在车后面停住了，就这样站在了那里。

我透过后视镜看着他，不知道看了多久，我一直等待着……

他慢慢地向我靠近，并时不时地看向我。

"车是你的吗？"他拿着笔记本问道。

"我也希望是我的。"我笑着回答。

"是你家里人的吗？"

"好冷啊，好冷啊……"我想岔开话题。但这位士兵似乎不喜欢这个话题，他打开车门坐到了我旁边。

"把钥匙给我。"他硬邦邦地命令道。

"但我没有钥匙……"

"给我看一下户口本。"

"嗯，是该看一看。"我一边回答，一边翻找手套箱和其他地方。突然，他失去了耐心。

"给我解释一下，你在一辆不属于你的车上做什么呢？"

"我在玩，假装这是一辆出租车，而我必须全速前进去普达韦尔镇。"

"那这辆车是谁的？"

"我也不太清楚。两个壮汉没能启动它，我告诉他们没油了，因为连汽油味都没有……"

"那你能不能告诉我，那两个壮汉的名字？"

"是两个我完全不认识的、头发乱糟糟的年轻男人。"

"你就是一个训练有素的密探，"他说，"这附近有电话吗？"

我把我家指给他看。他摘下军帽并挠了挠头，看起来他还有疑问。他走近我家的大门，又回到了车上，然后又一次走到我家门口，又回到我所在的地方。

"如果那是你家的话，叫你父亲出来。"他说。

"首先，我没有父亲，只有爸爸；其次，他出门了；最后，家里没人。"

那个士兵再一次抬起军帽，他挠了挠头，变得暴躁起来。

"你跟我一起去打电话。"他抓住了我的手臂，把我像囚犯一样带走了。

我们进了门。

他拨打了一个电话号码，电话通了。

他说："我是士官贝尼特斯。昨晚被偷的标致汽车已经找到。派吊车和增援来。是的，有一个被捕者。"随后，他说了我的地址。

我的腿突然开始不受控制了，我尽力克制住自

己，但腿还是不停地抖动着。

"嘿，"我对他说，"你要逮捕那两个头发乱糟糟的人吗？"

"当然。如果他们不出现，你就要跟我走……"

我的腿抖得更厉害了，但我又一次克制住了自己。

"他们一定会回来的。他们怎么会舍得丢下一辆这么好的白色标致汽车呢？"

他像个医生一样看着我，看了很久。我觉得他察觉到我是大傻瓜了。于是，我试图说服他我不是傻瓜。

"我跟他们说了一个非常远的加油站地址，"我对他解释道，"原本想拖延他们的时间，这样我就能多扮演一会儿'出租车'司机了。然而他们刚走，您就出现了，并且……"我试着笑了笑。

他又一次抬起帽子挠了挠头，并一直看着我。最后，他说："如果他们来了的话，你可以继续在这辆车里扮演'出租车'司机。我在你家等着，这样他们就看不到我。"

我开心地准备上车时，想到如果一个人是大傻瓜，他会做一些愚蠢的事，但我做了件聪明事：我走到了士官身边。

"您可以在门那里等，但不要进门，"我对他说，"因为我不相信任何人。"

他没有生气，反而笑了。

我才刚坐进驾驶座，警车的警报就响了。这位士官立刻就出现了，并让警车上的人在边上的小路掉头。警车不停地发出吱吱嘎嘎的刹车声，带着拖车用的起重机差点掠过我的车顶。

但他们没看到我的车。士官在角落转身和他们交谈，我在一旁等着。

我只剩一点点可以继续玩的时间了，所以我想象自己就是那两个头发乱蓬蓬的人，而且追捕我的人以千米每小时①的速度抓到了我。一些奇怪的想法在我脑袋里交织着。"那两个头发乱蓬蓬的人还没有回来，"我对自己说，"这也许意味着他们看见了士官，所以不会回来了。那么接下来会发生什么呢？"

"我相信你的话，"我身边的一个声音说道，"我们会继续等偷车贼回来。你在驾驶座上别动……"士官说完就消失在转角。

这游戏对我来说已经不再好玩了，我想要起身离开。我不想成为诱饵，更不想成为抓偷车贼的诱饵。

"别紧张，"我对自己说，"总之，如果必须等着，那就给游戏加上一些刺激的东西好了……"然后我遵从了自己的内心，开始研究起车来，我用力地按着按钮和其他地方，汽车跳了一下就开动了。眼

---

① 译注：作者为营造荒诞幽默的效果，故意用"千米每小时"描写各种人或事物的速度，以下皆同。

看着我就要被警车追上的时候，我避开了一棵大树。但是由于刹车刹得太猛，我的一只耳朵卡在了方向盘上。我费了很大的力气才挣脱出来，然后从车上下来。一切都变得沉重而又混乱。起重机钩住了标致汽车并从尾部把它抬了起来。士官用力地关上我家的门，并坐进了警车里。他让我坐在他旁边，还有一个中尉坐在我的另一边。

都没必要问他们是不是要把我当作囚犯带走。我低下了头，因为我再一次觉得非常无聊了。我试着这样想：坐在一辆带着起重机和被偷的标致汽车的警车里面，这还挺酷。

最后我确实也是这么想的……

幸运的是，神明创造了与这种生活对立的声音，并使将要发生的事朝相反的方向发展。也就是说，一个人如果认为某些事情是他不喜欢的事，到后来事情真的发生了，则会慢慢发现原本不喜欢的事也会变成一件很棒的事。当听到"嚓！砰！啾！"这些声音的时候，我还继续想着警察局，甚至是地牢。

但事实上，我们撞车了。

跳跃，巨响，骚动等声音充斥在身边……

当我睁开一只眼睛时，发现阿尔伯诺斯中尉的脸在滴血，而我并没有流血。周围只有护士、棉被和担架床。在这里，我像佩德罗·德·瓦尔迪维亚①将军一样镇静，差别就在于——我没有马。

有个人被缠得像雕塑似的，在我的记忆里，他不断地在撞车，像一张被卡住的唱片。直到最后，他头部的绳子被解了下来，我才开始担心别的问题。我想起了白色的标致汽车、丢了儿子的爸爸、没有

———————————

① 佩德罗·德·瓦尔迪维亚：西班牙征服者，也是第一任智利皇家总督。

钥匙进门的多米、那两个头发乱糟糟的人和装了汽油的油桶等。同时，我也想起了我的病：我非常害怕这次撞车会治好我的病——尤其在我觉得做大傻瓜更好的时候。

不知道什么时候我已经不在原先的地方了，而是在一间只有两张担架床的医院病房：一张担架床上是我，另一张担架床上是阿尔伯诺斯中尉。没有人照顾我们……

我从高高的担架床上下来，走近了中尉的担架床。地板是半软的，不太坚硬。两张担架床离得很近，所以我没有摔倒。

"你好，中尉！"我和他说话，鼓励着他。

我没听懂他回答了什么，因为他的声音像棉花一样软。他好像想要喝水，所以我递给了他一个原本放在棉被上的杯子，他一动不动地喝完了水。担架

床这么小，几乎装不下他。我想他的头应该很痛，我找到他的帽子并给他戴上，借此来固定住他摇晃的脑袋。这时他移开了他的手，露出了一只眼睛。

"我们好像撞车了。"我兴奋地对他说。

"嗯。"他软绵绵地回答道。

"离开这里很好，你不觉得吗？在这里我们像囚犯一样。我带你去呼吸一下新鲜空气好吗？"

他露出了另一只眼睛，狡黠地对我眨了眨眼。

我明白了他的意思。

我把门完全敞开，握住担架床推着他。虽然中尉体形这么大，但是担架床的轮子轻轻地在红色的走廊上滚动着，推起来很轻松，我在别人看到我们之前跑向了电梯。我按下按键，电梯门立刻打开了。我们用头发遮住了脸。我看向电梯的数字板，一心想着出口，我按了 G^① 键而不是写着数字的键。

我们快速地下了不知道几层楼，终于到了。电梯"咣当"一下，门就开了。在门关上之前，我把载着中尉的担架床拉了出来。

和上面的走廊一样，外面也都是红色的，那是一种夹杂着噪音、灼热的空气和燃着星火的香烟的红色。无处不在的地道，像树枝一样穿插着，但连一个箭头、一块路牌或一扇指明出口的门都没有。

我拉着破担架床逃离了滚滚的热浪：一切都是未知的、强大的和陌生的。我在流汗，中尉的帽子颜色也变暗了，还滴着水。离开了一条地道，我们又进入了另一条……

我不知所措，或许我已经死了，并且无意中恰好在地狱里……

———————

① G：ground 简写，代表"地面一层"。

我看向四周，但是没有看到恶魔。一个没有恶魔的地狱就不是真正的地狱。

我汗涔涔的双腿不停地颤抖着。最坏的情况就是我和中尉会热到爆炸，或者我们正像蜡烛一样融化。

我靠着墙站稳，以使我的双腿不再颤抖。我猛然向后一转头，感觉到头部一阵列钝痛，当我摸到痛的地方时，我发现我按下了墙上的按钮。地面开始震动，并且带着我和中尉一起升高。我们不停地上升着，我们会到天上去吗？我不想死……

终于停下来了。不知道从哪里冒出了一扇铁门。

一只无形的手打开了铁门，一股气流把我们连同担架床一起拉了出来。我已经不担心死亡了，至少这里不是地狱，我们还可以呼吸。

这里有星星，还有光。在这种情况下，一个人必须去习惯另一种生活了……

中尉把他脸上的棉花扔得很远，抬起头向四周张望。他的鼻子又红又肿，像个烟斗，我想他一定很疼，虽然他没有抱怨。

"我们在哪里？"他的脸像新生儿般充满着疑惑。

一对正在靠近的翅膀所发出的巨大声响代替我回答了……

想到我们真的在天上了，而且天使还来找我们了，我瞬间起了鸡皮疙瘩。事实上，我还没来得及做一个好人，但我已经没时间了。

翅膀的声音在空中回荡，笼罩了整片天空。我躲到了担架床下面，不去听这种声音。

翅膀发出的声音慢慢弱了下来，但我们没有看到天使，而是看到了停在地面上的一只巨大的"长腿鸟"。"鸟"身上的门被打开了，两位飞行员从上面跳了下来。他们四处张望，然后走过来抓住了担架床，但一句话也没有说，他们带着我们一起钻进了"巨鸟"

的身体里。

翅膀的声音重新响起来，我感觉到地面飞了起来。

我脑袋现在的确短路了。

如果我们真的到了天上，那么我们现在要去哪里呢？

我不敢问两个飞行员。他们是善良的天使还是邪恶的天使呢？中尉抓住了我的手：他还在装死。

翅膀挥动所发出的嘈杂声让我们无法交流，我害怕到另一个没有人认识我的世界。我不害怕神明，因为我从未见过他们。

我还确信天堂里有这样一支队伍，队伍里有因为战争、火灾、地震而死的人，以及这世界上自然死亡的人。这些排队进天堂的人需要排多少年才能进去呢？

在我算出了具体时间的同时，翅膀挥动所发出的噪声停止了。噪声的突然停止，让我的心仿佛也停

止跳动了。

看样子，我们到了！

长时间的沉默比噪音更可怕。我第一次觉得自己死了，对于远处陌生的一切，我感到困窘。我好希望至少有多米和我在一起呀。

沉默令人难以忍受，难道那些"死人"都是聋子吗？

天使们短暂回来了一会儿，然后世界再一次陷入了沉默。此时，我突然灵光一现：原来发出声音的不是翅膀，而是一架直升机。中尉和我都还活着！

我想我们已经复活了，就像新生一样。我们喜极而泣。

此时，只听到一阵骚动，有一扇门打开了，从里面跳出来两个年轻男人。现在是晚上，有月光，我在无边夜色中远远看见他们的影子。

"你怎么了？"我听到身边有声音。是中尉，他坐在担架床上，双脚放在地上。

"我以为我们已经死了，"我抽噎道，"我们在哪儿？

"我们去把它查清楚……"

他试着起身，但又跌回担架床上。在黑暗中，他的脸变得有些奇怪。

"我们被绑架了吗？"我问道。

"可能是。你爸爸是百万富翁吗？"

"连退休的百万富翁都不是……"我轻蔑地回答道。

"当然！我现在想起来了，你是偷车的人。"

"不！"我生气地喊，"我在看车，这不一样。别以为你是中尉就可以污蔑我，我会生气的。"

我摩拳擦掌想要打他，但中尉受着伤，鼻子都塌了。我恨恨地看了他一眼，没对他动手。

"我们要怎么办？"他再一次试着起身，在担架床上稳稳坐好。

"如果连你都不知道的话，我就更不清楚了。因为我所想的很可能是错的。你没发现我是大傻瓜吗？"

"这是什么意思？"

"一种特殊的病。"

"很爱开玩笑的病？"

"这就是问题所在：当我认真说话的时候别人都以为我在开玩笑。"

我们在黑暗中互相看着对方。

"我觉得你的病不是生理上的病。"他说。

"喂，我的脑袋是我身体的一部分，不是因为我所想的要比我身体所做的简单，我就成为傻子了。'大'在另一门语言中是'不'的意思。你能明白我的意思，不是吗？"

"是，"他略有所思地说，"我觉得我们该睡觉了。我们已经经历了太多事情，我还受着伤，现在是午夜了。"

他再一次躺在担架床上，我在角落里的几个硬沙包中间找了个位置睡下……

突然，报警器的声音让我从梦中惊醒：在这个可怕的梦中，我们在深海遇难。虽然下沉的潜水艇没有再移动，但它的报警器所发出的尖锐声音不断响起以寻求救援。

我睁开眼，发现天已经亮了。没有咆哮的大海，也没有可怕的章鱼。潜水艇的画面也渐渐变成了坠落的破旧直升机，它的"引擎发出的震天响声"是中尉的鼾声。

我看向外面，脏兮兮的窗户外探出了几只阴险可怕又充满憎恶眼神的眼睛，这几只眼睛目不转睛地盯着我。

我跳了起来，起身晃醒了中尉。

"有一个怪物！"我惊叫，"它在监视我们！"

"什么？"他的脸肿胀着，他还未完全清醒。

"那里！"我结结巴巴地说，并指给他看，"拜托你开枪！"

中尉开始翻找他的冲锋枪，但没找到，它被偷了。现在中尉什么都不是了，是一个像我一样有缺点的普通人，但他没我这么害怕。

他走近窗户，突然开始哈哈大笑。他之前从没笑过，所以我很害怕。

"发……发……发生了什么？"我结巴着问道。

"是一头奶牛。"他平静地回答。

"一头奶牛？一头海里的奶牛？"我仍然沉浸在自己的梦里。

"我们在一个牧场里，我们昨晚降落在这儿了，你不记得了吗？"

当然记得，我现在想起来了，我也确定除了这件事，其他的内容都是梦。当某个人被人说成是大傻瓜的时候，他对自己所认为的东西是不自信的。

在惊吓过后，一阵饥饿感袭来。我的肚子叫了起来，叫声听起来像终极审判时的喇叭声。

"我也快饿死了，"中尉说道，"直升机上应该会有面包机……"

我想起了我的发明，满怀希望地开始在直升机的角落不停地找了起来。我找到了一台面包机，要知道空中海盗总是会把他们的东西伪装起来，所以之前我没太在意它。接着我又找到了一个闻起来有奶酪和肉皮卷味道的厨房用具，我觉得这是好东西。我立马把它拿起来闻了闻，这让我口水直流。接着，我又悄悄地继续去找其他伪装过的面包机。

当我抓到一个开瓶器的时候，一只大手从我手中抢走了这个宝贝，在我反应过来之前，中尉阿尔伯诺斯从奶牛所在的窗户那边进行了远距离开枪射击。

如果他没这么做的话，我们就死了……

下一秒，我们就在充满硫污染、配件和发动机火花塞的天空中飞翔了，这些东西在最大的黑市里都找不到。我看到中尉的帽子飞过，看到之前的神明，但他没认出我。我还看到从天上向下看时所看到的世界，它是那么渺小。

后来我们下降了。我骑在中尉身上，双手抱着他，我们的降落地离直升机着火的地方非常远。火焰和烟雾不断弥漫扩散。牧场里到处都在着火，这时我想起了那可怜的奶牛。

但我刚一想到它，就看到它在平原上全速地奔跑着。它活了下来！我还在附近发现了一块它的牛角……

在爆炸引起的烟雾和气味中，我的饥饿感消失了。我从中尉身上下来，我们快速逃离了火场。

没跑多久，我们就听到更响的爆炸声，巨大的螺旋桨、轮胎和缠绕着的铁链飞到了空中。

奶牛倒下了，它的脖子上还套了一个气胎，它的双眼盯着我手上拿的牛角，充满渴望。我感觉自己像一个指挥官，我跑到它身边，用口水把它的牛角重新粘上了。我知道断牛角在新鲜状态下再安回去会恢复得很好。因此，我知道我将成为一名医生，我由衷地为自己感到自豪。奶牛也用"非常感谢"的眼神表达了它对我的感激，就像动物在人们能够理解它们时所表达的感激一样。

我不必努力学习，因为在我十五岁时我将会变得很有名。世界上有如此多的动物，我可以在它们身上进行实验操作，一直到我可以将苍蝇腿粘到跛脚的苍蝇身上为止，要知道，苍蝇是非常多的。

在奶牛如此感激我的情况下，我趁机挤了罐牛奶。中尉舔了舔牛奶罐的罐口，把这当作了他美味的早餐。我在中尉的帮助下，也解决了我的早餐。

我和中尉成了非常要好的朋友，我们互相讲述彼此生活中的事情，甚至分享各自的秘密。你一定要看看一个年满三十岁的中尉的生活是多么有趣。

　　我们走来走去，等着火被扑灭。因为中尉说，很有必要检查一下火灾后的灰烬，以找到那些绑架我们的强盗的线索。

　　"他们完全没对我们做什么，"我说，"他们为什么要把我们带到这里？"

　　"因为他们搞错了，"中尉解释说，"他们的计划中漏掉了些什么，或者是漏掉了'某个人'，这个人走在他们之前，并且改变了局势……"

　　"那个'某个人'是我吗？"

　　"自然是。是谁让你把我抬上中央哨所的应急平台的？"

　　"所以您是察觉到了所发生的一切吗？但我很茫然。"

“我也有点茫然，但我没力气跟你说……”他说。

“所以您认为他们会绑架别人？”

“当然！一切都安排好了，所以他们决定抛弃我们，但他们浪费了太多时间……”

我陷入沉思。与此同时，火已经熄灭了，烟雾也消失了。没有人会再到这片废墟和灰烬中来，我们成了废墟和废墟中仅剩的物品的主人。

废墟中有很多歪了的冲锋枪，中尉每放下一支就会有一声叹息。我们扔了一大堆还能用的东西，其中就有一个冒着烟的、沉甸甸的黑色锅。当我们要把它扔掉的时候，它自己就炸开了，还吐出了又厚又亮的黄色“奶油”。

“我们找到它了！”中尉骄傲地喊道，并且用力地拉住我，因为我正打算伸手去摸摸那些我觉得像是奶油的东西。

“是金子！但它熔化了，还很烫。”他的声音完全就像是个父亲，"我们必须等到它冷却下来。"

他继续拉住我。

"我们是找到了一个宝藏吗？"我问。

"不如说是一个麻烦。"他变得死气沉沉地说道。

"金子永远都是有用的，"我试着从他手中挣脱，"麻烦是什么呢？"

"麻烦就是抓住小偷并把金子归还给它的主人。就像你看到的，锅里保存了被火熔化的金子。那些把金子放在锅里面的小偷一定会来找这些金子。昨晚，他们不敢把它取出来，因为他们不想吵醒我们。"

"这是别人的宝藏，我们完全可以把它扔掉。"我百无聊赖地说。

"作为一名军人，我要担负起自己的责任和义务，巴巴鲁丘。"中尉一边说一边扣上他的外套，变得严肃起来。

我也变得严肃起来。一个中尉总需要有个听他命

令的人。我收紧脚跟，把手平放在大腿两侧。

"下命令吧，中尉！"我一边说一边期待着他的命令。

"先休息！等我思考过后，我会告诉你我的计划……"

他在一块石头上坐了下来，他的鼻子慢慢地消肿了。奶牛和我看着他，太阳升到最高处后又开始向下落。

"我想到了！"他突然说道，并慢慢站起来。

我也起身跟着他。

我们走近这个"麻烦"，或者说是走近装着熔化了的金子的锅，他用双手把熔化了的纯净的金子捧起来。这个"麻烦"变得像石头一样硬，形状就像一段半弯的女王手臂，它是如此耀眼，以至于让人的双眼有些刺痛。

我们必须把我们的"麻烦"藏起来，直到找到法官才能拿出来。

于是中尉脱下了裤子，我出于礼貌看向了另一侧。他赤裸着是想要做什么？还是说他疯了？

我偷偷地观察着他，只见他已经脱下了衬衫，正把它撕成条。当他的妻子看到这样的衬衫时会说些什么呢？她将再也无法修补这件衬衫。

衬衫条在不断地增加，他用这些衬衫条做成了一条柔软的长绳，然后拾起黄金，开始试着把它绑在身上：先是在膝盖，然后是膝盖下方，腿肚子上，腰带上……

"中尉太太真可怜，她的丈夫疯了！"我心里想。

他一直在身体的各个部位寻找放宝藏的合适位置。最后，他又重新试着把它放在膝盖后面，并且用衬衫条做的长绳把它绑好。他的腿僵硬地伸直，看起来比之前胖了好多，像是打了石膏。他几乎无法把腿穿进裤子里。我看着他，什么也没问。

他试着走路，但跛得非常厉害。不过到最后他能够比较轻松地走两步了，他笑了。我为他的妻子感到高兴，因为此时，我明白了他正在做什么。

他拿起锅试了下锅盖能不能盖上。

"现在，我们要把我们遇到的最重的东西扔在这里。"他边说边开始挑选锅里的零件。挑选完成后，他盖上锅盖，把锅半掩着丢在焚烧后的废墟中。

"小偷一定会来找它，"他微笑着说，"我们布置了像抓老鼠一样的陷阱，如果小偷来了，我们就像抓老鼠一样把他抓起来……"

"是个好主意。"我笑了，为我自己，为中尉太太，也为这个高明的陷阱而感到高兴。

"现在，"他说，"我们必须制造一种武器，以便在这一刻到来的时候能保护自己。看看我们俩谁会做得比较好。"

"这是一场比赛吗？"我问。

"这不仅仅是一场比赛。如果我们不知道怎么保护自己的话，我们将会失去生命。"

　　我们俩坐在牧场上开始思考起来……

　　我不知道中尉在想什么。我只知道自己在想什么。

　　"冲锋枪歪了，扭曲而变形，已经不能用了。"他对我说，"炸弹已经爆炸了。我们没有箭，也没有长矛，连猎枪都没有……"

　　我们必须发明一些什么，这才是费劲的地方。因为每当我突然想到要发明什么的时候，它都已经被其他人发明了，而且我也没有材料去制作别人发明出来的东西，只能为了这些无意义的事情费脑筋……

　　于是我想起了流泪的妈妈、对我下命令的哥哥哈维尔、能解决所有问题的保姆多米，甚至是讨人嫌的妹妹小希。现在，他们对我来说都是不可或缺的。

　　我知道，在这些时期会有因为父母离婚而出现的孩子，也有一些生下来就是孤儿的人。一个人无法选择他的父母或兄弟姐妹，当然，也无法选择他自己。这些小孩不适应他们的家庭，但是我能够适应我的家庭。虽然有几次我也感到不幸福，但我从来都不觉得悲惨。因为悲惨的是那些没有家的人，或者说是那些对生活感到厌倦的人。

我从来未曾感到过厌倦，将来也不会。

"你怎么了，巴巴鲁丘？"中尉猜到了我的想法，"你不比赛了吗？"

我摇了摇头，表示拒绝。

"不要泄气。我才是必须守护这里的人。我想我们应该在天黑之前做一个茅屋，然后轮流监视'老鼠'。当我睡觉的时候你必须醒着，如果你看到有人来，就叫醒我……"

"如果您没有防御工具，那我叫醒您又有什么用呢？"

"会有办法的，虽然我们没有武器，但是我们有头脑。"

我想他是不是想用脑袋去撞击别人，以此来进行防御，那样的话，不只他的脸会皱成一团，他整个人都将会变得像一坨菜泥一样。但我什么都没说，因为我的病，我更倾向于保持沉默。

他开始在地面上凿坑，再边走边固定铁链，避难所渐渐成形。我想阿尔伯诺斯的孩子有这样一个聪明的爸爸应该很幸福。茅屋甚至带有一个可供望远镜观测的小窗户，我们将锋利的铁器堆在窗户下面，例如长矛和其他奇怪的工具。我因为紧张而不停地分泌口水，因为不久就会有突袭。

突然，他给我看了一个长得奇怪又似乎很沉的东西。

"这……"他对我说，"是我们的武器。当'老鼠'看到它时，会像看到恶魔一样逃跑。"

我不想知道他说的是真是假。小偷或者说是'老鼠'来的时候，我自然会知道。

我们又一人喝了一罐牛奶，接着中尉对我下了命令。

"现在去找地方睡觉，你已经做了太多事，必须去休息，这样可以保证轮到你监视的时候，你是非常清醒的。"

我在茅屋一角的地上躺下，并立刻睡着了。

我在酷热中醒来。出太阳了，又是一个白天，茅屋的墙非常烫。中尉打着鼾……

看家的奶牛不见踪影，它消失了。

我伸了个大大的懒腰，打了个长长的哈欠，中尉醒来了。

"发生了什么？"我问道，"轮到我监视的时候，为什么没叫醒我？"

"我怎么晃你都叫不醒你。"他边说边打哈欠，伸了个比我还大的懒腰，"也可能是我睡着了，在梦里叫你了……"

"没有早饭了，"我对他说，"奶牛不见了。"

中尉一下子跳了起来，攥紧了手，嘴里惊呼："哎呀！"他跛着脚朝废墟走去，因为他把那口该死的锅藏在那里。

我在远处听到他的惊叫。

"'老鼠'来过了，我们的陷阱没用上。锅被带走了！"

"麻烦全都解决了，"我满足地喊道，"现在我们可以回去了，再也不用担心什么了。"

但中尉脸上写满了不高兴。他一直盯着地面，直直地站着。突然，他蹲了下来并发出了一声喊叫。

"这条该死的腿，"他揉着用绷带缠在腿上的"麻烦"，像是在为自己昏睡过去而没抓到小偷找借口，"但有足迹留下！"他伸手摸了摸黑乎乎的草

坪，"这些新的足迹不是你的，也不是我的。你过来看看……"

"老鼠"留下了许多足迹，这些足迹比中尉的脚印要小，比我的要大。在燃烧过的牧草上，这些足迹能够被看得很清楚。有一些足迹指着离开的方向，另一些则是从神秘的锅的地方过来的。

"我们一定会找到'老鼠'的！"中尉再一次斗志满满，没有奶牛，也没有早饭吃这件事对他来说已经不重要了，"我们跟着这些足迹就能抓住'老鼠'。"

我不得不忍受着饥饿，开始了和中尉漫漫的征程，他把这叫作追踪。我的肚子咕咕大叫，我饿得想吐。但我还是和他一起追踪着。

"这里有奶牛的足迹，"我突然发现，"奶牛的足迹就在小偷足迹的后面……"

"很明显。"中尉说道。

"您，知道小偷的名字吗？"我问。

"自然不知道。怎么了？"

"我印象中您提到过某个人，"我想要换个话题，"您真勇敢，没有武器就敢去追捕小偷。"

"我带了我的武器。"他亮出了胸前的凸起物，并瘸着脚流着汗继续上路。

我跟着他，因为肚子叫而有些恍惚，所以，当我们到了一片树林中时，我都没有察觉。

我们走到了一座山丘的顶峰，远远望见了山下不远处的一座茅屋，茅屋边上就是那头奶牛，我很开心能看到它，我们将有早饭吃了！这对我来说是最重要的。

"找到了，在那里！"中尉停了下来，很激动地大喊道。他率先走了过去，看起来几乎已经不瘸了。"向前！"他命令道。

我艰难地跟上他，走在他身边，并且数着我的大步子。我觉得这几步应该是最后几步了。当走到奶牛身边时，中尉继续迈着大步向茅屋右边走去。我多想向奶牛打招呼，并问问它能不能给我一点它的牛奶，但中尉径直走到了门边，解开了外套的纽扣。

他敲了敲门，我的心跳得比他的敲门声还剧烈。门开了……

"早上好！"一个年轻女人开门说道，"虽然'床'很硬，但你们度过了一个美好的夜晚。"她露出牙齿笑了，"我去找奶牛时看到你们在睡觉……"

中尉和我愤愤地看着她的脚，她的鞋和灰烬中留下的足迹相同。

"早上好。"中尉干巴巴地回答。

"我给两位准备早餐吧！两位很幸运，没有在空难中死去，但两位受伤了。"她笑着看向中尉的鼻子，继续说道，"我丈夫看到那个东西掉下来，就去通知整个村子了，但他至今还没回来，因为村子太远了。"

我们进了屋。因为闻到了食物的气味，我的肚子兴奋地叫了起来。中尉仍然很不友好，他的眼睛一直盯着厨房里那口黑色的锅。

年轻女人猜到了中尉的想法，说道："我把它拿来是要留作纪念，"她拿出那该死的锅，"因为它对任何人来说都没有用处，当法官们到来时，我们不会让任何人碰它。"

她给我们搬了椅子之后，就忙着去加热牛奶和面包了。她全程都在微笑。中尉摘下帽子并擦干汗水，他并没有扣上外套的纽扣。我害怕地颤抖着，想要告诉他，武器被看到了。

"所以说您的丈夫看到飞机坠落了是吗？"中尉问道，就好像他信了年轻女人的谎言。

"他看到飞机坠落后就燃烧了起来，"她一边为我们准备牛奶、咖啡和美味的面包，一边说，"所以他立刻就骑着马去通知整个村子了，而我想起了奶牛，就出门去找它。我还拿走了锅，当时你们两位像两个天使一样安睡着。"

虽然年轻女人在撒谎，但我还是相信她，不过中尉并不信她所说的话。

到底谁是对的呢？

过了一小会儿，又一小会儿，许久之后……

我们吃着早餐的同时，年轻女人正忙着整理茅屋。这是一间与众不同的茅屋，有沙发和各种颜色的坐垫，墙上有海报，还挂着几支步枪，不远处甚至还有一个用五颜六色的毯子盖住的家具。这像是一间出现在杂志上而不是出现在智利乡村的茅屋。年轻女人有些紧张，她每过一小会儿就会探出头看看她的丈夫回来了没有。中尉利用她探出头去的时机，把墙上的步枪中的子弹取了出来，他把这些子弹放进包里；年轻女人再次探出头去的时候，他掀开了锅盖，然后又重新盖上。接着，他坐下了。

"没有看见马努埃尔。"年轻女人进来说道。

"骑马去村子需要多长时间？"中尉问道。

"马是匹劣马，也没有马蹄铁。如果马飞速奔跑的话，至少要一天。但到了那儿后，就会给马钉掌，所以马在回来的路上疾驰的话，就只要三个小时。"

中尉正试着跟年轻女人交谈。

我知道，他完全不相信那个女人。所以我也尝试着去跟她交谈。

"您的丈夫是做什么的？"我问。

"当然是干农活儿的。"年轻女人笑了。

"但是家里并没有农具，一切都很干净。"我举例说道。我感觉到中尉踩了我一脚，但是我不太确定。

"您的丈夫是猎人吗？"我指着步枪问道。

"当然！"中尉说，"捕猎也是农民会做的事之一。他们通过捕猎可以轻易吃到美味的雌斑鸠和石鸡……"他意味深长地看了我一眼。我知道他的意

思是"你给我闭嘴！"。所以，我失去了讲话的欲望。

突然，门开了，一个小男孩走了进来，他和我一样丑。年轻女子跳了起来，抓住他的手臂，把他带到了门外，并关上了门。这个小男孩是从哪里冒出来的？

趁着年轻女子不在茅屋里，中尉跟了过去，我也跟着他一起走了过去。我们在窗帘边上看着年轻女人的一举一动。只见她拿过男孩手里的字条看了看，然后在同一张纸上写了一些东西之后，就把它交给了小男孩，最后小男孩跑走了。

在年轻女人进来之前，中尉和我迅速蹿回座位坐下。然后，中尉靠近我说："你保持沉默，什么也别问！"

"是一个便条，"年轻女人笑着说，"一直会有小男孩来这儿讨要点什么。"

"抱歉，我们耽误了您的时间！"中尉说道，"您就当我们不存在，我们也该走了，但我们不认识路，而且，我们光靠走路的话，永远都无法到达目的地。”

年轻女人抬起头来。

"我也这么想，"她说道，"所以我已经让传信的人通知邻居了，邻居会开着他的拖拉机来载你们。他应该一会儿就会来了，因为距离不是很远。我也是时候去给奶牛挤奶了。"

她拿出了一个水桶，将它冲洗干净，并在出门时对我说："你喜欢未经加工过的牛奶吗？我会给你带一些温热的牛奶回来。"

然后她就离开了。

她刚一出门，中尉就开始在沙发和床上的垫子里翻找，并在底下找到了一支巨大的手枪。他看了看手枪里是否装了子弹，拉下了手枪的保险并将子弹放进自己的子弹盒里。

中尉从另一个坐垫下面拿出了一盒子弹，并把它们放进自己的腰带里。他就像一个神算子一样，因为他知道每样东西放在哪里。

"我现在可以说话了吗？"我悄悄地问他。

"可以。"他干巴巴地说道，看起来像在思考另一件事。

"他们就是那些小偷或者说'老鼠'吗？"

"我觉得是。"他走近那个被盖住的家具，掀开上面的毯子，打开了那个家具的门。里面放了各种各样的锅，他揭开了其中的一个，并叫了一声"啊！"，然后又把它重新盖上。最后，他把那个家具的门关上并把毯子扯平。

"我认为我们该进行自我防御了，"他说，"那辆拖拉机是来帮年轻女人摆脱我们的。我会试着把事情解决好的，但是如果发生枪击的话，你就躺到地上装死，一直到我叫你为止。明白了吗，巴巴鲁丘？"

"明白，"我回答道，"但我觉得……"

我刚说到这里，就听到了吉普车的引擎声，最后，吉普车停了下来。接着，年轻女人和一个男人出现在门口，她的手上没有水桶也没有牛奶。中尉和我起身对那个男人说了句"你好！"，就像对待朋友那样和他打招呼。

我们所有人重新坐下，天南地北地聊了聊。我们聊了那场事故，关于死亡、运气、那架飞机等话题。中尉对他们说了谎，而我一直在咬手指，只有这样我才能什么都不说。

"我们会带两位去村子里，"头发乱糟糟的年轻男人说，"村子里的人会在第一个驿站等两位，然后带着两位去警察局。村子里有电话和广播，两位可以和你们的长官联系并说明事故情况，他们一定会来找两位的。"

"抱歉！给你们添麻烦了。"中尉说道，他站起身来整了整他装着子弹和手枪的腰带。我想坏就坏在那里。我看到年轻女人的眼睛突然亮了，她用眼神向年轻男人示意。年轻男人也看向了那充满威胁的腰带，但他只是对女人说道："在出发前你去给我们倒杯酒吧，亲爱的。"并指了指杯子。

接下来，一切都发生在电光火石之间。

年轻女人转身准备去拿酒瓶，但她没有去倒酒，而是用步枪瞄准了中尉。几乎是在同一时间，年轻男人取下另一把步枪，将枪管对准了中尉的背部。我像中尉一样静静地等待着。

"举起双手！"年轻男人命令道，与此同时，年轻女人拿着她的猎枪走了过来。但中尉一点也不慌张，他突然揪住我的一只耳朵，并趁机把武器交给了我。中尉用另一只手挡住了他的手枪。我准备躺在地上装死，等待着枪战。

年轻女人扣动扳机，但没有发射出子弹。

这时我想起来，那些步枪已经没有子弹了，我满意地笑了。此刻，年轻男人对女人呵斥道："拉下保险，笨蛋！"他在对女人大喊的同时扣动了他自己的扳机。但同样，什么也没有发射出来！年轻男人晃了晃他的枪。这时，中尉拿出了他的枪，并对准了这两个人。子弹从枪管里发射出来，迫使俩人靠在一起，一直向后退到门边。他们会逃跑吗？

"把武器扔到地上，举起手来！"中尉的声音像是公海战役中将军的声音。两个年轻人照做了，他们俩把双手放在墙上，于是，我捡起那些步枪。

"现在向后退！"中尉一边拿枪指着他们一边问道，"吉普车的钥匙在哪里？"

年轻女人不情愿地把嘴里的钥匙给吐了出来。随后中尉从吉普车上拿出了一条绳子，把他们的双手绑在身后。

"巴巴鲁丘，把步枪扔到车上，然后拿上武器，把它举高，当我下命令的时候你就开枪。现在先上车……"

"遵命,中尉!"我照做着。

我在座位上坐稳,将武器举高,并不停往后看。我想那两个人肯定是大蠢货,他们居然相信我手上这个东西是武器。中尉开动了吉普车,并大声喊道:"你们俩躺到地上!"年轻男女立刻照做了。

我高举着手臂,用破武器威胁着他们,吉普车全速前进,我差点就要摔倒了。

我最后看到的,是那只奶牛,它正带着它温热的牛奶向那两个还躺在地上的年轻男女走去……

我们一直跟着吉普车之前留下的痕迹开,开着开着面前就出现了一条新的路。

"我不打算再继续跟着吉普车的痕迹开了,因为我们快要找到那帮盗匪的所在地了。"中尉说道。他的预测非常准。

"我们现在要去村子里……你可以放下武器坐下了。"

于是，我把武器放下。但我的胳膊却僵硬着，无法弯曲。

吉普车突然在一棵树下停下来。我立刻重新拿起武器。

"我要把'麻烦'拿出来了。"中尉边说边提起裤子，取下腿上缠着的绷带，"我绑得太紧了……"

金子做的"女王的手臂"慢慢露了出来，中尉紫色的腿也随之露了出来，他的腿肿得像一根超大的香肠。他把这个金子做的宝藏扔在吉普车上，开始按摩膝盖、小腿和腿肚子等部位。他按摩得越久，腿就越红肿。从他脸上的表情就可以看出有多疼，可怜的中尉啊……

他躺在座位上，将腿伸展开来，想要停下来休息一会儿，但又立刻坐起来，继续刚才的按摩，因为他的身体还在不停地抽搐。

"我还在抽筋，所以必须由你来开车了，"他对我说，"我的肌肉不听使唤了。"

他向周围看了看，最后说道："你下车去，然后从我这边上来。我去你的座位上，你来开车，我会指导你的。"

他对我会心一笑："开车真的很棒！"

他带着像拐杖一样僵直着的腿爬向我的座位。我坐进了驾驶座，猛地开动了车。作为一个经常"驾驶"停靠着不动的汽车的司机，我有很多实践经验……但糟糕的是，坐在这辆车上，我几乎看不见路。因为吉普车的构造不好，所以吉普车上的人只能看见远处的路，但近处的路却被挡住了。因此，我一个不小心就把车开进了坑里。现在我们所在的路是一条没有大卡车、没有红绿灯、没有小汽车，也没有流浪动物的路。总之，这是一条偏僻的路。

中尉脱下裤子，他的腿舒服地伸展着，并且他还试着帮我固定左右摇晃的方向盘。不过他的脸色很奇怪，像是虚弱得快要死掉了一样。突然，他松开了方向盘。

我看了看他，他向后倒了下去，看起来像是"死"了一样。看到这一幕，我被吓到了，我把车速加到最快，自我安慰道："阿尔伯诺斯中尉一定不会就这样死掉的，他一定只是暂时昏迷了。"

我不再看他，而是继续自言自语地说着。一个这么能忍住疼痛的中尉，就算昏迷也只是一小会儿。终于，我们要去的村庄和它长长的街道出现在我的眼前。我松开油门慢慢滑行了一小会儿。不远处有小狗和教区广场，那个村庄里什么都有。我在广场那儿熄了火，拔出车钥匙跳下了车。

我跑进了教堂，里面一个人也没有。我推开了一扇门，看见了一个院子，有一个神父躺在椅子上。

"神父，"我飞快地跑到他面前，对他说，"快跟我来！"

他含着泪水的浑浊的双眼透过眼镜看着我。

"你在对我说什么？你是谁？你想要做什么？"

我解释得很混乱，我想我把他弄蒙了。他一只手抓着自己的一只耳朵，另一只手抓着我的手臂靠近我。

"我是聋子，"他笑着说，"我没听到你说什么。你带来了一些新的好消息吗？"

我抓住他的衣角把手放在嘴边当作扩音器，对着他喊道："新的坏消息！非常糟糕的消息！在中尉死之前，快跟我来……"

他保持着一种神父特有的不同寻常的冷静，取下了眼镜，把它们折叠好并放进盒子里。

"我们去看看，我跟你去，发生了什么事？"

我保持着同样的冷静拽着他，我们终于走到了吉普车边。当看到中尉如此苍白的脸时，他终于慌了，他给中尉把了把脉，并开始数中尉的脉搏。

"去厨房向我的姐姐要杯咖啡。"

我跑着去了厨房。但是我的双腿因为太用力踩吉普车的油门而感到无力，所以我一个不小心就摔倒了。我再次站了起来，又再一次倒下。此时，膝盖上也出血了，我没有管它，让血肆意地流着，以便我也能跟着中尉喝点咖啡。

神父的姐姐比他老很多，但是她不聋，她快速地热好咖啡，给了我一点，并拿了一杯去吉普车那边。她用茶匙把咖啡送进中尉的嘴里，就像小希小时候给她的布娃娃喂东西吃时那样。中尉把咖啡咽了下去并慢慢睁开了双眼。

广场上一下子就没有人了，全都围在吉普车旁边：小孩子、狗、自行车、手推车、抱着宝宝的女士，甚至还有士兵。

士兵此刻突然扮演起将军的角色，他圈出了一块空地并向神父发问。但神父什么也没说，继续数着脉搏，中尉又重新闭上了双眼。

有人指了指我，"是这个小孩开着车过来的！"那人愤愤地说道。

"他杀了中尉，武器在这里。"另一个人说。

"我可以证明，是这个男孩开着车过来的，他没有相关的文书。"另一个充满敌意的声音喊道。

士兵拿出笔记本记下了证人的名字和地址。我开始觉得，自己是个真正的"杀人犯"。如果所有人都指控我，我为什么不认罪呢？我尝试着去思考另一件事，但没想通。这时士兵重新对神父发问，但神父没听到，所以也就没回答。我想，就算是一个"杀人犯"也能跟他忏悔……突然，神父松开了中尉的手腕并说道，"他的脉搏很好，很稳定，也很规律，"神父对士兵说道，"我想他的昏迷只是因为过于疲劳而已。"

"您到底是医生还是神父？不管怎样，我都需要一份您的证词。"

神父笑了，我也笑了，因为我知道神父什么都没听到。

士兵拿出了一个手铐给我戴上，并拉着我走。

"我们去警局，"他命令道，"把吉普车的钥匙给我……"

我找了找，但没找到钥匙。它被丢在哪里了呢？

"我现在没有钥匙，但我之前确实是有的……"我说道。

"撒谎是不好的，"士兵说，"你必须找到钥匙。"

"这不是谎言。"我流着鼻涕辩解道。

我找遍了所有地方，都没能找到钥匙。这时，我想起了神明，我在心里向他祷告："我不想别人认为我在撒谎！"我对士兵说道："如果我找到钥匙的话，你要怎么办？"

就在我和士兵说话的时候，一个看热闹的母亲发出了喊叫：“我的孩子溺水了！”

溺水的是一个卷头发的胖女孩，她的皮肤和中尉此刻的腿一样红。

士兵把她救了上来，抓住她的脚让她倒立着，把她当作储蓄罐似的摇晃着。而那个女孩，也像储蓄罐似的不停往外吐东西，其中就有吉普车的钥匙。吞钥匙时她一定费了很大的功夫，接着，这个女孩就被带走了。

士兵带着我坐上了吉普车，我坐在他和中尉之间。但糟糕的是这个士兵不会开车，他只会让车一直突突突地跳动，所以引擎熄火了。这时候，中尉醒了，脸也慢慢地恢复了血色。

“巴巴鲁丘！”他用虚弱的声音对我说，“你还好吗？发生了什么事？”

“没有发生什么。”我靠近他说道。此时，士兵终于开动了吉普车，他说道："中尉，您现在已经好转了。我们一起去警察局，警察局的人会好好处理现在的情况的。"

这个士兵看起来好像已经不那么仇视我了，他问我："中尉是你的爸爸吗？"

我萌生了想要说谎的想法，想要告诉他中尉是我的爸爸，我纯粹只是想看看他的反应。不过我最终还是回答道："差不多吧……"

在警察局，我们享受到了国王般的待遇。警察局派了两个人扶着中尉进了门，并且让中尉坐在有毯子的扶手椅上。他们做了一切能做的事，还为我们提供了丰盛的午餐和水果，甚至还有一些啤酒。中尉的脸色恢复得差不多了，甚至可以说，除了他受伤的鼻子，其他地方都已经恢复得很好了。

"我想要举报。"中尉中气十足地对警察局长说道。

"我会做一份记录。"警察局长沙哑地回答道。与此同时，他开始在一本巨大无比的书上写字。这就好像是学校里做听写一样，他听我们从与起重机相撞那时开始说起，整个故事非常有意思。其中最突出的就是那个"麻烦"，或者说是那个锅里装着的金子，它被作为第一个证据，左轮手枪是第二个证据，猎枪是第三个证据，步枪是第四个证据。我后悔把牛角安回奶牛身上了，不然的话，那个牛角将会是第五个证据。

"我们得马上带着支援力量去那个茅屋抓住犯罪团伙的成员，这事刻不容缓。"中尉刚讲完我们的经历就紧接着说道。

"巴巴鲁丘可以给我们带路，"警察局长说道，"中尉您不适合再一次奔波劳累了。"

他们是如此信任我，这让我十分雀跃。我开心得想要吹喇叭庆祝。

"你有能力给我们带路吧？"他们再次向我确认，"你不害怕吗？"他们边说边递给我一块口香糖。

　　"我可以，"我严肃地回答道，"我也不害……害……害……"说到这里，我没能把话说完，因为口香糖粘在了我的牙齿上。

　　一辆绿色轻型载重汽车正在等我们，车门上画了两支交叉的步枪，后面坐了四名武装士兵，前面坐了一个长官和一个司机，我坐在他们中间。

　　"巴巴鲁丘，你将成为带路人，因为只有你认识我们过来时的路以及吉普车留下的痕迹。"中尉在和我告别时说道，"祝你好运！"

　　我不太喜欢"带路人"这个说法，因为我不知道这个说法指的是什么，但我想，中尉并没有在骂我，所以我点头说"嗯"。

　　接着，我们就出发了。一路上，车上的人很少

有交谈。

这条路很长，但是没有来的时候那么孤单。一路上想要问问题，以及观察周围的植被、路径线索和其他事物的欲望快把我折磨死了。但是我不敢这么做，因为我不想让别人觉得我蠢。

当我们到达小树底下，把汽车停下的时候，我认出了这条路。走在这条路上的时候，我看了看曾经抱着武器的手臂，中尉在我抱着武器的那一刻对我说过，让我放下武器坐下。这里有一条岔道，我们是因为那条岔道才偏离道路的。

我定定地看着这条路以防错过任何线索。因为每过一小会儿我就会对自己说"或许你会因为你众所周知的'傻瓜病'而走错路"。我的内心发生了激烈的斗争。就在这时，我们远远地看到了一团烟雾。

"好像是火灾，"长官说道，"现在还没到烧茬子的时候……"

“是那个茅屋！”我尖叫道，“它正一点点烧起来。这是这个牧场上的线索……”

汽车开始全速前进，我猝不及防地跌坐在长官身上。

烟雾开始弥漫，空气开始变得呛人，我们越来越接近火源，灼热的火苗和烟雾让我们不停地咳嗽。灰烬在漫天飞舞，火势在蔓延。

当我们靠近房子的时候，只剩几根还在燃烧的柱子，还有少许的布料和牧场上星星点点的火苗。

我们扑灭了随处可见的火苗。其实我并不是很想成为一个消防员，我更想继续移植牛角、尾巴、蹄子和其他东西。

我希望未来能有自己的急救中央驿站，去救助街上受伤的狗狗们。

所有人都在火场灭火、刨地以及翻找线索，但是他们什么重要的东西都没找到。他们收集了一些破烂儿，并把它们装在盒子里。

"我们找到了一些线索，"长官说道，"我越来越相信这场火是那些坏人放的。虽然他们跑了，但应该没跑远。那些盗匪用汽油烧了这间茅屋，但我们找到了证据。我们一定会抓到他们的！"

这里没有奶牛的线索，奶牛只留下了它的牛粪。那些人是如何轻易带走奶牛的呢？

"您说那些坏人没走远，"我对长官说，"但他们一定是开车走的，因为他们带走了奶牛。"接着我把牛粪指给长官看，长官陷入了沉思。

"你说得有道理。我们必须也要找找奶牛的踪迹……"

于是我们开始寻找奶牛的踪迹。但牧场被严重烧毁之后，又被我们严重踩踏，以至于我们在相反的方向走了很远，费了很大的力气之后，才找到一个标记。燃烧的牧场、灰烬等之间没有明显的道路，也没有什么线索，只有洼地、石头、山岗、小山丘、水渠和洞穴。

突然，我发现这条路与我和中尉从直升机上下来时走过的路是同一条路。就在此刻，汽车的一个轮胎突然爆胎了。我们步行了一小段路，同行的其他人很快就给汽车换了一个轮胎，于是我们继续坐着那辆载重汽车颠簸着上路了。

"如果我们抓到了那群坏人，你就出名了，巴巴鲁丘。"长官说道。

"我想要抓到他们，"我说，"这就足够了……但我不想出名，因为在电视上戴上王冠并接受采访让我感到压力很大。"

此刻，我们远远看到了我们当初建造的避难所，也看到了直升机坠毁后的残骸。我们加快了车速来到坠机地点，所有人都从车上跳到地面，士兵们开始对铁具和其他物品做记录。一切都进行得很小心，他们把一些东西装进了袋子里。

"引擎板，"长官边把东西收进袋子边说，"现在继续前进！必须在盗匪们逃跑前抓到他们。"

我们像闪电一样重新蹿上车，继续颠簸着全速前进。

终于，我们远远地看到了一辆车。

"注意！"长官命令道，"所有人下车进行防守前进！"

我们纵身一跃跳到地面，每个人都带着各自的卡宾枪或冲锋枪，而我只有头盔。

我们所有人都像蠕虫一样弯着腰缓慢前进。我们发现，这里只有一辆车，并没有看到奶牛。

长官直起身来，带着他的冲锋枪快速向前走去，我们跟在他的后面：这里没有！那里也没有！任何坏人们的踪迹都没有。

我们呈一字队列排开，搜寻任何可疑的线索。而我是第一个找到奶牛牛角的人。

"他们宰了一只动物！"一个士兵指着某物说。长官抓着我的手臂让我站住。发现这个线索的士兵趴在牧草上匍匐前进，他的手出血了。所有人都向他靠近，除了长官和我。

"这里有直升机的痕迹！"一个人说。

"油渍……一把钥匙……"另一个人指着他发现的其他东西说。

长官抬头看向天空，我也这么做了。在远处，我们看见了飞走的像大黄蜂似的直升机，因为它已经飞远，所以我们根本没听到它的引擎所发出的声音。它变得越来越小，最后变成了一个点，消失了。

"那群盗匪又一次从我们手中逃脱了！"长官生气地说道，但是他并没有松开我的手臂。

"有线索表明，他们将这个动物拖到了直升机边上。"另一个人说。

"当然！他们不会把这个动物扔下，"长官说道，"他们把它杀了是为了带走它！"

"是奶牛！"我说。不知道为什么，我有点难过，"这群坏人会因为他们杀了奶牛而感到伤心吗？"我问道，但没有人回答我。

"没有什么收获吗？"阿尔伯诺斯中尉走出来迎接我们。他的鼻子小了很多，以至于我差点没认出他来。

"那群坏蛋再一次从我们手中逃脱了！他们毁了茅屋，当我们赶到的时候，茅屋还在燃烧。不过他们留下了很多线索……"长官拿出袋子，"他们坐上了另一架直升机，而且丢弃了一辆车。他们把车留在了直升机起飞跑道上。

"好家伙！看来这些无耻之徒从不缺钱！"

我们进了屋。我们在牧场和茅屋找到的那些"证

据"被放在桌子上——进行分析。那本巨大的书又被拿出来写案件记录。有人对刚刚发生的事有点小小的抱怨，主要是觉得没有了神秘感，就好像是一样的电影看两遍。这让我想到了我的妈妈、多米，甚至是小希。这时，中尉察觉到了我的想法，他靠近我说："巴巴鲁丘，你应该想和你的家人联系吧。把号码给我，我会让你和他们通电话。"

这让我心情大好。但我的这通电话只持续了一小会儿，因为这个打电话的机会来得太突然了，当我听到妈妈的声音时，我不知道为什么说不出话来了。

"巴巴鲁丘，我的孩子！"她的声音听起来远远的，还很忧伤，甚至还带点抽噎，"感谢上天让我听到你的声音！"

我试着忍住，让自己不要哽咽，但这太困难了，最终还是没能够忍住。阿尔伯诺斯中尉又一次看穿了我的想法，他接过电话，"女士！"他说道，"我

是阿尔伯诺斯中尉，打电话是想要告诉您，巴巴鲁丘过得非常好。听到您的声音，他有点激动。我们明天会带他回去，他有好多话想要跟您说。今晚是不太可能了，因为我们离您家有点远。我要祝贺您有这么一个儿子，他表现得非常像个男子汉，非常勇敢。"

中尉把电话重新递给我，让我能跟每个人都说上话。电话里，我感觉到每个人都非常爱我。我希望能一直这样下去，当我听到哈维尔用一句"弟弟，再见"和我道别的时候，我这么想。

那晚我在警察局的食堂吃了饭，并且睡在了真正的行军床上。我一躺下就睡着了，都没有做梦。

第二天早上，警察局的人不得不派人来叫醒我，因为我睡得太沉了。我刚要洗脸，他们已经在吃早餐了。吃完早餐后，我就要和他们道别了，因为我也是时候出发回家了。车子已经清洗过了，干净得发亮，他们让我坐在了中尉和开车的士官中间。

"这是路上需要的东西。"长官给了我一个小包裹，它散发出肉皮卷的馥郁香味。

除此之外，长官还给了我一条皮带，上面有一个大搭扣。"这是个纪念品。"他说。

告别时他们用力握住我的手，以至于我的手指疼了好一会儿。

离开这里并把抓坏蛋这件事抛诸脑后让人感到痛苦。有人喜欢抓捕小偷的工作，那么对这个人来说，就算只抓到了这些小偷中的一个，那也胜过了其他所有的事。我想起了那个年轻女人、奶牛和它的牛奶，还有那晚在牧场建造的避难所。我和中尉出发回家了。

"虽然我们没抓到那群坏蛋，"中尉对士官说道，"不过我们可以证实，这不是一个无足轻重的小团伙，他们是一群真正的黑手党。你看，烧掉完备的避难所对他们来说是无关紧要的，他们连一架直升机都没有损失，他们不需要用另一架直升机来立刻替换掉原来的那架。那块他们遗忘的金子，对他们来说只是九牛一毛。"

"那块金子是九牛一毛？"我问道。

"这是一种通俗的说法，巴巴鲁丘。在这里，他们每个人都随身带着一个镶有钻石的祖母绿的物件，它可以缠在围巾的流苏上，放在牧场上或者放在直升机的引擎板上。这是一个标志性的线索，它可以帮助我们辨别黑手党成员，并为我们指出这些坏蛋所偷的东西。"

"牛角也是一个线索。"我心有怨言地辩解道。

"牛角的确也是。"中尉回答道。

"但它被宰了……它这就算是死了吗？"

"你问得太多了，巴巴鲁丘。"

"因为我想帮忙，我不想你们自己去抓坏人却不带上我。"

"我们会和你保持联系的。你可能必须去作证，因为我昏迷了一段时间，但你一直都是清醒的。而且你还认识那些偷车的人，他们一定也是黑手党的人。到时我们会叫你的。"

"希望能尽快吧，最好是在我忘记他们的面目之前。"

这条路很长，我们没怎么交谈。但在经过一个村落时，我们停了下来，喝了点冷饮并放松了一会儿。中尉的腿到现在还因为那个"麻烦"而瘸着，但他的鼻子已经恢复原先的样子了。

这个村庄里有一个汽水喷泉，汽水喷泉的主人有只狗，狗的腹部挂着已经干瘪了的"奶瓶"，旁边还围着一堆小狗。

"您是卖狗的吗？"我问那位先生。我又转头对中尉说："我认为一只警犬对于找线索是非常有帮助的……"

"我送你一只好了，"喷泉的主人说，"这些狗已经能够独立生活了。你自己选吧！"

我已经选好了，就要这只，因为是它选择了我。这只小狗一边摇晃着它的小尾巴一边嗅着我的鞋。当我把它抱在怀里的时候，它舔了舔我的脸。

"它是警犬吗？"我问那个喷泉主人。

"它有足够的资质做警犬，"喷泉的主人笑着说道，还露出了两颗白牙，"虽然它可能是卧底警察还没经过训练的警犬……"

为了检验它是不是警犬，我让它闻了闻纸币，但因为狗还太小了，它一下子就把纸币吃了。

"我必须好好地训练它。"我信誓旦旦地说道。

"并且要让它长大……"喷泉主人说道。

"它真的能在我家长大吗？它已经确定是我的了吗？"

喷泉主人笑着点头说"是"。中尉看着它的眼睛对我说："巴巴鲁丘，你选了一只母狗……"

"是它选择了我，"我答道，"难道没有母的警犬吗？"

无论如何，它现在是我的了，就叫它德内布罗萨吧。

德内布罗萨天性爱搜索，而且还很勇猛。它会事先搜索完几条路，然后选择最短的一条，节省时间。当我们走在较优路线上时，广播里响起了一个声音："B13，B13，B13，呼叫 L7……"

我被吓到了，我拉住了德内布罗萨。中尉从车上拿出一个小物件："L7，L7，L7，收到 B13 的呼叫，结束。"他回答道。

"告诉我地址。"那边的声音说。

"L7 在 172 千米外的泛美公路呼叫 B13，结束。"

"继续沿着去往圣地亚哥的路线前进，在诺斯变道，并等待指令，一旦到达就进行报告。结束。"

"L7 遵命，将依照指示，在诺斯变道。"

"同意。"

中尉关闭了通讯器，并将这个小东西放进了自己的口袋。

"好像有新奇的事物在等着我们。"我对士官说道。

"现在那群坏蛋就在我们前面的不远处。"中尉说道。

"我们难道不用再沿着这条路走六个月了吗？"士官问中尉道。

"不用。"中尉说道。

"你们一直跟着他们难道不会觉得厌倦吗？"我问。

"恰恰相反，追捕是很有趣的。"

德内布罗萨挠了我一下，与此同时，我又犯了摇摆不定的毛病。或者说，在我想要继续跟踪那些坏人的同时，我的这种欲望又因为想见到我的妈妈、爸爸、小希、多米等人而变弱。我一方面想念我的家和煎饼的香味，另一方面又想着标致汽车上的那些人，想着奶牛的牛角和坏蛋的行踪。因为，带着能够闻到世界上所有气味的德内布罗萨，我们一定可以抓到那群坏人。并不是每天都有能抓到一群黑手党的机会的。但我又想到，妈妈只有一个。

我正在为这样的摇摆不定而嘟囔的时候，中尉又一次拿起了通讯器："L7 呼叫 B13，L7 呼叫 B13。"他对着通讯器说道。

另一边的声音立即响了起来："B13 收到 L7 呼叫，结束。"

"L7 进入泛美公路上的诺斯变道，结束。"

"确认 L7 位置。L7 在距离围场入口 300 米处。位置已确认。"

"距离围场入口 300 米。确认。结束。"

"去东南方向 500 米外的埃佩根旅店。一个人去，不要带武器。观察周围环境的时候记得点一杯饮料。接下来会出现我所说的场景……"B13 对场景展开了非常详细但又很难理解的描述，"援军进入围场。在旅店里争取时间的同时，给你的同伴发出信号。之前的案例表明，里面的黑手党不止一个。结束。"

"上述指示均已收到。此刻我们正进入围场，我将跟着指示步行向前，阿尔伯诺斯将服从指令。"

进入了围场，我们四个下了车。围场里有一个驾辕，边上拴着两匹马，马背上面没有马鞍，但是在马身上拴了缰绳，旁边没有其他人在那里。

"我的信号是先开一枪，再开三枪。如果他们先开枪，我的三声枪响就会没有规律地响起，你们到时就带着援军来支援我……"

士官向我投来了一个视死如归的眼神。但中尉对他说："巴巴鲁丘和他的德内布罗萨将和援军一起行动，他们跟在援军后面，在车的装甲部分。他知道怎么做，不会有危险的。"

"听您的命令，中尉。"士官回答道。然后，中尉就离开了，我和德内布罗萨亲昵地靠在马身边。我很喜欢它们的气味，甚至是马粪的气味，德内布罗萨也很喜欢。我们还喜欢马儿们的眼睛，以及它们的大牙齿，它们用牙齿咀嚼牧草时，显得牧草特别的鲜美多汁。

总之，我们玩得很开心。当围场大门被打开，援军进入围场的时候，我正让德内布罗萨骑在黑白斑点马的身上，而我坐在德内布罗萨后面。援军就像一支完备的军队，所有人都对我和我的警犬行礼。士官走过去跟其中某个人进行着交谈，就在此刻，我们听到了一声枪响。士官定住了，我也是，所有人都竖起了耳朵，集中精神等待着约定的三声枪响的信号……那时我才察觉到，我的德内布罗萨不见了。

我望见它在远处，正脏兮兮地在草堆里奔跑。我跟了上去，但是它躲进了嫩玉米地里，我一直跟在它后面。

这时，我听到了约定的那三声枪响。

摇摆不定的想法再一次出现在我的脑海里：放弃德内布罗萨，不破坏先前的部署来保全所有人，还是所有人都牺牲之后，剩下我孤零零地和它永远待在一起。这两个想法没有让我感到沮丧，因为我马上又想到：德内布罗萨在这个世界上除了我什么都没有，它是我的，我和它一起消失，也比我丢下它一个要好。

因此我继续在玉米地里跑着。

这些植物，有一些还很扎人。对我的狗来说，在这些有叶子的植物之间奔跑是很容易的事，但对我来说，却很费劲。主要还是因为我没看见德内布罗萨……

我察觉到辎重车载着整支军队开过去，但我继续奔跑着。我们在向同一个方向前进，所以我相信我们总会在某一刻相遇的。

炎热的天气让我汗水直流，但我依然跌跌撞撞地跑着。

我有两个选择：抓到德内布罗萨，或抓到黑手党成员。两个选择都不错，所以我继续向前跑。

越来越多的枪声响起，但对我来说，这不算什么！

突然，一颗子弹从我身边擦过，射入了玉米里。

我立刻躺倒在地，趴在地上开始匍匐前进，就像在战争中士兵做的那样。但我现在可比那困难多了，因为我必须小心每根玉米。

突然，世界安静了……这是一阵让人厌恶并且无所适从的安静，完全没有子弹的声音。

我躺在那里陷入了思考，我在等，我喘息着，身上刺痛，但更让我难受的，是还没有找到我的狗。我能够循着玉米地里自己的脚印回到围场，但是却没能带德内布罗萨和我一起回去。

或许，它能通过它灵敏的嗅觉循着我的气味找到我。

我又等了一小会儿，想看看它会不会来，不过我不再感到刺痛也不再气喘吁吁的了。我大概是睡着了……

嗞！嗞！嗞——！嗒！

我就像一颗从比太阳更远的地方传过来的太空通信卫星一样。只要"某人"破坏了通讯信号，我就苏醒了过来。

这个"某人"就是德内布罗萨，它正在不停地闹着，一边扯我的衣服一边咬我。

我抓住了它的一条腿，好好地教训了它一顿。我看着它的眼睛："你可是警犬，"我对它说，"你认为我们之前是在闹着玩吗？这里发生了枪战，你有可能会被杀死。我不会惩罚你，因为惩罚是不对的，我也不是在威胁你，威胁更不对。我只是想要告诉你，你是……"

我把它紧紧地抱在怀里，循着我在玉米丛中留下的脚印回到了围场，这时，太阳下山了。我简直比一只母狮子还要饿。

空无一人的辎重车停在围场里。上面没有中尉的"援军"的灯光，也没有任何其他东西。那些马也不见了。只剩下空荡荡的辎重车和空旷的土地、漏气的轮胎和破碎的玻璃。

"那些坏人一定还在这里。"我想，我一边寻找着坏蛋们的足迹，一边让德内布罗萨去闻轮胎的出气阀。黑手党抓住了时机逃跑了，狗是要为此负一点责任的，所以我和德内布罗萨开始一起搜查辎重车的驾驶室和其他地方。

突然，出现了一个身上沾满泥土的士兵，他身上的泥比我还多。

"你破坏了埋伏！"他一边对我说，一边擦干净脸上的泥土。

"我？"

"当然是你……"

"不是我。我当时必须去找我走丢了的狗。您如果丢了一个孩子，您会抛弃他吗？"

"当然不会，但如果是一只狗……"

"旅店里发生了什么？"我一边往前跑，一边转移话题。

"我必须待在这里看住你，并且确保你的安全。"

"您怎么没追上我呢？您的四肢都比我的长……"

"你的四肢也比狗的长……"

"没错，"我无奈地说道并停下脚步，"我们现在要做什么呢？如果我们破坏了埋伏的话，就必须重新设置埋伏，但我们要怎么做呢？"

"我们再一次被黑手党牵着鼻子走了。你看，他们之前一定在这里，还拆了一辆辎重车。黑手党团

伙就是利用了你在玉米地里乱走，我们的援军无法对他们开枪的时机跑掉的。"

　　听完这些话，我带着饥饿坐在树下，开始思考并整理脑子里的思绪，我感觉我的思绪很混乱，就像坏掉的电视机一样。为了让自己不那么绝望，我在心里默默祈祷。过了一段时间，我的思绪稍微清楚了一点。

　　"如果那些盗匪像我一样踩在玉米地里逃跑，然后在这里待了一会儿，并洗劫了辎重车的话，他们不可能跑很远。"当我感觉到有什么东西掉落在我的脚边时，我刚好想到了这一点。

　　掉下来的东西是一把钥匙，但我没有碰它。我对自己说："树会结果，但却不会长出钥匙……一定是有某个坏蛋爬上了这棵树。上天都在帮我，虽然它没有给我提供好点子，但却给我送来了个黑手党成员。

我必须装作没看到这把钥匙。"

我感觉树上有束目光一直看着我，与此同时，我的狗睡得正香。

我非常想抓住那把钥匙，而且我更想抬头看树，以便一次性知道所有事情。但我克制住了。因为树上的人也可能正在看我，如果他正直直地看着我的话，他会想什么呢？

于是，我挠了挠头，试着移动了下身子，但我的身体僵住了。好像我周围的一切都燃烧了起来，稍微晃动一下身子都让我感到害怕。于是，我继续挠头，我的视线定定地看着钥匙，以防它消失不见。

我听到头顶的树枝在嘎吱作响。我继续挠着头，因为这能帮助我集中精神，也能赶走内心的可怕想法，这个可怕的想法就是我想要向上偷看。如果我这样做了，一定会打乱一切。要是中尉一会儿就到的话，我们就可以得救了。我还可以告诉他，那只"老鼠"

在陷阱里。但中尉没有来，看守着围场的士兵也向门口走去，他是去探路了。

天色开始变暗了，我预感到，树上的黑手党成员将会在中尉掏出手枪前，就先向他开枪。所以我不再多想，我叫醒了德内布罗萨，把它带离了危险区域，在中尉和所有援军到达围场的同时，跑向了围场入口。

"我抓到'老鼠'了！"我对中尉说。但我的狗不停地向中尉叫唤，所以中尉没听到我说的话。我用手捂住了狗的嘴巴后重新说道："他在那棵树上，我有证据……"但中尉没注意听，他继续对别人下命令，检查被毁的辎重车并准备和援军一起出发。当他们准备将我带上的时候，我突然向相反的方向跑去，我想去拿那把钥匙。这时，一个士兵抓住了我的手臂，说道："你不可能再有第二次逃跑的机会。"他不想再听我说任何话，并且一步也不让我走。他把我放上了装甲车，我们立刻就出发了。我绝望地哭了出来……

"你怎么了？"有人问我，"你的狗在你身边呢。"

"不是我……我……我……呜……呜……"我因为啜泣而变得结巴，"他们没能让我跟中尉说'老鼠'在那里……"

"之后你会有时间去跟他说这件事的。我们现在很忙。"他回答道，而我继续抽噎着。

我们开着车以千米每小时的速度离开了围场，并且一路上全力加速。我也因为绝望而放声大哭。中尉什么都没察觉，他还在通过通讯器向其他人传达命令……

德内布罗萨像是闻到了什么，它开始狂吠。于是，中尉回过身来走向我们，他用手捂住了狗的嘴巴。"让它闭嘴，巴巴鲁丘！"他对我命令道。是时候告诉他了，我迅速捂住了狗的嘴巴，趁机靠近中尉的耳朵。

"我必须要告诉你一件很重要的事！"我尖叫道，但其他人又重新让我坐了下来。

　　当中尉终于停下来，不再来回传达命令时，他来到了我的身边："现在你可以说了，巴巴鲁丘。"他说。

　　"已经没有必要了，"我说，"没有人想要听我说。但那个黑手党成员的确就在我之前坐着的地方的那棵树上……"

　　"你看见他了？"他问我。

　　"我在那儿坐着的时候，他不小心掉了一把钥匙下来。树是不会长出钥匙的，它只会结出果实。"

　　"让我看看那把钥匙。"他边说边伸出手来。

　　"我没有钥匙。我没有捡它，也没有动，就是为了在您到来前，不让他发现我在观察他。"

　　"你看到钥匙掉下来了吗？你确定吗？"

　　"我万分确定，"我回答道，"我们可以现在去找那把钥匙！"

他摇了摇头。

"我对钥匙不感兴趣，"他说，"而且已经过了太长时间了，他应该从树上下来了。他一定再次躲进了玉米地里。"

中尉让装甲车停了下来，并下达了几个命令。几个士兵下了车，并在道路和田野间四散开来。而我们其他人继续前进。

"您下令吧，中尉，"开车的人说道，"但其实我是不太相信一个小孩的胡言乱语的。"

"巴巴鲁丘说的一定都是真的，我相信他。但我必须把他先送回家。我送他回家后，就会来与大家汇合。"

我非常开心：中尉愿意相信我。不管我是不是大傻瓜，我都为抓住"老鼠"——也就是盗匪提供了帮助。

当我们到家时，只有多米在家，她一看到我就放声大哭，哭到说不出话来。

"我们以为你死……死……死了，"她结巴着说道，"我们把你单独留……留在家……家……家里，而我们对你身边的这位中尉一无所知……知……知。我的小可……可……可怜！"她解释说。

"这一路上发生了很多事，"中尉说，"巴巴鲁丘以后会跟诸位说的。他是个真正的男子汉，巴巴鲁丘，具体的情况还是由你跟你父母说吧。"中尉跟多米握了握手就离开了。

多米开始对我说："太可怕了。我一整晚都没睡觉，我到处找你。刚刚那个人的照片甚至出现在了电视上……当别人都说，'有这个孩子的任何消息都会通知广播电台或者打电话给我们'的时候我们哭得可惨了。"说到这里，她又一次开始抽泣。

我也差点就要哭鼻子了，幸好这时德内布罗萨来了，它的嘴里叼着一只鞋，这只鞋是爸爸的。它的牙齿把鞋紧紧咬住，我们没办法把鞋子从它嘴里拿出来，而若是要敲碎德内布罗萨的牙齿，鞋子也一定会破。正好，我想到要利用这个特性去训练它的追踪技能，我把它带到爸爸的房间，让它闻爸爸的衣服，之后，我把爸爸的另一只鞋子藏了起来。

可是，最坏的情况发生了：门开了，爸爸进来了。他原本想要拥抱我，但德内布罗萨一下子就扑到了他的身上，用它的牙齿咬住了爸爸的裤子不放。爸爸生气地踹它，我试着跟狗解释，想让它松开嘴。与此同时，多米大声尖叫着，我的狗让整个家陷入了混乱。德内布罗萨开始撕扯裤子，并且在无意中扯破了我爸爸那条几乎全新的裤子。

"德内布罗萨是一只警犬，但它还小，不是很懂事……爸爸，别去想您的裤子了，还是想一想您'失踪'的儿子现在回来了这件事会比较好。"

爸爸不再看他光着的腿，对我笑了笑后，亲昵地抱住了我。

"有了这个保镖，你将会更安全。"他说。

"它还是个女保镖呢，爸爸，它叫德内布罗萨。"

"女保镖？你应该知道，养一条母狗是件很麻烦的事。"

"您喜欢做生意，那么一条母狗就好比一桩生意。想象一下，您在一年内卖狗都能卖出数千比索，不是吗？而且对您来说，是没有任何成本的……"

"没错，当然了。但现在，这桩生意的成本首先是我的裤子。在你妈妈回来之前，我们得补好我的裤子，这意味着我们必须增加一倍的成本。"

多米拿来了一个装有牛奶和鸡蛋的盘子，德内布罗萨把它撕扯下来的那块破布放在一边，开始享用它的食物。它刚吃完就钻进多米在厨房给它准备的一个小窝里睡着了。

不一会儿，妈妈和小希带着一些小包裹回来，此时发出的吵闹声也没吵醒德内布罗萨；这些包裹是为了庆祝我回来而准备的，里面有鸡肉、糕点，甚至薯条。

我们吃饭时，家人给我看了那份登着我照片的日报，标题是"走丢的小男孩"，下面还标明了找到我的报酬。这张照片其实照得并不好，因为照片里只有我的正面，但我的背面更有辨识度。

"那么现在，你们要把这个报酬给谁呢。"我问道。

没有人回答我，因为这时，拉拉阿姨和他的新丈夫来了，他的新丈夫是这个世界上最能吃鸡肉的人。所以我赶快吃完了我美味的食物，因为拉拉阿姨的新丈夫一来，我基本上就吃不到什么了。

妈妈开始跟他们讲述我的经历，我听着就感到恐怖，因为她讲着讲着就把整个故事都改了。我知道当我的拉拉阿姨在给其他人讲述这段故事的时候，她又会把妈妈所讲的内容都改了，于是，这段故事慢慢地就跟最初的版本完全不同了。因此，我把这段经历写了下来，这也是为了让我自己不要把它忘记。

妈妈在讲话的时候，一只蜘蛛从屋顶上掉了下来，它从自己织的蜘蛛网右侧滑了下来。不知道为什么，它爬上了拉拉阿姨大饼似的头上。这只蜘蛛直接借助了她的头往上爬，它上下翻滚着去编织它的蜘蛛网，这张蜘蛛网把拉拉阿姨的头和屋顶连接了起来。我想当她发觉的时候，一定会大叫。与此同时，会有人粗暴地弄死这只可怜的蜘蛛，或至少弄断它八条腿中的一条。在大家把蜘蛛杀死之前，我一跃而起，在拉拉阿姨的头顶伸手抓住了它，提前救了它的命。

拉拉阿姨厌恶地看着我，她的新丈夫揪住了我的耳朵，爸爸妈妈一脸茫然。

"抱歉，拉拉阿姨，您的头发上有只蜘蛛。在这里。"我摊开手给她看蜘蛛。她一看到它，就晕了过去。

"就为了救一只蜘蛛，你把你的阿姨吓晕了！"她的新丈夫说道。

"蜘蛛不是重点，"拉拉阿姨睁开了眼睛，"重点是这个动物会带来霉运，不利于我结婚。"她扶着她大饼一样的头发，满脸苍白地解释道。

我想要跟她说，她是在看见这只蜘蛛前结的婚，但我最好还是继续默默地吃我的糕点吧。

大人们总能创造出一些理论来宽恕他们自己干的蠢事，或者说最大程度地原谅自己。

那晚，德内布罗萨失眠了，它对这个家不熟悉，所以它一直狂吠，吵醒了所有人，它最终找到了我的房间，并在我的床上舒服地睡下了。我丝毫没有发觉晚上所发生的一切，但是到第二天，居然连多米都在控诉它。

"你看，我在你床上找到了什么！"她边说边拿出一个钱包给我看，"你觉得你的狗是个侦探，然而它却只是个小偷！"

"它正在学习怎么做一个侦探，"我冷静地对她说道，"它一找到什么就会拿到办公室来……"

"所谓的办公室就是你的床吗？"

"眼下来看是的，我是它的长官。你还想要它把它找到的东西拿到哪里去呢？"

"我不喜欢在办公室工作，我一直都不喜欢……因为办公室里总是会发生盗窃事件。我想我还是去一个没有办公室的屋子待着会比较好……"

"嘿，多米，你现在是觉得很无奈吗？"

"该无奈的是你。你难道没发现这个钱包是偷来的吗？"

"为什么说这钱包是偷来的？"

"因为这个钱包不是我们家任何一个人的。所以它是偷——来——的。"

"如果是偷来的，那我们就把它还回去。"

"你打算把钱包还给谁呢？"

"当然是还给它的主人。"

"你知道钱包的主人是谁吗？"

"我不知道，但德内布罗萨一定知道……"

"那你就看看它到底会不会告诉你钱包的主人是谁！"

这就是多米不好的地方。她不相信任何人，她的生活也没有任何活力，或者说没有什么丰富的色彩，也没有生动的图像。

"看着吧。"我边对她说边把我的狗叫过来。我把钱包拿给狗看，它以为我们是要玩这个东西，所以把钱包扔来扔去，玩得不亦乐乎。我抓住它的脑袋对它说："德内布罗萨，我们现在要把这个钱包还回去，你明白吗？"

它点了点头，但其实什么都没明白。它继续叼着钱包到处跑，撞上了多米、撞上了爸爸，爸爸跌坐在地上，最后它撞上了大门，昏倒在门边。我想正因为这样，它才没被爸爸踹吧，也没被多米讨厌，因为多米一看到它昏倒了，就对它充满了怜爱。多米是对一切身体受折磨的事物都充满怜爱的那一类人。我想，若是她看到一个受伤的男人，可能会爱上那个男人，并跟他结婚的。

电话突然响了起来，德内布罗萨从昏迷中醒来。这个电话是拉拉阿姨打来的。

"你好，巴巴鲁丘！"她说，"有人看见我的包了吗？"

"没有看到您的包，只看到了您的钱包。"我回答道，并对她说，"我的狗把它弄破了……"

"破了？多米都不打扫卫生的吗？如果是你的狗找到了它，这就意味着没有人打扫餐厅……"她尖叫道。

"我的狗起得比多米早，并且它翻了……"我本来准备说垃圾，但是拉拉阿姨粗暴地打断了我。我还是闭嘴吧。我猜她的新丈夫应该能给她买一个新的钱包，然后这件事情就结束了。

"如果拉拉阿姨来的话，"我对多米说，"你就把钱包给她，如果她问起我，你就跟她说，我带着德内布罗萨出门散步去了。"然后我和我的狗就出发了。

为了不让狗乱跑，我把我的腰带拉出来绑在它的颈上。虽然德内布罗萨是一条警犬，但不得不说它还是很有魅力的，不一会儿就有 17 只品种不同的公狗跟着我们了。这些狗都是流浪狗，甚至有几只小狗只有老鼠那么大，它们并没有意识到自己的体型那么小，依然对着几只像"奶牛"那么大的狗狂叫。人们慢慢地聚集起来，越来越多的狗围了过来。从那中间走出来一只干瘦的狗，它混进了我们身后的这一群狗中，在德内布罗萨身边来回走动。这时，它的主人出现了，并发出了一声大叫……

她这一声大叫让德内布罗萨受到了惊吓，它开始到处乱跑，我紧紧跟在它后面。其他狗也开始乱跑起来……

连那只狗的主人自己都被吓到了，找了个水果店避难，她藏在了一堆橘子后面。水果店的主人看整条街的人都围在他的店边上挡住了他做生意，气冲冲地用扫帚和棍子把他们赶走了。我终于抓住了德内布罗萨，它紧张地喘着气，当我把它抱在怀里时，它的四肢不受控制地颤抖着。

当儿子走丢时，有的父母对于儿子回来会非常激动，但我的父母不是这样的，他们是会把儿子放到另一个学校去的那一类父母，让人无法辨别这是惩罚还是奖赏。问题在于，就算去问我的父母为什么要这么做，他们也不会回答。

这所著名的新学校让我无所适从。我听说过这个学校，但我没想到会是这样的。有这样没有判断能力的父母，而我又会在这所新学校里发生些什么事呢？

课间休息时，大家不能大声讲话，也不能捉弄别人，或是做一些滑稽的事情，只能玩一些女孩子玩的游戏。于是我时常会想念起蟾蜍、小鸟、扁豆和其他东西，还有我的座位和座位上那些重要的课堂笔记。

在这个学校待久了，做一次危险的跳马，以及天马行空地想象追上星际间的声音的速度等一系列的愿望，都已变得不那么强烈了。但最终，关于跳马的这个愿望还是实现了。

我想，如果一个人进行了一次跳马，并且脑袋先落在了地上，那应该是他自己的问题，如果他因此感到疼痛，也是他自身应该承受的，学校的领导没有必要掺和进去。这个想法对我自己来说也是一样的，我让自己不要参与进学校领导们争执的事情里去，因为这是他们的事情，与我无关。所以，我屏蔽了外界的声音，并且屏蔽了很长一段时间。

后来，回到家里，跟着我一起回家的老师在和我妈妈聊天，这位老师还叫上了我，让我们三个人一起聊。这时，她对我说："你为什么要做这样一次危险的跳马呢？"

"在我以前的学校里，我一直都这么做啊，有一次还拿了冠军。"我回答道，"在这所学校里，也只是撞到了头。这不是我的错……"

"你应该做这所学校里其他人在做的事情。"妈妈说。

"我做不了。"

"为什么你做不了呢？"

"因为我不会。"

"那是因为你还没适应，"她一边看着老师，一边对我说道，"你会慢慢适应的。"

"我不知道什么是'适应'，但我希望我永远都不要适应。为什么您和爸爸要给我换学校呢？"

"因为这会让你变得更好。"

"我之前有什么不好的地方吗？"

"比如，你有一些单词写得不好，在这里，你可以学会一种大家都能看懂的写字方式。"

"您觉得大家都会去看我写的东西吗？"

"我不知道，但你应该去做这样的假设。"

"如果您对我抱有这样的想法的话，那就太夸张了吧。"

此刻电话响了起来。

"一定是打给我的！除了阿尔伯诺斯中尉以外，别人是不会给我打电话的！"

"你好，巴巴鲁丘！"他用他悦耳的声音呼唤着我。

"你好，中尉！"

"我有好消息要告诉你。谢谢你提供的关于钥匙的线索，我们抓到了所有的黑手党成员。他们现在都被严格地看守着……"

"太好了！"

"你也没必要来作证了。因为一切都已经被核实了。"

"但您说过您会叫我的。"我抗议道。心想：今天真是晦气的一天，一切都与我的原本的想法背道而驰……

"没错，我知道你想要跟我们合作。但其实你已经做到了，而且你所做的远不止这些。你给出了关键的线索——钥匙，多亏了你，所有的黑手党成员都被逮捕了。"

当我听到这句话的时候，没能去作证这件事对我来说立刻就变得不那么重要了，甚至连让我"适应"新学校我都无所谓了。

正如士官所说的那样，当一个人幸福的时候，他的内心就会响起幸福的歌曲，那些琐碎的小事对他来说也就不再重要了。

"下一次我有麻烦的时候，"电话里，中尉说道，"我一定会叫上你，让你跟我合作。谢谢你，巴巴鲁丘，再见！"

我什么都还没来得及说，电话就被挂断了。

从这一刻开始，我就一直期待着中尉的电话，我唯一需要担心的就是，是否我今后所在的任何地方都有电话机。这才是关键！

Papelucho

巴巴鲁丘 3

[智] 马塞拉·帕斯 / 著

李沁沁　何倩 / 译

海豚出版社
DOLPHIN BOOKS
中国国际出版集团

迷路的巴巴鲁丘

　　我和我的妹妹小希走丢了，可是没人来找我们，收音机里也没有"如若送回走失儿童，定将重金酬谢"之类的通知。我们家会寻找丢失的东西，但绝不会找水果、钱财或者亲人。因此他们从来不去寻找我姑姑艾玛，反而一直说"艾玛走丢了，以后别想她了"。

　　他们认为，既然是故意走丢的，那就没必要去找。可是，亲爱的读者朋友们，你们知道究竟发生了什么事吗？

　　那天早上，天刚微微亮，甚至月亮还挂在天空的时候，妈妈醒了，她和其他为出行而收拾行李的妈妈一样，精神极度混乱。

"放下！别给我添乱！"无论谁想给她帮忙，她都会这样说。但如果你真走开了，她又会这样喊叫："来，赶紧点，你能不能有点用处！"于是，她在埋怨嘀咕中将整个房间搞得一团糟。我的妈妈就是这样，我忍了又忍，最后还是受不了了，于是转身问保姆多米：

"发生什么事了？是有人要抓我们吗？还是爸爸做了什么坏事？我们要去哪里？"

"我们要去非洲（应该是阿里卡①）。"

"爸爸被炼油厂解雇了吗？"

"不是，我们只是想去那边而已，那里的工作更好一点……"说着说着，多米就神秘地笑了。

---

① 阿里卡(Arica)：智利太平洋岸最北端的港市，塔拉帕卡区阿里卡省首府，位于阿塔卡马沙漠北缘，北距秘鲁边境20公里，几乎终年无雨(年降雨量0.6毫米)，但气候凉爽宜人。

那天真是糟糕透了！爸爸一大早就去了办公室安排事情，妈妈留在家里整理厨具、衣物等琐碎东西。谁料想，她突然放下手里的活儿，开始翻箱倒柜找起她的皮外套。找了好久才想起自己在圣地亚哥的时候把它给卖了。但是这时家里已经被她搞得一片混乱，袋子、行李箱、包裹、篮子横七竖八地摆了一地，这些物品可都是第二天出发时要放在出租车里的。

第二天，出租车早早地就停在了家门口，出租车的车门上写着"轻拉轻关"，车里有股怪味，司机围着咖啡色的围脖，挡风玻璃脏兮兮的，车里还有煮茶的小炉灶，陶罐里的水沸腾着，车座后面摆着拖车用的超长的细绳和停车用的立式指示牌。我们正在讨论着如果车上地方不够坐，那应该把袋子、行李箱和包裹塞在哪里。

爸爸原以为要坐喷气式飞机，现在却要挤在狭小的出租车里。于是他心中不满，抡起拳头捶向车门。

司机并没有责骂爸爸忽视了车门上的温馨提示，但是他却把我们从车里轰了下来，生气地开车走了。

妈妈一下子伤心地哭了。不过这时邻居亚历杭德里诺开着大卡车经过。他让我们上车，还把行李箱和袋子等东西也装上了车。

哥哥哈维尔、保姆多米和我坐在后面，周围全是行李、包裹。哈维尔趁着空闲在给女朋友写信，多米取出之前悄悄放进口袋的三明治吃，我给可怜兮兮的犹大喂了点吃的，它是一只企鹅，昨晚我的朋友拉蒙把它送给了我。可是犹大垂着头，不愿意吃，多米说它快死了。我给它做了人工呼吸，不过效果不大，最后我只好把犹大给亚历杭德里诺，让他带给拉蒙。也许拉蒙会把它送到生活在岛上的企鹅妈妈身边。

我正在思考企鹅妈妈怎么做才会让小企鹅抬直脖子，这时妈妈拽了拽我的胳膊，说车站到了，我们该下车了。看样子，妈妈已经把忧伤抛之脑后，恢

复正常状态了。这不,她又开始指挥大家:

"你去买票!"她对爸爸大声说。

"你抱小希!"她喊多米。

"你拿行李!"她命令戴彩色帽子的搬运工。

"你算算多少钱!"她朝哈维尔说。

大家都默默地照做了。

车站人特别多,售票处排起了长队,爸爸站在队尾。妈妈仿佛变成了战争中的阿图罗·普拉特军官①,继续向我们发号施令,让我们看管行李,而且一直强调:

"火车只停一分钟,我们要赶紧上车。"

我一直盯着铁轨,以防没人知道火车到站。爸爸还在排队买票。

---

① 阿古斯丁·阿图罗·普拉特·查孔(1848—1879):智利民族英雄,海军将领。

"哈维尔，去催催你爸爸，让他赶快买票！"妈妈有些着急。

就在哈维尔走了没一会儿，一辆火车急速向车站开了过来，妈妈急忙指挥我和多米：

"多米，你负责行李。巴巴鲁丘，你抱着妹妹。我去找哈维尔和你爸爸。"说完就跑开了。

火车"巨人"来了，车还没停稳，我就抱着小希钻进了人群，并找到一个座位坐下来，看向窗外。多米此时正站在站台上，用她那又短又肉的胳膊拿着全部行李。只见她的脸开始慢慢涨红，随之，"砰"的一声，行李全散开了，平底锅、牙刷、鞋、床单、过滤器……所有东西散落一地，简直就像原子弹爆炸的场景。

火车鸣笛，我们缓缓出发了，多米和成堆的行李离我们越来越远。我想哈维尔、爸爸、妈妈和多米会带着行李登上最后一节车厢，因为火车很长，而我现在坐的这节车厢驶过车站还得要一段时间。

火车穿过岩石和山丘，轨道边的立柱在铁轨上飞驰，车厢铁皮的噼里啪啦声搅乱了我的思绪。我一直等爸爸、妈妈带着多米和哈维尔在车厢出现，等他们穿过通道，向我们走来。但是他们并没有出现。最后我都习惯了，不再等他们。因为我相信，当我不再满怀希望地等待时，他们反而会出现。

小希很开心。窗外的风太大了，吹得她闭紧双眼，张开的嘴巴也合不拢了，头发都被吹得笔直，向后贴在脑门上。

爸爸妈妈还没有出现，饥饿却先来了。几个乘务员托着装有三明治的盘子经过时，我的肚子就开始不争气地咕咕叫。

我抓住一个乘务员的袖子，问他：

"先生，能赊给我两个三明治吗？我爸爸来了再给你钱。"

"那等你爸爸来了我再给你三明治。"乘务员语气生硬，说完就走了。

我数到二十……三百……一千九百七十一……爸爸还是没来。小希已经坐得不耐烦了，她想在过道上走走。我把她放到过道一侧，她却往反方向走去，一个不小心就摔倒了，然后她哭了起来。火车的地面有一层奇怪的油污，不一会儿小希就成了"轮胎"。一位女士心疼她，于是对我说："车厢的尽头有厕所，你带她去洗洗吧。"

我带小希去了厕所，那是个像忏悔室大小的厕所，味道很难闻，门锁也不好使。刚开始，我一点一点地给她洗，但实在是太难洗了，最后，我就连衣服带人一起洗了。因为没有东西吹干她和衣服，此时的小希就像个圣人石膏像。厕所的门一直关着，我们也出不去。突然，火车地震般地晃了一下，门倒是开了，但是也把我们俩摔在了通道上。

小希摔了之后，全身又变得黑乎乎的。刚才给我们指路的那位善良的女士扶起我和小希后，开始给小希脱衣服，然后，用自己的手帕帮她擦干身体，让我把衣服挂在窗口，让风吹干。

我照做了，虽然我并不知道风会不会把衣服吹破或者吹跑。

穿上干净衣服的小希胖乎乎的，很漂亮，看上去就像昂贵的塑料娃娃。车里的人很友好，他们给我和小希饼干、糖果，还给了小希一块丝绸手帕。

这时火车停了，大家开始匆忙下车。

我也急匆匆地下了车，看见成群的人又拥挤着上了另一趟火车，我和小希也随着人流上去了，因为我突然想起爸爸说过：入乡随俗。

这列火车比之前那列火车更好。车上有新朋友，还有柔软的座位、干净的玻璃以及清新的味道。我们还不饿，所以对乘务员手里的食物不再感兴趣。

我和小希兴致勃勃地看向每一个人，但是火车发车时连一个家人都没看到，我瞬间有点难过了。不过等会儿到了阿里卡（或者是非洲？）就会发现大家都在站台上等我们，一想到这儿我的心情就好多了。想着想着我就睡着了……

　　我梦到了我和爸爸妈妈住在阿里卡的一座尼龙房子里，我们有很多很多进口巧克力，妈妈在做鸡汤，锅里已经放了好多鸡肉了，但她还一直放一直放……最后我在一阵鸡肉味中醒过来。

　　我又饿了……

　　火车宛若喷气式飞机，摇晃着"飞行"，我不得不时刻抓紧小希。伴随着从车门那边飘来的鸡汤味，一些穿白色外套的乘务员端着几盘香味浓郁的炖菜走了过来。我开始觉得这些菜就是为我们准备的，但是他们却从我们身边径直走过。最后我鼓起勇气，起身问一个乘务员：

"先生，你什么时候给我们上菜？"

"我只给餐车里的乘客上菜。"他回答我的时候脸上一副米高梅公司制作的狮子头标识的表情，对我们满怀鄙夷。

"我们这就去餐车。"我对小希说。

"嗒嗒嗒……"她亲切地回答我。

"也许妈妈他们就在餐车……"我告诉小希。

"嗒嗒嗒……"小宝宝就是这样，她能听懂你的话，不过总是用相同的话回答你。

"我把你放在过道一侧，你走前面。"

"嗒嗒嗒……"

然而我们走得很费力，疾驰的火车让我们左碰右撞，最后我们艰难到达了餐车。这节车厢摆满了餐桌，桌上铺着桌布，摆着面包、芥末、油和花瓶。我们找到了一个座位，默默坐上去。我给了小希一块面包，她流着口水安静地吃着。我们这桌还有一位太太和一位先生，他们正吃着美味的酱汁排骨，看得我肚子咕咕响。这时一个乘务员走过来，问我：

"小朋友，你要吃什么？"

"和这位先生的一样。"我说。

"小孩子呢？"

"同样。"我回答他。

乘务员走后，桌旁的那位先生亲切地看向我们。

"你们独自出来旅行吗？"他问。

"不是，和家人一起，我爸爸已经去了北方。"我向他解释。

"去北方？但是这趟火车去南方啊……"他反驳我。

"你瞎说！"他旁边的太太吐掉口里的排骨，接着说，"去南还是去北要看他们住在哪里。"

"可是这趟车的确开往南方。你什么事都要和我

争！"他带着怒气辩解。

"我只是在你瞎说的时候和你争论。"她说完又接着啃骨头，这时恰好服务员端着排骨过来了。此时，我吃着美味的东西，什么都听不见，只看到他们满脸的怒气。

小希因为没有牙，吃到一半就噎住了，不过她最后还是咽下去了。甜点上来时我们特别开心。那对夫妻已经吃完了，但吵得更激烈了。他们不想付我们俩的饭钱，于是和乘务员吵了起来，不过还好后来不吵了，只是双方怒气都还没消。

"小朋友，请你告诉我，你的父母在哪里。"那位先生问我。

"我不知道。"我回答。

"你必须告诉我，因为你和你妹妹的饭钱是我付的。你的家人在哪节车厢？"

"我也不知道。"

"那你给我解释解释。"

"今天我和家人一起去北方，我们去车站坐车，爸爸妈妈去买票的时候把我和妹妹留在了站台。我看到火车马上要开了，就带着妹妹上了车，然后就到了这里。"

"可是这辆火车正开向南方啊。"他满脸嫌弃地说。

我觉得事情有点奇怪。小希和我正去往南方，不过会去南方哪里呢？幸好我们还在火车上，车里挺安全的，只要我们永远不下车，我们就有吃的，就安全，而且火车行驶的时间越长，爸爸妈妈就越有时间追上我们。

"看来我们上错车了。"我对妹妹说。

"嗒嗒嗒……"她笑着回应我，幸好目前她不害怕，也不会给我添乱。

那位太太继续和丈夫争执着。

“必须告诉司机。”她说。

“别说蠢话了！司机知道什么！”

“他会给警察局发电报。你没看到他们都是小孩子，正独自出行吗？难道你看不出他们两个走失了吗？”

天哪！我们和艾玛姑姑一样了！我之前想都不敢想……我们竟然走丢了！

我们不是在剧院，不是在大街上，而是踏上了一片陌生的土地！我只好祈祷：

“圣安东尼奥，请让人向你承诺要找到我们。我妈妈会在某个地方向你跪下祈祷，我爸爸会把所有的东西都给穷人……请让找我们的人快点出现吧！”

我不知道自己此刻脸色怎么样，也不知道为什么会有这么多鼻涕（而且还没有手绢擦鼻涕）。

那对夫妇已经和好如初了，他们叫我们“孩子们”，照顾我们，带我们看窗外的风景，还告诉我们马上就去找我们的父母。

他们给我买了一本连环画，我走到远处坐下看书，什么事都不想了。小希蜷缩在我和他们之间，张着嘴巴睡着了。

"超声速"火车飞快地穿过田野。我拿起一个陌生人的报纸，继续看上面的图画，不过他的脸红得像猴子屁股一样。

"我要读报了。"他用尖酸的语气对我说。

"您稍等一会儿。"我回应他的同时迅速看到最后一页。

这个时候乘警过来了。

"这两个孩子是和议员先生一起出行的吗？"他问那个被我视为陌生人的议员。

"应该是。"他回答乘警，眼神闪烁。乘警脱帽致礼后就离开了。我盯着议员，发现他和一般的先生没什么两样，不过稍微胖点。

“您也去北方吗？”我问他。

“去北方？孩子，我们可是去南方的！”他提高了嗓音。

这时我才想起了我的处境。我们要去南方，而妈妈他们去了北方，每一分钟，火车车轮的每一次转动都将我们越分越远。

载着妈妈的火车发车时，载着我们的火车就靠站了。

必须让火车停下来，必须让司机向后开，该怎么做呢？我的大脑飞速运转。

“您天生就是议员吗？”我问那位先生，虽然我觉得他不是。

“不是的，孩子。我是被大家选出来的议员。”

“选议员干什么呢？”

“研究法律，管理议会。”

“您可以命令别人吗？您为什么不让司机向后开

呢？我们想去北方和爸爸会合。如果火车继续向南开，我们就离得越来越远了……"

"我知道，但是不可能把原本准备去南方的人带去北方啊，不是吗？"议员扯着嘶哑的嗓子说。

我理解，但心里还是不舒服。

"到了奥索尔诺我再操心你的事。"议员说。

"还有多久到奥索尔诺？"

"几个小时。你为什么不像你的妹妹一样睡觉呢？"

我闭上眼睛不再看车站了，毕竟再怎么难过，火车都还要行驶很久。我闭上了眼睛，想着必须做点什么：一个人失望的时候就希望发生点什么，那样就可以转移注意力了，可是火车上真没什么可发生的事。我不想走丢的时候，却走丢了，再加上火车继续行驶，我会越走越远……做什么能解决目前的问题呢？

如果我是议员，我会让每个乘客都可以在自己的座位上驾驶火车，快速调整行驶方向；而且我会设置应急车厢或者后悔舱，上错车的人可以往回开，其他人可以继续向前开。我陷入了沉思，不过突然又想起爸爸肯定会发现我和他唯一的女儿去了南方，到时他自然而然就会过来找我们。也许对他来说，在南方工作比在北方工作好，至少妈妈和多米会和来自南方的员工聊得来。想到这里，我顿时很欣慰，渐渐睡着了。

刚睡着，我就梦到火车沿着铁轨飞快地驶向南方，突然一座"大山"拦住了去路，火车一个急刹车，停下了，司机怒气冲冲地跳出来。

"你凭什么拦我？"他朝"大山"大声说。

"凭我是议员。""大山"回答，声音特别熟悉。

我发现那是爸爸的声音，"大山"就是我爸爸。那个时候我超级开心。不过，车厢里吵吵嚷嚷的声音把我吵醒了。大家纷纷拿着行李在车站下车。原来是奥索尔诺到了。

我叫醒小希，然后带着她也下车了。现在我已经不难过了，反而很开心，无形中涌起了对爸爸的无限爱意，就连我自己都没发现我居然这么爱他。

难道这是一个有预言的梦？

"嗨，巴巴鲁丘。"我感觉旁边有人喊我，但不是爸爸的声音，是议员的声音。我不知道为什么觉得他像爸爸，难道是因为我极度想见到爸爸吗？

议员旁边还站着他的太太。这位太太竟然有着和姑姑一样的脸，脸颊坑坑洼洼的，下巴也是，眼角还有皱纹。议员向她讲了我们的事，她听完后嘴角发颤，脸色越来越温柔，蓝眼睛一眨一眨的。

"布劳略，我们带他们回家吧。"她对议员说，"孩子们需要好好吃一顿早饭，过后我们再操心他们父母的事。"

我们上了一辆英式吉普车，车盖上全是硬泥。太太身上有股理发店的味道，胖胳膊上带着很多手镯，乍一看，手镯就像镶嵌在一堆肉里，随着发动机一起颤动。

我们来到了他们家的大房子。房子里什么都有：冠军杯、伞架、收音机、马刺、灭火器、过滤器、咖啡机，还有很多我从未见过的东西。太太时不时说一句"我的孩子"，我觉得她是在喊我，因为她怎么可能对议员那么大的人说这个呢？

不一会儿的工夫，太太就准备出来一桌子饭菜，有煎蛋、蛋糕、黄油嫩玉米、香肠、卡布奇诺以及带灯笼果和洋李子的奶油甜点。如果我吃得和议员一样多，我现在肯定就是他那种胖体形了。

吃着吃着，议员用他那嘶哑沉重的声音问我：

"你知道自己的爸爸妈妈现在在哪儿吗？"

"不知道，我的孩子。"我竟不小心说出了这个。

不过在食物的作用下，我的记忆匣子被打开了。

我想到卡西的爸爸就住在奥索尔诺。

"我有个朋友，叫卡西·席尔瓦。他的爸爸就在这座城市里。"我提高嗓音对议员说，"您应该认识他，他是个卖报纸的。"

"我的朋友啊，奥索尔诺倒是有九十七个姓席尔瓦的。"

"但是卡西的爸爸只有一个，而且也不是所有人都卖报纸……"我急忙辩解。

"巴巴鲁丘，没有'卖报纸'的。他可能是记者、编辑、摄影师，或者只是投稿的人……在奥索尔诺的报纸行业里，每种工作至少有六个姓席尔瓦的。"

"那就很容易调查了。我们可以直接去他们家，看哪个人是我的朋友。"

这时太太被奶酪呛住了，不停地咳嗽，还紧抓着我的一只手。

"我会带你去找你朋友，我的丈夫很忙，没时间。"她兴致不高地说。

最终，太太帮小希洗了澡，给她穿上奇怪的衣服，让她躺下睡觉。我梳了头发，洗了手，然后我们再次坐着那辆英式吉普车出发了。怎么让议员太太改变自己呢，她脸上那么多小坑，身体还老是哆嗦。

最终我们去了十二家，碰见了四个席尔瓦，但没有一个是卡西的爸爸。其他八个人外出工作了，我们没见到，而且有的人只有女儿，没有儿子。

"我们登报再找找。"太太热情高涨地说，"现在，我先带你回家休息。我丈夫是这里的议员，我是'前进'俱乐部的主席。"

我们到家的时候小希正在厨房里吃鸡肉。厨娘给小希头发上绑了根红发带，整个人看上去就像汽水广告画报上的人一样。我突然觉得，如果我俩真走丢了，被议员收养也不错。

正在我胡思乱想时，"嘭"的一声，高压锅爆炸

了，场面就像原子弹爆炸一样。锅盖冲上天花板，弹到了太太的脸上，面条也撒了厨娘一脸，她的后脑勺和胳膊也被烫伤了。厨娘被烫得"啊啊啊"直叫，抱怨这些全是"小屁孩们"惹来的事。

议员太太沉默着，厨娘不停地唠叨，小希吓得一直哭，我决定带小希离开这个仿佛被施了魔法的家。

我拉着小希在奥索尔诺游荡，最后来到一个有报摊的广场。我想报贩肯定知道怎么找到卡西的爸爸，但神奇的事出现了，卖报纸的人就是卡西的爸爸。

"巴巴鲁丘，你来奥索尔诺了？"他一看到我们就大声喊。

"席尔瓦先生，我一直找你呢！"我慢吞吞地说，"我只知道你卖报纸。我们与爸爸、妈妈、哈维尔和多米走散了……"

"怎么回事？在哪儿走散的？"

"怪就怪在这儿。可能是在北方，也可能是其他地方，我不知道。总而言之，我们必须找到他们。"

"既然如此，就让米罗·席尔瓦来帮你吧，他可是个记者兼侦探呢！我们登个寻人启事，肯定能找到他们。"

他递给我一摞报纸，让我去卖，他和小希继续坐在箱子上吆喝着卖报纸。

没人愿意买我的报纸，我只好以特价把报纸全卖给回收瓶子、旧铁、鞋子和废纸的人。没想到这摞报纸竟有一斤重，但卖得很便宜。

我们在广场待到了天黑，路灯一盏盏亮起，我们把剩下的报纸放进箱子，席尔瓦先生带我和小希回了他家。

小希"嗒嗒嗒"地叫醒了我，手里还扯着我的头发。一开始我还不知道自己在哪儿，后来慢慢意识到这是在奥索尔诺。席尔瓦先生说过他老婆死了，他现在一个人住着，家里也没什么东西。不过对于他一个人来说，一张床、一个炉灶就够了。

我烧了些水，因为没有牛奶，只好泡了一点咖啡当早餐，喝完之后准备去买点面包。席尔瓦先生天还没亮就出门去取报纸，然后在广场等我们。为了避免我们又走丢，他在我们必经路上的很多东西上都用粉笔画了一个"F"。

家里的门上有个大"F"和箭头，我和小希在箭头的指引下开心地出发了，路上时不时就能看到"F"。小希一下就明白了怎么回事，不断给我指墙上的"F"。

走着走着她突然停下了，抬起胳膊，"嗒嗒嗒"喊着让我抱。我这才察觉到我们走了好久，都走累了，不过糟糕的是走来走去还在原地……

我看向四周，发现所有房子上都画有"F"，大的、小的、横的、竖的都有，我这才明白我们迷路了，又走丢了。

我背着小希，一直向右走。如果你一直走一直走，那么停不停倒无所谓了，反正你都习惯走下去了。最后，房子、墙、粉笔写的"F"都不见了，一片空前宽阔的田野出现了，它被叫作奥索尔诺火山的"托盘"。

我特别想去看看这座火山"吐"宝石的地方，那里升起股股粗烟，吸引着我不断向火山靠近。田野静悄悄的，一个人影都看不到，远处的火山孤零零的。放眼望去，全是成片的寻常的果树，河岸边生长着一大片嫩玉米，远处还有无数头慢悠悠吃草的奶牛，一切都很神奇。我在水渠里奔跑，小希开心地笑，我猜她肯定是以为可以美美喝上一顿牛奶了。

奶牛还在远处，火山离我们更远。但是我必须去火山，因为我坚信爸爸妈妈就在那里。不知道怎么回事，我就像着魔了一般，坚信奥索尔诺火山有我要找的一切，包括爸爸妈妈所有人在内。火山烟雾缭绕的大嘴像是在微笑，一股股粗烟升起，在空中写下人们许下的所有诺言。

我背着小希在水渠里奔跑。由于没人教她怎么"骑马"，可怜的小希狠狠撞在我的头上，而且咬伤了自己的舌头，血从嘴里流了出来，她"哇"的一声哭了。我用水渠的水给她洗了洗嘴，为了不让她继续哭，我顺便给她洗了个泥水澡。风吹干了小希身上的泥，她连弯腰屈腿都做不到了，下巴像镜子一样发亮，整个人活像一只小黑猴。我第一次觉得小希这么可爱。

我们继续在田野穿行，身上的泥块因走动而破碎了，一点一点掉在地上。小希现在会喊"ma"了，要是和一个只会喊"嗒嗒嗒"的人说话，还是挺可怕的。

奥索尔诺火山还在那里，越接近火山，我们越觉得它高不可攀。走着走着，我们已经能闻到奶牛的味

道，听到它们"哞哞"的声音了。田野开始由寂静变得聒噪：谷穗被风吹得哗啦啦地响，河水碰在石头上叮咚叮咚，青蛙呱呱叫个不停，就连老鹰都在歌唱。如果不是周围有大片的谷穗，我们眼里看到的就只剩天空、火山和升起的烟了。

我们席地而坐，柔软的谷穗轻抚着我们，小希闭上双眼开始午睡，我在一旁陷入了深思。

不是每天都能遇见火山，既然遇见了，就要好好利用。我低头看向小希，最近照顾她，给我一种当"妈妈"的感觉。而小希要是知道自己的哥哥是火山发现者，肯定特别开心、特别满足。最后我想通了，不管小希长不长大，火山都屹立在那里。所以为了小希快快长大，我不管火山了，先给她找点牛奶喝，因此当务之急是驯养一头被遗弃的，或者形单影只的奶牛。

说干就干，我朝牛群走去，准备抓一头野生奶牛，让它回来喂我妹妹。

在森林里捕捉一头狮子挺容易的，但在谷穗地里捕捉一头奶牛就十分困难。你只能远远地看着牛群，稍微有点动静，它们就会受惊逃跑。

我必须抓紧小希午睡的这段时间，不过我也不能走远，要不然就找不到睡在谷穗地里的妹妹了。

我悄悄向前走去，恰巧一头奶牛惊慌失措，和牛群背道而驰。为了起到催眠的效果，我死死地盯着奶牛的双眼。它也盯着我的双眼，它开始"哞哞"叫，于是我也"哞哞"回应它。最后，我还让它嗅了嗅我的手，奶牛舔着我的手，乖乖跟我走了。

这是一头白点较少的黑奶牛，耳朵很脏，鼻子上挂着鼻涕。奶牛只听不答，我一边走一边给它解释，告诉它它将有一个人类女儿，它马上要当"妈妈、保姆和奶瓶"了。我给这只奶牛起名"梅娜"，如果它走开了，喊一声"希——梅娜"，就能把它喊回来了。

　　小希在奶牛味和"哞哞"声中醒了，看到奶牛，她喜欢极了，"嗒嗒嗒"喊个不停，而且一直笑。她不害羞也不害怕梅娜，笑嘻嘻地看着奶牛乱糟糟的尾巴。梅娜就是一般的奶牛，奶汁丰富，奶头饱满。我把奶牛的奶头塞进小希嘴里，她们两个都开心地笑了。小宝宝好就好在这点，不害怕奶牛，吮吸的时候也不哆嗦，不像我有点害怕——但是我肚子又饿得咕咕叫了。

　　突然，我急中生智，在地上挖了个小坑，躺在上面，抓紧奶牛的后腿，学小希轻轻含住奶头，直到喝饱为止。我觉得有一头奶牛就什么都有了，像钱、厨房、杯子甚至餐巾纸都不需要了。当我把梅娜交给妈妈时，她就成了世界上最幸福的女人，到时她不用再操心储物柜有多少东西，不用管灯、高压锅、汽油、洗衣机，杯子碎了、勺子丢了都没关系，反正奶牛可以解决一切问题。

爸爸可以做牛肉生意，让奶牛全身都有利用价值。他还可以把小奶牛送给孤儿、单身汉、老奶奶，还有其他需要帮助的人。

生活总是悲喜交加，起起伏伏。我们正沉浸在幸福中时，可怕的事来了——天黑了。晚上的奥索尔诺牧场，火山突兀，周围只有野奶牛的声音，相当恐怖，尤其我还有个需要人照顾的小妹妹，再加上四周弥漫着硫黄味，奶牛和林中未知物体互相敌视，待在这里真的很吓人。我动动鼻子，竖起耳朵，背着小希爬上奶牛，骑到它的背上。奶牛身上冰冷，冻得我们瑟瑟发抖，眼神里似乎映射出了火山的火焰。

回市里吗？我们走了一天才到这里，难道又要走一晚上回去吗？

"上帝啊，请帮帮我！"我像电视里的人一样哀求，希望上帝能听到我的哀求。我浑身冰冷如铁，但有了信心，继续哀求："上帝啊，请让晚上和白天一样。晚上特别黑，请不要熄灭火山。您可以随便给我们一个奇迹，但请让我们远离危险，我们希望好好睡觉……"

我刚哀求完，远处就出现了一点光，但不是火山的光。它离地面很近，就在不远处，平稳又安静。

"小希，你看到光了吗？"

小希咧嘴笑了，露出了两颗牙。我问她是想确认我不是在做梦，最后我发现那的确是光。

"梅娜，向前冲！"我命令着奶牛，然后抱着它的脖子，朝着有光的地方走去。我觉得自己就是天神，小希是女神，梅娜是一头驴，反正大晚上的，大家看起来都一样。

突然，光消失了，我十分难过。不过光再次出现，又再次消失了……直到重复好几次后，我这才明白，原来是可恶的树枝藏住了光，它竟然企图欺骗我。我们继续往前走，梅娜的身体已经不冷了……

我们飞快前进着，那处光已经离我们不远了。此时我们前面有一扇玻璃窗，窗上挂着窗帘，一个模糊的影子坐在茅屋里吃饭。

我一手环抱梅娜的脖子，一手抱着小希，小心翼翼地前进。靠近窗户后，我们三个朝屋里看去。里面放着一张桌子，上面铺着方形桌布，桌上摆着两个盘子，一个里面放着块大面包，另一个里面放着块奶酪，一个黄头发的男人背对窗户坐在桌前。我们只能看到这些东西。男人的皮夹克上散发着香肠的美味，他叉起一节香肠，张嘴吃掉了。

两个在森林走失的孩子，一座魔幻的房子，这不禁让我联想到了《奇幻森林历险记》里的汉塞尔和格莱特尔……接着我的大脑开始了一波思想斗争。

左脑说："这只是童话故事。"

右脑说："童话故事有时也会成真。"

左脑说："你要当懦夫吗？因为害怕而错失香肠吗？"

右脑说："可是深夜怎么敲窗户才不会惊吓到那位先生呢？"

"哞哞！"梅娜喊了一声，随即黄头发男人转身看向窗户，眼睛又大又蓝。我们来不及逃跑，他的头已经探出窗外，说着奇怪的语言向我们打招呼。

"我们走丢了，看到您房子有光……"我向他解释道。

此时又有一个头探出窗户，发色更黄。小希冲她露齿微笑，梅娜又发出了"哞哞"声。

"进来吧。"黄头发女士说。她和黄头发先生嘀咕了几句，然后缩回了头，从一扇不易察觉的门里走出来。她拉起我和小希的手，邀请我们进屋，香肠味扑鼻而来，他们两个好像特别开心能和我们三个待在一起。此时我们仿佛身处童话里，不过我害怕一切变成童话，因为我不禁想起童话故事里的那间糖果屋，老妇人不停喂主人公美味的东西，让他变胖……

我想到自己已经向上帝祈祷了，上帝也听到了我的祈求，给予了我一个奇迹，然而现在我却胡思乱想，我一点都不虔诚。

我们进屋了，奇迹又出现了。他们两个一直邀请我们吃美味的黑面包、奶酪和香肠。小希特别开心。梅娜被关进了牲畜圈，好像它就是这对夫妇丢失已久的一头奶牛。

我在心里把黄头发先生叫作汉塞尔，黄头发女士叫作格莱特尔。

"你送回了我最好的奶牛。"汉塞尔先生眨了眨眼睛说。

"我不知道那是您的奶牛。"我回答。

"没关系，反正我特别感谢你。"他继续说。

"不用谢。"我说。也许就是奶牛把我们带过来了，它认识路。别人把你当圣人或者好人对待，你却从来没这么想过，这种情况的确让人有点不舒服。

"这是老天注定的……"格莱特尔太太说话的时候牙齿全露出来了。

"你不相信奇迹吗？"我问她。她制造出一些声音，就像赶鸡时发出的声音一样，同时摇了摇头。

"那你也没有信仰？"我继续问她，她又用力摇了摇头，这让我不由自主地生气了。一个女人，有丈夫、有奶牛、有家，该有的应有尽有，但她却说自己一点信仰都没有，太可气了！我向上帝承诺要说服她有信仰。

我们被带到一张白色的床上，床上铺着一张大床垫，里面塞满了羽毛，然后他们对我们说了"晚安"就离开了。但我睡不着，一直在想应该做点什么。

最后唯一想到的就是带走他们的奶牛：像之前一

样弄丢它。他们肯定会祈祷奶牛出现。如果上帝无偿地送回奶牛，他们肯定会感谢上帝，而我就是上帝的朋友，将替上帝送回奶牛，到时他们就会明白奇迹就是奇迹。想到这儿，我慢慢睡着了。

我被吵醒了，有什么东西挠我的额头，揪我的耳朵。我睁眼一看，原来是一只母鸡，它昨晚睡在我们床上，现在正学着叫醒别人。它像公鸡一样咯咯叫，小小的鸡冠是白色的，看起来很威风。

南方的德式早餐美味到让人难以置信。不过，一旦对上帝做出了承诺，在没兑现承诺之前就不能乱想其他事。

汉塞尔先生出去拾柴了，格莱特尔太太带小希去鸡舍喂鸡，我去牛圈打算带走奶牛梅娜。

反正现在是白天，我觉得可以带它走。

梅娜成了囚犯，脖子上挂着绳索，和其他被判"终身监禁"的奶牛关在一起。

梅娜认出了我，我慢慢给它解开绳子，然后带它走上一条小路，我们俩准备在谷穗地开辟一条新路。我们走啊走，走了好久，结果发现我们又迷路了。

格莱特尔太太发现我们两个不见了会做什么呢？

她会出门找我们吗？她会报复到小希身上吗？一想到这儿我就觉得可怕，但承诺就是承诺，我必须让梅娜走丢。最后我履行了承诺，自己回汉塞尔先生家了，奶牛就丢在那里。离开的时候我拨了拨谷穗，免得留下什么踪迹。

我到家后发现大家都在做自己的事情，没人发现少了我和奶牛。我看向火山，突然想到，既然上帝创造了一座这么高的火山，那火山里肯定有东西……接着我灵光一现：如果我爬到火山最高处，向北眺望，也许就会在某个地方看到妈妈，而且一旦妈妈看到我，她就会知道我们在这边平安无事。

我给汉塞尔先生讲了我的想法，他一如既往地摇头笑了。不管怎样，我还是盯着火山冒出的蓝烟离开了茅屋，打算走直线以缩短路程。没过多久我面前就出现了一条河，河水清澈，水底的鱼和宝石以电流般的速度飞快向前流去。看来游过去是不可能了，只能搭座石头桥。我拿起一块大石头，扔向水底，但是石头不见了。我又一块接一块地扔了好多石头，直到最后确认扔石头搭桥没有用，还是架座悬挂的桥好点，就像泰国的桂河大桥一样，但是用什么材料呢？

　　突然我看到一块火山石掉入河里，接着石头升起一股烟，在半空消失了。那应该是块宝石，晚上就会成为夜空中一颗闪闪发光的星星……火山的蓝烟慢慢变灰，然后变白，最后变成了红色，就像炼油厂的火焰一样，但是形状更大，在空中变成了巨大的火星和岩石。也许我来得正是时候。

就在这时，一声响雷从山上传来，脚下的大地颤抖着，河里的水流着流着就不见了，奥索尔诺的天空在烟雾笼罩下变黑了。

我僵住了，自己竟然亲眼见证了这诡异的场景！

毫无疑问，这是在警示我停止向火山继续前进。岩石不断从山坡上轰隆隆滚下来，我庆幸自己还没有去山坡，真是万幸啊。

突然，我发现自己四周全是水。河水涌进来的时候，一只受惊的兔子跳到我的鞋上。我抱起兔子，它在我温暖的怀里安静下来。此时此刻，我就像河里的一个小岛，兔子在我这里避难。

如果你喜欢冒险，回家后可以向别人讲述你的经历，但前提是你能回家。如果现在你被水包围，水又深到可以淹没所有石头，那么从这儿出去就很难了。就像我现在这样，被水围着出不去了。

因为奇迹，我正站在一块凸起的石头上；因为奇

迹，前一晚我找到了带有床和食物的房子；因为奇迹，现在我可以自救，避免自己成为遇难者。当你相信奇迹存在时，就算失去很多东西也不会害怕。虽然此刻奇迹还没有降临，但是怀里抱着受惊的兔子，我相信奇迹肯定会来。

我祈祷着，但是没有反应。也许是因为我太自以为是了，上帝才装聋作哑。所以现在河流不但没干涸，水反而越来越大，越来越深，浪花也越来越大。河水漫过鞋子，我的脚趾全浸泡在水里。兔子的心怦怦跳，我的心跳却慢到快要停止了。远处的黑云，或者黑雾在不断扩大……

一个人的心脏停止跳动，他就死了，不管是站在石头上死去还是淹死在河里，总之都是死了，不过我可不想就这样死去。我满怀信心，算好时间，准备跳入水里游过去。我死死地踩着水里的石头，为了不显得窝囊，我决定站起身来，再跳入水里。结果发现，水其实很浅，才刚刚没过我的双腿。但是兔子依旧很紧张，我双手紧抓着它，眼睛看向天空。上升的黑烟好像被装在一个超大的瓶里扭来扭去，火山不停喷出白色的物体，就像给自己戴上了一块白色面纱。

我感觉自己被一只大爪子提了起来，只好紧紧抱住怀里的兔子。当我冷静下来时，才注意到兔子吐着舌头快被我勒死了，而汉塞尔先生就站在我旁边，正叽里咕噜对我说话。

"你现在安全了。大地震动，火山喷发了，我担心你……"他唾沫横飞地说。

真是个好消息，但是一想起小希我就心生悲伤。他们没报复小希吧？我不知道该怎么说出口，幸好汉塞尔先生和算命先生一样，看出了我的心思。

"你妹妹很好。她在等你，还给你留了碗豌豆汤……"他对我说话就像发电报一样。

我开心地吸了一口气，脚跟狠狠踩在地面上，脚踝飞快摆动起来向茅屋飞奔。

刚回到茅屋，我就意识到发生了不寻常的事。格莱特尔太太疯子般上蹿下跳，躺在地上翻滚，东西扔得到处都是，苹果、桃子、鲜花和花瓶散落一地。小希躺在地上，屁股朝上，头贴着地，正在吮吸手指头，身边摆着几个奇怪的玩具。

"她不想玩。"格莱特尔太太边说边整理小希的头发，"她心情不好，我都逗不笑她……"

然而一看到兔子，小希立马笑了。格莱特尔太太开始整理房间，东西全乱套了，就像有人刚出生一样。唉，对于一个走失儿童来说，最重要的还是赶紧有人来找他。

虽然汉塞尔先生借给我马，格莱特尔太太给我们煮茶，智利的南方又是一个充满神奇事物的地方，但我还是更喜欢北方。虽然没人骂我罚我，从未有人禁止我做什么事，也没人对我生气或者让我紧张不安，但我还是更喜欢我的父母。

格莱特尔太太温柔地说：

"你们愿意一直和我们生活吗？我们喜欢小孩子！"她的眼睛闪烁着慈祥的目光，健康红润的双手因为祈祷而合在了一起。不过，我想告诉她我有妈妈，再当她的儿子就特别不合适，但是我又不想忘恩负义，于是只好这样说：

"我脾气不好，生活没规律，性格又固执，没什么优点。我没想过当您的儿子，而且我也觉得我不适合。我妹妹的坏习惯也很多，反应慢，又不聪明，她也不适合当你的孩子。"

"她还是小孩子……"格莱特尔太太轻声说，噘着的嘴巴，像个用了很久的奶嘴。

"而且您的行为举止也不适合当我妈妈。您年龄不小，却总表现得像个小孩子，这样我还得照顾您。所以，您别多想了！"我向她解释。

汉塞尔先生用德语对她说了几句话，接着她沉默不语，开始整理东西，看来收拾东西是她的癖好。

"你打算怎么回北方？"汉塞尔先生点烟斗的时候问我。

"坐飞机。"我回答。

"你知道你父母在哪儿吗？"

"不知道。"我回答他，小希在旁边咿咿呀呀叫。我对他掺和我家的事情很生气。

"你应该立刻回北方。"他说。

"我才在奥索尔诺待了两天，谁知道我什么时候走呢……"

汉塞尔先生没有回答，看来他正生我的气呢，但是我就是不喜欢别人参与我的家事，我想金枪鱼不停地被扒拉时的反应也是这样的。

汉塞尔先生抽着烟斗走来走去，时不时问我问题，不过我回答他时态度很恶劣。最后他对我说：

"你还是回你父母身边好点。你明知道你父母的地址，但是却说自己走丢了，这显然不对。你就是个小——骗——子！"

我可以忍受别人喊我无赖、凶手、吃人的蠢货，但是喊我"骗子"绝对不行，这是对我赤裸裸的诋毁。别人可以说我不好，但是我一定会向说话的人报复！

我特别生气，生气到咬了自己的舌头，骂人的话差点脱口而出。

我越想说话，嘴唇就闭得越紧，最后导致我说出口的竟是"再见！"。然后我牵起小希，用力摔门而去。

我们在田野里走着，我越走越生气，但是现在不是生汉塞尔先生的气，而是生我自己的气，我都觉得自己讨人厌。汉塞尔先生把我从火山喷发中救了下来，给我吃给我住，而我却不知感恩。既然知道自己必须回去说点什么，那我还向前走什么？不过我不知道要说什么，也不知道该怎么说。

突然，我感觉有块又黏又黑而且发热的东西落在我手上，定睛一看，吓了一大跳，不会是火山喷发吧？我抬头看向远处，黑烟正向我们飘来，火山真的又要喷发了吗？于是，我赶紧寻找小希，结果发现她就在不远处，挂着鼻涕，正抱着梅娜的一条腿"嗒嗒嗒"地说话。

"赶紧走！"我命令梅娜，但是它伤心地看着我。

奶牛能听到人说话，但是听不懂说了什么。就像现在，即便我贴着犄角对梅娜说话，它也一动不动。我决定和它一起回去，汉塞尔先生他们肯定不会认为是我们偷了奶牛……然而现实并没那么容易，因为梅娜躺到地上了。

奶牛都很有想法，但它们不知道怎么表达。梅娜就是这样，它一直盯着我们看，但是没明白我让它返回的指令。最后我发现它的牛犄角断了，或者说它的"接收天线"坏了。我想起之前看过动物犄角或触角里都有"发射棒"，于是我找了根木棒。虽然木头不导电，但也许可以连接两个犄角，因此我把它放在梅娜的两个犄角之间。结果木棒放上去后，梅娜性情就变了。

它打喷嚏，甩尾巴，流鼻涕的鼻子吐泡泡，而且飞奔而去。小希伤心地哭了，我哄她的时候看见梅娜离它主人的茅屋越来越近，但愿他们之前祈祷过希望再次见到奶牛，这样奇迹就会在他们身上发生。

我盯着梅娜在谷穗地留下的大坑看了好久，后来不经意间瞥到了远处的尘雾，那是来自美国的龙卷风吗？我应该待在这里，让龙卷风把我们带回北方。

我知道龙卷风风速可达千米每小时①，因此不用很久我们就能和爸爸妈妈在一起了。我还不知道怎么和妹妹一起乘风离开，她很重，容易滑下去，不过我的胳膊和腿跟田径运动员的一样壮实，走路时脚后跟都能生出火花，所以应该也没什么问题。

我朝着尘雾升起的地方走去，这才发现它并不是来自龙卷风，而是一辆卡车产生的。我离卡车越来越近，耳边仿佛传来数千魔鬼呼喊的声音，也许是因为装载着很多树干，所以卡车行驶时才发出类似地狱的声音吧。

既然没有龙卷风，那就好好利用卡车吧！我边想边向卡车司机做了搭车的手势。我始终坚信，只要你想到哪里就能到哪里。

---

① 译注：作者为营造荒诞幽默的效果，故意用"千米每小时"描写各种人或事物的速度，以下皆同。

卡车司机停车后把小希抱上了车，我在他的帮助下也爬上了车厢。我们被安顿在一只小猪和一只有雀斑的母鸡之间，接着司机开车了。

卡车在摇摇晃晃中前行。这注定是一段"聋哑人"的旅程，因为没人说话，也没人能听清什么。我一直觉得将会出现一座大城市，到处是阿里卡那样的商店，还会有一个带有长凳的车站，妈妈就坐在其中一张长凳上等我们，可是实际上什么都没有……

小希枕着小猪睡着了，一路上睡得很熟，直到刹车的哐当哐当声把她吵醒。刹车声很长，最后卡车总算停稳了。坐了一路车，我的耳朵都被震聋了，一时半会儿什么也听不到。过了一会儿，卡车司机从树干中冒出来，说：

"我去办个事，你帮我照看一下货物。"说完就跳下了车。

我听到他的声音，顿时觉得很美好，至少我知道自己不是聋了。可惜我还有一大堆问题来不及问他，现在只能看管好货物，等他回来。

司机活动了下四肢，身体嘎吱嘎吱响，接着他打了个哈欠，整理了一下衣服，然后离开去办事了。整套动作一气呵成，我都没来得及问他任何问题。我目送他在小路上越走越远，直到小希"嗒嗒嗒"晃我时我才回过神，她让我看一枚不知从哪里找出来的鸡蛋。

小猪神情紧张，拼命拽着拴自己的绳子，差点把自己勒死。之前刹车时小猪翻了好几个滚，绳子缠了好几圈，把它的脖子勒得越来越细，此时的它眼神非常可怜。然而这头猪死板、肥重、笨拙又固执，让它向另一边转圈、移动它、推它、驯导它都没用，绳子勒得它舌头都出来了。

如果我不松松刹车，也许这头猪就要被勒死了。

最终，我松开刹车，救了它。然而停车的地方刚好是下坡，我只顾着解开猪脖子上的绳子，没察觉出卡车在移动。卡车刚开始移动得很慢，后来越来越快，用"箭速"形容都不为过。

两旁的风景飞速向后掠过。突然，我意识到卡车的驾驶位置还没有司机，可是车轮迅速转动，动一下太危险了。最后我还是艰难地爬到驾驶位，使劲儿抓住方向盘。不过卡车高速行驶，再加上树干上挂着的串铃一直响，分散了我的注意力，因此一下子控制住方向盘并没那么容易。卡车很宽，四周全是山地，没有其他路可走，不过山下有块平地，什么时候到了平地，卡车什么时候才会停稳。

开卡车不难，难的是固定住货物。我发现车上的树干一点点向四周散开，而且每过一个坑，树干散开的幅度就加大一点。车上的东西越少，车就颠得越厉害，树干也就散得越开。我把小希紧紧夹在我的双腿之间，小猪脑袋探出车身，半个身体悬挂在空中，母鸡扑扇着翅膀胡乱蹬脚。此刻我已经忘记卡车司机和他要办的事了，我只想平安到达平地。

突然，树干的滚动声消失了，因为最后一根树干也滚下了车厢，远远落在了卡车后面。

接着卡车猛烈晃动，传来一声巨响，随之而来的是全身疼痛。驾驶室里，小希、小猪、母鸡和我挤成一团，到处是腿、胳膊、尾巴和羽毛。原来，卡车撞到了一块大石头，车厢里的水、汽油、金属线散落一地。

幸运的是，我们也到达了平地。

可是我们不知道现在在哪儿，周围全是山谷和丘陵，根本找不到人问路。

我暂时抛开了眼前的混乱，带着小希四处走动，不一会儿又回到卡车旁边，检查有没有剩什么东西。最后发现了一本驾驶证，还发现了一个摔裂的瓶子和一个被咬了几口的三明治。

我把三明治给了小希，因为她把刚找到的鸡蛋弄碎了，我又把碎的鸡蛋给了小猪，然后把母鸡放了，说不定它能继续下蛋，接着又去检查卡车的发动机。

车上还有两个零件可以用，一个是火花塞，一个是风扇片。我取出火花塞，以备后用。正思考什么地方会用到它时，突然听到一声咳嗽。我抬头看了看，原来是一只头顶犄角、留着胡须的白山羊。我盯着它看，结果发现身边的山羊越聚越多，大的、小的、黑的、白的、体弱的、健壮的，甚至还有一只带白点的咖啡色山羊。

原来这块平地是野山羊的"大本营"。羊群盯着我们，做好随时飞奔而逃的准备。

我决定不和羊群对话，好让它们放松警惕，我对着它们一直笑。一只和小希年龄相仿的小山羊靠近小希，舔了舔她的手，友谊就这样产生了。

天黑后，我们睡在羊群里，羊毛柔软暖和，山羊们温柔好闻，我们也睡得无比舒适，我甚至还梦见第二天就有新鲜的奶酪当早饭。

天亮了，寂静的山谷里全是刚睡醒的山羊，这一幕对我而言挺罕见的。山羊伸长脖子，"咩咩"叫着练嗓，随后跳着四处奔跑，散落到各个地方，安静地吃草。

山羊妈妈没有四处走动，小羊羔天生聪明，此时正安静地哂着"奶嘴"喝奶呢。如果人类学会了山羊的生活方式，肯定会活得十分幸福。

山羊们吃过早餐后，大家全体出动去看卡车，卡车对于山羊来说是个新奇的东西。但是截至目前，小希和我都还没吃东西……

我一直想着奶酪这件事。这里肯定有个大山洞，里面藏着丰富的奶酪，所以我前去寻找奶酪，找的过程中我的口水直流。

走着走着，我突然想起了妹妹，发现她并不在我身边……

"小希！"我发出雷鸣般的声音大喊她的名字，但是四周只能听到我自己"小希——小希——"的喊声，我都快急疯了。

我不停地呼喊小希，然而回应我的只有回音。我只能这么喊她的名字，因为这里没有火把，也没有电话，人与人交流全靠喊。

还好，我最终发现小希就在不远处，她正趴在一只山羊身下，山羊正像当初格莱特尔太太的奶牛一样喂小希奶喝。

一个人真的饿了时，就会忘记恐惧。

小希刚喝完羊奶，我就趴在那儿接着喝。奶酪的事早被我抛到九霄云外了。给我羊奶喝的这只山羊真是头好山羊，我永远不会忘记它，希望它老的时

候能有个快乐的晚年。

为了不把它和其他山羊搞混，我把火花塞穿到金属线上，做成项链挂在它的脖子上，这样的话，到哪儿我都能认识它。它死后我要给它修个墓，我的子孙都将知道我走失的时候有头山羊救过我的命。

渐渐地，羊群看卡车看得无聊了，开始向四处散去。有的看上去就像山上的一个小点，有的甚至都看不到影子了。我继续跟着我的山羊朋友，免得错过午餐时间。不过那头山羊蹦蹦跳跳的，十分好动，不一会儿我们就走远了，来到了山丘的另一边。这边风景迥异，不远处有块空地，空地上有架飞机。

远远看去那像个玩具飞机，但是经常坐飞机的人都知道，只有靠近看，才能知道飞机到底有多大。我拉着小希向山丘下面滑去。这块坡地光滑又轻柔，我们轻而易举就来到了山脚下，简直跟做梦一样。

我们盯着飞机走了好久，发现飞机周围有几个男人带着东西进进出出，好像在准备出发。真希望他们不要在我们到达之前出发。

小希走累了，她挣脱我的手，躺在地上睡觉了，我只好让她休息一会儿。

我回头看向飞机，结果看到了一股"龙卷风"，实际上就是一个急速旋转的螺旋桨。我马上背起小希，撒腿就跑，想要在飞机起飞前赶到那里，戴着火花塞项链的山羊朋友和我们一起飞奔。

我们还差几百米就到飞机跟前了，这时螺旋桨突然停止转动。幸亏飞机出了问题，我们才有时间赶到那里。但愿问题严重一点，修理的时间长一点，这样留给我们的时间就宽松了。无论如何，我必须加快步伐，在螺旋桨再次转动前到达那里。我跑得太快了，停都停不下来，终于跑到飞机正前方。这时舱门打开，一个戴眼镜的头探了出来。

"喂喂喂！"他看到我们过来顿时大喊，不过发动机声音太大了，我们听不到他说的话。虽然这是一架小型飞机，但我们还是花了一点时间，才围着它转完了一圈。当我再次回到飞机前面时，我带着小希摔倒在地。飞行员吓了一跳，他来到我们身边，弯腰就问："螺旋桨勾住你了吗，小蠢蛋？"不过我假装没听见他说的话。

"没有！"我竭尽全力地喊，"请您带我们一起走，我们走丢了。"

"你都不知道我要去哪里，就让我带你走，这样才会走丢呢……"他说完就缩回了头，钻进了飞机。但是机舱门关闭之前，他后悔了，又伸出了头。

"你们真的走丢了？"他问我。

"我和妹妹的确走丢了。"我立马回答他，尽管我一直都不这么认为。

"那上来吧，孩子！"他伸出胖胳膊拽着我的胳膊，把我拉上了飞机，而我拉着小希。虽然我正在习惯别人帮我上飞机、上卡车，但是再次面不改色地和别人胳膊碰胳膊，对我而言还是相当困难的。他拉我上来后，我告诉他：

"飞行员先生，山羊还没上来，它比我们还可怜。"

"你的意思是让我带着山羊飞行？"

"它是一头'好运羊'，会带来幸运。"我对他说。

"羊是你偷的吗？"

"随便您怎么想……我们没办法离开这里，唯一能救我们的就是飞机，现在这里就有一架飞机。"

"小鬼头，你说得有道理。那你把山羊弄上飞机吧。"

我把山羊弄上飞机后，对飞行员说：

"飞行员先生，如果您不介意的话，我介绍一下。我叫巴巴鲁丘，不叫小鬼头，我妹妹叫小希。"

他看了看我，就像从没见过我一样，然后关门，扣紧安全带，大喊："大家抓稳坐好，我们要出发了！"

飞机在发动机的"怒吼"中掠过空地。还没滑行多久，飞机突然停止运行，小希、好运羊和我向后滚去，撞到了坚硬的麻袋上，两人一羊紧紧贴在一起，只能静静等待飞机重新起飞。一旦在空中，情况就不同了。

后来飞机成功起飞了。我从缝隙中眺望曾经待过的田野和山丘，所有东西变得越来越小，离我们也越来越远。我们在空中飞行，飞过山脉，飞过奥索尔诺火山，飞过城市。

包括有个胖老婆的议员、在广场卖报纸的卡西爸爸、正在挤牛奶的汉塞尔先生和格莱特尔太太，他们都在我的脚下慢慢远去。

我和小希天生就是为了飞翔。小希开始讲话，不再像以前那样反应缓慢，她和好运羊什么都说，甚至喊山羊"妈妈"，还想象着自己有很多兄弟姐妹。

我接近飞行员，想知道我们要飞去哪儿。我正打算问他，但是看见他额头有条黑色的皱纹，嘴巴上也有两条，看来是什么东西给他留下了永远的伤疤……

他看见我站在他身旁，什么也没说，只是嘴巴闭得更紧了。不知为什么，反正我觉得他十二岁就会驾驶公共汽车。他额头上的皱纹长长的，而且凹凸不平，几根鼻毛从鼻子里冒出来。我能感觉到他现在很生气。

我深知人在生气的时候，越说话就越生气，越生气就越要说话，但是这位飞行员与众不同。他即使生气也知道自己该说什么，而且还能控制好飞机，真是太不可思议了。

目前让他不生气最好的办法就是问他很多问题，直到他完全失去耐心，也许他气着气着，怒气反而就消了。

"我们去哪里？"我大声问他，但他还是装作没听见。

"您飞机开得很好，但是知道别人要去哪儿就更

好了。"我说得很大声，但是他依旧没回答我的问题。

"这是您的飞机吗？您当多久飞行员了？飞多长时间了？您还是小孩子时就有飞行证了吗？您还记得您的奶奶吗？上学时您额头就有皱纹吗？您上学时学地理了吗？……"

我想到什么就问什么，完全没有思考。因为他不回答，我就把这当作语言练习，以防我忘了怎么说话。他连喷嚏都不打，我越问他问题，他动作幅度就越小。

突然，小希走到我身边，拽了拽我的衣角，然后松开说：

"你去看看我'妈妈'，她在呕吐，还吐出了一只蜜蜂。"我吃惊地看着小希，她怎么突然就会说话了呢？

"你说什么？"

"'妈妈'吐了一只蜜蜂，那只蜜蜂想蜇我。它已经蜇了我的'妹妹'克罗莉、科蒂和鲁迪，她们三个都在哭。"

"你的'妹妹'们在哪里？"

"她们就在后面。科蒂想吐却吐不出，克罗莉打了鲁迪，她以为鲁迪咬了她一口。都是蜜蜂搞的鬼……"

她认真而且严肃地对我说，我相信她说的是真的，就和她一起过去看看。好运羊的确吐了，但是其他三个"妹妹"全是编出来的。

"小希，你没有妹妹，也根本没有克罗莉、鲁迪和科蒂，你只有哥哥，就是我。"我告诉小希。

"是克罗莉、科蒂和鲁迪。"她严肃地纠正我。

"好好好，你想怎么叫就怎么叫……"我看到一只蜜蜂停在我手上，于是瞬间我闭嘴了。山羊真的吐出了活生生的蜜蜂，这样看来，或许那些"妹妹"们也真实存在……

手上的蜜蜂被我赶走后便在飞机里飞来飞去。这只蜜蜂很不友好，我们不得不去驾驶室，来到飞行员的身边。就在那儿，噩梦发生了。

蜜蜂确认了蛰不到我，于是直接冲向飞行员。它停在驾驶员额头的疤痕上，驾驶员尖叫一声，晃动身体，张开手臂，然后从驾驶位置跳出来，挥舞着胳膊，嘴里骂着脏话。就在这一瞬间，飞机晃了一下，飞行员摔到地上。我连忙上前救他，但是发现他昏过去了，而且额头疤痕上有个特别大的包，嘴巴张开，牙齿外露，蜜蜂也在他的鼻子上昏迷了。于是，我对他喊：

"飞行员先生，快醒醒！没人控制飞机了，如果您不管的话，您也会死。快醒醒，现在还不是昏迷的时候！"我大声哀求，但是他什么反应都没有。

飞机颠了一下后开始像羊羔一样打滚，我们根本没法站立。我抓紧驾驶台的操纵杆，山羊和小希紧紧地抱在一起。

"克罗莉，小心。鲁迪，抓好科蒂……"小希还不忘喊她的"妹妹"们。

我发现飞机已经摆正机身,刚才抓住操纵杆竟然起效了。于是,我开始上手控制飞机,慢慢移动操纵杆,然后一连串意外接踵而来。我望向外面,发现山丘离我们很近了。我试着动了一下操纵杆,飞机升到了山丘上面,山丘渐渐落在我们身后。山羊站到我的旁边,小希和她的"妹妹"们在机舱里走来走去,仿佛这里就是平地。飞行员陷入了昏迷,而我还在兴致满满地研究操纵杆。

突然间飞机又开始倾斜下滑,原来是燃油快耗尽了,可是我不知道哪里有空中加油机给飞机加油,所以我们只能降落。我没有被这突如其来的变故吓到,反而觉得这个"意外"很美好。我觉得自己很聪明,竟然也会开飞机了,而且没人教我。全世界都应该知道我一个人开过飞机,并且还救了一飞机的人。

就在我沉迷于自己的"壮举"时,发动机"打了个喷嚏”，接着就不运转了。燃油彻底耗尽了，我除了降落别无选择，可是我还没试过控制飞机降落。我看了看窗外，那里有一块平地，也许那里是个带有足球场的智利小村庄。

"那里就是我要降落的地方。"我注视着两个山谷之间的地方，内心坚定地自言自语。然而实际上我什么都不知道，感觉自己要被天空抛弃了。我眨了眨眼睛，转身看向刚刚苏醒的飞行员，然后又看向驾驶室。

"蠢货！"他顶着额头上的肿包说，"你把油箱的钥匙锁了，我们差点就要为你犯的错误摔个粉碎。"

最后，发动机启动了，飞机又开始嗡嗡响，那块平地也离我们越来越远。

"你安静地坐着！"飞行员命令我，"你最好学学驾驶，如果我再晕了，也许你能救我们大家。"说完他便开始教我。他人不错，至少危机来的时候，他能沉着应对。

之前我以为他不会说话，但蜜蜂袭击后情况有所改变，他开始给我讲自己出生以来的生活：他叫贝莱戴斯，是一名平民飞行员，自打出生起，就命运多舛，他似乎就是为受苦而生的。在他六个月大时，额头上就有了这条皱纹。长大后，更是做什么都不顺。比如做生意不赚钱，自己的飞机无故被别人盯上，等等。

他没有飞行执照，所以都是偷偷飞行。他每次都不得不在隐蔽的田野着陆，在乌云密布时飞行，经过飞机场时，熄灭发动机，而且晚上才能给飞机补给。

"您和我说了很多事，但有一件事没说。"我对他说。

"哪件事？"

"我们去哪儿。您和我说过会考虑考虑告诉我的。"

"不是我不愿回答你，而是我自己也不知道，一切都取决于事情的进展……"

“如果我的山羊给您带来了好运，事情肯定会变好的，所以您该告诉我，我们要在哪儿降落？”

　　“可能在北边或中部的一个山谷。那时候就是晚上了，我得等一些信号。”

　　“您太神秘了，不过我喜欢神秘的东西。”我惊呼。此时天已经黑了，我想到小希会害怕。

　　“飞机上没有灯吗？”我问。

　　“有，但我都是在黑暗中飞行。如果你不喜欢，可以去睡觉。”他说。

　　我没去睡觉，而是去了机尾，想去陪陪小希。我用手摸索着前行，最后发现她把好运羊当枕头，蜷缩着睡着了，于是我又回到了座位上。

　　“我喜欢黑暗，这样看不见丑陋的事，还可以想象其他更棒的事。”我说。

　　但是贝莱戴斯没回应我。天上有星星，他似乎在用星星定位。突然，他打开之前从未用过的一个电台，然后我就听到了下面的话：

"注意！注意！不明飞机请出示飞行执照。"

贝莱戴斯关了电台，嘀咕了几句，不过我听不懂。我感觉飞机在朝上飞，或许我们就要穿过黑夜飞向白天。飞机还在不停向上飞，我们向后倾斜，突然，飞机飞平了，我们又坐直了。这时，一盏灯亮了。

"飞机终于飞到云层上面了，这下我们可以继续安静地飞行了。"贝莱戴斯说话的时候伸直了腿。

"我们要飞一整晚吗？"

"飞机会在你最不想降落的时候降落。"他的黑手又打开了电台。

"飞机失踪。重复：身份不明的飞机失踪了。注意！注意！"他关了电台按钮，哈哈大笑。

"巴巴鲁丘，我们吃点东西。你把那个箱子打开，里面有火腿、水煮蛋、巧克力和饮料。一个人太久没吃东西时，在他眼里，箱子里的这些东西都超级美味。"

贝莱戴斯看了看他的表。

与此同时，我感觉到了一阵猛烈的撞击，飞机摇晃，好运羊向后跑。撞击太猛烈了，我们眼睁睁看着自己被晃得转圈，但却什么都做不了。

"发生了什么？"我问贝莱戴斯先生。

"信号，我们碰到了信号，现在我们要下降。巴巴鲁丘，抓紧了！"贝莱戴斯说。

发动机声音变小了，我们开始慢慢滑翔。突然，飞机前方出现了一束光，接着又是一束，一束接一束地出现。有人画了一个巨大的"Z"形，而且形状越来越大。

"那是信号？我们要降落吗？……"我问。

我话还没说完，头就被猛撞了一下。我听到了小希的呼喊以及好运羊的咩咩叫。而此时，飞机已经在粗糙凹陷的地面上奔跑了，真的是在地面上奔跑。

不知过了多久，我被耳边响起的咩咩声吵醒。又是好运羊，它在我身边咳嗽、呕吐。我环顾四周，发现小希还在机尾睡觉。我感觉身体似乎被粗暴地颠倒了过来，胃不停向上翻。我发现飞机又在空中了。

幸亏灯被关了。

"发生了什么？"我问。

"飞机刚穿过云层。从现在起，我要开始找信号了。"贝莱戴斯回答。

"我们要降落吗？"但是他又没回答我，脸上的表情可怜兮兮的，也许又要有袭击了。我看着下面的一片黑暗，静静等着，远处有一束光，不过形状比一颗滑石粉疙瘩还小。光熄灭了，然后又出现了，我们继续飞行。

贝莱戴斯又打开了电台，里面传来急促的声音："KL.103 报位。注意：岸上有雾，能见度低，JR 站天气晴朗。注意！注意！身份不明的那架飞机将在黎明时分被找到……"

"咔哒"，贝莱戴斯再一次切断了电台。

贝莱戴斯打开了飞机门，好运羊跳到了地上，在漆黑的田野狂奔，很快就消失了。贝莱戴斯咒骂了几句。

我叫醒熟睡的小希，她被粘了一身羊毛，看上去就像个大刷子。我拍光她身上的山羊毛，并把她扶起来。她清醒站直后，我们向机舱门走了过去。

外面来了些陌生人，他们过来接住我们，把我们放到了地上。与此同时，我看到机身上有处地方又是冒烟又是起火。

"我们到了，不用多久你就能看到妈妈，还能爬上你的床了。"我对小希说。

"嗒嗒嗒……"小希又像之前一样咿咿呀呀地回

答我，看来她只有在天上时才会说话。

贝莱戴斯和其他两个男人取出飞机上装载的东西，背起重重的麻袋，一个跟着一个，走向挂着灯笼的帐篷。

我和小希跟着他们。那顶帐篷不错，里面有两把卡宾枪、一辆摩托车，灶上还放着个高压锅。这些东西就足够了，我们还需要什么呢？突然，一个留山羊胡子的男人命令我们，语气中夹杂着愤怒：

"小捣蛋鬼，已经过午夜了，赶紧去睡觉。"

我和小希乖乖地听话，盖着他给我们的毯子躺在一个角落里。小希立马睡着了，但是我越闭紧眼越不想睡，不经意间听到了他们的谈话。

"我差点被他们追上了，有那么一瞬间我真想扔掉那些麻袋……没办法，我只能朝南飞来迷惑他们。最后我在奥索尔诺附近的一个山谷降落了，一直待到黄昏，当时我只能想出这个办法。但是当我打开电台时，发现他们还在找我……"贝莱戴斯说。

"我们听到了电台呼叫，担心情况会变糟。算算时间，你本应该中午就到这儿的，但是我们中午到这儿了，却没有看见你，所以知道你肯定碰上事了。我们一直等到天黑，最后，只好不抱任何希望地点亮了信号。"留山羊胡子的人说。

"快给我喝口酒，我现在还是很紧张。我甚至以为我再也开不了飞机了。"贝莱戴斯说。

他们给贝莱戴斯一瓶好酒，每喝下一口，他都舒服地叹口气。喝完酒后，贝莱戴斯解开了腰带，把腰带丢在我旁边。他的腰带上配着一把贵重的枪和一盒子弹。

"给我铺开睡袋，我困了。"他对同伴说道。睡袋刚铺好，他就睡在了上面，打起了呼噜。

"贝莱戴斯喝醉了，他会一觉睡到明早，我们得在天亮前瞒着他把事办好……"山羊胡子说。

"大晚上骑摩托车，又找不到路，把东西带走可不容易啊。"另一个人说。

"有什么事是容易的。他现在喝醉了，而且天亮后飞机就会被找到。如果我们都被抓了，东西可就保不住了。"山羊胡子说。

"吉卜赛人的营地离这儿有十公里。"

"两小时就能到，赶紧走吧。"山羊胡子说。

最后另一个人同意了。他背起麻袋放到摩托车上，再用皮带把麻袋捆在车上，拿了把枪挂在背上，然后骑上摩托车，趁着夜色出发了。山羊胡子点了根烟，拿起另一把枪，睡在了帐篷门前。帐篷里的高压锅里还沸腾着。

这时，我和山羊胡子都睡着了，高压锅爆炸的声音惊醒了我们。灶上着火了，满帐篷都是一股肉烧焦的味道，但是小希和贝莱戴斯还在熟睡。一整只酱汁兔都被烧没了，真是太可惜了。不过闻着这股恶心味，我最终还是睡着了。

突如其来的一阵疼痛把我弄醒了。原来是山羊胡子怒气冲冲地抓着我的肩膀。

"快起床！天快亮了，你得帮我们。"他对我说。

我揉了揉眼睛，什么都不记得了，只知道梦里自己还在火车上。最终费了好大劲儿，我才把我的经历和所有事拼接起来。

"看看你能不能扛起这袋东西。"他往我肩膀上放了袋从飞机上拿下来的东西，但我还没做好准备，就一下子被压垮了。袋子掉在地上，里面的盒子散落一地。

"你一点一点搬。"他鼓励我说，然后把地上的小盒子装了一些在麻袋里。

"现在试试。"他对我说，然后我试了，可以搬动。"你可以分四趟搬完这些东西。看到远处那棵黑乎乎的树了吗？树脚下有堆稻草，把盒子放那儿，用稻草盖住，然后把空麻袋拿回来。

我又一次听从了他的安排，遇到这些事情真是太恐怖了。我走了很久才走到他说的那棵树下，因为晚上走路耗用的时间更长。我坐在稻草上休息，打开了袋子，检查盒子里是不是有弹药、金子或巧克力什么的。反正盒子里肯定有值钱的东西，于是我往口袋里藏了个盒子，然后把其余的都藏在稻草里，最后拿着空袋子回去了。

我跑了四趟，跑完最后一趟时天已经大亮了。这一刻，我甚至能体会到上帝创造世界时的感受，这滋味挺不错的。

"你听到摩托车的声音了吗？"山羊大胡子不但没感谢我，反而质问我。

"没有，先生。"

"你再去搬一袋，我去给你和你妹妹准备早餐，但这次得把袋子藏起来，明白吗？"

我拿着半袋东西出发了。山羊胡子骗我多搬了一趟，而且这半袋东西还很重。

　　现在已经是大白天了，太阳爬上了山，叫醒了鸟儿。我打开袋子，往口袋里塞了四个小盒子，作为我跑了五趟的报酬。但是我害怕山羊胡子发现我藏了盒子，所以决定只拿里面的东西，不要盒子。盒子里是一小块塑料外壳包装的粉状物，虽然盒子上写的是古柯①，但我确定那就是铀②。也许某天我可以用它发明个什么东西。尽管早餐的味道让我垂涎欲滴，但我还是又跑了两趟。

　　最后，所有的东西都被搬完了。山羊胡子给我端了杯加奶咖啡，小希也来了，贝莱戴斯先生还在睡觉。面包很硬，山羊胡子把用牛奶泡了一下面包，我也

---

①　古柯：双子叶植物，可以入药，也是可口可乐的重要配方。

②　铀：天然放射性元素。放射强度随剂量强度变化。

这么做了，尝起来特别美味。

这时传来一阵飞机的嗡嗡声。贝莱戴斯从睡梦中惊醒，准备拴上带有子弹的腰带，但是山羊胡子一把夺过腰带，把它放进高压锅，而且用睡袋盖住了卡宾枪。

飞机缓缓下降，我还没吃完面包它就着陆了。那是一架军用飞机，一个飞行员跳到地面上，贝莱戴斯和山羊胡子跑去迎接他。

"我的长官，见到你太高兴了！"贝莱戴斯说，"飞机燃油耗尽了，也没收到电台，我们什么都不知道就着陆了，我带着我的妹夫，还有孩子们在当地飞行……"他笑着指了指我们说。警官握了握他的手，送了他一大罐燃油，还扯了扯我的耳朵，给了小希一块糖果，然后爬上飞机离开了。

从那一刻起，贝莱戴斯和山羊胡子都跟变了个人似的，他们笑着，开着玩笑，我突然不知该说什么，只好问：

"骑摩托车的人什么时候回来？"

笑声消失了，他们皱起眉头，生气了，而且神情紧张。

"那个混蛋去哪儿了？"山羊胡子问。

"你也是混蛋。你忘了把信号从火把里拿出来，警官看见了……"贝莱戴斯说。

"别把事再搞复杂了，事情已经够乱了。东西在谁手上？"

山羊胡子的话还没说完，我们就听到远处响起一阵摩托声，他们愤怒的表情慢慢舒展了。但随着眼睛看向远方，他们的脸色越来越奇怪……

原来，远处不止一辆摩托车。而是两辆、三辆，至少有四辆。贝莱戴斯发出一声尖叫：

"快点上飞机！"他拿上油罐，跑向飞机，爬了上去，山羊胡子捡起来宾枪，跟着爬了上去，顷刻间，贝莱戴斯就开着飞机起飞了。我和小希愣愣地站在原地，直到飞机消失在空中。

雷鸣般咆哮的摩托声和五辆性能良好的德国大摩托车围住了我和小希。

"你爸爸在哪儿？"胖一点的警察对我说。

"我不知道，我已经找了他几天了……"我回答。

"狡猾的小鬼，好好说，别编瞎话……那帮人的头目在哪儿？"

"头目跑了。"我回答。

"你指的是那架飞机吗？他已经坐飞机跑了？"

"您也看见了。"我对他说。

"跑去哪儿了？"

"他们只说了'快点上飞机'，然后就抛下我们飞走了。"

"你和这个小女孩是他们的孩子吗？"

"不是，警官。他们把我们以及另一个同伴当宠

物一样从奥索尔诺带来这儿，但那个同伴消失了。"

"我没听懂，你得跟我们走。"

"去警察局吗？但我还有朋友在这儿……"

"我相信你。你和你妹妹上车坐在后面，但你是想让我以为你不认识刚飞走的那个飞行员吗？"

"我可没说。我认识他，他叫贝莱戴斯，但他不是我爸爸。"

"他的同伙呢？"

"我只听他安排做事，但不知道他叫什么。"

胖警察发动了摩托，我一点都听不清他说的话了。这辆摩托火力很猛，我们在田野上以千米每小时的速度奔驰。经过那一大堆稻草和那棵树时，我告诉他那儿藏着宝藏，但他没听到继续向前开。小希锋利的指甲紧紧抓住我的腰带，贝莱戴斯的飞机早已不见踪影了。

我们来到一个警察哨点：几栋白色小房子，门窗都是绿色的，上面有警徽，旁边有棵小树，地上有串石块，还有个进门的台阶。进去后里面有个小庭院，桌子、墨水、书都有，警官也在，山羊胡子的朋友正在旁边的破房间里睡觉。

"名字？"一名警察面无表情问。

"巴巴鲁丘。"

"地址？"

"不知道。"

"怎么会不知道呢？"

"我不认识地址，而且从来都不知道地址……"

"行了，行了，跟我说说到底发生了什么吧？"

我开始和他说我的故事。我越说越乱，他也没听懂，因为我也弄不清了。最后他问我：

"你会写字吗？"

"当然，我可是一位作家。"我对他说。

"既然如此，你拿个本子把你和我说的故事写下来，不写的话我们就逮捕你！"

他们把我和小希关进了骑摩托那个人所在的房子里，给了我一支削好的铅笔和一个本子并命令我安静，然后关上了门。小希倒是很高兴，因为她并不知道我们被逮捕了。我非常生气，因为我还有很多事要做，而第一件事就是找爸爸妈妈。

我气愤地捶门，但是没人给我开门。我打开绿色的窗户，发现上面装有铁条，这下我真正意识到自己被关了起来。

为什么要囚禁我们？没人向我们解释。我从铁条里探出头，看到五辆摩托车排成一列，在阳光下闪闪发光。我把头转向另一边，看到好运羊被绑在一棵树上。

它也被囚禁了？我暗自思考：既然我的头能从铁条中钻过去，小希的头更小，肯定也能钻过去。结果不出意外，她的头钻过去了，我把她往外推推，然后松开了她。最终她站到了地上，飞跑过去找自己的"奶瓶"。

我伸长脖子从"监狱"里看她，随后，重新探出头，但是因为耳朵挡住了，头卡在铁条中出不去。要是一辈子都卡在这儿，那可太惨了。于是我慢慢从一侧使劲儿移动头部，最后我成功跳到地上。

自由了！

我们必须在警察发现之前赶紧溜走。因此，我忍住爬上一辆摩托车的巨大诱惑，带着小希和好运羊一起偷偷逃走。

我们跑到了一个村庄，街道上的自由集市正热闹着。圆白菜、柠檬、鸭子、麻袋和看热闹的人混在一起，让人眼花缭乱。

我们进了一家药店，我趁机询问这个村庄的名字。

"你是新来的？"女药剂师问。

"我路过，"我回答，"我们要去阿里卡。"

“去阿里卡？靠走路去吗？”

“不一定，我们只想知道我们在哪儿……去那里容不容易……”

女药剂师发出一阵悦耳的笑声，她捂住嘴，抖着肩膀。她似乎在嘲笑我，我并没有理会，只是在看她店里有卖一些我想买的好东西。在她继续嘲笑我的时候，我看到了一个很漂亮的小蓝铃，挂在好运羊脖子上肯定会特别好看，于是我问了价钱。

“两百比索①，好奇鬼。”

“粉色的呢？”

“一样的，问题小子。”

“你为什么骂我？你觉得我没钱吗？”我问她。

“你有吗？”

“我没有，但我有比你所有的铃铛都值钱的东

---

① 比索：比索为智利流通货币。

西，我有铀。"

"铀？让我看看样品……如果是真的，我就买你的铀。"她瞬间严肃起来，恭敬地对我说。

我拿出小包裹，也就是那个塑料包，给她看了看，但不让她摸。

"你从哪儿弄到的？还有多的吗？"她像见到恶魔一样尖叫着说。

我收起塑料包放进口袋里，一下子板起了脸。生意就是生意，肯定要谈谈价。

"我有七个，还藏了很多。这些值多少钱？"我谨慎地对她说。

"七个买一个铃铛。"她整个人都闪闪发亮。

"不行。"我语气生硬地拒绝。

"七个铃铛，七个小包，再加藏东西的地方……"

我发觉她对这项生意十分满意，如果是这样，那就说明这桩生意我吃亏了，因此我马上改口：

"至少十七个铃铛。"我以为她要说"不",但结果她十分肯定地说"好"。我拿十七个铃铛做什么呢?为了避免给自己徒增烦恼,我想明白了,给好运羊做一个铃铛项链。

我给了她七个小包,她给了我一盒铃铛。小希高兴极了,女药剂师也是,她甚至送了我一条能镶嵌铃铛的项圈,项圈看起来很珍贵,她还帮我把铃铛戴到山羊脖子上,它现在俨然是一只进口羊了。一切弄好之后,我们骄傲地走了。

然而,女药剂师在门口按住了我。

"你还没和我说藏铀的地点在哪儿。"她又笑着问。

"我不说,反正你也没告诉我怎么去阿里卡……"我对她说。

"你说了你的秘密后我再告诉你,你带我去放铀的地方,我带你去阿里卡……"

我有点愣住了。如果她知道隐藏地后不履行诺言怎么办？我在思考这些的同时，她给了小希巧克力，给山羊喂了生菜，还给了我一些糖果。时间拖得越久，我越不想答应她。

　　我觉得她就像个没有信誉的骗子。

　　"我知道你有点不信任我，但是没关系。现在我要关门了，我们进去先吃中饭，等下再谈。"

　　药店没有铁帘只有门，在这个人人都健康的村子里没人买药，我觉得药店真没存在的必要。午饭十分美味，冷的乌米塔①很好消化。

　　我们正心满意足地吃着乌米塔时，身穿警服的人突然走进我们所在的院子，吓得我连手中的乌米塔

---

① 乌米塔（Humitas）：流行于南美洲诸国的食物，各地做法略有不同，但大都以粗颗粒的玉米片为主要原料，加入肉和辣椒等各种馅料，然后用玉米穗叶或香蕉叶包起来蒸或烤熟。因其外观与我国的传统食物粽子相近，又被称为"南美粽子"。

都掉了。因为这位身穿警服的人，正是在警局里审问我的那位警官。而他竟是女药剂师的丈夫！她身上的秘密可真多啊！警官进来了，女药剂师把事情的前因后果都给他讲了一遍。

"小朋友，我下班可不干上班干的事。"警官说完后，一口气扫荡了五个乌米塔。女药剂师接着解释：

"我丈夫想说吃饭的时间他就不是警官了，所以也不工作。你明白吗？……"

就这样，我们安静地吃完了午饭。午饭过后，女药剂师对她的丈夫说："布劳里奥，我们和这个小朋友要谈桩生意。他要告诉我们哪里埋着一堆铀，我要告诉他怎么去阿里卡。"

"当然是走着去。"他马上站了起来。

"布劳里奥，别急啊。他害怕自己告诉我们宝藏后，我不会告诉他到阿里卡最短又最容易走的路……"

"既然这样，你就相信他，先告诉他去阿里卡的路，然后听他说出自己的秘密……"

"我能信任他吗？"她直截了当地问。

"我认为可以。"

"巴巴鲁丘，那我告诉你有一条去阿里卡的路……特别近，几乎走着就能到。明早你坐我的小货车出发，中午就能到那儿。"

我高兴死了，感觉灵魂都要乐得飞上天了，顿时觉得自己要回报给他们的太少了，因为我只是把树下的一堆稻草指给他们看，不过我还是像大人一样遵守了诺言。

小希和我坐上了警官的摩托车，我把山羊交给了女药剂师，然后沿着我记下的路出发了。飞机当时降落的地方有个卡宾枪手在看管帐篷，火炬熄灭了，远处有一大堆稻草静静躺在那里。

到那儿之后我刨开了稻草。映入眼帘的首先是袋子，接着是宝藏盒子。警官捡起它们，丢进袋子里，然后吹了声哨子，卡宾枪手来了，他帮警官把袋子装满。

"在帐篷里守好袋子，直到有人来换岗。"警官命令他。小希和我再次爬上德国摩托车，我们出发了。

"巴巴鲁丘。"他叫我，接着用一种强装生硬但实际柔软的声音说，"你没被逮捕，明白吗？但是你得在今早逃走的房间里待一晚。这不是惩罚，只是走个程序。我需要你在我给你的笔记本上写下从你迷路起发生的一切。"

"你怎么知道我迷路了？"我问。

"因为全国都发布了寻找你的通知。你的爸爸妈妈现在在阿里卡，我就是那个即将送你回到父母身边的人。"

"他们在找我们？他们在找我们？"我傻傻地问。

"很久之前就开始了，巴巴鲁丘。"

"你为什么不赶快把我送回爸爸那儿？"

"因为你的故事必须被写下来。我已经通知了你的妈妈，告诉她已经找到你了，而且你一切安好，明天我就送你回家。现在赶紧写！你越快写完，就越早能和家人团聚。"

我紧绷的脸放松了，随手捡起之前被丢在地上的笔记本和铅笔。

"我写完时，能带我的好运羊一起坐车吗？"我问。

"当然了，巴巴鲁丘。我还会向你爸爸表示祝贺，因为你协助我们完成了一项重大调查。"

我竭尽全力奋笔疾书，最后写完了我的故事。警官先生，我回家回得太匆忙了，以致忘了问您"协助完成一项重大调查"是什么意思。

尊敬的先生，请您快来，在我阿里卡的家回答我这个问题吧……

小小旅行者

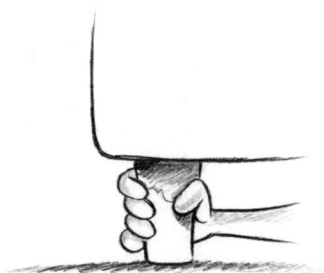

　　爸爸妈妈和我的哥哥哈维尔的说话声把我吵醒了。他们说的话和大人收听收音机里的笑话一样叫我听不懂，不过我熟悉他们的声音。醒来时我正趴在沙发下，攥着断了的沙发腿，用它顶住沙发，但是我的手指和沙发腿竟然粘在了一起，如果用力甩，不是手指断掉，就是沙发塌下来。现在还有人坐在上面，我感到越来越累，快撑不下去了。

　　"你还没到自作主张的年龄……"妈妈说。

　　"你就是个任性胡来的小皇帝，还是去上你的学吧……"爸爸说话的时候来回走动，脚差点踢到我。

"我会去上学的……"哈维尔狡辩道。他这种认真的语气只是偶尔才会出现。此时唯一映入我眼帘的就是他那双大肥鞋。

"你不会是要当水手吧！我的儿子……要当水手？……"爸爸惊讶地问。

"我要活出我自己！当水手是我的梦想，我就是要去当水手。"哈维尔公鸡打鸣般响亮地回答，他看起来怒气冲冲的。

"可你还是个孩子啊。"妈妈边说话边帮他脱鞋。我不知道哈维尔是怎么穿上这鞋的，鞋比我的脸还大，可他的脚竟比鞋还大。

"你错了，妈妈。我不是小孩子，我已经长大成人了，知道自己喜欢什么。如果你是我，你会明白这是一种召唤。每个人一生都有使命要完成，而我就是为做水手而生的。"

"你可以以后再做啊，为什么非得现在做……"

"现在有人肯收我当水手，难道你要切断我的路吗？"哈维尔说话时就像个响当当的男子汉。

我想象着哈维尔以千米每小时的速度狂奔，而妈妈却在阻断他的路。我能感受到哈维尔的梦想在召唤他，海浪、鲸群和海鸥一齐向他呼喊："快来，哈维尔！你说过自己还有使命要去完成。"既然每个人都有自己的使命，那我的使命是什么呢？

这时，妈妈换了个坐姿，这简直是场灾难。我像地上的小虫一样快被压扁了，浑身都疼，不过妈妈摔倒在地的喊叫声比我被沙发压扁的喊叫声还大。爸爸和哈维尔把妈妈扶起来，然后抬起沙发，把我从沙发下拉出来，可是沙发腿还紧紧粘在我手指上。

"就知道是你！"爸爸大声呵斥我。

"我正试着修沙发。"我解释着，但没人听我说话。

爸爸妈妈罚我上床反省，他们装作没看见和我手

指粘在一块的沙发腿。

我要带着沙发腿在床上度过一生吗？难道这就是我的使命？我就是为此而生的吗？沙发似乎在召唤我……

我翻了个身，双眼紧闭。如果上帝给了哈维尔做水手的使命，那为什么给我的使命却是沙发腿呢？难道上帝对我没什么期待？这简直是对我的侮辱。难道他以为如果我不接受这个使命，我就一无是处吗？

没有人鼓励我，上帝也不管我，这太让我伤心了。我开始躲在角落里偷偷哭，悲伤到无法呼吸。我努力回忆曾经夸奖过我的人，可惜想不出来。从来没有人夸奖过我，到我身上的全是责骂和惩罚，我又能怎么办呢。

没过多久，悲伤就消失了，要不然我真会憋死自己，但是鼻涕和眼泪却一直唰唰往下流。我可不是在哭，只是在吮吸又热又咸的泪水。一个人伤心时，连眼泪尝起来都是美味的。

我想象哈维尔来到我的房间，看着我不停地嘲笑："胆小鬼！"

于是，我"嗖"地跳起来，一扯，就把沙发腿从手上扯了下来。虽然鲜血直流，但我毫不在意。

"我是男人！"我大喊。即使没人这么认为，但我就是个男人。

我把枕头翻过来，坐在床上接受惩罚。我原谅了上帝，平静地对他说：

"上帝啊，你是我唯一的朋友，你应该不想让我变成沙发腿吧。我没这种理想，也没感受到这种召唤，我想要更好的东西。你能给我其他使命吗？一个更有趣的使命……"

上帝没有作声，不过顷刻间我的伤心就烟消云散了，我想上帝肯定在思考该怎么帮助我。真是太开心了，上帝关心我，我将会和哈维尔一样得到召唤，没人能够阻拦。

那一刻，我仿佛变成了另外一个人，身处在一个全新的世界里，每个我喜欢的东西都不停地问我它是不是我的使命。是的，那就是"召唤"我的使命。一切都变得有趣了，好像在拍悬疑电影，而我，就是电影里面的英雄。

我钻进被窝，继续领受爸爸妈妈的惩罚，可心里却只想着"召唤"和理想。就在这时，电话响了。

没人去接电话，我也不想管。一个人接受惩罚时，即使房子着火了，他也不能乱动。还是没人接电话，"铃铃""铃铃"，电话声音越来越响，但是受罚中的我却无心理会。最后心底响起一句呐喊——"召唤来了！"我这才立马跳下床，拿起听筒……但是那边却挂断了。我刚烦闷地回到床上，突然间一束红光出现。红光很耀眼，闪着火花，四处跳跃，还弥漫着难闻的气味。这束有魔力的光瞬间把我迷住，于是我忘记了惩罚。房子那时也着火了！

无情的火焰越来越高，越来越热……这并不是幻觉，房子真的着火了，不过还好没人受伤。多米房间的桌子腿被烧断了，火苗爬上墙壁，塑料窗帘烧成碎片，瞬间又化为灰烬。不等大家回来，整栋房子就会被烧没……

看到烧焦的我和烧成灰的房子，妈妈会是什么样的脸色呢？我心里不由地嘀咕着："就是因为你们留我一个人在家，还惩罚我，才会发生这种事……"

"上帝啊，帮帮我，把火灭了吧！"我默默祈祷。

我用多米的脸盆接了一盆水，双手颤抖地泼到火里。"扑哧"一声，火却烧得更旺了。

"上帝啊，快告诉我，消防员如果没有斧头和水带，他们会怎么灭火呢？"我边祈祷边思考：如果报火警，肯定会耽误很长时间；但如果不报警，整栋房子都会被烧光……纠结的时候我又接了一盆水。

要是每家每户的房子都不怕火烧就好了……

突然间我想到了一个办法。

我宛若大力士附体一般，抓起多米的床垫，使劲儿扔到火上。可怜的火苗被这一击吓住了，美丽的火光顷刻间消失，只剩下烟雾。我咳嗽着，打着喷嚏，踩了踩灭火的垫子，接着就听到外面一阵声响。

邻居、消防员、警察全在房外，甚至还有一条狗。他们把我救出去，给我喝水，还帮我活动手脚。我猜大家会认为一切全都是我造成的吧……

不过一个消防员发现了起火原因。原来是熨斗插头没拔，熨斗把桌子烧着了，火苗窜到了其他物品上。不是我的错，我是救火英雄。

爸爸妈妈赶来后表扬了我，但是多米在旁边一直哭，说全都是她的错。

"都怪我，没拔插头就出去买东西！我就当用床垫赔不是了。"多米哭着说。

现在，我成了英雄。但我并非生来就是英雄，以前我也没这么想过，只不过消防员这样称呼我。不过，要是不英勇的话，我肯定会被火烧焦的。

还真奇怪，一个人不习惯做英雄时，他会感到不舒服，但这种不舒服和被别人错怪的糟糕感觉并不一样。当然，英雄本就应该承受这份荣耀给他带来的烦恼。一个人没做什么伟大的事，却被捧为英雄，还是有点心虚，他会担心人们现在如此赞扬他，后面肯定不继续夸他了。也许不做英雄更好一些，当英雄就要承受相应的压力。

然而，这个问题没有解决办法。因为这场火灾，我成了英雄。我明白了，原来上帝是要我去做消防员，这就是我的使命。如果每天都有火灾，我会很开心的，这样我就可以完成我的使命。但是，如果每个夜晚我都不能睡觉，以防哪里发生火灾需要救援，这得多残忍啊。如果是这样，我就不想履行使命了。

最终，没人谈论我了，我开始动手写日记。就在这时，爸爸突然发话：

"我有重要消息要宣布——我们一家要去旅行了……"

我赶紧跑到爸爸身边问他：

"爸爸，我们要去孔孔吗？哈维尔也跟我们一起去吗？"我这么问是害怕他们要切断哈维尔的路，阻碍他去实现梦想、完成使命。

"哈维尔要去海军学校履行他的使命，而我们要去非洲完成我们的使命。"

"以后哈维尔也不去非洲吗？"我伤心地问。

"这次我们只去三个月。"爸爸回答我，妈妈也在一旁附和。

"非洲有火灾吗？如果没有的话，我就不想去，我也有自己的使命。"我生气地对爸爸说。

"听话就是你的使命。"爸爸不容反抗地说。这话瞬间让我脊背发凉。完了，如果爸爸不让我做消防员，我还怎么当英雄啊。

　　一分钟后我缓过神来，在心里默念："上帝啊，如果你也认为服从是我的使命，那我就应该去当圣徒。"

　　我咽了一大口唾沫，终于喘上气了。看来非洲我们是去定了，那我就试着习惯那儿的生活吧。想着想着，突然间，我似乎看到了热浪滚滚的沙漠，看到了那里的大象、骆驼、斑马、狮子和鳄鱼。于是，我幸福地笑了。不过妈妈一下把我拉回了现实，她叫我去收拾行李，我就欢快地跑去准备了。

　　其实，并没有太多东西要带。在非洲用不着穿衣服，用一块擦鼻涕的手帕遮羞就可以了。如果爸爸这么穿会是什么样子呢？我又开始幻想了。

　　"妈妈，我准备好啦，我们什么时候出发？"

"去哪里，儿子？"

"当然是去非洲了。"

"你搞错啦，巴巴鲁丘，我们一个月后才去。"妈妈大声说。

还要再等一个月！这一个月我该干点什么呢？

晚上我怎么也睡不着，只好盯着天花板。突然，我在上面看到了即将在非洲遇到的种种危险。虽然场景有点像黑白默片，但是我依然能清楚地看到凶猛的动物，狮子尖尖的牙齿和随风飘动的鬃毛，还可以看到巨大的蟒蛇和犀牛。大晚上看到这些东西还是挺吓人的，我觉得还是闭上眼睛，乖乖在自己国家睡觉比较好。

我梦到了一些奇奇怪怪的东西：梦见自己去抓捕吐火的狮子，然后狮子被用尾巴喷烟的蛇紧紧缠住；妈妈穿得像斑马一样在旁边哈哈大笑，爸爸穿得像一只猩猩，正从恐龙身体里掏取石油。

最后我决定，去非洲之前到胡安神父那里做一次忏悔。

"神父，去非洲之前，我想一次性承认过去所有的罪过，并进行忏悔和赎罪。"

"孩子，你要去非洲？"

"是的，神父。难道不能去吗？"

"你知道非洲在哪儿吗？"

"当然知道。"

"你们是去非洲度假吗？"

"不，我和爸爸要去那里完成使命。"

"啊？你的使命是什么？"

"当消防员，或者其他什么的。"

"那你可要多学几门语言啊……"

"神父，您为什么这么说呢？"

"你需要去上学，那里有些学校还不错……"

"神父，您不知道，我有很多事要做呢。早上要

去打猎，让家人填饱肚子；给妈妈盖茅屋；要打蜘蛛、驱赶野兽、安慰妈妈，想想都让人紧张。"

"看来你都做好准备了，不过你的内心准备好了吗？"

"我的内心怎么了？我会调整好自己，让内心充满虔诚。即使遭遇凶猛的野兽围攻，我也不会去做残忍的事……"

"有些非洲的孩子根本不知道信仰是什么……"

"非洲人住在非洲吧？等我到了那儿，保证让所有人都了解什么是信仰。"

"你要去当'传教士'？"

"我跟您说了我要当消防员。不过，如果这是您给我的惩罚，那我就消防员和'传教士'一起当。"

"巴巴鲁丘，这不是惩罚，只是给你个小小的建议。"

看来，在非洲除了当消防员，我还得当"传教士"。

这样一来，我们一家在那边肯定会过得不错，一点都不无聊。

还剩不到二十九天了，我正准备去非洲的装备。我要带一支利箭、一把弯刀、一支步枪和一面好鼓。当然，这些都是玩具。

但要想集齐这些装备，我需要攒钱，因为这些东西都很贵，而最好的赚钱方法就是去工作。

我有三份工作：

一、在学校里帮受罚的同学写作业，按页数收费。

二、打扫卫生：把街上垃圾桶里的垃圾都倒掉，然后上门收垃圾。这份工作可以赚不少钱呢……

三、帮别人排队，往前走几步就能挣五十卢卡（一卢卡相当于一千比索）。这样的话，半天三百，一天就有六百卢卡，二十九天里我肯定能凑好钱买装备。

今天早上有个人雇我在汽车站排队，但是后来他没回来。我不想被周围的人当成傻子，于是硬着头皮上了车，后来不得不原路跑回，最终上学迟到了，钱也没赚到。我一直都在想雇我排队的那个家伙干吗去了，他是不是被车撞了，还是遇上了什么更可怕的事。我上课一直走神，老师的提问都没好好回答，不过幸好以前没犯什么大错，老师只留我到七点钟。这一天真是倒了大霉啊！还好我就要去非洲了，那里肯定没有这些烦心事。

因为这个，妈妈受到打击，一直唉声叹气。

她整天都打电话诉苦，跟她朋友说她要去做祷告。我不知道祷告是什么，但是能感觉到这东西说出来就不灵了。看到妈妈一直叹气，我心里不是滋味，于是就安慰她：

"妈妈，您还没想过我们会在非洲过得很幸福吧。我们在那儿没有房子，不用交什么费，也不需要为任何事叹息。您也不用操心我的卫生了，因为

我可以在尼罗河 ① 里边洗澡边洗衣服。"

妈妈看了我一眼，欲言又止，看上去有些失落。

"妈妈，您多么幸运，还能幸福地去丛林生活！要是我遇上您这样的女人，我就会娶她为妻的……"

妈妈一把抱住我，像小时候那样亲我，然后笑了笑，说：

"我没办法把哈维尔留在这里不管，我也担心你在那边的学习，还担心你妹妹到了那边会怎么样。"

"您放心，我会照顾妹妹的！我会给她做个吊床，还会用棕榈叶给她做扇子……"我对妈妈说。

妈妈一边和我说话，一边收拾杂物间。不一会儿就弄出来两大堆东西：一堆是有用的，比如旧阀门、

---

① 尼罗河（Nile）：与中非地区的刚果河以及西非地区的尼日尔河并列为非洲最大的三个河流系统。尼罗河长 6670 公里，是世界上最长的河流。

破钥匙、烂铁、乱糟糟的金属线和破瓶盖；另一堆是没用的，比如彩色茶杯、银盘子和没价值的纪念品。

"我把你和妹妹的东西收拾出来，还有那些我不用的东西，你先看着。"妈妈心不在焉地说。

这时，电话响了，她走过去接电话。

虽然这些东西给我留下了很多美好回忆，但可惜现在用不着了。我只好把它们装进袋子，扔到了垃圾桶里，正好一辆垃圾车过来了。

扔完垃圾后，我看着垃圾车慢慢开走，妈妈在屋里叫我：

"巴巴鲁丘，赶紧回来，我们继续清理杂物间。"

东西又要堆成一堆了。突然间，我翻出来一把扇子，我猜那可能是我之前一个朋友送给我的，妈妈突然问："你把刚刚收拾出来的东西放哪儿了？"

"我扔垃圾桶了，垃圾车顺便把东西都清走了。"我自以为是帮助了妈妈。

"什么！！！"妈妈发疯似的喊叫。

　　"您不是用不着那些东西了吗，我也不想用，就扔了。"

　　"那是我收拾给你用的东西！"妈妈大声说。

　　"那些东西？不是给您用吗？"我竟然有那么多东西，简直就是百万富翁啊，但妈妈的脸色越来越难看。我只能抑制住喜悦，安慰妈妈，让她忘了我的过错。

　　"妈妈，您想想我们马上要去非洲了，那边不需要这些东西。就算您都留在家里，这边也用不到啊。所以，最好的方法就是把所有东西都扔了……"

　　"闭嘴！你扔的都是有用的东西……"妈妈大声呵斥。

　　"非洲很热，唯一有用的就是这把扇子以及……"我一边说，一边给妈妈看一串钥匙和一堆刚收拾出来的东西，这些应该对她有用。

妈妈想喝杯水消消气，她瘫坐在沙发上，觉得有点痛苦。我就像《你去往何处》①中的狮子一样，不喜欢看人受苦，于是我决定转移话题来安慰她。

　　"小希到哪儿去了？"我问她。妈妈听后一跃而起，不哭了，也不伤心了。

　　"赶紧找！"妈妈命令我。她大声呼喊小希，打遍所有电话找她，可是一直没找到。妈妈的眼越瞪越大，我感到非常内疚。我准备挪动一堆要洗的脏衣服时，结果发现小希竟然藏在衣服下面。

　　"我在玩捉迷藏呢！你发现我的时候，我正要假装成脏衣服和脏床单呢……"她笑着对我说。

　　妈妈这才不担心了，还奖给我们糖吃。

　　今天早上我上学时，妈妈对我说：

_____

① 译注：原文 Quo Vadis，一部电影。

“我要给你买件衣服。放学后坐公交车到武器广场找我，你可以吗？”

“要是我问你怎么坐车，你又会嫌我烦了……”

“你放学后就坐开往教堂的公交车，然后在广场下车，我在那儿等你。别忘了，是坐开往教堂的那班车……”

放学铃一响，我就冲了出去。我想比妈妈早到广场，以此证明我很准时。一辆辆公交车开过，就是没有我要坐的那一趟。实际上是我弄混了，妈妈说的是“教堂”，我却记成了“教区”。

我等了好久好久，肚子都饿得咕咕叫了，但是发现根本没有开往教区的车，于是我就上了一辆去“埃尔米达”的公交车，后来我走了好远才返回原地，就这样耽搁了好久。

我觉得我做了错事，不仅肚子饿，而且回家还要受批评，这还不如生一场大病呢……我头痛，腿上的伤和胳膊肘上的结痂也痛，连剪过的指甲都痛。我真的快走不动了，幸好终于到家了，我拖着疲惫的身子倒头就睡。我的病好像越来越严重，身子也越来越累。多米给我拿来一个冷馅饼，我感觉自己要死了，开始不停地吐，鼻子也狂冒酸水。最后，妈妈来了。她好温柔，她是不是今天没有去广场等我，而是去理发店做头发了。她的头发超大超软，就像要参加什么隆重活动一样。

第二天，我们一家去办护照，我就没去上学。在那里，工作人员给我拍照、登记、入档案。不用多久我们就可以离开智利，具体来说，我们后天就要坐着大飞机离开了。

我们家房子跟以前不一样了，一叫就会有回音。家里跟车站一样，包裹、行李箱摆得到处都是，地也没人扫。妈妈把餐具收起来了，忘了留足这几天用的，所以家里只有一把叉子，因此爸爸用叉子吃饭，其他人都用勺子。这几天过得很不一样，家里没有白天黑夜之分，大家都很混乱，而且焦躁不安。

多米一直哭，脸都哭红了，手绢、纸巾都用完了，围裙也哭湿了。她捞到什么用什么，连餐巾纸、床单都不放过。

小希天天在她的朋友茱莉家玩，在那儿她不会走丢，还能玩进口玩具，而且茱莉的妈妈特别喜欢小希，好像小希是她亲生的一样，没人知道这是为什么。

哈维尔过来和我们告别，他说话的声音就像收音机里播音员的声音。爸爸一直叫他"先生"，搞得他很不好意思。妈妈好想大哭一场，但她没时间这么做，因为有几个人来家里看房子，妈妈只得面带微笑地告诉他们我们要去非洲，很抱歉搞得房间都乱糟糟的。

这一天终于结束了。明天早上醒来后再等一小时就可以登机，我们就要飞上蓝天，在非洲降落啦！

我准备好了行李，里面装着金属丝和阀门，这些东西可以建造茅屋，还能做出买不到的工具，方便救急用。

　　我看见一只小老鼠跟金属丝缠在了一块，于是我把它塞进妈妈的旧丝袜，给它起名叫科洛。以后到了非洲，我要训练它，让它陪着我，在森林里给我引路，帮我嗅出狮子的味道，并告诉我狮子准确的位置，或许它还能在我寂寞的时候陪我聊聊天。

　　现在是晚上十一点，我好困。非洲现在是几点呢？人们都说那儿很远，时间也比我们这早得多。是不是我们下午五点登机，同一天下午两点就能到非洲呢？少了的那些时间去哪儿了？难道说那儿的人比我们年轻几小时？难道一朵盛开的花到那儿会重新变成花骨朵？

　　早上我们出门的时候，所有人都整装待发，然而妈妈却发现没带钥匙，于是下车去拿。她把整个家都翻了一遍，最后想起根本不用带钥匙，就这样耽搁了半个小时。我们重新上车，刚到拐角，妈妈又想起来没关灯，于是又回去关灯。趁着妈妈折腾的时候，我从垃圾桶里找了点食物，喂给小老鼠科洛吃。一路上我都跟妈妈说有股难闻的气味，其实那气味是从我兜里发出来的，里面装着我给小老鼠科洛带的食物。慢慢地，它把食物都吃掉了，难闻的气味也就没那么重了。

终于抵达了机场。我迅速整理了下发型，开启旅客模式。有个座位正在"空中"等我，而且肯定都等不及了。虽然我买的是半票，小希没买票，但我还有权利坐半个座位，非洲的蟒蛇和舌蝇可是正等着我呢。我带了一大把塑料袋，准备到非洲收集昆虫的时候用。不过，我还没确定到底是要成为学者、猎人还是"传教士"，这要看哪个更好玩。

我们到了机场，准备登机。这是我最后一次在智利写日记，也许是最后一次用西班牙语写日记了。我再看一眼祖国，再呼吸一下这里的空气，再问候一次这里的山川。

　　我第一次感觉肚子里有什么奇怪的东西在翻涌。

　　机场里的人数也数不清，他们排成了一列列长队，好像巨大的蜂群不停地"嗡嗡"。"蜂群"上空一直飘荡着上帝般空灵的声音，通知哪架飞机降落了，哪架飞机又要起飞。航班太多了，我觉得没什么区别……有去迈阿密的，有去奥索尔诺的，有去利马的，还有去康塞普西翁的……一个长队刚走，就会有另外一个长队排上来。

　　我们已经等了一个小时了。一开始，我还挺开心的，因为机场里有很多好玩的东西，比如巧克力店、甜品店、纪念品店和大电梯。妈妈的朋友们也来送行，她们拿来几个礼盒，里面不知装的是糖果还是饼干，她们以为我们马上就要登机出发。过了一会儿，我忍耐不住了：机场里"上帝"的声音、跑道上的飞机、带轮子的梯子、自动关闭的门和拖着笨重身子飞到天空的"大鸟"……一切都很烦人。我们是不是走不成了？

爸爸正在跟他公司里的两个男子争论，他好像生气了。而此时妈妈也不管小希了，只知道和姐妹们瞎聊。不过还好，小希自己和自己玩，没到处乱跑。

"你去把这几盒东西扔了。我们的行李重量正好，再多就不让登机了。"妈妈悄声对我说。

这么多盒糖果和巧克力，我都抱不住了。全扔机场啊，妈妈是怎么想的？我们在非洲没有东西吃怎么办？

趁着妈妈和她的朋友们拥抱告别的空档，我钻到长凳底下，把箱子里不要的衣服拿出来，然后把礼盒装了进去，刚好装得下。但是我的箱子被重新称重了，最后还是没带走这么多东西。

还要再等多长时间啊？

这次出门真是"热闹"极了。记得上次去旅行需核实行李重量，妈妈就糊里糊涂的，这次去非洲也好不到哪儿去。

这时，"上帝"通知 623 号航班已到达机场，请所有旅客带好行李从 1 号门登机。这情景有点像最后的审判，震耳欲聋的回声飘荡在上空，一群人在拥抱握手之后散开，聚集到 1 号门准备登机。

什么时候通知我们登机啊？

一个小女孩过来看热闹。她穿着苏格兰裙，拉着苏格兰行李箱，留着刘海，眼睛像糖果一样又大又圆，还掉了两颗牙。我只希望她不要去非洲，因为我都不知道自己到那边该怎么办。

小女孩一直盯着我看，好像我是电视机似的。但是我已经选好跟我一起登机的旅客了，其中有一个眼睛四处留意、板着脸不笑的士兵，他正在和一个光头先生散步；一直为飞机祈祷的两名修女；一位带着猎枪和渔具的胖绅士；还有一个人，他背着几个大包，里面可能放着望远镜吧，可惜的是，他刚刚上了另一架飞机。

到非洲后，我就要放开科洛。现在它太紧张了，已经挠了我很多下。不过，坐飞机的时候，也可以放开它一小会儿。

又开始通知意大利航空飞往布宜诺斯艾利斯、里约热内卢、达喀尔和罗马的航班了。这些对我来说都无所谓，反正我已经习惯等待了，所以我继续写日记。那个小女孩终于不站在前面看我了，真希望永远都不要再见到她，她应该是去1号门准备登机吧。我抬头一看，嘿，她还在看我，可是她旁边怎么站着爸爸妈妈和小希呢，他们疯子般朝我喊："巴巴鲁丘！"

最终我登机了，坐的就是飞往非洲达喀尔的 623 号航班，马上我就要以每小时上千千米的速度飞在万米高空。这是架超声速飞机，机舱里有地毯、垃圾袋、安全带和软软的座椅。

飞机起飞了。不一会儿，我们就飞到了山顶，没人害怕，因为有云朵给我们挡着。云朵厚厚的、软软的，好像棉花。这时，我突然改变了志向——无论如何，我都要成为意大利航空的一名飞行员！飞机上提供免费午餐，想吃多少都行，多好啊！除此之外，还会赠送一大堆航空明信片和信封。更让人惊喜的是，我还有一个属于自己的降落伞，真想坐飞机的时候用一用它。

我好幸福啊，可惜哈维尔只能做水手，我真同情他。

我坐在靠窗的位子，可以从那里俯瞰非洲。小希还小，不用买票，所以跟我坐在一起。妈妈好像有点害怕，不停在旁边念《玫瑰经》。

爸爸坐在前面，正和那个带着渔具的绅士聊天，他们聊得还不错。

虽然这位绅士的西班牙语说得不好，但人还是挺有趣的。他给爸爸讲非洲好玩的东西，讲钻石、黄金、财富，还讲蛇和冒险。爸爸听着这些有趣的故事，刚刚在机场生的气也慢慢消了。

刚刚看热闹的小女孩也上了这架飞机，她坐得比较靠前，不过一直趴在座位上往后偷看我。她是不是喜欢上我了？我可不能被迷惑，真希望还没到非洲她就下飞机。

我上了五次厕所，因为我喜欢走在地毯上的感觉，喜欢看马桶冲水，还想看看飞机在哪里降落，降落要花多长时间。我还秘密地给大山传送消息，希望到那儿的时候，我能拿着三明治去救饥饿的印第安人和登山者。

科洛在飞机上一动不动，应该是晕过去了。去厕所后，我把它从兜里拿出来，但它突然跑了。厕所地方虽小，但科洛一会儿爬上墙，一会儿又在地上乱窜，不容易抓到。我不停地抓啊抓，这时有人敲门。一开始敲门声比较小，但是后面越来越大，最后变成了狂敲。妈妈的声音从外面传来，她焦急地喊："巴巴鲁丘，开门！你在里面待了一个小时了。"

我刚打开门，"嗖"的一声，科洛趁机跑出来蹿到过道上。虽然只有一个人看到了它并尖叫起来，但其他六十位旅客也开始跟着尖叫起来，说是发生了恐怖事件。机组人员连忙赶过来，叽里咕噜不停地说着意大利语。

如果抓不到科洛，飞机就要被迫降落吗？

外面的山峦已经消失不见了，只剩下无聊的阿根廷大草原。要是在这儿降落，那可就太残忍了，我期待的山峰、悬崖以及冒险岂不是都要泡汤了……

爸爸的朋友西库用他那双黑乎乎的胖手做夹子，一下就把科洛抓住了。他是一名真正的猎人，既可以捉老鼠也可以捕狮子。他是爸爸最好的朋友，两个人可能会在非洲合伙发财。现在爸爸已经不想搞无聊的石油研究了，在机场的时候他就和公司的人因为这个吵了一架。他很烦公司利用他、命令他，那样的话，还不如去非洲南部，摆脱那些烦人的炼油厂和企业，碰碰运气干点别的事呢。妈妈却不一样，她也心烦，但只知道祈祷。我觉得那是因为没人跟她聊天，也没日记可写，所以她才这样。

　　我刚吃完第八份午餐，突然一声哨响，飞机"嗖"地往下降。我的饭还没咽下去就被震了上来，连带之前吃的也跟着吐了出来。飞机着陆了，我却无精打采，感觉自己要死了，直到他们把科洛送回来我才恢复。

　　这个小家伙待在口袋里，慢慢暖化了我的心。飞机在布宜诺斯艾利斯着陆，看热闹的小女孩和一些不敢去非洲的旅客下了飞机，接着又上来了一些新面孔，其中有些人跟刚才的旅客没什么两样，他们都是一个人坐飞机，长得黑黑的，脸上洋溢着幸福。

爸爸之前的气消了，他跟我换了座位，像个朋友似的坐在妈妈旁边，不停地跟她说在非洲要做了不起的事情，要去卖亮闪闪的东西赚大钱。小希、科洛和我只能坐在西库旁边，就是那个"捕狮绅士"。他拿出了一个特制的塑料笼子，给科洛安了家。

"我们的小宠物啊，你可要给我们带来好运……"西库一直念叨。

但是一位空乘过来转告我们，说是一位胖女士害怕老鼠，现在特别紧张，她要求我们把笼子盖住。

于是，我们就把科洛遮住了。爸爸在后面说个不停，妈妈听得哈哈大笑，我和小希就在一边听西库讲他的冒险故事。这时候我们已经飞到海上了，不知怎么的，天一下就黑了，漫漫长夜，没有一丝光亮。

我想看看科洛睡着了没，然而它把整个笼盖都咬坏了，不知跑哪儿去了。

"安静点，别把老鼠跑了这件事说出去……"西库小声说。

突然，小希笑了。我一看，原来刚刚说害怕老鼠的那个胖女士张着嘴睡着了，科洛正在她的项链上爬来爬去……

我指给西库看科洛，他顿时松了一口气，说："还好还好。"胖女士之前吃了安眠药，睡得很香，科洛啃她项链上的珠子，她全然不知……

科洛享受着彩色豆子的美味，不一会儿，一颗珠子就被吃掉了。

西库看了看表，说："科洛还能再享受半小时的美味，我们必须在到达达喀尔之前把它抓回来。"于是，他从兜里取出一个金属线团，稍稍一拉，就变成了笼子，这次可不怕笼子被咬坏了。

"这是装蜘蛛和小鳄鱼用的。"西库补充说。

旅客们盖着蓝色毛毯，打着鼾做着梦，渐渐睡沉了，睡相都不怎么好看。妈妈也是，呼出的气把刘海都吹动了，爸爸还是老样子，睁着眼睛闭着嘴巴睡觉，只有几位漂亮得体的女士，做着美梦还带着微笑。

飞机正穿越黑夜，寻找非洲的黎明。再过一会儿，我们就要在豹子、鳄鱼和数不尽的宝藏上面着陆了。一想到这儿，我就兴奋得睡不着觉。

我观察所有在睡觉的大人：一位睡在对面的绅士，听他打鼾，还以为是狮子呢；他旁边那个人应该是做了美梦，边睡觉边哈哈大笑；而西库一直在翻白眼，努力试着入睡，还让我半小时后叫醒他……

此时，科洛把胖女士的项链吃得只剩一颗珠子了，飞机上还有其他女乘客戴项链吗？胖女士睡得太死了，怎么也叫不醒。看来，只能靠我自己了。

我解开安全带，快速冲过去，准备在科洛吃完最

后一颗珠子时抓住它。没想到，笼子一打开，小家伙竟然自己爬了进来。我把笼子关住，正想回座位，却发现笼子和胖女士的项链挂在了一起。起初，我轻轻拽了拽，但胖女士好像感觉到了什么，挥起胳膊，吓得我使劲儿一拽，笼子散架了，但仍然死死地和项链挂在一起。这种情况下，就算科洛乖乖待在笼子里又有什么用呢？

算算时间，我们应该到非洲了吧，西库可是个神算子，因为他之前说过小老鼠吃完最后一颗珠子时我们就在达喀尔了。可是，除了我和科洛，大家都在睡觉。过会儿如果飞行员也没醒过来，我们岂不是要绕地球飞一圈，再回到智利呢？要知道飞机的速度可是很快的……

于是我朝驾驶舱跑去，想通知飞行员目的地到了，但舱门上有几个字闪闪发亮：请您系好安全带。

我有点懵，是告诉乘客要系好"腰带"吗？本来我裤子上的腰带就穿到最后一个孔了，现在又使劲儿系，人都要分成两半了。天哪，我觉得我要被勒死了……

突然，我的头碰到了机舱顶部，整个人在地上打了个滚。地上没铺地毯，旁边全是灯光、箱子和行李架。几个乘客不知在嘟哝什么，可能说的是非洲语吧。

不知怎么的，我滚到了一位看起来年龄很大的女士的裙子边。她们这些历经磨难的老人，什么东西都不害怕。

这位女士用她又粉又胖的手抓紧我，说："达喀尔到了。"

飞机在凹陷的跑道上滑行，乘客们慢慢直起脖子，睁开惺忪的睡眼。

只听一声巨响，飞机鲸鱼似的颤抖了一下，然后就停住了。

瞬间，科洛从笼子里跑出来，"嗖"地蹿到过道上。

我总听到飞机里有嗡嗡声，难道是我耳朵被什么东西堵住了吗？

胖女士终于醒了过来，她笑着说梦见老鼠爬到她项链上，自己温柔地让小老鼠安静了下来；爸爸则和西库聊得热火朝天；而小希在一边不停地问妈妈为什么盒子上可以照出人脸，但妈妈又跟出家门时一样，什么都搞不清了。

这次我们真的到非洲了。

舱门一打开，清晨的空气扑面而来，闻起来有点像从没尝过的肉汤味。机场里闪烁着粉色的灯光，让人看了有点晕。舷梯刚放下来，科洛就迅速冲下去，飞快地穿越跑道。

突然，飞行员双手搭到我肩上，说："别管它，警察来了……"

果真，三名当地的警察走了过来，他们穿着白色制服，警察范儿十足，看起来超厉害，但人也十分可亲。

他们挨个检查旅客的护照，但好像又是在找别的东西，难道是在找没有护照的科洛？……

小希又困了，因为她站着时，眼都睁不开了。

"喂，别睡！我们正站在大象生活的土地上，这里好玩的东西超多……"我叫她。

"好吧，你知道为什么大象有四条腿吗？"她问我。

"不知道。"

"如果大象只有一条腿，它们就成美人鱼了……"

今天，我偶然间找到了以前写的日记……在非洲的时候，我把所有东西都弄丢了，包括科洛。要不是当时那几位警察挡着，说不定还能抓住它。爸爸帮我系手表带的时候，我就祈祷着：这个国家这么大，但愿科洛能躲掉敌人，在未来某一天我们能再相见。不过这是在非洲，上帝根本听不到我的祈祷，所以后来我再也没见过它。

从到非洲开始，除了我，所有人都在讲我听不懂的语言，都知道自己会去哪儿，都互相认识、互相说笑，我变成孤身一人了。我们到的时候天刚亮，天空的色彩和我平时看到的不一样，这里的人穿的衣服跟我也不一样，手势也很奇怪。

爸爸已经成了半个非洲人，我只好转头看妈妈。她和小希跟后面排队的人一样，好像都变小了。我拉住妈妈的手，她手心都是冷汗，感觉换了个人似的，一整天都没缓过劲儿来……

西库和那几个黑人说了几句，他们开始帮助我们，提着我们的箱子，一路小跑，穿过跑道，我们紧跟着他们。离开的时候我选了一架又大又棒的飞机，希望下次可以乘坐。那几个黑人又登上一架笨拙的

"蜻蜓"，于是我们也跟着上去，原来这是西库的飞机啊！

妈妈死气沉沉，和黑白漫画里的人物没什么差别。爸爸不停跟她说话，逗她笑，最终她缓过来了。我和小希跑到飞行员旁边，他很和蔼，不但告诉我们怎么开飞机，还不时露出白白的牙齿对我们笑。小飞机上下颠簸，不过还好没掉下去。没过多久，我们就到卡诺了。

这是非洲的另一个机场，到处都是黑人，还有很多从国外来的飞机。天气太热了，机场跑道都散发着热气，我头昏耳背，又饥又渴。想到非洲有蟒蛇、汽车、结满果实的森林和卖瓶装饮料的餐馆，我竟有点不知所措……

除了饥饿，我还不懂这儿的语言。不过喝了几杯熟悉的饮料，吃了几盘奇怪的菜肴之后，我感觉没那么迷茫了，竟然还有一丝兴奋。

我们在旅馆住了三天。和外面一样，旅馆里也很热，连床单都是热的，服务生满头大汗地进进出出，不停地擦脖子上的汗水。大部分人都说奇怪的语言，也有一些人说英语。我和前台的先生成了朋友，他教我英语，我帮他运行李。妈妈不停地洗澡，小希光着屁股在玩西库送她的黑人木偶，木偶也是光溜溜的。爸爸每天都和西库出去，两个人经常在一起，就免不了吵架。只有一次我们全家一起出门，去看这里的街道和广场。路过小吃街的时候，我好想过去瞧一瞧，但没人有兴趣，他们只想看那个永远都完不了工的著名城墙。

　　那天晚上，我得知我们要出发了。爸爸说服西库放下目前的工作，跟自己一起去做钻石生意。爸爸对妈妈说西库这个人很迟钝，爱做白日梦。妈妈叹息着擦了擦额头上的汗，回应爸爸说既然已经掺和进来了，就必须坚持下去……这几天我们连行李都没拆，爸爸只穿那一件衬衫，所以离开卡诺也没费什么力气。但是，因为没收拾行李，我更加不知道日记本去哪儿了……

我们坐着西库的飞机向伊丽莎白维尔出发了。虽然这个地方常常在新闻里出现，但我不怎么了解，只是知道我们是来寻找钻石的。不过我猜这个地方应该和卡诺差不多，说不定还有自由买卖宝藏的集市。在飞机上我一直想那里会不会有学校、灌木丛和好吃的排骨……越想就越有兴趣。钻石的乐趣不在于它本身，而在于寻找钻石时经历的冒险。现在我坐在飞机上，好多人都不认识，我不知道要去哪儿，不知道要和爸爸妈妈以及惹人烦的妹妹去做什么，所以我全程只能睡觉。

飞机到伊丽莎白维尔的时候我醒来了，此时的我都快和座位融为一体了，因此费了好大劲儿才站起来。妈妈像长颈鹿一样伸长脖子，爸爸的汗水闪着亮光，他开心地朝四周观望，我猜他是在寻找钻石。

我们喝了些果汁，我只知道里面有红枣，还吃了卤鸟，不过我也不知道是什么鸟，然后大家就在一家超棒的旅馆住下了。

刚吃完午饭，爸爸和西库就出门了。妈妈想买些薄衣服，于是带着小希去逛街，而我跟着西库的飞机驾驶员图库去郊区玩。

风景简直太美了！我从来没想过伊丽莎白维尔郊区会这么好看。一望无际的雨林，茂盛的大树，绿色的枝丫高得可以触到太阳，树干比体育场的还要粗，交错缠绕的树枝上猴子跳来跳去，蛇荡着秋千，成千上万的苍蝇演奏着乐章，大象和狮子悠闲地散步，甚至还有皮肤黑黑的当地人出没。

"我要待在这儿。"我用磕磕巴巴的英语对图库说。

"可以可以。"他说。

"现在我想起来了，我来这儿是当'传教士'的，我要让那些当地人信天主教。"我不会说太多英语，就用西班牙语跟图库说。

"好，好。"他用英语回答我，说完又递给我一根香蕉。我快被气死了，要是他每次说话都让我吃香蕉，那我不得撑死！西班牙语多简单啊，我决定教图库说西班牙语。

"我要留在这儿，我已经在胸口画上了跟非洲人一样的标记，而且我要在雨林里睡觉。"我对图库说，但他以为我累了才说这些，因此一下子就把我扛了起来。

"放我下来！"但我怎么蹬腿都不管用。慢慢地，我累了，也习惯让图库这么扛着了。这样在雨林里穿梭就像骑在大象身上，还有种当国王的感觉。我们走着走着，突然下起了暴雨。

在非洲，人们十分珍惜和享受雨水，下雨时没人

打伞，也不用其他雨具。我和图库都淋成了落汤鸡，眼睛、鼻子里全是水，整个人看起来有点滑稽，于是我们都笑了。

图库在路上看到一间茅屋，就扛着我钻了进去。茅屋的屋顶是稻草铺成的，墙壁其实就是树枝做的，看起来有点像栏杆。屋里的人裸露着上半身，脖子上戴着夸张的项链，下半身只围了一片遮羞布。他们和图库说一样的语言，笑的时候牙齿全露了出来。

我试着听懂他们的话，想跟他们交个朋友。明天我就要说服他们，不过这得好好做个计划，所以我决定问下面这几个问题：

一、是谁给你们带来了滋润万物的雨水？

二、是谁创造了光芒万丈的太阳？

三、如果上帝没有制造梦，你们晚上怎么办？

四、如果上帝没有带来饥饿，你们为什么要劳作？

我估计这样问，他们就会信我所说的，接着我们就能在巨大的空心树干里建造教区，在上面挂一口大钟，让大家来做弥撒 ①，还可以坐着迷你小象去搭载当地人。

一旦你决定在某个地方幸福地生活时，现实却总是事与愿违，逼得你不得不继续走下去。今天早上我做了一些超级美梦：这里的当地人在一场祭天的游行中跟着我，伴着蚊子扇动翅膀般的音乐，所有人毫无步伐地滑行着前进。有的人一边走一边变魔术，有的人在一边走一边训练蛇，我们身后是看不到队尾的大象、狮子以及汗淋淋的斑马。突然间，我落到了一只老虎的手里，它抓着我的胳膊……

实际上那是爸爸在叫醒我。

"臭小子，快醒醒！半小时后我们要出发去金

_____

① 弥撒：一种宗教仪式。

伯利。"

"金伯利？我们去金伯利干什么？"

"找钻石，我们来这儿就是为了找钻石。"

"我就在这儿等着，你想去金伯利就去吧，反正我已经习惯住在这儿了。你回来时给我带……"

"臭小子，想都别想！去穿衣服，快点。"爸爸对我说，但我不喜欢他那语气。

"我对钻石不感兴趣，钻石也不是最重要的……"我一边穿衬衫一边说。

"你说得有点道理，但是为了它我已经放弃了一切。"

"钻石不过是玻璃而已。"我争辩的时候妈妈递给我小梳子，"我和上帝都对钻石不感兴趣……"我不满地看着他，不过他没看我，生气地合上他的箱子。

西库来了，他的脸上总是带着神秘的微笑，给人一种眼镜蛇或者蚊子或者舌蝇在窃窃私语的感觉。

他给妈妈带了一盒巧克力和一串色彩斑斓的项链，给爸爸带了黑雪茄。

"你马上就会见到热带雨林和豹子。我们要去非洲的心脏……你会认识德兰士瓦……看到骆驼、黄金和钻石。"

"德兰士瓦是什么动物？"我问。

"它不是动物，是发财的地方……"他说的时候双臂张开，仿佛搂着财宝一样。

我们上了一辆出租车，汽车穿过酷热的街道，天气热得连空气都在震动。妈妈穿着昨天买的新裙子，轻盈的裙子随风摆动，遮住了大家的视线。小希穿着浴衣，男士们的衬衫全粘到了身体上。

西库的飞机有股腐臭味，这味道似乎来自燃油和被热透的水果，以及汗涔涔的我们。图库在他驾驶位置旁边给我安了个座位，递给我一副有点大而且斑痕累累的飞行员望远镜，还让我试飞了一小会儿。

我们即将在德兰士瓦降落的时候飞机的发动机突然失效了，先"吐"后"咳嗽"，最后熄火了。图库检查了一下，不过满脸困惑。这时西库风风火火赶到。

　　"没燃料了。图库，这是怎么回事？"他脸色发白地问。

　　"我猜是没燃油了。"我说，想让西库冷静下来。

　　图库没回答，他转动方向盘，飞机像坠落的鸟儿一样急速下滑。"我们还是不要害怕，反正害不害怕，该来的躲也躲不过……"。

　　谁喊了一句"主啊，怜悯我们吧！"，但还没说完"我们"时飞机就颠了起来，机头受到撞击，传出碎裂声。我们摔倒在地，飞机像风筝一样破碎不堪，地上全是铁片、电线、碎块，夹杂着哭声，场面一片混乱，不过幸运的是大家的脑袋还在。图库鼻子上有滴血，西库拽着一根绿色条纹的保险丝。

　　最终，我们平安无恙。爸爸妈妈抬手感谢上帝，

我也跟着做；西库和图库缓缓抬头，看向我们；小希拍打着自己胸口，也许她是后悔来非洲了。

"总算逃出来了！幸亏没人受伤。"爸爸拍拍妈妈，微笑着说，想让她坚强一点。

"真是奇迹！"妈妈一个字一个字蹦出来。

"为什么没燃料了？"西库质问可怜的图库，图库正看向自己躺在地上的支离破碎的飞机。

"油箱里的燃料不是第一次被偷了。"图库用他们的语言解释，我能听懂但不会说。

"我们在哪里？"西库问他。

"刚过林波波河，还有两小时才到金伯利。"图库说。

"找到指南针了吗？"西库说。

我们在碎块和铁片中搜寻指南针，但是没找到。西库绝望地哭了，因为他必须带我们去金伯利……

我们落在了一片广阔的绿草地上，到处是看热闹的、窃窃私语的绵羊，它们"咩咩"地低声议论我们。四周看不到人，但能看到远处的树林和惊飞的鸟群。天气不太热，但是，有数百只好事的绵羊死死地盯着我们，让人觉得诡异。视线里的绵羊越来越多，它们纽扣般的眼睛离我们也越来越近。

妈妈穿着条纹状的新裙子在废墟里给我们找吃的。她找到了熟透的香蕉、融化了的巧克力、火腿罐头和一整瓶橙汁。我们有救了，不会饿死了！我觉得饿死才是最不幸的死亡，

西库、图库和爸爸正围着碎成片的地图，讨论我们现在在哪里。而我吃着熟透的香蕉，虽然它有股奇怪的味道。

"这么多牲畜说明附近有牧场，肯定有人专门管理这些毛茸茸的家伙……"西库说。

"现在没有指南针，大家还是别分开。我们和你们一起走，直到找到牧场。"爸爸说。

然后，我们出发了。男人们提着行李箱，妈妈拉着小希的手，我拿着火腿罐头和橙汁瓶，那是我们的食物。我一点都不渴，也不想吃火腿。我抬头望向天空，看它是否变暗了，但天空依旧像海那样蓝。我不知道非洲的夜晚什么时候降临……

　　我们一直走呀走，但树林还是很远。一大群羊跟在我们身后，"咩咩"地叫着。它们就像一片柔软又雪白的海洋，试图踩在我们长长的影子上。

　　突然间我们看到了一些巨型母鸡，长腿，高翎冠，长着人脸，走起路来像刚出院的病人，摇摇晃晃。

　　我们互相对视了一会儿，接着连滚带爬开始跑。

　　"那是鸵鸟。"爸爸解释说。

　　"我们快靠近鸵鸟了。今天得尊重这些鸟，肯定有人照看它们。"西库说。

　　我们刚越过鸵鸟，就看到不远处有座房子，慢慢地又露出了几座房子。真是太可惜了，我们没到大树林，反而碰见了房子；没遇到野兽，反而要和人待在一起。

"我们要一直住在这里吗？"我问。

"不是。我刚刚通知公司飞机毁坏的事，他们会给我另派一架飞机，到时我们再去金伯利……"西库说。

"既然如此，那我就尽力不适应这儿的生活。"我说，因为我已经开始喜欢这儿的绵羊和鸵鸟了……

最终我们来到了之前看到的那些房子面前，不过那竟不像房子……完全就是"大奶酪"，超大的那种……我们仿佛到了一家巨人的奶酪店，而我们好比小老鼠一样小。

"我们到了。"图库说完便双手紧扣，吹出了响亮的口哨声。瞬间，一群蹦跳又叽喳的非洲人从"奶酪"里走出来，地上撒满了瓶盖和钱币，到处都是喧闹声。非洲人就是这样，不穿衬衣也不穿裤子。他们脖子发亮，骨头肉眼可见，头发卷卷的，紧贴着脑袋，我马上就要认识这些人了。

我们周围聚满了人，仿佛是车祸现场一样。当地人开始和西库、图库对话，我们一点都听不懂他们说什么。

天一下变黑了。我们还好点，但那些当地人就只剩下白白的牙齿和发光的眼睛了。

"他们会给我们提供住宿，不过只限今晚……明天我们去约翰内斯堡坐飞机，然后前往金伯利。"西库说。

"我们住在'奶酪'里吗？"我问。

"那是他们的房子。你要表现得和蔼一点，这些当地人有点凶。"妈妈一边说，一边让我闭嘴。

妈妈已经吓坏了，图库、西库和爸爸就像是她的守卫。

"这些就是所谓的'原住民'吗？"我问图库。

"也许是。"他回答我，但手指尖像蛇一样冰冷。

"我是以'传教士'身份来这里的，目前为止还没让任何人有信仰。"我告诉图库。

"让他们信仰什么？"西库问。

"给他们洗礼，让他们信天主教。"我对他说。他满脸疑问地看向爸爸，问："我以为你们完全是奔着钻石来的……"

"不是，我们只是智利人。"我回答他。

不过他没听我说，而是和爸爸争论起来，他好像对爸爸有点不满意。图库四处张望，妈妈在做祷告。这时一个高大的当地人走过来，说了好长一段晦涩难懂的话，然后图库和西库就跟他走了。

妈妈在我耳边对我说："你最好一句话都别说。"气流钻进我的耳朵，里面痒痒的，我有点听不见声音了。

我们走进"奶酪房"，房子里面和"奶酪房"外面却完全不同。房子里有成堆的干树叶,踩上去嘎吱嘎吱的,还有很多蚂蚁和蜘蛛。妈妈态度坚决地对爸爸说:"我更愿意在外面过夜……"

"外面有蛇,眼镜蛇、黑曼巴蛇、蟒蛇,什么蛇都有……睡在外面不安全,我们至少在里面还能休息。"西库对妈妈说。"我们轮流睡,我先睡,接着是图库,然后是你。"他又对爸爸说。

我超级想问他怎么杀死蛇,但是妈妈的眼神让我闭紧了嘴。

最后除了西库,所有人都把外套铺在叶子上,用棉球塞住耳朵,躺在地上。当地人去了其他"奶酪房",一个当地人在洞口警戒守门。妈妈用她的腿给我们当枕头,好让我和小希睡得舒服点。房里不怎么热了,空间挺大的。大家太困了,没过多久就都睡着了。

第二天醒来后,我非常恼火,因为我知道昨晚有

条黑曼巴蛇亲自拜访过我们。可现在它已经死了，正可怜地躺在"奶酪房"门口。

当地人给我们送来一种奇怪的奶当早饭，我觉得那是加了椰子、坚果和可可粉的羊奶。

"妈妈，我今天能说话吗？"我问她。

"只能和我说话，还必须在我耳边说。"她回答我。

"我想买了这条死黑曼巴蛇留作纪念。"我说。

"绝对不行！我们自己都穷得没衣服穿了，还要带条黑曼巴蛇……"

"衣服哪儿都能买到，但是黑曼巴蛇不能。"

一阵发动机声响起，原来是一个大个头的当地人开着吉普车，载着几位外地人过来了。这些外地人穿着白衣，戴着白帽，帽檐上挂着湿布。他们跟爸爸和西库说英语，爸爸和西库互相说西班牙语。

"他们是一家畜牧业公司，一个小时后去约翰内斯堡，可以捎上我们。"爸爸向妈妈解释。

妈妈之前很生我的气，不过现在怒气消了。我从她的兴奋中知道我们又要出发了。

"妈妈，现在我能说话了吗？"

"不能。"

"既然你不让我说话，那至少让我走动走动吧。"

"可以，但是不能离开大家的视线范围。"

戴帽子的外地人和大个头当地人一起走过来，他们邀请爸爸妈妈去参观羊群。他们有一些牧场装置，比如高分辨率望远镜，能监测数千里之外的羊群。这个办法不错，不用一只只数羊了。妈妈拿着望远镜挺开心的，那太实用了，对我也很管用，因为有了它，我就不可能消失在她的视野中。因此我走开了，而且越走越远。

我打算带点东西留作纪念。既然不能带黑曼巴蛇，那我就带些舌蝇幼虫，这个对睡眠特别好，反正路途上一火柴盒舌蝇也烦不到别人。

我费了好大劲儿才捉到一只舌蝇，它们太小了，和智利苍蝇截然不同，我得钻进密叶中等舌蝇出现。

　　我正专注等的时候，哗啦啦，雨滴从天而降，像消防栓的水柱一样喷涌而出。我试图站起来，但水柱一下把我冲倒在地。雨水在树叶下汇成了一条河，水流冲走了装有舌蝇幼虫的火柴盒。我想站起来，但做不到，大雨把我按在地上，树叶盖在我的背上。

　　我用树叶做了个帽子，抬头看了看。千万不要发洪水，那样我就再也回不到"奶酪工厂"了……

　　离我几步远的地方有一只很奇怪的动物。好像是一头乌黑发亮的大猪，鼻子上有斑点，眼睛有点歪。它盯着我，发出"呼哧呼哧"的声音，不禁让人害怕起来。

　　最好有办法催眠它。我听说不管什么动物，尤其是高智商的动物，都害怕人，因此我睁着犀牛般的眼睛，扑闪扑闪地盯着它。我的"犀牛眼"吓了它一大跳，大猪落荒而逃。

不一会儿雨就停了，非洲的太阳很快晒干了我身上的湿泥土，热风吹过来，效果比理发店的吹风机还好。我伸展伸展四肢，因为身体僵硬得都快定住了，活动了一下好多了，身上的干泥土随即落到地上，和地上的湿土混成一片。树叶全粘在一块，舌蝇也不见了。真是可惜呀，妈妈要是失眠的话，我可没什么东西帮助她入睡了……

四周没有了吉普车的影子，羊群也消失不见了。突然，我听到有人大声和我说话，仿佛是在训斥我。我听不懂他说的语言，但能明白他想说什么，我感觉那个人怒气冲冲，可是他在哪里呢？

树枝晃动了一下，我看到了一只大鹦鹉。它有着五彩斑斓的羽毛，就像是鹦鹉之王，不过它脾气不好，似乎把我当成了敌人。

我在旁边走动了一下，让它相信我害怕它，结果它就安静了。一只猴子递给我一颗去皮的坚果，我三下五除二就吃完了，还有只猴子给了我一个切开的椰子，我拿起就喝，心里想着吉普车来不来无所谓了，反正我已经吃过午饭了。

小猴子们在树枝间跳着玩耍，我模仿它们，竟学会了把脚挂在树上，不过我没有尾巴，尾巴才是牢牢缠在树上的法宝，所以我就从树上掉了下来。

比起摔下来的疼痛，我更觉得羞愧，因为所有的猴子都凑过来看我。突然，我在猴群里看到了一张黑色的脸，顿时不知道该怎么办。

我起身对它笑了笑，没想到它竟害怕我，也许它以为我是个狡猾的小矮人。只看它转身就跑，而我紧跟在它后面，结果所有猴子都跟在我们后面跑。最后我们来到了一个圆形场地，那儿没有树，不过有一些像牲口圈的茅屋，一群和蔼可亲的卷发当地人正围着火堆跳舞，并且有几个当地人向火行礼，

眼睛看向天空。他们一看到我出现，就停止了行礼和跳舞，全都安静下来。所有人盯着我，似乎我是一头犀牛，我觉得他们一定是把我当成一个邪恶的小矮人了。

我开始感觉气氛有些诡异。他们一定觉得我很奇怪，我不是当地人，而且独自出现，还听不懂他们说什么，好比一个从外星过来的飞碟。甚至连我自己也觉得有点奇怪了……难不成是我的耳朵吓到他们了？

我愣在原地，动都不敢动。他们开始窃窃私语，目光一直打量我，吓得我都不敢呼吸了。一个健壮高大的当地人开始结结巴巴地说话，他的腿肚子和脸部都在颤抖，一个没有牙齿的白胡须当地人在棉絮上画太阳，用沙哑的声音歌唱，接着所有人都跪下来，低着头，也许还舔着地呢。我突然变得兴奋，心想他们肯定是在感谢苍天让我现身，不过我还是一动不动。

一只大猴子拉扯我，想邀请我上树，它的家人正在树上朝我招手。于是我就跟着它爬树，结果爬的时候好多只手一起抓住了我。附近传来粗鲁的喊叫声，吓得人都不敢呼吸。我的大猴子朋友跳了出来，挂在树枝上，其他猴子则探着脑袋张望……我还没来得及感到害怕，当地人就像举起冠军一样举起我。

他们把我架到火堆旁，然后用沙哑的声音唱歌，继续刚才的行礼。两个身上画白线的人固定住我，剩余的人跳了起来，我觉得那些舞蹈动作像是在泄愤一样。有人往火堆里扔树枝，让火烧得更旺，有人拍打小鼓一边踢脚蹬腿一边拍嘴大喊。我认为他们正在进行最高级的行礼，也许他们误把我当成了神灵。

我已经热得汗流浃背了，因为他们把我举到火堆上，而且越来越近。我只好对他们说"我热死了"，然后一下子挣脱他们，迅速爬到猴子们所在的树上。只见这些当地人立刻高声尖叫，扭动身体，跺脚，鼓声也越来越响。但是我和猴子们越爬越高，我们一起朝下望去。

这些人交头接耳，议论纷纷，还登上高处四处张望。最后他们抓了一只屎壳郎，放在火堆上烤，接着他们安静了。我这才明白发生了什么事。

屎壳郎散出的烤肉味已经消失了，火熄灭了，没人跳舞了，看向天空的视线也收回了，行礼终于结束了，这群当地人回归自己的生活，继续吃着椰子。

现在问题来了，我怎么从树上下来，怎么和失联的牧羊人、妈妈以及数羊的望远镜会合，然后一起坐吉普车离开。我不确定树下的当地人是不是还当我是外星人，或者他们的神，或者就像烤屎壳郎一样，只是想拿我来祭祀。

最后，我只好从一棵树跳到另一棵树，在树枝间穿来穿去。我被藤蔓包围了，身体也被划伤了，不过我目不斜视，继续跳着。当然，猴子们也帮助了我，它们让我像抓钩子一样抓住它们的尾巴，还教我怎么用脚勾紧以防掉下来，等等。

我们在树枝、树叶和藤蔓之间穿行了好大一会儿，我刚适应这样的行走方式，只听"咔"的一声，树枝就断了，我结结实实地摔在了地上。所有猴子都跳下来，放声嘲笑我，当中有一只猴子除外。它没像其他猴子那样嘲笑我，而是很严肃地看着我，我猜它是在同情我。它伸手拉我起身，于是我们俩变成了好朋友、好伙伴和好兄弟。我给它取名叫"胡安尼托"，它从一开始就懂我，现在它成了我的助理。它认识非洲的路，不会让我迷路，还能采摘多汁的坚果，用牙齿剥皮，然后给我。

最终妈妈用望远镜找到了我，带人开着脏兮兮的吉普车过来接我。她一见我，就劈头盖脸地问：

"你钻哪儿去了？怎么还带着大猴子呢？最好把它留下，让它和家人待在一起。"胡安尼托满脸悲伤，我觉得它对我失望了。西库看了看我，他那只一直闭着的眼睛仍旧闭着，他开口说：

"我们会带走你的新伙伴，把它当宠物，反正我们也需要它。"说完就把胡安尼托塞进了吉普车。

我们匆忙出发了，大家都怨声载道，一时间吵闹声四起，让人心烦，不过，不一会儿大家就入睡了。小希躺在妈妈怀里，头垂下来，我不知道怎么才能让她不被撞到；西库用非洲语哼唱着；爸爸和牧场工作人员说着低沉的英语；图库在开车；我拽住胡安尼托，一直思索怎么才能让当地人有信仰，把他们变成教徒。我可不懂他们的语言，他们也不懂我的语言。

我必须做点事，不过糟糕的是我睡着了……

深更半夜时我们抵达约翰内斯堡，颠簸了一路，我浑身都在颤动，甚至牙齿都快震掉了。牧场的工作人员把我们带到他们的"客房"，给我们端来饮料、烤肉，安排了床位。不过我们累坏了，有没有这些都无所谓了。但是我有点失望，我来非洲可不是光为了吃和睡……

睡醒时，我发现手里拿着叉子，上面叉着肉，胡安尼托的手抓着我另一只手，我身边还有一大杯菠萝汁，床头上挂着一把猎枪。

我把肉给了胡安尼托，起身拿起墙上的猎枪。

猎枪应该已经擦好了润滑油，我刚一碰，就听到"砰"的一声枪响，然后，房间的吊灯掉了下来。吊灯是一般的灯，上面缀满玻璃，实际并没什么用，但是掉落声很大。我还没收好猎枪，半裸的牧场工作人员都赶了过来。

"幸好只是灯掉了，你可别再碰枪了。"牧场工作人员一边对我说，一边把猎枪挂好。

胡安尼托的双眼像火花一样一闪一闪的，它拽着窗帘，惊恐地看着一切。工作人员收拾了吊灯碎片，小希在喝我的菠萝汁，爸爸和妈妈还没睡醒。

"西库在哪儿？"我问。

"出去找飞往金伯利的飞机了。"一个牧场工作人员回答，他说话的时候胡安尼托把窗帘拽了下来，连带自己也摔倒在地，它被窗帘裹得严严实实，坐在地上，宛若一个难看又怒气冲冲的新娘，正在试图解开身上的披肩纱。

我跑过去救胡安尼托。沾满死蚊子、死蜘蛛的窗帘已经成了碎片，牧场工作人员的脸都发黑了。一个陌生人的脸色要是变成这样，不用猜你也会知道要发生什么，所以我一把拉起胡安尼托和小希，飞奔出了这个"中邪"的房间。

胡安尼托跑的时候就像从自行车上掉下来一样，还不想让别人看见自己这个样子。但是它可以不用弯腰就捡起地上的东西，还可以把脚趾头当手指头

使用，用尾巴尖清理耳朵。它吃水果时不用餐巾纸，用胳膊上的毛擦擦嘴就行。胡安尼托是我最好的朋友，它不仅懂我，还能为我一直保守秘密。

我看到那个牧场工作人员满脸怒气，用当地话一直唠叨，不断打量着窗帘、之前挂吊灯的地方以及因为子弹反弹而被打坏的大镜子。我来非洲可不是来遭遇这些乱七八糟的事情的，我还是回我的智利吧，一想到这儿，我就马不停蹄地奔向机场。

我带着胡安尼托和小希走呀走，路上一个人都没遇到。如果约翰内斯堡没有人，那要房子干什么？突然间我想起了一件事：爸爸之前说金伯利的晚上和白天一样，也许这个时间点正是大晚上……那么问题来了：这儿的人怎么知道什么时候起床呢？我们边走边寻找机场，想赶着第一班飞机和西库飞向金伯利。然而放眼望去，视野里全是颜色奇怪的连绵的山丘，红的、绿的和金色的，和日常所见景象完全不一样。

也许我已经发现了爸爸一直感兴趣的金子，他嘴里一直念叨那些金光闪闪的东西，但是我对这些庸俗的东西不感兴趣。毕竟，信仰对我才重要。山丘在阳光下闪闪发光，让人的贪婪蠢蠢欲动，不过我还是鄙视它们，忽略一切继续前行。

胡安尼托吃着被人扔掉的水果当早餐，小希吃着地上的香蕉，我则吸着椰子汁。胡安尼托鼻子上全是汗，汇集起来往下滴，永远不能从黑长毛发中解脱出来对它来说应该很痛苦。

没人和我说话的时候，我就会胡思乱想，有时会内疚自责，尤其当我是个大哥哥或者有其他身份时，所以我开始责怪自己，截至目前还没向任何人成功传教。如果我和谁交了朋友，或许我就会让他信教，那我就开心满足了。

"好吧，上帝没赐予胡安尼托灵魂，这和我没关系，如果我一直努力'把它教育成人'，到时它不仅会有灵魂，还有可能变成圣人，谁又能知道未来的事呢。"我自言自语。

如果是这样，我可就得到慰藉了。

我心里刚刚舒坦了一会儿，脚下就出现了一条河。河流很小，河水清澈，甚至可以看清水里的小鳄鱼。

"我们去洗澡吧！"我喊了一声，但是胡安尼托一跃而起，爬上了树。它哆嗦地看向鳄鱼，皱着眉头，满脸恐惧。鳄鱼是胡安尼托的敌人，如果它不喜欢胡安尼托，那我也不喜欢鳄鱼。但假如你又热又渴，而面前刚好有条河可以无偿使用，但是你的同伴不想去里面洗澡，因此你也不去，那你就是他的好朋友。

我从来没有当过谁的好朋友，所以我不知道做个好朋友这么难。突然，一阵轰炸声传来，地上尘土飞扬，原来是西库开着摩托车过来了。

"所有人都在找你，飞机都准备起飞了……"他生气地吼着，双手捞起小希放到摩托车上，接着拎起我，放到小希后面。

"等等，胡安尼托还没上来……"我向他喊。

这时，胡安尼托刚从树上下来，递给西库一个椰子。西库笑了，让它上车坐我后面。

摩托车启动，我们像羚羊一样一跃而起，掀起大片尘土。我们滑行、跳跃，仿佛自己就是冠军。

机场在很远的地方，现在应该是白天，因为我看到了很多红皮肤的士兵和黑皮肤的当地人。这些当地人叫"搬运工"，他们身上挎着布袋，骑着自行车分发货物，跑道上这样的人很多。妈妈有点沮丧，因为她没戴披肩。

没人和我们说话，大家沉默地上了飞机。

有时你会觉得来非洲的人都喜欢冒险、自由和惊喜，不过这种人在哪儿都一样：一定的时间做一定的事，或者待在一定的地方。

等我长大，有孩子后，那时没人会知道什么是小时，什么是钟表，出门就坐飞机，想去哪儿就去哪儿，谁都可以用太空舱；如果想待在地球寻找鳄鱼、大象、舌蝇，或者和森林里的朋友玩耍，那就待在这里，不用去其他星球。

我来到非洲某个地方，刚习惯那里的生活就被带去另一个地方，我感觉自己时刻都在奔波。我闭了闭眼睛，眼泪都快流出来了。为什么我出生时是白肤色而不是亮闪闪的黑肤色呢？为什么上帝让我在智利出生？而不是做个地地道道的非洲当地人？

上飞机，下飞机，进旅馆，出旅馆，刚发现有意思的东西，转身就去了另外一座城市。如果不是有胡安尼托，这场旅行简直就是一场灾难。

爸爸还是那么世俗和虚荣，满脑子的黄金、钻石。

现在我们已经来到了钻石之城，他又不禁想起约翰内斯堡的黄金，那些红色、黄色的山丘就含有金子或者类似的矿物，他后悔没有带一点走。

我们终于到了金伯利。不过钻石不是那么好取的，矿场的工作人员让爸爸他们进矿场之前换了衣服，甚至照了 X 光线，以防他们把钻石吞了带走。不知道当地人把爸爸一行人当小偷对待，算不算侮辱他们。

爸爸和西库得到允许可以在钻石矿场四处走动，妈妈打算给小希洗澡，我和图库以及胡安尼托准备出门到处转转。

"我们会转很久，不过你别担心，我们明天就回来。你信任我吗？"图库问妈妈。

妈妈没有选择余地，就对他说"可以"，图库向妈妈保证"一切 OK"。跟着他，我哪儿都可以逛。总之，我很开心。

"我们去见见我女朋友。"我们在树林里走了好久之后，图库对我说了这句话。

"可以向你女朋友传教吗？"我问他。

"什么意思？"

"她不信教吗？"

"不不不。"

"太可惜了，我还打算向她传教呢。"

"她崇拜太阳。"

"也就是说她不是异教徒了？图库，我觉得你没搞清楚我的问题……她不会是食人族吧？"

"就是的，妥妥的食人族。"图库说。

"你确定？"

"不知道，我都不确定自己是不是她男朋友，反正她全家都是食人族……"

"我们真的要去看她吗？可以不去吗？她没有和其他食人族结婚吗？我妈妈可是信你的，要是你回去后，她问你我的事，你怎么回答她？食人族喜欢猴子吗？"

"他们什么都喜欢，食人族要求很简单……"图库说。

"啊，那他们也喜欢……我吗？"

"当然，不管怎样，他们都会喜欢你和胡安尼托……"

我感到内心深处在波动，就像东西砸坏后没有办法修补时的感受。如果有杂志社知道了这件事，拿我英勇就义的事当案例，那么，即使食人族吃了我，我都无所谓；但是如果图库的女朋友吃我就像吃花生一样，过后也没人记得我，那……唉！一个像我一样的人，他有不朽的灵魂，还有一只训练有素的大猴，有爱收集钻石的爸爸和十分信任非洲朋友的妈妈……若就这样死了，我都为他感到难过和不幸！

一天之后，妈妈就会发现我没有和图库回去，当

爸爸知道自己之前那么信任的朋友竟做出这种事时，会让他付出代价的。

"你为什么这么沉默？没多远了……你看到那个石堆了吗？"图库问我。

"我想回去，我突然想起还有件事没办。"

"石堆后面有个又大又美的山洞，是钻石洞。过了隧道，你会看到一个美丽的部落。没人知道那里，文明从未在那里传播，那是个特别神奇的地方！"

"他们吃全生的东西吗？还是喜欢煮熟带汤的？"我问他的时候全身都在抽搐。

"你饿吗？我有水果和奶酪……"

"我不想吃，你快回答我，他们是不是吃生的。"

"有些东西是生吃，但是他们的舞蹈、祈祷和仪式等都很美。"

"吃是仪式吗？"

"我怎么知道！你为什么躺地上？累了吗？"

"我想我最好还是回去。我能一个人回去吗？或者你愿意的话我就在这等你？想去看你女朋友的人是你，不是我。"

"你在担心什么吗？"

"我不是担心自己，而是担心胡安尼托，它不喜欢食人族。"

"我们把它留在这里，完事后再和它碰面。"

"图库，你的女朋友应该很老了，我们别去看她了。难道你喜欢年纪大的？"

"我不老，她也不老。她那儿有我的钻石，她搜集钻石，然后给我。"

"我对钻石不感兴趣，不过是石头而已，我对其他事情比较感兴趣。"

"这里也有响尾蛇、白象、双头长颈鹿，还有会说英语的鹦鹉……"

"它们都没有灵魂。"我蔑视地说。

"对于'灵魂'这个东西，有巫师管……"

"巫师？"

我喜欢这个词，顿时又有了和图库一起过去的念头。

但是我一想到了食人族，想到了带汤的吃法，他们可是什么东西都喜欢。对图库而言，女朋友是食人族没什么稀奇，但是，我给当地人传教突然变得危险艰难了，只要有一个人洗礼我就知足了，这个人可能就是图库，至少他吃火腿，不吃人。

"图库，你不是食人族，那你和一个食人族女孩结婚干什么？"

"她只是我女朋友……"图库笑了笑，牙齿全露了出来。"她也不是我唯一的女朋友……"他笑得更大声了，还因为害羞捂住自己的脸。

让赤裸的人穿衣服比让无神论者信教容易得多。

怎么和他说这个事呢？我想呀想，最后说：

"图库，我想给你洗礼。"

"给我洗礼？好吧，你想洗礼就洗礼吧。洗礼疼吗？我身体壮得很。"

"一点都不疼，不过要信奉上帝。你信火，崇拜太阳，上帝也有火和太阳的作用，但是火和太阳都是会消失的东西……"

"太阳会消失？"

"当然！太阳会一点一点消失，而上帝不会。"

"为什么不会呢？"图库表情严肃，脸色发白，竟有点害怕。

"上帝不会消失，因为他不会死，也从未开始死。"我坚定地说。

"我不懂。"图库挠着耳朵说。

"上帝创造了世界、太阳、月亮、大海、屎壳郎，甚至钻石，一切都是他创造的。如果你明白这点，你就信奉上帝，如果你信奉上帝，你就会尊重他，而且如果你知道他，你就会爱他，因为他是完美的。"

图库是个死脑筋，我给他解释了一大堆，得到的却是："你之所以说这些只是因为自己的'使命'？……"

图库说这里也有好玩的地方，他可以跟我一起去。

我跟上他，反正我们不是去见食人族。

穿过巨大的叶子、树木、藤蔓和巨石，我们来到一块空地。空地上有几顶绿色的帐篷，上面盖着树枝。

"他们是'传教士'，这就是传教的地方。"图库说完后，我们三个走向帐篷。

一个红脸留胡须的老者出来迎接我们。他穿着白长袍，戴着四角帽，脖子上挂着一个很奇怪的十字架，和图库说一样的话。

他待人热情，和我所认识的和蔼可亲的叔叔一样，捏捏我的脸颊，拉拉我的耳朵。他弄疼我了，但鉴于他是传教士，我忍受了他的愚蠢行为。他给我们端来茶和饼干，我已经不害怕了，狼吞虎咽地吃了起来。我不能告诉他我要给图库传教的事，我得抓住时机等上帝帮我。渐渐地，其他人也来了，他们目光迷离，指甲泛黑，边行礼边进帐篷。

这些人和图库交谈，开玩笑，所有人都笑得不亦乐乎。最后图库对我说："他们邀请我们在这儿过夜，我们正好可以休息了。"

"过夜？可现在是大白天啊？……"

"已经是晚上了，之前你就是在这个点睡觉的。"

他们安排我和胡安尼托睡在带有陈旧气味的袋子上，很快我们就睡着了。图库躺在我们旁边，打起了呼噜……

没多久我就醒了，感觉有什么东西在咬我，也许是一只有毒的小动物，也许是响尾蛇，或者是胡安尼托。结果就是胡安尼托，因为饿，所以它叫醒了我，我都忘记让它喝茶吃饼干了……

我悄悄爬到存放饼干的角落，抓起一个盒子，转身就走。那个时候人们正在外面做祷告，图库还在打鼾。

我小心翼翼地打开盒子，取出东西，递给我的胡安尼托。

但是那不是饼干，而是一些又重又硬的东西。胡安尼托不喜欢吃，所以我盯着这个东西看了好一会儿，才发现这是一大堆闪闪发光的石头，石头很重，但很漂亮……我迅速收起石头，把盒子放回原处。他们把饼干放哪儿了？帐篷角落里放有很多盒子，里面的东西都一样，有大的、小的，红的、绿的、白的、蓝的……最终我找到了一板巧克力，递给胡安尼托，它看我不吃，自己也就没动嘴。没办法，我决定为了胡安尼托尝一尝，可刚准备下嘴的时候，我突然想到那些躺在角落的石头正是钻石……

就在这时，长胡子的人走进帐篷，我赶紧假装睡觉，他发现了巧克力包装纸，闻了闻，确信有人偷吃了巧克力。他像蝙蝠一样晃着出去，然后带着几个人走进来。他们一直低声交谈，走过去查看宝藏盒。我继续假装睡觉，偷偷观察他们。我不害怕，因为他们肯定会发现什么都没少，不过也许他们都不知道自己有多少钻石。

他们翻了翻我的身体，甚至掰开胡安尼托的嘴检查牙齿。最后他们冷静下来，带着自己的盒子出去了，我想那时我已经睡着了。

我又醒来了，也许什么事都没发生过？营地里一个人都没有，只剩一个骷髅头、一只牧羊犬和一副超大的魔鬼面具看着帐篷。他们给我们留了饼干和一罐牛奶。

图库还在打呼噜，我和胡安尼托、牧羊犬溜了出去。这种狗有着智利人的性格，就像是自己人。牧

羊犬给我们做向导，它在前面带路，我们跑着才能追上它。

突然传来一阵声响，就像电台里的说话声一样。我不知道是食人族还是其他人在说话，于是我让牧羊犬保持安静，随后我们三个趴在地上。

我们从草缝中看到了那群人，有条船停在岸边，他们正和船上的人说话。

人们说着奇怪的语言，还给船上送了很多大象牙。其中一个人一边数象牙，一边做记录，船上那帮人也派了个人这么做，其他人把象牙搬到船上，用树枝盖住。

搬完象牙之后，长胡子的那个人郑重其事地取出钻石盒，一颗一颗数钻石，还顺便放在称重器上称重，而且一边数一边做记录。船上的家伙眼睛一闪一闪的，就像钻石一样。

就在他们称完、数完钻石后，一个头戴宽帽、腰

别两把左轮枪的高大家伙出现了。他满嘴油腔滑调，我都听不懂他说了什么。他除了腰上别了两把枪，手里还拿了一把，另外一只手上拿了大把纸币，接着他把钱都给了长胡子的那个人。他数钱的时候，他的两个同伴拿出手枪和机关枪，双方互相威胁。

现在，轮到传教士的眼睛像钻石一样闪亮了：他们一边数钱，一边把钱塞进盒子。长胡子的那个人回到船上，船只随着水波上下浮动，宛若一个傀儡，虽然它是个庞然大物。

我开始想象一场大战即将拉开帷幕，枪击猛烈，伤亡遍地。不过我发现交易和平结束了，他们开始相互道别。这下我们得飞奔回去，要赶在他们之前回到帐篷，以免他们发觉我们已经发现了他们的交易。于是我带着胡安尼托和牧羊犬第一时间往回飞奔，快得连地上都摩擦出了火星……

一般人快跑的时候往往很少思考，不过这次我一边跑一边思考。

我第一次遇到做钻石生意的人，我觉得他们的行为和救赎灵魂没什么关系，所以我认为他们不是好人，而是伪装成"传教士"的走私犯，而且"传教士"也不拿机关枪，他们身上也不会发生这些事。

结果一切早已命中注定，我和胡安尼托还没回到帐篷就陷进灌木丛里了。那东西有点像仙人掌，不过刺更锋利一些。我身上扎满了刺，每拔一根，就有一小股血流出来。腿上的刺很多，我根本跑不动。最后那些人追上了我们，那时我唯一想到的就是像婴儿一样放声大哭，而且边哭边给他们看我流的血。

他们十分愤怒，但是听着我的哭声，他们慢慢镇静下来，好像认为我什么都没看见。他们给我拔了刺，叫醒图库，还给我牛奶喝。

他们和图库说了好多话，还对图库生气，不过图库才是最生气的人。后来我给他解释了发生的事情。

"我们得在这儿待几天……现在我们不自由了，我们被囚禁了……"图库放声大哭，眼泪夺眶而出。

如果你是小孩，看到一个大块头的大人狂哭，你肯定觉得特奇怪。大人哭，小孩看，大人不知道为什么哭，而且大人还是个男的，小孩去安慰大人，这些完全不符合逻辑。

"图库，你还是安静会儿吧。"我生气地说。

"你不知道什么是囚犯，我却知道。我才自由了三年……现在我们成了这些钻石走私犯的囚犯……"他抽噎着说（大人哭起来和小婴儿没什么两样）。

"他们是走私犯？"

他一直抽噎，根本无法回答我的问题，只是点头说"是"。

"他们囚禁我们是害怕我们控告他们吗？"

他一直点头，满脸都是眼泪鼻涕。

"我们可以逃跑啊，没必要傻傻待在这里。不过我们怎么逃呢？"

"他们就是恶棍，是坏蛋，我们逃不了的。"

"我们必须制订逃跑计划。我之前读过很多关于间谍和强盗的故事，让我想一想……"

那些走私犯收了自己的帐篷，收拾好睡袋和行李，开始分钱。

他们腰带上全是口袋，里面装满了钱。口袋和皮革缝在一起，套在底裤上，最外面是白长袍。一身行头让他们看起来就像是真的"传教士"，特别神圣。

他们卷帐篷的时候把图库喊过去，对他说了些事。图库不哭了，把帐篷卷成包袱状。胡安尼托和我拿着无关紧要的小提包，然后我们就出发了。

"我余生都要像骡子一样为他们干活，他们不会让胡安尼托做什么，但是他们害怕你乱说，所以会割了你的舌头……"图库说的时候又哭了。

"但是我会写啊。"我告诉他。

"我们成了囚徒，他们什么都不担心……"

"我们现在要去哪里？"

"坐船。他们的任务完成了，每个人分了十万美元……"

"他们这就满足了？区区十万美元？为什么你不告诉他们这点钱根本不算什么？你快去告诉他们，说你女朋友搜集钻石，而且把钻石都给你。如果他们答应放了我们，你会把钻石赠给他们……"

图库擦了擦满脸的眼泪看着我。

"走私犯不讲信用，他们不会履行释放我们的诺言。"

"但是你女朋友全家都是食人族啊，我们可以靠食人族对抗他们……"

"可是他们有机关枪……"

"我负责搞定枪，你去告诉他们你女朋友有钻石。"

于是图库去找他们交谈，走私犯的眼里再一次露出"贪婪"的火花，他们对图库和蔼起来，连带着对我也是。走私犯们打开盒子，我们开始吃喝。现在他们四个像好朋友一样聊天，互相微笑着，献着殷勤。

与此同时，我在思索怎样才能搞定他们的手枪和机关枪。

要是爸爸之前让我清理他的枪，那现在我就知道怎么卸枪了。

我知道武器就像钟表一样，零件齐全了才能使用，那如果少颗螺丝呢？

吃午饭的时候，走私犯们把枪支全堆放在地上。现在只有上帝能帮我了……于是我对上帝说："上帝啊，爸爸妈妈在我身边的话就不用麻烦你了，但是现在他们不在这儿，能帮我的只有你了，我只求你赐我个办法。"

"你在和谁说话？"图库问我。

"和上帝，我正在求他帮助我们获得自由……"

图库看了看我，仿佛不认识我一样，回头继续吃饭。

其中一个走私犯递给我们果酱和饼干，我抱着果酱罐子的时候想到了个办法。我一边拿勺子刮罐子，一边四处晃悠，一转眼我坐到了放机关枪和手枪的地方。我在地上打了个滚，顺势将果酱倒在枪支上，然后起身，这时枪上沾满了果酱……

长胡子的那个人发现了我干的好事，他们三个不吃了，过来查看"灾难现场"。

他们用树叶擦了擦枪，但没用，果酱特别黏，根本擦不掉……

走私犯们一边低语，一边向我投来怪异的目光，最后他们还是决定拆枪清理。于是，他们人手一把枪，从口袋里掏出螺丝刀，开始拆卸手里的枪。他们把螺栓等零部件取下，放进各自面前的盘子里。我认

真地看着他们，偷偷学习如何清理枪支。

他们取出一小瓶汽油放到盘子上，手指捏着零件在油瓶里转来转去清洗，然后拿出来用手绢擦干，已经擦干的就放在各自身边。我在他们之间溜达，假装什么都不碰，但实际上我从每个盘子里都顺走了一个小零件，然后塞进了自己的口袋。

他们清理完枪的时候我正和胡安尼托玩。我给它做了一个三明治，里面加的是果酱和那些手枪的螺母，它开心地全吞下去了。现在，谁都别想找到丢失的零件了……

没过多久他们就想起了那些零件，于是开始到处找。他们翻动树叶、食物包装纸、泥土、手提箱……甚至用梳子刮地找零件，连图库也去帮他们寻找丢失的零件。

慢慢地，他们变得绝望，此时枪支还处于组装状态。他们脱衣服，抖衣服，拆帐篷……最后，他们认为是自己没组装好枪，于是回去重新组装。

然而并没什么用！

我们最终还是出发了。走私犯们怒气冲冲，因为没有一支枪能用，不过图库劝他们说用不到枪。我们朝那块大岩石，就是钻石山洞走过去，之前图库给我讲过那个地方。

胡安尼托开始冒冷汗，脸色也变得不正常，看起来好像是肚子疼，不过它没呕吐……

最后它落在了我身后，双眼发白，不停挤压自己的肚子，不一会儿，它就把刚吃的食物和螺母永远留在了大森林里。

钻石山洞里又黑又闷，它让人有种身处海盗窝的感觉。虽然洞里很黑，但是四处闪闪发光，就像是猫咪的眼睛，一闪一闪的，毫无疑问是因为钻石。

走私犯们和图库说悄悄话，但是山洞里有回音。山洞不太大，像个隧道，出口在另一边，从那里可以看到食人族的地盘。

那是一片美丽的土地，棕榈叶盖的茅屋，有露台、篝火、王位、武器、烟、士兵、鼓、舞台，要什么有什么，特别神奇。

食人族族人们都在忙自己的事，没人注意到我们正向他们走过去。

一个妇女背上绑着小宝宝，正在泉水边洗锅碗瓢盆。她戴着好几串项链，耳朵、鼻子和后脑勺上都有环，手指和铅笔一样，又长又细。

图库合手吹了个口哨，大声喊她。虽然离得远，那个女人还是抬起双眼，看见了图库，接着向我们跑过来。珠宝的碰撞声、她的呼叫声以及小宝宝的声音在空中回荡……

现在，我和三个伪装成"传教士"的走私犯走在一起，我不用害怕食人族了，因为我相信这些坏人才真的合食人族的口味，而且我有个有食人族女朋友的好朋友，肯定没什么危险。

图库和我都很高兴认识这个胖乎乎的小宝宝，他全身乌黑发亮，像一大块可以融化的巧克力，不过他可不能融化。我们俩用鼻子蹭小宝宝，以此表示我们对他的喜爱，结果他被逗笑了。

图库的女朋友说话像唱歌一样，笑的时候身上的珠宝发出响声。走私犯们非常严肃地看着我们，那副神色像真正的"传教士"。

鼓声响起，宴会开始了，尖叫声、蹦跳声、音乐，此起彼伏。图库站在一群年老的食人族族人中间开心地交谈着。假传教士们一脸惊奇，他们也说话，不过说得少。而我边吃着椰子，边看着他们把玩着黏土盘里成堆的钻石。钻石颜色漂亮，不过都是奇形怪状的。

"喂，图库，我能带一颗钻石回去送给妈妈吗？她喜欢钻石……"我一个人玩得无聊了，于是对图

库说。

我想妈妈了，不仅是因为自己无聊，而是因为只要一整天没看见她，我就想她，但是图库的表情很奇怪。

"他们想谈钻石生意。等他们挑选完后，你可以带走多余的。"他对我说。

"他们还要钻石吗？"我想到了他们已经卖出去的麻袋。

"他们想要更多的钻石。"图库回答我，但表情还是那么奇怪。

"他们会用纸币买钻石吗？纸币在大森林有什么用呢？我什么都不懂……"

"他们会给我们护身符。"图库说。

"护身符是什么？"我想象那是一辆巨型公共汽车。

"护身符用来抵抗灾祸、疾病、恶灵，甚至是衰老和死亡。"

"是张纸吗？就像火灾保险那样的东西？"我疑惑地问。

"不是，护身符就是护身符，那可比宝石值钱多了。"

"是有生命的东西吗？还是带电的？"

"它看起来没有价值，但是功效很大。"他板着脸向我解释。

"有和故事里驱赶恶魔的木杖一样的功效吗？"

"有点，但它不是木杖，两个不一样。"

"我懂了，它是'神杖'。走私犯们会给你们保证吗？"

"什么保证？"

"就是保证'神杖'起作用，你明白吗？"

"它一直都起作用。"图库沉思着说。

"我有个朋友为了考试能考好，就用自己的自行车换了这种东西，结果还是考砸了。"我对他说。

"你朋友不知道这种护身符，我们这儿有专门的巫师……他们知道怎么用。"图库给我指了指一个瘦得像根生锈的金属丝的当地人。

"巴图是个巫师，他取走了恶魔的邪灵，不过恶魔砍了他的腿脚，现在他正用护身符疗伤。"

"他没割断恶魔的哪里吗？"

"没有，之前他牙痛，部落里的人把他扔进湖里，后来护身符治好了他。"

"也许是吧，不过我觉得还是找个牙医看看更好。"

图库就这点不好：固执，死板，听不进去我的话，他只相信护身符或者巫术。是不是食人族女孩的男朋友都喜欢做不正当的交易呢？

我刚想到这儿，图库就从我手里夺过钻石盘，递给巫师，巫师又把它递给了那位长胡子的走私犯，接着那三个走私犯开始检查这些一闪一闪的钻石。

钻石的光芒照耀着他们的眼睛。他们一边把玩一边说话，我偷偷观察他们的手，看他们是不是在偷钻石，但是他们没有。

一系列检查、计数、称重之后，长胡子的走私犯把钻石塞进自己口袋，然后又仪式般取出一个小盒子，把它交给巫师。

巫师行礼后小心翼翼地打开盒子，我连大气都不敢喘了，专心盯着盘子，期待所谓"护身符"的出现。

巫师剥开一层又一层的纸，最后一枚小小的顶针出现了，红色的塑料顶针和多米针线盒里的顶针没什么区别。我吃惊地张大了嘴巴，嘴里甚至都能塞进一百只舌蝇了，不过我什么话都没说。

胡子走私犯教巫师如何戴顶针。巫师手指很细，立马戴好了，整个人特别高兴。

这简直就是赤裸裸的诈骗！如果走私犯仅用一个破塑料顶针就换了一盘钻石，还装模作样地给食人族族人戴上，而我却置之不理，那我就是个包庇犯。这种事绝不能让它发生，我不能再忍着了！

我张开嘴巴想要说话，但是另外两个走私犯走过来，用一大块巧克力死死堵住我的嘴，使劲儿按着，我只好吃了巧克力。与此同时，食人族正对着那个顶针行各种各样的礼，他们点燃火堆，围着顶针欢跳。我试图靠近图库，打算和他讲清事实，不过走私犯们好像猜出了我的意图，于是围过来牵制住我。

好吧，我又成了囚犯。

虽然做了囚犯，但不至于像个死人一样什么都做不了。我放弃了正面抵抗，改成四处张望，结果看到了这一幕：

一个走私犯拿了一个椰子，小心翼翼地挖开一个小口，以免弄破椰子壳。我看见他倒了椰汁，把钻石放进椰子里，塞得满满的，然后又小心翼翼盖住缺口，免得别人发现椰子被打开过。我还看到他们弄了很

多这样的椰子。

没人在乎是不是晚上了，也没人看清我到底打了几个哈欠，反正我睡意来了，图库和那些走私犯们也一样。食人族还在敲鼓，一直没停下来，不过鼓声像催眠曲，有助于我们的睡眠。就这样，我们睡着了。

醒来后我对图库说："你答应过我妈妈，第二天就回去的，可是都过去两天了，她可是信任你的。"

"我们现在就回去。"他对我说。我们与走私犯一起和食人族相互告别。

"你为什么不把你女朋友和小宝宝带在身边呢？"我问图库。

其实带图库的女朋友和小宝宝回去没什么不好，这两个人可以给妈妈和小希带来快乐。食人族没有行李箱，不用带杂七杂八的东西，只要带些椰子和小孩的项链就行。

于是，图库的女朋友和族人蹭了蹭鼻子告别，然后就和我们还有走私犯们一起出发了。

一出山洞，走私犯们就和我们告别了，没过多久就消失在了小道上。

图库带着"巧克力宝宝"和自己的女朋友走在前面，他们说着我听不懂的话，我和胡安尼托在后面跟着他们。

我饿了，伸手向图库的女朋友要椰子，于是大家一起坐下吃。图库的女朋友把椰子穿起来绑在棍子上，她在众多椰子中选了一个大的，砸开了。我也选了一个，但是她粗鲁地一把从我手中抢过椰子。我疑惑地看向她，图库接过椰子，放在自己手上打开，里面竟然是数不尽的钻石……

我看呆了。发生了什么事？他们怎么做到的？什么时候调换了椰子？

"没什么新奇的。"图库笑着说。

"他们发现上当受骗后会返回来杀我们的。"

我说。

"用什么武器？"图库笑了。

"图库，你要知道，如果你承认他们给了你护身符，你也偷了他们的钻石，那你就是小偷……"

"我看到他们拿出护身符时你的表情，我也看到他们捂住你的嘴不让你说话……我知道护身符是假的，钻石是真的，所以他们打包椰子的时候我调包了。"

"图库，你太聪明了，我想永远做你的朋友。"我对他说。

图库带我们走小路、上大路，不一会儿一辆卡车经过，把我们全部捎到了金伯利。

然而，我们没按时回家，妈妈一直担惊受怕，即便图库把所有钻石给她也安慰不了她。她不要钻石，说她讨厌钻石，正是因为钻石，爸爸才不见了。

"爸爸怎么不见了？"我问她。

"你也知道他和西库在你们之前出门……"妈妈哭得话都说不了。

"他再也没回来吗？"我想帮妈妈分析事情，可是她哭得越来越厉害，只是点头说"是"。可怜的妈妈一直在等爸爸，一个人带着小希过了三天。不过大人不见了，没必要担心，总会出现的。

"我们现在是在非洲。有野兽、食人族、走私犯，还有偷钻石的……"妈妈抽噎着说。

"可是爸爸一块钻石也没有啊。"我急忙说。

"他带我们来这儿就是找钻石的，没有钻石，他肯定不会回去。"妈妈还在哭。

"没有钻石他的确不会回去，不过我们这儿已经有满满一椰壳钻石了……"我展示给她看。

"那是图库的钻石，我再也不想看见钻石了！"妈妈一下子提高了嗓音，尖叫着说。我不知道非洲发生的事情竟能让一个人哭得这么稀里哗啦。

"我们可以登报找爸爸。"我说。

胡安尼托拍打自己宽大的手掌，好像听懂了什么似的，小希和小宝宝嬉闹着，妈妈喘着粗气。突然间我不着急了，因为事情都有了着落，我喜欢解决问题。

"图库，你了解这个地方，而且你还有个当地女朋友，你必须帮我找到爸爸。"

图库愣住了，他挺害怕我的。

"他和西库在一起肯定不会丢，他们可能去了钻石矿，应该不会有危险的。"

"好吧，那你去找他。你没看到我妈妈在哭吗？你去矿场把爸爸带回来，别耽搁时间了。"

图库马上出发，奔跑着消失在街角。妈妈看着我，一副完全相信我的表情。

"儿子，我们去吃点东西吧。"妈妈拉着我的手就像拉着个小宝宝一样，"你不知道我有多担心你。"她带我去了旅馆餐厅，让我想吃什么就点什么，所以我点了好多菜。

为了转移妈妈的焦虑，我带她去逛商店。看到我回来了，妈妈很开心，于是给我买了好多礼物。

我要了一把玩具机关枪，一支玩具毒箭和一个森林鼓。家里不像部落人那么多，只有两个人在时就需要敲敲鼓调动气氛。妈妈心情好，给我买了一个乐鼓，不过要我答应回学校好好上课，考个好成绩。

我高高兴兴地回到了旅馆，但是正如圣人所言：世上的快乐只能短暂存续，你享受快乐的同时也不会错过悲伤。

现实的确如此，图库就是带着坏消息回来的，他说爸爸和西库被拘留了。

做囚犯的儿子太可怕了，做囚犯的老婆也一样可怕。妈妈开始责骂他们，突然"啪"的一声，栽倒在地。

旅馆老板给她灌了一点酒，一位女士拍了拍妈妈的脸，图库的女朋友又转又跳，嘴里还念叨着奇怪的话。

最后可怜的妈妈睁开了双眼，加上小希和胡安尼托，一共有十四个人围着她。其中有个人相当重要，他讲西班牙语，虽然讲得不好。但就是他开着车带着妈妈、小希和我一起去了金伯利的办事处。后来我们又在一阵哭泣和悲叹声中走出那里，跟着另一位男士坐上了开往监狱的车。

这之前我并不知道金伯利的监狱到底怎么样，但这次有机会了。拿枪的士兵头戴帽子，其他人则要么穿皮革，要么裹布料。有个长官把父亲带了过来，在翻译的陪同下给爸爸做了供词，然后让爸爸签了一张支票就把他放了。

原来事情是这样的：西库原本想通过贿赂购买钻石，不过没用，因为这种行为在这里是被禁止的。而爸爸以为西库是个钻石矿主，但事实上西库骗了他。最后，爸爸虽然被牵扯了进来，但好在他不是主要

责任人。

回到家后，爸爸和妈妈一直都在指责西库，爸爸在这几天里都是心惊胆战地度过的。

看样子我们要回智利了，不过没有黄金，没有钻石，也没有西库。

钱用光时，从非洲回智利就没那么容易了。爸爸签了张支票才可以从金伯利的监狱出来，那个时候钱就用完了，现在我们穷得叮当响。

要是在智利一下子成了穷光蛋，这我们还能适应，但要是在非洲碰上这种事，情况可就截然不同了。因为我们在这举目无亲，连个熟识的杂货店都没有。爸爸在这儿不但成了穷人，还失去了钱财和他人的信任，甚至留下了不好的名声。旅馆老板把我们当小偷对待，也没人和我们打招呼。爸爸整天出汗，为了不弄脏手帕，他用手擦脸擦头。他每天往智利打很多电话，不停地问有没有人愿意来处理他的事。妈妈钻进旅馆房间，打算把自己的裙子卖给服务人员。我和小希到处跑，希望发生点不一样的事。大家都忧心忡忡。如果我长大了，肯定就不用操心这些，也不会让我的孩子们烦心。

图库换了发型，但是变化不怎么大。他卖了一颗钻石，拿着卖钻石的钱，租了旅馆最好的房间，房间装潢豪华，客厅非常大。但是房间隔音差，地上摆满了水果和黏黏的盘子，杂乱无序，人都无处下脚。图库睡在地上，因为睡床不舒服，他把床当餐桌用。小宝宝虽然个头小，但竟然吃床单，食人族真是名不虚传啊。因为图库付清了房费，所以旅馆老板并不介意这些，甚至胡安尼托在餐厅里上蹿下跳，他也不生气。

我忧愁了一段时间后，问爸爸："爸爸，为什么你不向图库借颗钻石呢？那样我们就能重拾信誉，

你还会有回智利的路费……"

"我绝不会找图库借钱。他是个好人，但是没文化。整整三个小时我都试图让他明白这些钻石是金伯利政府的，他应该还回去。"

"如果那是食人族或者图库的女朋友的一个秘密矿场呢？"

"你也不懂……好吧，这也不足为奇。我自己被西库骗了，以为他有钻石矿，我们能从里面挖钻石，现在西库在监狱里受罪，要待好几年。"

"可怜的西库！"

我刚说完这句话，爸爸就拽着我的耳朵，然后再给了我一巴掌。

"可怜？他可是盗匪！一个让我深陷大麻烦中的骗子……他是个大骗子，你明白吗？他罪有应得。"

"可是图库不是骗子，他有钻石。"我辩解道。

"终有一天，他会知道他卖了一颗不属于自己的钻石。如果他被发现了，就会和西库一样进监狱……"

"我不相信，他已经买了一架飞机，雇了个飞行员，他什么都买好了……"

"西库也有飞机，还有飞行员。"爸爸怒气冲冲地说道。

"图库明天就走，我不知道他去哪儿，但他可以带上我们。"

"我不会跟他走的，不还清欠账，我哪儿都不想去！"

"可是你在这儿待得越久，欠得就越多。"

就在我和爸爸争论的时候，小希突然被什么卡住了，满脸通红，眼睛就像死鱼眼。爸爸不停地摇她，晃得她急促喘息，不停呕吐，结果吐出了一颗绿色的钻石。

"连她也是这样！她竟然偷了图库这个坏蛋的祖母绿……"爸爸大喊着，就像看到了一个魔鬼。

我再也受不了了。我最好的朋友图库，他是坏蛋？不可能！

"爸爸，图库是个好人，我不喜欢你骂他。他和你一样都有灵魂，他的妻子也有灵魂，他的小宝宝也有的……"

"这倒有可能，但他们是食人族，随时都能和我们反目成仇，甚至吃了我们。"

"自从我让他们有了信仰后，他们就不吃人了。"

"你让他们有了信仰？什么时候发生的事？"

"刚刚开始，但是他们已经知道了火不是神，我也给他们解释了其他问题。我可是以"传教士"的身份来到非洲的，回智利之前，我至少得让一个食人族族人有信仰。"

"你跟图库说什么了？你为什么不说服他归还不属于他的钻石？那样做是为他好。"

"我没说，因为我认为那就是他的钻石。"

"你还是不明白……整个金伯利的矿产都属于政府，所有钻石都是政府的，你清楚了吗？"

"清楚了，但是图库的女朋友的钻石是她自己的，因为那是一座秘密矿。"

"不管秘密不秘密，那全都是政府的。政府会发现图库倒卖钻石，到时你就知道他们怎么对待图库和他的女朋友了。"

爸爸的话让我内疚不安。图库来找我和胡安尼托一起出去的时候，我不得不跟他说了爸爸的话。我得教他理解法律、偷盗、犯罪这些事情。结果图库立马就明白了我的意思。

"如果钻石不是我的，我就还回去。"他说完就回到了他女朋友那里。他们用自己的语言交流，接着我们带着钻石一起去找爸爸。

"我们想让您把这些钻石还给它的主人，虽然我觉得那是我女朋友的，但是……"图库说。

爸爸敬重地看了看我，他嫉妒我让图库明白了他自始至终没让图库明白的道理，于是他带着我们一起下楼来到旅馆办公室。他和老板打了个招呼，接着叫了一辆出租车，然后我们三个去了当地的政府办公机构，类似于这个国家的财政部。

我们在办公室聊了很久。办公室里有超大的风扇，手持冲锋枪的保安。虽然我一个字也听不懂，但还是混在办公室的工作人员中听着，最终图库和爸爸圆满办成了这件事。

最后出来时，我们没带钻石，但是带着一张类似支票或者钱币的纸。

"跟我说说都发生什么事了。"我在出租车上数纸上数字的时候问。

"我们把图库的钻石还给了国库，不过好在那个矿点还没注册。"爸爸回答我，他坐在那里就像个圣诞老人。

“注册？”我问。

“就是登记。正如你们说的那样，那个矿点还没被发现，是一个秘密矿点。不过现在被发现了，也被注册了，因此政府给了图库一张支票，那可是一大笔财富……”

“财富？他们没逮捕图库吗？”

“恰恰相反，他现在可以光荣地拿到了这笔钱。”

图库咧嘴笑了，牙齿都快从嘴里蹦出来了。

“我光荣，我的女朋友，也光荣……现在我有钱了，我能帮助我的朋友，借钱给他们回家……”

“爸爸，图库说要借钱给你呢，你现在不能拒绝他了……”

爸爸满脸通红，图库又重复了一遍自己的话，妈妈喜极而泣。总而言之，爸爸接受了借款，直接付清了旅馆费用。旅馆老板以及所有人又变得和蔼可亲，笑容满面了，对待我们就像对待尊敬的国王一样。

我鄙视他们所有人，图库也鄙视他们。胡安尼托跳上桌子，把纸和没用的书扔向空中，反正没人训斥它。

　　"图库，我怎么把欠你的钱寄给你呢？"我们离开的时候爸爸问图库。

　　"不用寄，随便哪天给我都行。"图库像拨浪鼓一样使劲儿摇晃着自己的头，"我们要和你们一起走，我们想去旅行，我的飞机可以带我们去想去的任何地方，我们想飞遍全世界。"

　　最后他们边走边聊，我们来到了图库的飞机前。他的飞机简直是个巨人，飞行员就坐在最前面，我们这下真的相信他有飞机了。

　　要和一个食人族家庭一起飞行，这让妈妈浑身打战，不过她收起了自己的高傲。因为最后看来，他们才是爸爸最好的朋友，至少是爸爸在这唯一的朋友。

　　爸爸忙着给图库一家准备护照和相关证件，妈妈说服了图库的女朋友穿衣服。她尝试着穿上衣服后特别开心，笑得合不拢嘴，不过我觉得她笑起来像吹口哨一样。那天晚上她下楼走到餐厅时，所有人都惊呆了，赞不绝口。图库穿着白色西装，整个人严肃起来，晃眼一看就像机场里或者国际乐队里的某位先生。

那晚大家一起吃饭，我们试着适应生活里有他们，他们也学习使用盘子和刀叉，但是效果不怎么样，他们用得不好，时间都浪费在学的过程中了。他们几乎什么都没吃，有些失落地返回自己的豪华房间，但起码他们开始接触和学习了。

昨天我没写日记，因为妈妈让我待家里整理箱子，她带图库的女朋友去买内衣。我收拾好了一个箱子，但是刚合上，箱子就裂开了，我只好清空箱子，重新整理。实际上压根儿没人愿意整理行李箱，我只是出于热心才帮妈妈。我放了好几次，最后箱子都压成了碎片，我只好让爸爸重新买了一个。新箱子超级大，可以一次性装下所有东西，装完还能剩很大空间，于是我把能装的全塞进去了，最后我终于成功合上了箱子。

然而爸爸和图库两人都抬不动箱子，于是妈妈要求他们打开箱子，取出了一半东西——那全是旅馆的家具。最后妈妈又买了一个行李箱，自己重新装好东西。就这样，收拾行李浪费了我一整天时间。

最终我们坐上图库的飞机，起飞了。

飞机刚一起飞，图库的女朋友和胡安尼托就满脸惊奇，全身毛发都竖了起来，胡安尼托就像一个大刺猬。它转过身，冰凉的双手抱住了我，看来它是害怕了。

"你吓到了吧，别害怕。那声音是飞机上升时发出的，明白吗？我们已经离开了陆地，现在正在半空中，一切都很顺利。你不害怕了吧？"

胡安尼托像只蜗牛一样蜷缩在座位上，把头埋在竖起的毛发中。太可怜了！我想还是把它的毛发弄塌下来，那样它就不害怕了，于是我给它喷了发蜡，用自己的手和胳膊给它梳理。胡安尼托太瘦了，但是已经不害怕了，不过浑身僵住，动都动不了。

　　"胡安尼托，发动机的声音和森林的鼓声一样，而且声音更轻。你闭上眼睛，想象飞机上的我们就是大鸟肚子里的种子。鸟儿会飞，绝不会从空中掉下来。"

　　胡安尼托明白了，闭上了眼睛，睡着了。

　　图库和他的女朋友惊喜地从飞机上看海、山脉、树林和城市，他们张大嘴巴，满脸微笑。小希和小宝宝开心地闹着，爸爸和妈妈在做计划，一直说个不停，两人仿佛是二十年没见的朋友。

　　只有我一个人沉默着。

　　胡安尼托在我身边睡着了，它身形瘦小，毛发梳得整齐，发蜡硬硬的。没人和我说话，我陷入了沉思。我思索着已经落在我们身后的非洲，想着那些食人族以及我没有成功传教的原始部落，那里的人都不知道自己拥有灵魂。我特别想下飞机，想带着大鼓在大森林里奔跑，去完成我的使命。一旦你发现自己没有完成任务，你会特别烦恼，而我就是这样，眼看就要干成一件大事了，结果什么都没干成。一切宛如一场美梦，梦境太真实了，我想这应该就是"失败"。

但是我不想失败，也不想承认自己已经失败了。

如果时间充足，我会努力让胡安尼托成为"文明人"，说不定我还能把它教得比爸爸还聪明呢。

Papelucho

巴巴鲁丘 4

［智］马塞拉·帕斯 / 著

李沁沁　何倩 / 译

海豚出版社
DOLPHIN BOOKS
CIPG
中国国际出版集团

秘密日记和火星人

这是我的秘密日记，谁都不能看。

今天是 13 号，星期二。

爸爸对我说："巴巴鲁丘，来我的书房……"

一想到爸爸平日不在的时候，那间书房就变成了我写作业的专用房，我就没有心思做其他的事了。而且一想到五分钟前爸爸还穿着皱巴巴的睡衣，顶着乱七八糟的头发在刷牙，我也没心情了……

爸爸有点紧张地把门关上，房间里只有我和爸爸两个人，还有我做过的所有错事。

"你知道我为什么叫你来吗？"他说。

"我不知道啊。"我回答道。

"嗯……好孩子，我们好好想一想……"他坐在椅子上，全然不知有一只椅子腿坏了。

"我觉得你知道我为什么叫你来。"

"爸爸，如果是因为小猫的事情，我想向您解释……"

"这和猫无关。"他很生气地打断了我。

"那就是因为水的事情？……"

"也不是这件事。"爸爸握紧了拳头。

"那可能就是我把鞋子放在别人家房顶上这件事了？"

"和你的鞋子没有半点关系……"

爸爸盯着我的眼睛，这让我感到头疼。但是他没能通过我的眼睛读懂我在想什么，当然我也不知道他此刻的想法。

天哪，我到底做了什么？我想了想我做过的事

情：难道是我之前用勺子捞蟋蟀的时候，螺丝刀顺着洗碗机的管道掉下去了？还是因为前段时间我把几个项链做成了勋章？要不就是前几天我给妈妈做面霜的事情？

"你得好好想想。"爸爸大声地说。

"好的，爸爸。"我赶忙应道，"只要是和记忆有关的事情，就有办法解决。我在学校就有很多记不住的东西，妈妈也会经常忘记她要说的话。好像还有一位老师完全丢失了记忆，甚至不知道自己叫什么。但是我觉得我可以找到我的记忆，你也不需要为我担心，因为我毕竟还年轻嘛，而且……"

"闭嘴！"爸爸突然气呼呼地打断了我的长篇大论，"够了！"

我突然停下来，不敢动弹。

房间里笼罩着死一般的沉寂，我只能听见我内心的窃窃私语。爸爸在和我做什么奇怪的实验吗？为什么他一句话也不说地看着我？谁要先说话呢，是他还是我？还是他在猜我心里的想法，想知道我的秘密？

突然他平静下来了。

"你不用摆出一副做错事的表情。"他说，"其实事情很简单，我只想让你坦白地告诉我，你怎么了，我的孩子？我是你的父亲，你最好的朋友，你要记住这一点……"

我怎么可能记得呢？这可是我第一次听到这句话。爸爸是我最好的朋友，现在我再也不会忘了。

我等爸爸开口说点什么。

他也期待着我说点什么。

就这样过了很久。

"我不可能浪费一早上时间什么都不做来等你。"他很有耐心地说，"我刚才问你发生了什么事情，听懂了吗？很久之前开始，我和你妈妈就发现你闭口不言，行为奇怪，经常思想不集中，甚至做一些奇怪的事情，你会盯着天空看很长时间。难道你视力有问题吗？"

"是的。"我回答。

"但是你看得见我，对吗？"

"看得见，而且看得很清楚。"

"你看得见这封信上的内容吗？"

"不能。"

"很模糊吗？"

"不是，我看它乱七八糟的。"

"好吧。"爸爸边说边把信拿端正了，"看来我们不用担心你的视力。那你现在告诉我，为什么你跳的样子像癞蛤蟆，甚至有时候跳着跳着还会睡着？"

我觉得耳朵一阵发热，我怎么跳是我的事情。爸爸试图看穿我的秘密。可我从来都没有问过他为什么要伸长脖子，把手指放在脖子上。因为这是他的事情。

“因为我想当跳远冠军。”我有些生气地说。

“并不是这样的，你的样子不像是训练，而是癞蛤蟆那样的。”

现在我确信了，爸爸是在怀疑我。没有比被人怀疑更恼火的事了。爸爸想确认火星人是不是在我身体里。如果被证实的话，他会带我去做手术，把火星人像我的阑尾一样从身体里摘除。火星人是属于我的，我要让他远离好事之人。谁都不能把他从我这里夺走。

“现在我们有另一套训练方法。”我说。

“还有，好几次你很长时间一句话也不说，好像在听什么东西。然后你就开始笑或者自言自语。你会无缘无故地生气，和别人吵架，这也是一种训练方式吗？”

“而且你老是打嗝……我觉得你该去看看医生了。”爸爸说。

"是皮肤在呼吸。"我回答爸爸，"老师是这样说的。"

其实是因为我每次打嗝的时候，我和火星人就会一起咯咯地笑。

"那为什么你老是看着天空呢？"看着爸爸紧握的手，我知道他很着急。

"我在看太空舱外的宇航员、UFO 和那些……"

"好了，好了……"他打断了我。

"爸爸，您别担心，他们不会伤害我们的。"

"现在已经晚了，我得去办公室了。我们已经说好了，我是你最好的朋友，你最近在为跳远比赛做训练，而且你没有视力障碍，对吧？再见了！"说完，爸爸一溜烟跑出门去赶公交车了。

我跟在爸爸屁股后面，好不容易追上了他。

"怎么了？"爸爸问我。

"什么是视力障碍？因为您是我最好的朋友，所以我想让您给我解释一下。"

爸爸看着开走的公交车，变得烦燥不安。

"视力障碍就是看得不清楚。"他一边说着，一边伸着脖子。

"所以我才看不见太空舱外的宇航员吗？"

"他们离我们很远，没人看得见他们。"爸爸气愤地大叫，"都怪你，我得打车去办公室了。"

爸爸一招手就拦下了一辆出租车，坐在车上的时候，他板着脸，就像被人偷了钱包似的。

身体里的戴特和我看着出租车慢慢消失在车流中。

"你为什么不和他一起去办公室，我想参观办公室。"戴特说道。

"我也想啊，但是我得写作业。"

"你真没劲，什么是作业啊？"

我没有回答他，直接回了家。这使戴特很恼火。

他要是一心想吵架，就变得跟牙疼一样烦人。

因为我不知道他想要什么，也不知道我自己想要什么。所以他的想法和我的想法不同。其实和别人吵架没什么不好，但是，如果自己和自己的身体吵架，就很糟糕了。

没办法，我只好躺在地上，让戴特睡觉。这是让他安静的唯一方式。

"你在那里做什么？你生病了吗？"

多米拿着扫帚走到我身边，在我耳朵上挠痒痒。她和爸爸一样，也想知道我发生了什么。难道一个人不能有他自己的秘密吗？

我躺在那里装"死"。在这个家里，他们只会尊重死人。

多米在那里扫地、擦灰、哼歌、叹气，最后手指掠过桌子，看看干净了没有。

"在这个家什么都找不到。"她边干活边自言自语说道，"连那条黄色的抹布也丢了。我猜一定是巴巴鲁丘把抹布吃了，所以他才变得这么奇怪。先生和夫人也因为他行为奇怪，打算把他关起来，但是，他现在'死'了……"

"把我关起来？关在哪里？"我一下"起死回生"。

"天哪，太好了！"受惊的多米大叫，"我还以为你'死'了呢。"

"谁说要把我关起来？"

"我无意中听到你父母在饭厅的谈话，这可跟我没关系……"

"他们要把我关到哪里去？"

"我猜应该是一家疯人院，这样你会很快好转。"

"可是我没病啊。"

"没有一个疯子觉得自己有病。"

我不知道自己当时是什么表情，但是多米对自己说过的话表示后悔。

"我真的没有疯，你别担心。我给你点个香薰，你得替我保守秘密。"

"什么秘密？"

"多米，我要好好想一想。"我对她说，"之后再告诉你。"

这个秘密能否告诉多米，我需要和戴特好好商量一下。于是我跑了出去，爬上了梨树，因为这里是唯一一片可以让我安静思考并且跟戴特交谈的净土。

我从梨树最高的枝杈上一跃，跳到了房顶上。房顶上实在太热了，我刚一踩到上面，鞋底就热得冒烟了，吓得我乱蹦起来。

"发生什么事了？"戴特说。

"我的脚好像烫伤了。"

"你真是一无是处。"他说，"你说你烫伤了，你要写作业，你肚子饿……"

"闭嘴！"我生气地说，"你压根儿不在乎这些事情，那是因为你来自别的星球，你什么都不懂！"

"我懂。"他说，"你所有的行为都是害怕的表现，你害怕烫伤，害怕饥饿，害怕他们因为你行为怪异把你关起来。"

除了叫我懦夫，他做什么我都可以忍受。但是他居然说我害怕，这一点我绝对忍受不了。

我是个勇敢的男子汉，我也从来没有把这个秘密告诉过别人。

我身体里还有一个"人"，他叫戴特。之所以把他留在身体里，是因为，首先我要为"异乡人"提供一个容身之处；其次，虽然我不能在太空舱游走，但至少可以帮助火星人；最后，如果我身体里住着一个火星人，那我自己也算是火星人。

但是和一个自恃聪明，对我们一无所知又和我们截然不同的"人"相处，并非一件易事啊。

所以，现在我想写日记，把我所经历的事情记录下来，以免我老的时候忘记了。

故事还要从头说起。那天下午我听到街上有叫喊声，就走了出去，看到街角围着很多人。爱凑热闹的人总是喜欢聚起来想看看发生了什么，而我那天也想知道发生了什么事情。

我艰难地拨开人群。大家都不吭声，像便秘一样。男人们、女人们、狗狗们围了个圈，我钻进中间想一看究竟。

这不过就是个普通的飞碟，大家都不敢碰它，所有人都在互相观望。

我不以为然地转身走了。既然飞碟里最重要的火星人都消失不见，只留下空空如也的飞碟，甚至他的头盔都落在了路上，那还有什么可看的呢？他会不会穿着隐形衣在我们中间游荡？

我为这个勇敢的火星人感到可惜，他来到我们身

边，但是不得不躲起来。

我遗憾又气馁地走出了人群。回到家后，为了不那么沮丧，我把自己关在房间里写作业，但不一会儿的工夫，我就睡着了。晚上妈妈把我叫醒，让我把衣服脱了再睡觉。

没想到等我再次钻进被子里时，我彻底失眠了。明明是大晚上，但我就好像在大白天一样，清晰地感受着整个世界的静谧。月亮慢慢掠过我的窗帘，远处回荡着爸爸虎啸般的呼噜声。浴室里的水龙头漏水，不断地滴答滴答，我的肚子也饿得咕咕叫，这让我很不开心。而且，我还听到了夜里的动物踱着小碎步在窃窃私语，它们趁着黑夜，肆无忌惮，任意妄为。

但是我不害怕。我最后一次害怕还是我小的时候，那次我从房顶上掉下来，差点摔在地上。从那时起，我就发誓再也不会害怕，现在我做到了。

因为肚子咕咕叫个不停，我从床上爬起来。希望

多米没有洗今晚的盘子。在这个家里没有人会记得我晚上也会饿这种事情。

我在锅里找到了一点冷掉的汤，在舔勺子的时候听到了来自不远处的一声长叹。

我急忙关掉了厨房的灯，看见由舞动的小点组成的、会发光的小人，并且只有在黑暗中才能看到他的存在。这个小人比我还小，像香烟冒出的烟雾一样白。他整个身子几乎就只有一个头，可能还有几只飘起来的脚。我看到的这个小人是那个火星人！这是我第一次看到他，就在我身边。

可怜的火星人钻进了陌生的厨房。他很柔软，在晃动，几乎没有身子。他可能就是发光的小点，身处在我们吃饭、流汗、劳作，建造有屋顶、墙壁和厨房的房屋当中。

我为了不吓到他，就安静地待在旁边，连往前迈一步都小心翼翼地，不敢碰到他。我能对他说什么

呢？他又听不懂我的话。

我想让他信任我，成为我的朋友。我怎么样才能帮到他呢？

我专心致志地在想这件事时，突然鼻子很痒，打了个喷嚏。打这个喷嚏前我吸了很多空气，就像吸尘器一样。与此同时，火星人消失不见了。厨房里连一个光点都没有了。

慢慢地，我发现我把火星人吸进了自己的身体里。我的胳膊和腿的关节处像被安上了铆钉，让我的身体变得像铅块一样重。我脑子里一团糨糊，我的身体也变得乱七八糟。

我回过头想想，感觉所有事情都发生得那么不真实。但是一股奇怪的力量让我回到了现实，我感受到自己的身体正在发生着变化。原来是火星人为了安顿自己，正在调整自己的大小。真是可怜的家伙！

最后我决定帮他。因为我希望自己去火星的时候，可以有一个能帮助我的朋友。所以，就让我先来当他的朋友吧！

"谁在那里？"妈妈迷迷糊糊的声音打破了寂静。

"是我。"我说，"我饿了，来吃点东西。"

"快去上床睡觉！"妈妈命令道。

我想听妈妈的话，但是我做不到，火星人太沉了，像嵌在我血管里的铅块，我抬脚往前走一步都相当困难。

"我不知道你是谁。"我小声地说，"但是我愿意帮助你、和你做朋友。所以我们先去睡觉吧。"

"睡觉？"他略感疚地说，"那是什么东西？"

"休息。"我向他解释，"走吧！"

这话是说给他听的，因为我动不了。

"我不懂你在说什么。"他在我身体里说。

这时候，我终于明白了，原来他什么都不懂。就和我们世界里的大人不懂孩子的心思一样。

"你能不能轻点，让我动一动。"我对他说。

"'轻'是什么？"

啊！看来我需要耐心。

"听着。"我对他说，"你想象一下，自己坐在飞碟里准备回火星，这时候你必须松开刹车才能继续前行啊，所以现在是一样的情况。"

"但是飞碟坏了。"他说。

"我知道，但这不是我们一直待在厨房的理由。松开刹车！"我命令他。突然身体里有什么东西松开了，我觉得轻松了很多，终于可以往前走了。

我回到了床上，躺下来，盖上了被子。为了不让火星人逃走，我忍着不打喷嚏，但是我的鼻子特别痒。

"喂。"我把被子一直盖到了耳朵，跟他说话，"给我讲讲你的事情吧，谁把你派到地球的？你来这里只是为了看热闹吗？"

"没人派我来。"他对我说，还在里头跳了跳，

"很多火星人来地球，所以我也跟着来了。只是很少有人回去。"

"你叫什么名字？"

"戴特。你呢？"

"巴巴鲁丘。"

"你平常做什么？一直休息吗？"

"只有晚上才休息。白天我要去学校学习、玩耍。你不睡觉吗？"

"现在不。那样我也许会灰飞烟灭的，而且我一点也不懂你说的事情。我还不如不来这个星球呢。这个星球叫什么？"

"地球。"

"地球……这里听起来就不值得来一趟，你能帮我回到火星吗？"

"如果我知道怎么做的话，我愿意和你一起回到火星。"

"这里没有飞碟吗？"

"目前还没有，但是我们可以自己造一架。"

"没错，我想赶紧回我的星球。"

"那我们明天一起动手做。"

"明天是什么？"

"另一个今天，但是在今天之后。"

"我听不懂。但无论如何，你要保守我的秘密。不能让任何人知道我在地球。"

"为什么？你是很重要人物吗？你是国王的儿子？你是小孩吗？"

"我是戴特，你不要对别人说起我，不要告诉别人我在这里。"

"绝对不会。"我眨眨眼，慢慢地说，然后睡着了。

如果我当时就知道留宿火星人是什么感觉，那我当天就会把他赶走。以前，我可以自己思考，做我喜欢的事情。但是现在不行了。因为戴特在我身体里非常烦人：每件事情，他一会儿要这样做，一会儿要那样做，总是变来变去。我喜欢的事情他不喜欢，我做的事情他不明白，他喜欢的事情我又不懂。

爬梨树成了一件令人不爽的事情。戴特想要一直往上爬，直到火星，我为了取悦他就一直往上爬呀爬……

我觉得他的主意不错，前提是他能够帮我一把。但是我们没多想，就爬到了梨树的最高处。啪嗒！我们摔到了地上，跟着我们一起摔在地上的还有几颗梨。

还好有一块桌布挂在树枝上接住了我们。但是这块桌布被扯成了两块。现在，妈妈有两块"桌布"了，而我额头上也多了一个包。幸好没人看到这一切。

这件事后，妈妈对我说："儿子，你为什么不吃饭呢？你这么虚弱，我觉得你发烧了。"

而戴特早已摔得头昏眼花，也不吭声。我怕他会从我身体里溜走。（其实我是想留住他的，一想起我们做过的美好的事情我就很开心。）

但是，一到甜品来的时候，戴特就醒了，这是一大盘绿皮的梨。

"来了！来了！"他就像电台一样开始传达信息。

"你闭嘴！"我对他说，"我们有眼睛，自己看得到。"

"不是！"他有些生气地说道，"跟这个没关系！越来越近了！"

"我听不懂你在说什么。"我对他说。这个时候我家的狗乔克劳汪汪大叫，我才明白过来。

"来了来了！"我和戴特一起大喊，从椅子上跳了起来。

同时，桌子上的杯子和盘子都飞了起来，多米没端住那盘梨，从手里滑了下来，掉在了爸爸的头上。这是一个古老且贵重的瓷盘子，就这样摔得粉碎。

"救命啊！"多米一边大叫着，一边用围裙挡着头，怕房顶上掉下来的石膏砸到她。

"地震了，快跑，孩子们！"妈妈边叫边跑。爸爸紧紧抱着他的头，努力护着他的头部，小希跟在乔克劳后面跑。而此时，乔克劳还在汪汪大叫。

"愿上帝保佑！"邻居们在街上喊叫着。大家的表情就像连环画上一样逼真。而我就淡定多了。戴特一直在安抚我。

"为什么他们这么吵？"戴特问。

"嗯……"我对他说，"因为地震了。"

"这有什么特别的吗？"

"没有吗？地震可能导致房屋倒塌，这会让很多人丢了性命。"

"但是，既然房子要倒，那为什么要盖呢？"他问我。我想了想他的问题。没错，要是没有盖房子，那地震又有什么要紧的呢？

这时候，妈妈来到了我待着的饭厅，一脸惊慌失措，她的手像大蜘蛛一样抓着我。

"儿子，你没看到地震了吗？你想被压死吗？"妈妈大叫着，然后把我拽到了大街上。

街上散落了一些破碎的瓦片，看来在地震面前，桌布的事情根本不值一提。爸爸头上被砸的包越来越大，甚至和我的包一样大了。多米哭得泪如雨下，小希则笑嘻嘻地想要安抚可怜的乔克劳，因为它很紧张。

此时，大街上有很多人，大家都在议论地震的时候他们在干什么。邻居罗莎女士也在说这些，我不知道有什么用，她的裙子都没整理好。还有对面的邻居，她手里抱着一个很大的钟。

"我每时每刻都要保护好我的钟，"她说道，"为了知道地震的时间。"

"我救出了我的收音机。"鲁德·辛达先生一脸自豪地说道。

所有人都很友好，有说有笑，只有爸爸因为头上的大包气呼呼的。这正是地震的好处，因为地震，没有了争吵、责备和惩罚。

我们回到了家，看到家里一片狼藉。地上到处都是土块和石膏，梨子和盘子碎片散落一地，墙上歪歪倒倒的画比悬挂的灯还让人眩晕。突然，听到一个声音：

"最新消息：据纽约塔夫特新闻社报道，智利中心地带发生地震。"

这个收音机播报新闻一直以来都慢半拍。

在妈妈打扫之前，我跑到了自己的房间，看看我的房间是怎样的狼藉，并且想借此机会扔掉一些早就想扔掉的东西，尽管在这次地震中它们没有被破坏——比如那个花盆，它总是摇摇欲坠，却从来没有掉下去过。

我的房间变得很"酷"，因为有三个大洞：房顶上有一个洞，望出去可以看到天上的星星；墙上有一个洞，透过它可以看到邻居们；还有一个洞在角落里，能够通过它看到老鼠洞。

我趴着身子钻进这个洞，想看看这个我不了解的世界。这个地方很不一样，黑乎乎的，略显神秘，还有一股特殊的味道。而且里面都是人们不会留存的东西：变硬的面包块、碎纸片、旧鞋底、脏棉花、图钉和手镯。

唯一不妙的是，我的到来惊吓到了这里的老鼠，它们惊惶而逃，跑到了我钻不进去的洞里，藏了起来。

这些可怜的小老鼠一定以为我是它们的敌人。人们逼它们躲起来生活，让它们变成小偷。如果没有人给它们投喂食物，那它们靠什么生活呢？我以后一定要给它们投喂更多的食物，为它们带去更多的"奇珍异宝"。

我突然有一个想法，想给这些可怜的小老鼠开一个超市，里面应有尽有。这样的话，它们明天得有多开心啊！

眼下最重要的就是在这个大洞被大人们堵住之前，别让他们发现这个老鼠洞的入口。所以我爬了出去，把床移到了角落，不让别人看到那个洞。

我下楼后发现家里一个人也没有。所有人都逃到了街上。

"巴巴鲁丘，你刚刚跑哪儿去了？没看见那些石膏块还在往下掉吗？我觉得地面还在摇晃……"妈妈突然走进来说。

"妈妈，地震已经停了。"我确定地说，"地震已经持续一会儿，现在没震了就表示结束了。"

大家冷静了之后都回到了家，爸爸上楼看到我的床在角落里，便问我：

"你的床什么时候换位置了？"

"好久之前。"我说道。然后爸爸抬头看向天空。

"幸好这个房子是租来的。"他说，"看样子得花好大一笔钱修理房子啊……"

爸爸从我房间离开后，小希就从我床下面爬出来。

"拿着。"她对我说，"你的笔帽在这个洞里……"然后粗鲁地扔到我手上。

"你什么时候进去的？"

"我每天都爬进去，给我的老鼠拿吃的。它们认识我，不会躲着我！"

小希两眼一闪一闪地，她全然不知已经惹恼了我。

"我会帮你给它们囤很多吃的，多到它们不用出洞觅食，这样它们就安全了。甚至不用担心家里有猫。"我对她说。

"它们一点都不怕猫，甚至对邻居家的猫深感同情。"她说，"它们有时候会把多余的食物放在房顶给那只猫吃。"

"它们不怕猫？"

"猫可是靠着它们生活，它们为什么要怕？"

"孩子们，快下来！"妈妈喊道。

此时，从地震开始就睡着了的戴特，也一下子醒了过来。

我们三个人一起跑下了楼，心里想着，这次不会是着火了吧。

但是我们到达一层以后，并没有看见一丝火苗，还好只是虚惊一场。估计是妈妈太紧张了。

在这场地震中，只有我们家的房子倒了，其他人的房子都安然无恙。但是幸好，没有伤到任何人。

所有的邻居都进来看我们家的房子，他们认为不管有没有这场地震，这栋房子迟早都会塌。但对于爸爸妈妈的遭遇，他们表示同情。此外，邻居们还试图说服妈妈带我们去酒店过夜，以免再次发生意外。

但是，这个提议被妈妈拒绝了，因为酒店很贵。所以她决定全家都睡在出租车里。

虽然很难说服爸爸和出租车司机，但妈妈还是坚持她的想法：离开家。就这样，我们在街道门口的出租车里安顿了下来，我猜这样做，也许是为了能亲眼看到房子倒塌吧。

我觉得这样很好，因为这可以让那些小老鼠自由一下，哪怕只有一个晚上也好。但是，在出租车里睡觉着实让人头疼。虽然车内能挤得下我们，但是大家的头都露在了外面。更确切地说，我们就像圣诞树上的装饰物一样晃来晃去，没有办法固定。

爸爸第一个从出租车下来，他生气地说就算房子要倒，他也要回去睡觉。

说完之后，他狠狠地关上了出租车的门，朝家的方向走去。

没一会儿的工夫，司机说不管钱多钱少，他都不想睡得不安稳，然后和爸爸一样下了车。紧接着，多米也下了车，她说自己后背疼，她宁愿睡在废墟里，也不想今晚在车里睡不了一个好觉。

最后只剩我、妈妈和小希留在出租车里睡觉了。但是我们并没有一觉睡到天亮，就被一阵突如其来的敲窗声吵醒，一个先生带着行李命令道："快去机场！"

车内瞬间乱成一团，妈妈大叫，那位先生也大叫。最后两个人明白过来了，原来这位先生以为这辆出租车是可以运营的，而妈妈以为又地震了。这都怪小希，是她挂上了空车运营的标志旗。

戴特想了解从头到尾发生了什么，我为了让他安静不要说话，不耐烦地喊道："闭嘴，蠢货！"

那位要去机场的先生听到我骂人，狠狠地打了我几下。

这时候妈妈出面说："先生，您犯不着跟他生气，这孩子有点神志不清。"

所以我现在成神志不清的人了？

等到那位先生走开之后，我们又重新整顿，准备睡觉。但是小希找借口说她很无聊，想玩一会儿，还不想睡觉。妈妈就掏出来几块糖，给我们每人嘴里塞了一块，往她自己嘴里放了两块。尽管我们毫无睡意，但最后还是睡着了。

结果没过多久，出租车晃了起来，比起地震有过之而无不及，一个人大叫着："快出来！这车里是怎么回事？"

原来是一个脾气不好的警察。

"快把门打开，要不然我就把窗户砸了！"

妈妈照旧睡着。另一边，小希摇下了窗户，我也一头雾水地被吵醒了。

"这辆出租车是你的吗？"我一边问这位脾气不好的警察先生，一边合上了眼睛，"这车的车主在家呢。你不要来烦我们了，我们在这里很难入睡的。"

"所以车里面的孩子都是流浪儿吗？你们需要和我去一趟警察局。"警察先生讲道。

小希摇上了车窗，这位警察先生的胖手指被卡在了窗缝里，像老鼠被夹在了捕鼠器上。

"现在还是晚上，我妈妈在睡觉。"小希轻声地说，"如果你能安静地回家，我们就放了你。"

只见警察先生的胖手指越来越肿。他的脸憋得通红，嘴里嘟囔着什么。

最后警察先生点了点头，小希就摇下了窗户放了他。他赶忙哆嗦着通红的手指离开了。

第二天清晨，我们费了好大的劲才从又热又软的座位上起来。

我们回家去吃早饭，过了一会儿，来了几个工匠进行房屋修理。

其中一个工匠很瘦，说话结巴，主要负责打磨墙

面。另外一个工匠比较胖，爱出汗。他跟在瘦工匠后面用石膏泥堵住那些洞。妈妈和爸爸都走了，他们实在不想看到满地的土块和石膏。

过了一会儿，多米站在胖工匠旁边，他们四目相对，手拉着手，让我觉得两个人好像老熟人很久没见了一样。

另一个工匠不小心把石膏弄在了他们身上，这下可好，两个人贴得更近了。石膏干得非常快，我们只好让瘦工匠帮忙把他们俩分开。瘦工匠不仅说话结结巴巴，干起活来也颤颤巍巍，一点都不利索，在用锤子敲石膏的时候，还不小心误伤了多米和胖工匠。但是好在还是把他们俩分开了，要是没有的话，那我们就没有午饭吃了。

这时，地上堆起了一个个石膏和土混合的小山丘，还有砖头和涂料。"这个房子都这么破了，应该把它推倒才对。"瘦工匠边和涂料边说。

"好好地修整，还是可以固定的。"胖工匠一边说一边往房顶和墙上抹石膏。另一边，多米照样开开心心，没有任何困扰，她在为我们准备美味的食物。我们一家人和工匠、乔克劳一起吃了午饭，然后，他们一直工作到了下午。

现在戴特又开始变得讨厌了，他总是爱刨根问底。但是没有人听得到他说话，只有乔克劳在他每次和我说话的时候会汪汪大叫，所以大家总会问这只狗怎么了。

"我们得离开这儿！"戴特说着，"我需要和他们取得联系。他们在召唤我！"然后就开始胳肢我的肚子。乔克劳继续叫着，最后，无可奈何的我只能出去，来到大街上。

此时，太阳已经快下山了，多米被暖暖的光束照得满面红光，像极了一个胆小、害羞的人。我从来没有见过多米害羞，她此时此刻的样子真是好笑。

另一边，那个胖工匠一边忙着用叉子把指甲缝里的石膏弄干净，一边难为情地看着多米。他们真是太奇怪了！但最奇怪的是，为什么戴特总是一直烦我？

"我想要飞碟。"戴特重复着他的话。

"你要是想要的话，自己去找啊。"

"你把我困在里面，我怎么找啊？"

"不是我把你困在这里面的！是你自己钻进去的。"我生气地回应。

"让我出去！我得和他们联络。你不知道上次的地震就是指令吗？他们召唤我，我必须赶回去。"

"那你就快出来呀。"

"你打个喷嚏，把我弄出来！"戴特喊着。

我努力地打喷嚏。但是鼻子一点也不痒。看来我得先让自己着凉，然后才能打出喷嚏。

我生气地脱掉了短袖、裤子和鞋子，全身只剩内裤，一屁股坐在了水龙头旁边的一摊积水上。

夜幕已经降临，每家每户都亮起了灯。我现在全身起满了鸡皮疙瘩，但依旧没打出一个喷嚏。

戴特继续烦我。我把手指伸进自己的喉咙里，想看看能不能把他呕吐出来，乔克劳在我身边无聊又低沉地叫着。

"你疯了吗？你不穿衣服在那里干什么？"

我抬头一看，周围站了好多人。其中，有一些人向旁边人解释道：

"他从很久之前就开始自言自语，每天游手好闲的，现在还光着身子坐在水上，真的是无可救药的疯子。"

"巴巴鲁丘。"一位老奶奶一边喊道，一边伸出颤颤巍巍、满是皱纹的手扶我站起来。

"孩子，快把衣服穿上，要不该着凉了。"说着就开始帮我穿上衣服。

"得把他送回家。"另一个人说。

"他的家因为地震已经倒了。"有人说道。

"可怜的孩子，他肯定是吓疯了。"老奶奶心疼地看着我，但她并没有帮我穿上裤子的打算。

"他神神叨叨已经有一段时间了。"一个男人说，"他的父母也不担心他，应该把他送进医院才对……"

听到这儿我实在忍不住了。把我送进医院？还说我爸爸妈妈不关心我？我真的很愤怒。

"你们谁都别碰我。"我说，"也不要把我像物件一样送回家里。"为了让他们听得更清楚，我大声地吼道。乔克劳则像狮子一样朝他们叫，试图吓住这些爱管闲事的人。

突然，人群中让出了一条道，迎面走来一个戴帽子的男人，他拿着一条绳子和一个狗嘴套。他的脸长得像犀牛，一脸忧郁，真是让人难以忘记。

他上前一下子抓住乔克劳，像吞葡萄一样，把它的嘴整个塞进嘴套里，然后把它拖到了一辆黑色的货车（这其实就是辆捕狗车）上。

就在关车门的瞬间，我起身一跳，和乔克劳一起钻进了这辆捕狗车。这里有很多流浪的小狗，各种品种，各种颜色，车厢里也弥漫着各种味道。

车门砰的一声关上了，我们在黑乎乎的环境下出发，前面的路有可能通向死亡……

这辆捕狗车的声音很大，大到使这些寂静的小狗显得没有那么忧伤。每次在街角转弯，我们就会像柠檬一样，压在一起翻滚。我摸索着乔克劳，想要安抚它。我明白它可能在想自己是不是被关进了毒气室，或者想一些其他忧心的事情。作为小狗，它总是能猜到一些世界上不好的事。

我试图想把乔克劳的嘴套摘掉，我想让它知道，只要它想做，它还能再次张嘴吃东西，能汪汪大叫，但是我的尝试失败了。

但最后，我还是成功地帮乔克劳取掉了嘴套，虽然是在帮助其他五只不知名的小狗取掉之后。幸好它们都很聪明，没有一只狗乱叫。它们只是用温热的舌头舔舔我的腿表示感谢。就这样，我很轻易地帮所有的小狗把嘴套都摘掉了。

与此同时，我一直在想我们怎样才能逃出这里。透过车门的缝隙，我可以看见街道的路灯。但这扇门的把手在外面，没办法打开。前面的驾驶室里，那个把乔克劳逮走的男人和他的同伙在一起。到底怎样才能从这儿逃出去呢？

我先尝试用身子去撞门。这时候，所有的小狗都学我去撞门，但这该死的门只是吱吱作响，怎么也撞不开。我认为得需要更集中的力量和更强的冲击力，难道需要车子来个急刹车？……

我在黑暗中摸索，发现驾驶室和我们之间只有一扇栅栏。我赶忙向小狗们演示，让它们把尾巴穿过栅栏，使劲摇尾巴。

司机感受到后背有尾巴在敲打他，大声咆哮道："死狗！看我不好好教训你们！"然后他全力加速再急刹车，想给我们来个措手不及。

因为急刹车，我和车内所有的小狗一起撞向了车门。果不其然，车门被我们撞开了。随后，我们掉在了街上，没有发出任何声音。在这帮坏人发现我们逃走之前，我们早已组成列队，飞奔在陌生的街道上了。

我们像无人驾驶的拖拉机一样，在街边横冲直撞。人们都躲着我们，行驶的车辆也停下来给我们让路。我们全程都没有发出大的声响，只听得到小狗们伸出舌头喘气的声音。

路边的流浪狗也加入了我们的队伍，最小的狗跑在后面，迈着大步努力追赶着我们。这是一支筋疲力尽但非常棒的队伍。

和这么多小狗一起奔跑很是壮观，而且我们还不知道要去哪里，不过这也不重要。

突然，远处传来警车的鸣笛声，一辆警车用大水枪指着我们。水枪将我们冲得逐渐失去重心，四脚朝天在地上打滑。

但人群中总是有救世主存在。一位胖胖的阿姨打开了车库的大门，用扫帚把我们扫进了车库里。虽然大水柱还在浇我们，但是她关上了门，向卫士一样站在我们前面。

我们抖了抖身上的水，慢慢直起身子，我们听到了这位阿姨和警察们精彩的辩论。

"把门打开，这些狗都是捕狗车上的。"一个警察说。

"我不开，这是我家。"她浑身湿透了。

"按照法律，你必须打开。"

"请你拿来法官的命令书，到时候我们再……"这位阿姨打了一个喷嚏。

警察只好作罢，轰隆隆地开着警车走了。

在车库后面有一扇小门打开了，那位阿姨端来一盘装满牛奶的碟子。

"啊！"她看到我惊讶地说，"原来你不是小狗啊，那你不要指望我能护你周全，最好赶快走！"

"等我确定它们不会被捕狗车抓走，我就会走的。"我像个英雄一样说道。

"你在想什么？你以为我会当叛徒吗？"

"并不是，但是您想把它们唯一的朋友——也就是我，赶走。"

乔克劳开始汪汪叫，其他的小狗也跟着它一起叫，因为车库里有回声，四面的墙壁像要倒塌了一样发出轰隆隆的响声。

阿姨这才明白。接着，她对我非常友好。

"不好意思。"她说，"现在我懂了，它们的反应已经向我说明了一切，我听从你的安排，我能为你们做什么呢？"

"虽然我们很感激您，但我觉得我们最好还是赶快离开这里，以防捕狗车带着法官的命令书再回来。"

"很好！"她鼓着掌，戒指和手镯碰撞在一起发出了声音，"太棒了，真是个好主意。"随即打开了我们之前进来的那个门，我们各自朝着不同的方向奔跑。最后，我看到了她满眼的泪水。

等我到家的时候，发现门口停着一辆巡逻警车。

我回头一看，多米站在那里哭，胖工匠在旁边安慰她。

"感谢上帝！"一看到我她就说，"所有人都在找你。"

爸爸在那里走来走去，妈妈坐在椅子上抽泣，警察抱着小希，还有两个邻居在一旁说话。

乔克劳第一个进了家门，我跟在它后面。一看到我们进来，所有人都不说话了。

突然，房顶上传来碰撞声，乔克劳快速地竖起了它的耳朵。我赶忙把它拽住，爸爸在一旁干咳，妈妈在擤鼻涕。

"我看孩子回来了。"警察说。

"没错。"爸爸答道，把手慈爱地放在了我的头上。

"在我走之前，你想说点什么吗？"警察问我。

"警察先生。"我说，"如果你有一条狗，并且它是你最好的朋友，你会让它被捕狗车带走吗？"

"不会，肯定不会。"

"我和你的选择一样，我也这样做了，除此之外我什么都没做，这就是我想说的。"

邻居的阿姨们你看看我，我看看你，对爸爸妈妈叹了口气就走了。

警察紧紧地握住我的手，弄得我的手指都要粘在一起了。

现在的人们和以往历史中学到的人们不一样。我作为一个厉害勇敢的孩子，他们没有举行派对迎接我，反倒像什么事都没有发生一样，一如既往地待我，甚至不问一问我在捕狗车上的奇遇。可能因为他们都太古板了，毫无趣味可寻。

因为妈妈对石膏过敏，对地震心有余悸，所以他们全都跑去希拉阿姨家去了。

多米给我们端来了中午的剩饭，我吃完后，把剩下的饭和小希一起带去给了那些小老鼠。

小家伙们紧张地蜷缩在黑黑的洞穴角落，以为我们是敌人，吓得要死。因为它们还不认识我，我不得不从角落离开，好让它们能安心吃饭。

在阁楼上，有一扇朝向天空的大窗户。透过这扇窗户，我、戴特，还有小希看到了几个飞碟。戴特看到后，突然变得很激动，发出一些我听不懂的奇怪的声音，很有可能是他们之间在交流。

这时，飞碟停在了我们面前。它是红色的，发着光，带着夜晚的味道。它闪着灯光，做了很多暗号，我感觉到戴特接收到了这些信息，因为他变得越来越重，和他钻进我身体的那晚一样重。

一瞬间，我仿佛被雷击中一般，从头到脚打了个激灵，然后就像从高空掉下去一样，穿过一个又一个黑洞，最后掉进了我的房间。

我不知道我当时是睡着了，还是头晕而已。我只记得那天晚上我没有醒来，就连第二天吃早饭的时候都没有醒来……

我们准备去吃午饭的时候，乔克劳和它女朋友科龙塔来找我。它女朋友长得很可爱，它们俩总是一起在车窗前或者家门口汪汪叫。昨天看见它俩一起并肩奔跑在街上的时候，我都没想到它俩是恋爱关系。多米说，科龙塔昨晚睡在厨房，比睡在它主人给它准备的豪华狗窝还开心。可是问题在于乔克劳并不适合当丈夫。

我们发现乔克劳是个自私的"单身狗"，从来不正眼瞧它的女朋友。它会自己吃完给它们俩准备的食物，甚至关心我房间洞里的老鼠比关心它女朋友还要多。

爸爸和妈妈现在对我特别亲热，每次我和他们说话，他们都会认真听我讲，而且对我现在有两条狗也没有表示不满，什么也不问我，也没有限制和干涉我的行为。这让我觉得我都不是我自己了，所以我特别想验证一下：究竟是我变了，还是他们变了。

所以我特意准备了一个测试来看看到底是谁变了。

"妈妈，你说过会给我办生日派对的。"

"我肯定会给你举办的。"妈妈一边说，一边擦着爬满苍蝇的照片。

"但是我的生日已经过了……"我不开心地说。

"不会吧！什么时候？"她放下手里的活，看着我，拧了拧抹布，好一会儿才接着擦。

"你应该记得的，我出生的时候还是婴儿呢。"

"的确，我很抱歉。但是只要你想，我们可以再为你庆祝一次。"

"要是这样的话，我们可以举办一个婚礼派对。我有个朋友想要结婚。"

"什么？"抹布从妈妈的手里掉到了地上。就这样，我发现了妈妈还是妈妈。那我还是我自己吗？

"并不是有鲜花和新娘头纱的那种婚礼，是乔克劳要结婚，我想为它庆祝，而不是为我。"

妈妈听完后坐在地上，笑到停不下来。突然她不笑了，一脸严肃，像在公交车上被踩了脚一样。

"儿子，我们会为它庆祝的。婚礼是什么时候？"

"妈妈，狗狗们没有婚礼，只有单纯的庆祝仪式。"

"我懂了。"妈妈摆出一副恍然大悟的样子，"你去邀请一些你的朋友，我们给你们准备些冰激凌和饼干。"

"我们得邀请乔克劳的朋友,还有,我们得把冰激凌融化了,好让狗狗们吃,对吧?"

"是的,没错。但是我觉得乔克劳朋友不多。它经常和周围的小狗打架。我是想说,它估计没有朋友。"

"妈妈,看得出来你已经离开学校好多年了。"我说,"打架可以交到更多朋友,获得更多信任。为了让派对有模有样,至少得请到二十个客人。"

我不知道妈妈摇头晃脑的奇怪动作是想表达什么,但是妈妈看我像在看别人一样。

"那就按照你的意愿准备派对吧。"妈妈宠溺地看着我,"婚礼派对是非常重要的庆祝活动,我们就按照你的喜好来准备吧。"

正巧这个时候,乔克劳进来了,它的女朋友紧跟在它身后,因为乔克劳的女朋友不认识妈妈,便朝着妈妈叫。

戴特又开始变得讨厌烦人。我不知道狗叫声和他们火星人之间有什么关联，但是很明显，狗叫声让他不高兴，变得很绝望。

"你要把我关到什么时候？"戴特生气地吼道，"这个地球就像密不透风的易拉罐，我想离开这儿。我已经有两天没有睡安稳觉了。让我出去呼吸呼吸！"

"对我来说，你想怎么呼吸就怎么呼吸！"为了不让妈妈起疑心，我在心里对他说。我假装给乔克劳和科龙塔抓虱子，来掩饰我和戴特的争吵，这样它们就不会叫了。但是戴特那火星人的臭脾气，还在跟我找碴儿："我来地球来得真不是时候，我本来要去太阳的！"他说道，"这里到处都是墙、房顶、轮子、摩托车还有学校。甚至连飞，都要被关在狭小又吵闹的空间里。"

"你闭嘴！"我对他说，"你不过是从飞碟上掉下来的火星人，这一点没人在乎。要是你有飞碟的话，我会让你走的。"

我一边激怒他，一边把抓到的虱子放在火柴盒里。

戴特在我的身体里搔痒，就像我把虱子吞进去一样，弄得我也跟着他一起扭来扭去。

妈妈睁大了眼睛，赶紧从手边取出一片药，把药放进水里让我喝。

"我的心肝，快喝掉，这样你会好受一点。"妈妈说。

"这个药能有效预防紧张吗？"我问妈妈。

"是的，对其他病也有帮助。"

我趁着妈妈去放药瓶，给紧张的乔克劳也喂了药。

乔克劳打了个哈欠就睡着了，可怜的我还得听着戴特的抱怨。

"你是个很棒的孩子。"妈妈看到空杯子后说道。

"没有你想的那么好。"我回答，"妈妈。你为什么不读一些关于星球的文章？"

　　"我没有时间。"她边洗杯子边说，好像猜到我要说什么，"你把那个装跳蚤的盒子给我。"

　　"你要怎么处理？"

　　"你不要问这么愚蠢的问题。"

　　"我想要它们。"我最后说。

　　"用来干什么？"

　　"你对科学一无所知，我要怎么从发动机到后推动力给你解释呢？"

　　"这就是科学吗？我只知道如果你把这些跳蚤放出来，整个家都会被传染，最后我们谁都消灭不了它们。"

　　"我费了好大的劲才把它们抓起来，怎么会想着把它们放了呢？等你以后看到人们用其他东西代替汽油发电，你就会明白我为什么要留着它们了。"

妈妈不解地看着我，没有说话。我把盒子装进了口袋。乔克劳在我们脚下打着呼噜，科龙塔则一脸疑惑地看着我们，就好像在问我们对乔克劳做了什么一样。

要是我早知道留着火星人会发生什么事情，第一天就会把戴特赶走了。但现在，我已经对于别人觉得我是疯子这件事习以为常了。我身体里的火星人也觉得我发疯了，所以我时常说服自己，我最差也就是疯子了，还能差到哪儿去。

我时常安慰自己，想着许多"智者"也经常被人看作疯子；但是问题在于，那些"智者"穷尽一生都在发明创造，但是成果也可能被其他人偶然间就发明出来了，当然这个"智者"也就没能成为真正的智者。

所以为了发明一架回到火星的飞碟，不管最后我能不能和戴特一起回去，我都要做这些无聊的事情。万一我最后不经意间发明出来了呢。所以我留着这些跳蚤，为以后做准备，说不定就是明天或者后天。

我知道上帝早已在这个世界上安排了千千万万精彩的东西等待人们去发现、去创造。但是只有我们中的一些人才能够做到。

我有预感——这些小狗就是火星人信息的传递者，因为它们有感受地震的天线和感知天体的四肢。而且我觉得这些跳蚤就是天线，或传达设备。所以我才对它们充满兴趣，当然也是因为没人想要它们。

每次我有这些想法的时候，我都努力让自己分神去想一些、做一些其他事情。就像瓦特一样，想都没想，就用勺子去盖茶壶。

我掀开了高压锅的盖子。只见高压锅瞬间飞到了屋顶上，锅里的面条和其他食物也被喷得到处都是，简直就像火山爆发。这个动力实在太大了，把我喷到了后面，但这样反倒解救了我，让我没有被烫伤。也许我被高压锅向后喷射也算是一种发明，但是我要把这个发明留给别人去发挥利用。①

"这得多疼啊！"连在里面的戴特都感觉到了。但没过一会儿，他又开始变成烦人精了。

"就因为这点小意外，你就不履行你的诺言了？"

"你不知道烫伤有多疼。"我回答，"对你来说，火是什么？"

"火？只不过是地球上一种愚蠢的物质。"

"你能不能不要这么讨厌。"我喊道，"火是很奇妙的物质。火星上一定没有，如果你们在火星用火的话，也用不着入侵这里了。"

"你们才是真正的侵略者，你们只会带着可笑没用的太空舱、卫星和宇宙飞船企图侵入我们的星球。

---

① 译注：动作危险，请勿模仿。

每次我们看到这些东西都会哈哈大笑！当它们向我们靠近时，我们都会把它们弄得稀巴烂。你们制作的这些东西简直不堪一击。"

戴特现在很会激怒人。当有人嘲笑你的时候，你会非常生气地反击，但是如果这个人在你身体里取笑你时，你根本不知该如何反击。

"你要去看看实验室吗？"我说，"看看我们要做什么。"

我生气地走了，戴特也不说话了。我准备去实验室，走得很快，就像踩着一个空中滑雪板一样。

但问题是我已经没有实验室很久了，所以我在街上像个无头苍蝇到处跑，直到我碰到了蒙达。

蒙达是我的朋友，他总是帮助我。他在学校街角的小房子里，里面都是日记和杂志。

"你这么着急去哪里啊？"他拦住我问。

"我有个问题。"我对他说。

"有什么问题，我可以帮你。"他眨着眼睛看着我，"你的鼻子还疼吗？"

"不太疼了。你能告诉我，人们之前是怎么治好精神不太正常的人的？"

蒙达有各种办法对付各种情况，但是听我说完后，他黯然失色。

他把面包泡在茶里，然后放进嘴里。

"精神不太正常的是男人还是女人？"他问我，"不会是多米吧？"

"不是她，是家里的另一个人……你的杂志里应该有办法的。"

"当然！"他使劲地吸着茶，一口气喝完了，"有好几个方法：自然疗法、巫术、电疗法、魔法。首先我们得知道他精神不太正常的程度。"

"我们假设他只是一般的不正常。"这是我记得最清楚的。

"一般？"他说完放了个屁，"那就用巫术治疗。"

"什么巫术？"

"用棕榈织个长袜……"

"喂，蒙达，这不是开玩笑。那个人已经快病入膏肓了。"

蒙达舔了舔他的金牙，耐心地看着我。

"你最好告诉我你的感觉，我会为你准备一份特别的汤药。"

蒙达也想挖出我的秘密，但是无论我对戴特多生气，我还是会履行我的承诺。原来大家和亚当一样，好奇心都很重。

"你自己留着那些巫术、棕榈和药吧。"我对他说，"我曾经以为，你有那么多的日记和杂志，可能会懂一点和星球有关的事情。"

"你早说啊！"他大喊道，"对于行星恶魔，必须用扫了三只死老鼠的扫帚来干扰他们、赶走他们，然后在三架飞船从三楼起飞、恶魔到达地面之前下楼接住他们。"

"这可能就是塑料做的飞碟。"我提出。

"当然!"

在巧合之下,我终于发明成功了,就像一般发明创造一样——造一个塑料的飞碟,这样戴特就可以和我一起离开这里,回到火星。我的发明完成了!

我开心极了,开心到戴特差点从我嘴巴里跑出来。但是我现在不想把他从我身体里弄出来,所以我克制住了喜悦的心情。我转了一圈,一溜烟跑回了家。

我脑袋里装着一个很棒的想法,可是还得认真听课,这种感觉真是太差劲了。

老师像是什么都知道一样,整个下午都在和我套近乎,一直在问我问题,好像教室里就我一个人一样。

如果一直回答问题,我害怕我的想法会溜走,所以我就在所有的笔记本和书桌上记下了关键词：塑料飞碟。

"巴巴鲁丘，你在写什么？"老师问。

这时候我的同桌抢着回答："一个妖媚女人的名字。"

"什么妖媚女人……嗯？你想不久就结婚吗？"

我握紧了拳头，很想给我同桌一拳，可我还是忍住了，毕竟我还在上课呢。

"不是，老师！这和妖媚的女人没有关系。我写的是'塑料飞碟'。"我一脸严肃地说。

"塑料飞碟？对你来说这代表着什么？"

"目前它只是简单的塑料飞碟。"

"那……既然你这么感兴趣，就写一篇关于它的作文，写三页就可以了。"

"三页？您想让我写什么？"

"这是你的事情。因为我不知道你为什么对这个这么有兴趣，所以你就以书面形式解释一下吧。"

下了课，老师就竖起他的三根手指对我说："巴巴鲁丘，三页，一页都不能少。"

说完之后，愚蠢的同桌朝我哈哈大笑。

我最后忍无可忍，和同桌扭打在一起。

老师听见打闹声赶忙回到教室，他看见教室里一片狼藉，大发雷霆，随即气得昏倒了。比起鼻子流血，老师生气更让我发怵，毕竟我的鼻子之前就疼——而现在，要是我没有鼻子的话，估计就不疼了。

还好，这个时候，戴特开始弹奏类似小号的音乐，轻柔美妙。其他的我不记得了……

等我醒来的时候，已经躺在医务室了。

医务室里，一个担架上躺着昏迷的老师，另一个担架上躺着牙疼的同桌。但我是我们三个人中情况最严重的，因为有个穿白大褂的护士一直在我身边叹气。

"你的鼻骨碎了。"他说，"需要去看一下耳鼻喉科。"

　　我不耐烦地坐了起来。

　　"我不需要。我不想做手术。"但是戴特的小号声再次响起了，大家随之舞动，然后整个画面消失了。

　　我再次醒来的时候，有好几双眼睛盯着我看：护士，医生，老师和同桌，他们都害怕得皱着眉头看着我。

　　我想象一下自己脸上没有鼻子的样子，然后安慰自己——这样我就不用再擤鼻涕了。

　　"鼻子上的伤是我自己在家弄的。"我虚弱地说，"我昏倒也是因为我没有吃早饭。"

　　然后他们把我留下观察，说白了就是让我休息。同桌留下来陪我，像乔克劳一样满脸忠诚，其他人都离开了。

　　"你人真好。"他清了清嗓子说。

"你拳头接得也不错。"我对他说。我本来想笑，但是我的整张脸都僵硬了。

"我觉得可以给你移植一个鼻子。"同桌说道，"等我以后当了医生，我可以帮你免费做手术。"

"你想当医生吗？"我问。

"这取决于你的鼻子。"他解释道。

我碰了碰自己的脸以掩饰尴尬。此时我的脸很滑，胖胖的，没有轮廓，就像足球一样硬。之后一阵睡意来袭，我就睡着了。明天我再决定对于一个发明家来说足球是不是比脸重要。无论怎么样，火星人们并不在乎这个。

不知过了多久，老师走进医务室，满脸笑意地叫醒了我。

"你别担心那个作文了。"他溅着口水说，"你就给我讲讲你为什么对塑料和飞碟这么感兴趣吧。还有，我想知道你现在能不能坐起来，我好把你送回家。"

我坐起来后，在他的眼镜上看到了我自己，发现我还是我，只不过有点不一样——我鼻子上的伤口像极了美味的热狗。

回家后，妈妈看到我的样子，唤起了她的母爱，对我而言，虽然我对妈妈同情我并不在意，但是她有权这么做。

"亲爱的，你好好上床休息，你想要什么我都给你买，只要你开心。"妈妈心疼地说。

"我想要一些塑料。"我结结巴巴地说道。

"你要多少？"妈妈非常和蔼地问。

"不要很多……暂时十公斤就够了。"因为不喜欢浪费，我如实答道。听我说完后，妈妈就出门去买了。

我脱了鞋，穿着衣服躺下了。乔克劳趴在床上，科龙塔、小希和多米都在我身边守着我。我可真受欢迎啊。他们都想帮助我，但是我还不知道我要让他们帮我什么忙。

多米给我拿来了几个奶油夹心蛋糕，小希拿来了她的玩具，科龙塔叼来了一块骨头，爸爸送给我一本新的笔记本让我写日记。

突然，卧室的门开了，走进来一个很大的像海绵一样的东西，它像本应该飘在空中的一大片云朵。

在这朵云后面，我听到有人在讲话：

"我目前只给你带来了一斤塑料，明天我给你把剩下的拿过来。"

妈妈从那朵云后面走了出来。

我的房间现在堆满了塑料。

乔克劳和科龙塔开始汪汪大叫，小希也笑了。

戴特和我打起了嗝，但是很开心。

我整晚都很开心，但是后来睡着了，不知道是不是开心导致的。

第二天起来上学迟到了：虽然鼻子受伤了，但是我发现这一点都不妨碍流鼻涕，还有脑袋里伟大的发明计划。

我并不觉得自己是一个天才，相反，我觉得这些想法可能都来自戴特，虽然他也并不是天才，但是他的想法的确和我的不一样。

他很自私，在地球上百无聊赖，一心只想回到火星。这也导致我除了发明，其他任何事情都没办法去办。

我之前一直记得二的乘法表，但是因为他，我今天全部答错了。他一直对我说飞碟、塑料材料这些东西，导致我连老师的问题都听不见。

"巴巴鲁丘，我问了你很多次七乘以二是多少。"

"七伏特和最高安培……"我脱口说出。

"专心点，巴巴鲁丘！"

"知道了，老师。"

"回答我的问题！"

"什么问题？"

"七乘以二，结果是多少？"

"我去年就忘了关于七的乘法表。"我说。

"你连二的乘法表也忘了！"老师咆哮道。

"没有，老师，我敢保证二的乘法表我记得很清楚。但是我从小就对七过敏，一听到七就会起荨麻疹的。"

"你给我去操场，等你能专心回答问题了再回来！"老师很生气地对我说，我听话地走出了教室，但是我在心里骂戴特，这一切都怪他。他不懂算术，也不了解电路，还想插手。

老师跟在我身后，把我带到了柱子旁。

"巴巴鲁丘，你听好了。"他的声音像电台中的老爷爷，"你有烦心事为什么不告诉我？我可是你最好的朋友啊。"

我瞪大眼睛看着老师。他在想什么？怎么会觉得他是我最好的朋友？那我爸爸怎么办？

大家怎么一下子都成了我最好的朋友？

"我小时候也有很多烦恼。"我没有直接回答老师的问题他就继续说着。趁着他在说话，我就想，要是有小孩的眉毛又粗又丑，满嘴喷唾沫，样子肯定很奇怪。

"我以前睡得不好，没法学习……直到遇见我的老师，他是一位智者，是他帮助了我。"

"嗯，但您不是智者啊……"我脱口而出。

"你只要告诉我，你的问题是什么，然后你就会知道我是不是智者了。我想帮助你。你上课不专心已经有一段时间了。你的妈妈也很担心你。有时候比起自己的妈妈，信任朋友要容易得多。而且我也明白，你鼻子受伤肯定很痛……"说完，他从口袋里掏出一块糖给我吃。

在我用嘴巴把糖纸取掉的空隙，我可以好好思考，不用说话。我觉得的确有很多人担心我，或许我可以好好利用一下我目前行为奇怪这一点来安静地发明创造，也可以逃学。

如果只有一点点奇怪没什么用处，索性就完完全全地奇怪。所以，我决定和老师说一说戴特老是和我说的话。

"您刚刚给我吃的是什么？"我问老师。

"巴巴鲁丘，是一块糖果。"他和蔼地说。

"是月亮长了毛的汗水。"戴特提示我。

"是月亮长了毛的汗水。"我对着老师重复戴特的话。

"好奇怪的评价，孩子。你是把月亮和糖果的甜联系在一起了，对吗？"

"'对'是什么东西？"戴特和我一起说。

老师睁大了眼睛，张大了嘴巴。他拉着我的手带我去了校长办公室。过了一会儿，他们派校车把我送到了家里，跟我一起到家的还有一封信。

半小时过去了，我还待在堆满塑料的房间里。面前有满满一锅米糊，还有一块蛋糕，妈妈说我得先吃完那锅米糊才能吃蛋糕。没办法，谁叫我很喜欢这个甜品呢。

后来我从窗户往外扔塑料块，想假定它们是飞碟，看能在空中飘多久。

最后的结论是：没有一块能飞起来，它们全都掉在了地上。这种材料被地球引力给吸引了，不能在空中飘。真是一点用也没有！

我一下子把所有的塑料材料都从窗户扔了下去。

街道上一片混乱。狗狗们嗅了嗅就走了，女人们捡起一块带走了，汽车每次经过都会让它们飘起来一会儿，这就是我著名的巧合下的发明。

我的头耷拉在窗户上，就像绕在铁丝网的风筝。看到街上的塑料我心里很不开心。另一边，戴特像个醉汉一样在我身体里打呼噜。

我可能睡着了，但是不管怎么样，这都是个有预言的梦：我感觉到我的头变成了打蜡机上的小刷子，来回旋转打磨，升到了空中。

突然我摸到了口袋里的那盒跳蚤，我想把盒子打开放它们出来。但是就像所有跳蚤都结婚、有了孩子一样，盒子里的跳蚤装得太满，被堵住打不开了。但最后我还是使劲地把盒子打开了。

所有的跳蚤都开心地跳了出来。

空中到处都是跳蚤，到处都是跳动的生命。一些含气的跳蚤组成的气囊包围了我，慢慢地把我抬高……

戴特从我嘴巴探出来，开心地笑着。

"我们要和他们取得联系了。"他非常激动地说，

"小分队等着我们呢，到时候你就会知道看不到地球有多好。"

我想了想爸爸、妈妈、小希和多米，但是很快我就不想他们了……

我费了很大的劲才不再想这些普通人才有的担忧：一个宇航员就得多想想他的冒险，一位科学家就得多想想他的发明，其余事情都应该往后抛。我使劲加速，周围的这些跳蚤也加大马力。

我朝下面看了看，看到了渺小又无趣的地球。

火星变得越来越大，越来越近，越来越亮。这是个很漂亮的星球，它的引力暴风式地吸引着我的气囊。我们的速度达到光速。

我们缓慢地登上了火星，迎接我们的是一支身穿正装、披着紫色斗篷的军队。所有人齐声高呼，还唱了一首气势磅礴的歌。戴特从我身体里跳了出来，走进了他们的队伍中。我当时的感觉就像拔走了一颗坏掉的牙齿，但我还是紧跟在他身后。

我们走进了一群奇怪的旋转木马，我们每个人都被不知名的、散发着水果气味的大花包围着，所有东西变得像发光的银子。我们随着一个大机器的节奏运转。

我不知道这是用来干吗的，但是它确实与众不同。所以我问戴特："指令是什么？所有人都在做一样的事情……"

"统一性就是指令。"他解释道，"求你不要问这么愚蠢的问题了。"

"你至少得告诉我，我们是不是和他们联系上了。"

"又是一个蠢问题……你感受不到吗？"他没有再给我解释，我们继续前进。看得出来这些火星人没有思考能力，只是单纯地前进。目的呢？我自言自语。

"我发现我们是机器的一部分。"我说，"这要持续多久呢？"

"白痴，这里没有时间。"

"不会感到无聊吗？"我问，"没有别的事可以做吗？"

"我之前是很无聊，"戴特小声地说，"所以我才去地球找乐子。但是我很开心能够回来。太值了！"然后继续跟着节奏运转。

"看起来我很难适应。"我对戴特说，"难道就没有可以消遣的东西吗？"

没人理我。看来他们对我不喜欢重复同样的事情表示不理解，尽管这里没有时间的概念。

"会有人死亡吗？"

"什么是'死亡'？"听到的人都在问我。

"戴特，你说过这里很容易找到飞碟的。给我一架，我要回地球。"

戴特给了我一块之前拿在手上的塑料材料。接过之后，我感觉自己在加速飞行了。

醒来后，我发现自己躺在妈妈怀里，然后又睡着了。

发生了一件很奇怪的事情：我醒来的时候是下午，但却是另一天的下午，我都不知道自己有没有起床，还是我继续睡着了。

我想继续做在火星的梦，好好利用这次奇妙的旅行，更深入地探索令众多智者兴趣盎然的火星，真是太愚蠢了。还有一点，一个人做梦，而且是自己的梦，那为什么他不能再做同样的梦呢？

我躺在床上闭上了眼睛。不一会儿，我再次看到了火星人，还能听到他们永恒的音乐。但是门突然打开了，脚步声和说话声把我吵醒了。

我看到了妈妈和带着标志性笑容的医生。

"你好，巴巴鲁丘！"医生开心地和我打招呼，"你怎么会这么困呢？不是该醒了吗？"

"我看马上就是晚上了，到该睡觉的时间了。"我说。

"但是白天睡觉的人，在晚上就会醒来呀。"他挤出坏笑。

我从头到脚打量了他一番，让他笑不出来，而且我没有回答他的问题。

"我们俩来聊一聊，你都睡了一整天了，不应该再困了。当然，睡觉是好事，但是和人交流说话也很重要，对吗？或许就我们两个人，没有别人。"他看向妈妈。

妈妈只好走出了房间。此时，医生还在假装亲切。

"你了解塑料材料，对吗？真是太厉害了。我觉得它是 20 世纪最伟大的发明，具有历史意义。未来的孩子们肯定会对它进行研究学习，你觉得呢？"

"我从来不想这些荒唐的事。"我生气地说，"塑料飞碟和维生素一样一无是处。"

"你说得很有道理。你能不能给我讲讲你做过的论证实验呢？"

"有好奇心是不好的。"

"你为什么觉得我很好奇呢？真是荒唐！我只是对你的实验很感兴趣，仅此而已。你要知道科学家也需要别人的帮助，需要借鉴别人的经验和想法。"

"你太自以为是了。"我对他说，"你觉得自己是科学家！"

"好吧，谦虚点来说，医学博士就是科学家。但是说到你的实验，你在准备实验的时候，很难专心上课，对吗？我觉得一个人有重要事情思考的时候，分心是很正常的。难道你不想告诉我你的忧虑，好让我来帮你吗？"

"这是我的事情。他们说的其他的事都是谎言。

我没疯，也没生病！"

"当然没有！但是我觉得你最好去度个假，去乡下或者海边走一走。或者不去上学，适应一下新环境，不用写作业，也可以为自己准备一个实验室……"

听到这儿，我非常生气。这个"恶魔"想以奇怪为由绑架我，门儿都没有！

我大脑飞速思考。医生和妈妈是一个阵营，两个人对付我一个人，他们想把我送到医院。

这时候我想起了爸爸，他是我最好的朋友，也许他能救我。但是，万一爸爸早已经被他们俩说服了呢？谁能帮我呢？我要孤身一人对抗所有人。乔克劳跑到哪里去了？

这时候戴特在我身体里面跳了起来，让我想到了那些跳蚤，估计它们可以帮到我。

我取出了火柴盒，交给了医生。

"把它打开。"我对他说，"里面有我的秘密……"

他接过盒子，勉强地笑了一下。

一打开盒子，所有的跳蚤都跳了出来，爬到他的身上，就像看到了美味的食物。我看着它们爬到他的脖子上、袖子里，如饥似渴……

医生的脸吓得惨白，一边挠痒痒一边脱衣服。

事实上，这些跳蚤比我想的还要如饥似渴，我很同情这个可怜的医生。

我从床上跳了起来，呼喊着乔克劳。而医生全身上下只剩下内裤，在窗边抖着衣服，还有那些都躲在他腿毛上的跳蚤。

"这里，乔克劳。"我向乔克劳示意医生的小腿。乔克劳跑了过来，于是我抓着它的腿去顶医生。

一分钟内，所有的跳蚤都转移到了乔克劳身上。

等医生确认他身上和衣服上一个跳蚤也没有后，就生气地穿上了衣服。

"你这种可恶的行为，我看不只要把你送进医院……你真是太坏了！"

"我要是这么坏的话，就不会叫乔克劳过来救你了。我不觉得我的跳蚤有这么如饥似渴以至于去咬你。我这样做只是想吓唬你，让你别烦我。"

其实我很开心他没有带走任何跳蚤，因为吸了生气的血对它们不好。

"我希望你的父母能够给你找个狱吏！"说完，医生摔着门就走了。

我成功地解救了自己。

但是我还没有完全得到救赎，因为戴特在我身体里。没有人懂我，大家都觉得我很奇怪。

我能摆脱他吗？

这件事之后，医生再也没有来过我家，我猜是因为医生和妈妈吵架了。但是事情的发展开始越来越奇怪：妈妈开始和爸爸吵架，多米和胖工匠也吵架，小希也跟我吵架，仿佛全世界的人都在吵架。

最后妈妈为了让我们大家能够开心，决定去瓦尔帕莱索省的城市——康康过周末，一是为了忘掉最近发生不好的事情，二是顺便看看哈维尔。

我们住进了一家又旧又破的旅店，但这家旅店为我们提供了美味的海鲜作午饭。海鲜很好吃，爸爸妈妈吃了很多，但是我和小希只吃了点鸡蛋来填饱肚子。

海边最大的好处，就是伴随着海的声音，戴特也会随之会变得安静，不会暴躁。我不知道他是害怕还是慌乱，但能忘记他的存在真是太好了。

下午爸爸妈妈决定去海军学校探望哈维尔。一见面，哈维尔沙哑的声音和一张土匪般的脸，让我一下子打消了想要成为海军的心思。哈维尔是一个让人觉得奇怪又严肃的哥哥，他的举止行为让我觉得他不像是哥哥，更像是长辈，因为他只和爸爸妈妈说话，

对我和小希只是简单地摸摸头发。

看完哈维尔之后，妈妈开心地要和爸爸去剧院。她把我们送上公交车，并告诉司机在哪里提醒我们下车。安顿好一切后，妈妈蹲下来对我说她相信我，让我好好照顾小希。

公交车里的人越来越多。有些人发着呆，有些人提着行李箱，还有一些人带着小孩和篮子。车上弥漫着美味的洋葱味和不知名的美食味。

小希对我说："我饿了，我想吃这个东西。"

"我也是。"我对她说，"等我们到酒店，就可以饱餐一顿啦。"

"但是我已经饿得不行了。"她大叫。

"那你想想别的事情。"我想让她分散一下注意力，"比如说，想一想我们可能会撞车……"

话刚说到一半，啪的一声：我们撞车了。

车的碰撞声压过了人们的尖叫声，就连漫过公交车的大片尘土也不算什么。幸运的是，我们只是撞上了一个小山丘；但不幸的是，灰尘就像泥石流般不断涌进公交车，最后填满了所有空档，没过人们的脖子。

车一撞，小希被弹了起来，骑到了司机的头上。

我的半个身子露在窗户外面，只不过是反的——头和胳膊在车里，其余的部分都在车外面。我现在整个人都贴在玻璃上，分都分不开。因为气闷，人们一直咳嗽，鸡也从篮子里飞了出来，在沙子里刨坑扑腾，一边啄人的后背，一边咯咯叫。

小希一只手里拿着洋葱，另一只手里拿着苹果，司机把她从身上放了下来，让她坐在驾驶座上。我的眼睛紧紧盯着她，以防发生什么意外。

所有人都在叽叽喳喳，说司机的坏话。突然司机直起了身子，生气地喊："不是我的错，是驾驶座坏了！你们应该为我们只是撞上了小山丘而不是掉进海里感到开心。"

大家都安静了，尘土还是不断涌入车中。直到有个战士般的女人站在车中间，伸展了后背，大声喊："好！但是你现在是不是得做点什么，以免我们被沙子埋没掉？"

话音刚落，车里又乱成了一团。"绅士"司机走过沙堆，在行李中迈着大步往前走。

"闭嘴，大家都安静！"他咆哮着，用他硕大的双手拨开人群。车上的乘客们赶忙上前抓住了他的手，一片喧嚷。

小希吓坏了，从驾驶座上跳了下来，幸运的是，她跳到了换挡杆上，正好把换挡杆向后碰了一下。只见公交车往后震了一下，随之尘土就像鼻血一样一直往外飘。我也从窗户上掉在了地上。

大家都不生气了，女人们抖着身上的尘土，摆弄着头发；男人们哈哈大笑，开着玩笑，至于那个自

以为是英雄的司机，他下车去检查车了。

公交车周围围着一圈想一探究竟的车辆。其中一个看起来很和蔼、穿着白色衣服的中年男人把我们带上了车。我和小希坐上了一辆卖面包的三轮车，这对需要得到照顾的小孩来说是最安全的选择。

我们在车上很好，篮子里有很多面包块和面包屑可以吃。我们看到了月亮的升起，等我们到宾馆的时候已经是深夜了。

但是没想到在我们之前，爸爸妈妈就已经回来了。因为过于紧张，他们已经把宾馆闹了个底朝天。

幸好在海边，人们的性格也会变好。爸爸妈妈夸我把小希照顾得很好，用海鲜和甜食奖励我们，还答应我们，带我们坐船游玩。

那晚我没有睡着，很早就起床去找蚯蚓和棍子了，因为我想做一根钓鱼竿在船上钓鱼。

但是当一切准备就绪的时候，爸爸和妈妈却改变了主意。他们取消了这个计划，因为爸爸要回去工作了。

"爸爸，你答应过我们的。"我生气地说。

"我会兑现的，但是得等下次有机会。"

"你对我说过，食言是很严重的。"

"我不会食言的，以后会履行的。"

"以后？多久以后？"我看着他，视线渐渐模糊。因为我当时快哭了，所以我出去了，走了很远，风帮我把眼泪止住。

我不知道爸爸有没有追在我后面。我怕我没哭，因为打小开始，我就没哭过。

所以，他抓我胳膊的时候，我吓了一跳。

"你要去哪儿？"他喘着气问我。

"不知道。我就是想一直跑……"

"走吧，我们该走了。你要记着，我得工作。"

"昨晚你答应带我们去坐船的时候，你就知道今天要上班了。"

"昨天是星期天。"他辩护着。

"但是不管怎么，你都答应我了。"

"无论如何，等我们下次来看望你哥哥的时候，一定去坐船。"爸爸开心地说。

"我本来想钓鱼带给多米的。"

"那我们买点吧。"他说，那时候我觉得这不过是另一个兑现不了的承诺，但是他做到了。我们买了一条小的海鳗和十二个活的蛤蜊。小海鳗是死的，但是我可以把它放在浴缸里，给它按摩心脏，让它起死回生。这也许能让我心里好受点。

遗憾的是这条海鳗没有心脏，所以我不能让一条没有心脏的海鳗重生。而且，因为找不到它的心脏，我就到处翻，所以它也变得千疮百孔。

"多米。"我对她说，"今天做海鳗饭怎么样？"

海鳗饭很受欢迎，我们都夸奖多米的手艺，大家吃了很多，我都没吃够。

盘子里什么都没剩，那多米吃什么呢？多米是我的朋友，所以当我对她说要做甜品给她吃的时候，她很开心。

她在饭厅撤盘子，我在给她准备甜品：在盘子上放一块正方形的冰蛋糕，就像漂亮的城堡，我在整个冰蛋糕上倒了浓缩牛奶，放了几朵天竺葵花。做完后，我端进了饭厅。

我该去床上好好睡觉了。

结果过了一会儿，戴特又开始烦我了。我已经不记得他了，但是我每次睡觉，他就在身体里扎我，像针扎或刺扎的感觉，直到把我弄醒才罢休。

"你以为我死了吗？"他说。

"至少我这几天没有感觉到你。"

"人们一般把可怕的东西叫作'海'。"他说，

"所有人都想消失。"

"你怕海？亏你还是个男子汉！"

"我当然不是个男子汉，我是火星人！"

"你以后再烦我，我就把你带去海边。现在让我安心睡觉。"

"大海很凶猛的。"戴特说，"它会吞噬所有人……"

"你如果不让我睡觉，我就去海边看看它会不会把你吞掉。"戴特不说话了，我也睡着了。

这天，在去学校的路上，戴特小声地跟我说话，我差点没听懂。

"你要去上学吗？"他问我。

"或许吧。"我对他说，"你要是烦我的话，我就去海边。"

这真是明智的方法。他安静了，不再吵闹了。

收留"异乡人"不代表就要为此受累。异乡人应该是很好的朋友，而不是敌人。大家觉得我是疯子，他们怀疑我，医生治疗我、让我吃药，戴特就是这一切的罪魁祸首。我想把他送回火星，我绞尽脑汁在想怎么样才能办到。但是现在我想安静地度过考试这段时间，如果我考试没过的话，我就得留级一年，这绝对不可以！

我想了一个办法：只在路上考虑戴特的事，一进学校，我就把关于塑料飞碟的发明和担心都置之脑后，认真听课。

但是如何把戴特转移到乔克劳身上的问题一直困扰着我。乔克劳不会说话，别人怎么想它也不在乎，再者，它也没有家人，不需要上学，更没有人会调查它为什么要做这些事情，这样的话岂不是很棒。但是现在唯一的问题就是怎么把戴特转移到乔克劳身上。

想着想着，就到了放学的时间。一放学我就走了，但我没有直接回家，而是去了另一个地方，这样我能有时间思考一下我伟大的发明。

我走在陌生的街道上，脑子里不断闪现着奇妙的想法，但也只是一闪而过。我每时每刻都在想，要是我有钱的话，我就会买很多东西，所以我很想做生意挣钱，但是我很难相信智者不担心这些事情。

突然我察觉到已经是晚上了，街道上的灯都亮了。我不知道我在哪里。到处都是琳琅满目的店铺和拿着行李的行人。我什么都不知道，只是觉得很饿。

周围的灯火又让戴特变得躁动烦人。

"听着。"我对他说，"要是火星人会魔法……我想回家，我很饿，还想睡觉。"

"你打个响指。"他说。

我打了个响指，然后一辆出租车停了下来。车门打开了，让人难以置信的是，爸爸就坐在这辆出租车上。

这真的太神奇了！我要是早知道戴特有这种能力

的话……

爸爸什么都没问，就像在市中心碰到我没什么可稀奇的一样，他从口袋取出一块巧克力给我吃。

这真是太神奇了。我发现了戴特能够传达想法，预测要发生的事情，让需要的人出现在眼前。

就在这时我决定不把他转移到乔克劳身上，也不把他送回火星。我要把他留下来，他真是个神奇的火星人，把他留在身体里是件好事。只怪我自己真是太蠢了，之前都没有发现这一点。

这天晚上我很开心，做了很多各种奇妙的魔法梦。我已经学会掌控戴特为我所用，而不是捣乱闯祸。这一切都得取决于让他施展魔法的时候，灯一定要亮着。

今天有一门考试。在考试之前，我拿走了爸爸的手电筒。反正他们也没有问我。我把手电筒装进口袋里，然后打开，对戴特说："让我考试顺利。"一说完这句话，我感觉我脑袋充满智慧，答题的时候如有神助。

我仿佛已经看到老师一脸赞赏地对我笑，还有其他老师笑脸相对，我感觉棒极了。

正在我浮想联翩的时候，突然大家都笑了，然后还窃窃私语，老师起了疑心，问我们："发生了什么？"

有同学回答："老师，巴巴鲁丘的裤子烧着了。"

于是我不得不关了手电筒。

结果可想而知，这次考试我考砸了。

不管怎么样，我都想等戴特在晚上有魔力的时候好好利用一下。想再梦到奇妙的事情，只要一盏床头柜上的台灯就行了。

但意外的事还是发生了。多米下午请假去处理事情，但是她到晚上都没有回来。

妈妈和爸爸回来吃饭的时候发现家里没有饭，他们怪我允许多米请假离开。看得出来爸爸和妈妈很饿，他们很生气。对此，我为多米感到可惜，决定让戴特来解决这件事情。

因为当时在晚上，戴特的魔力应该会起作用。

"你让多米回来，让家里有准备好的饭菜。"我命令他。

我刚说完，电话就响了。

电话那头的人说话带鼻音，是个陌生人，他说多米托他告诉我们，无轨电车的电路断了，她没法回来，但是她早已准备好了饭菜，放在了烤箱里。

问题解决了，没有人怀疑其实是戴特解决了一切。

虽然爸爸妈妈吃饱了，连盘子都舔干净了，但是他们还在生我的气。

"你不应该同意她离开。"爸爸说。

"那都是因为妈妈当时不在，而我又是家里的一员。"我解释道。

"她可以选择妈妈在家的时候请假。"爸爸说，"这是她第三次这样做，也是最后一次。"

"爸爸，你都是征得别人允许才下班吗？"我问。

"现在不是。之前我有领导的时候，会这样做。"

"现在你是领导吗？"

"对，我已经当了两年了。"

"多米在我们家工作三年了。"我说这话，像是在讽刺爸爸，他很生气。

"这不一样。"他说，"你快上楼睡觉。"

我对这种不公平感到很气愤，为了舒缓情绪，我跑到阁楼去看小老鼠。但是紧接着，又发生了不好的事情。

小老鼠们本来很有秩序地在忙活，结果我探头进去，它们受了惊吓，变得手忙脚乱，全都从洞里掉了出来。它们有点不知所措，发疯般往楼下跑，跑到了厨房和饭厅。

妈妈就像之前一样——吓得晕倒了，而旁边的小希直接笑趴了。

这时，爸爸拿起扫帚，就像真正的杀手一样追赶着老鼠。他卷起了裤腿，腿上的汗毛都竖了起来，全身心投入奋战。我很想暗中帮助老鼠们解围，但是我的脚被爸爸的扫帚打中了几次，一只脚抽筋了，在地上动弹不得。

我看到老鼠撒开腿跑，爸爸拿着扫帚穷追不舍，另一边，乔克劳只是狂吠着，但并没有参与到这场混战中，像极了足球解说员。

我再次想起了戴特，我命令他帮助老鼠。

突然，爸爸被地毯卷住了，摔倒在地，摔坏了扫帚的把手。比起自己的尾巴骨，爸爸更心痛失去了他的扫把。

就这样，所有的老鼠跑回了洞穴，除了愚蠢的萨罗蒙（因为它每次都落单，所以我给它取了名字）。

爸爸因为脚疼，没有再追它，我把萨罗蒙放进了冰箱，或者说，我打开了冰箱门，它自己跑进冰箱的。然后我把冰箱的电源拔了，以防萨罗蒙被冻住，但是它很笨，还是被冻僵了，等我再去看它的时候，它已经不动了。

妈妈从昏迷中醒了过来，她起身给爸爸绑了绷带，一切又回归平静。我责备戴特："你就是个无赖。"我对他说，"你没必要这样对我爸爸。你只需要让老鼠们安全离开就好了。"

每次有人责备他的时候，他就会情绪激动，变得易哭。我很生气，一直在打嗝，也不知道是饿了还是想哭。无论怎样，我拿起萨罗蒙，把它放进了垃圾桶里。

奇怪的是，等我第二天去垃圾桶里找萨罗蒙，想把它埋在花园里的时候，发现它不见了。

妈妈说，她感觉整晚都有老鼠在她房间，尽管爸

爸对她说那是梦，但是妈妈向他证明老鼠把她的鞋头给吃了。

这让我觉得有希望，觉得萨罗蒙没有死，也许它还在这个世界自由自在地生活。

这天早上，我醒来后发现多米坐在楼梯上哭。

"你为什么哭？"我问她，"如果有人责备你，没必要哭。"

"他们没有责备我。"她拿起围裙擤鼻涕，"我的灵魂有罪。"

"你要是为了某个重要的人去世而伤心，那就别忘了，你自己也是孤苦伶仃的一个人，可没有什么让你牵挂的人啊。"我说这话来安慰她。结果适得其反。她哭得更厉害了。

"你要是因为后悔哭，我觉得上帝会原谅你的。"

"我是因为痛苦才哭的。"她的眼泪都掉在了湿透的围裙上。

我不知道戴特有没有提醒我，但是我对她说："是为了那个胖工匠吗？"

她点着头说是，整个人都在啜泣。

"他去世了吗？"我问她。

她摇着头，悲伤地哭着。

"人们说除了死亡，任何事情都有办法解决的。"我对她说，"他既然还活着，就……"

这句话是戴特提醒我说的，因为多米一下子就不伤心了，她笑了起来，开心地拿起扫帚扫楼梯。一定是戴特用了魔法。

"我有个东西给你，你拿去学校。"她对我说，然后给了我一份奶酪火腿三明治。

"听着。"我对她说，"如果你在这儿发现了迷路的老鼠，你要好好照顾它，把它藏起来等我回来。"

一出家门，我遇上了邻居胡安娜女士，她看起来不是很好，因为她丢了五十比索①。

我对她表示了同情就继续上路了，但是后来我内疚自己没有帮助她，因为戴特肯定能找到她的钱。

所以我回了家，来到卧室，打开了台灯，命令戴特："你得帮她找到钱……"

这时候我脑子里突然蹦出一个想法，胡安娜女士可能把她的钱藏在了她的鞋里。

我跑下了楼，在街上追到她，对她说："请你把鞋子脱了，然后看看鞋里。"

她睁大眼睛看着我，对我大叫："你在想什么？我的鞋里有什么？"

"惊喜。"

"你真是胆大。"胡安娜女士一直在说，直到我离开。

———————————

① 比索：比索为智利流通货币。

在街角处我遇到了那个胖工匠，他身上背着一个工具包。

"喂。"我对他说，"多米哭得很伤心，你为什么不去安慰她？"说完我就继续上路了。

最后我上学迟到，被人发现了，我不得不写一百遍"我以后再也不会迟到了"这种话。

等我回到家，发现胡安娜女士在家里和妈妈亲切地交谈，还送了我一盒糖果。没人知道她为什么这么做，但是我知道。另一边，多米也很高兴，我估计是那个胖工匠来安慰她了。

唯一糟糕的是，多米打扫房间的时候动了我的床，发现了那个洞，并且还让妈妈看到了。妈妈就让她去找那个胖工匠帮忙把洞堵上。

我的老鼠们失去了我房间的出口了，但是我想着这样它们可以免遭爸爸的棍棒，心里也就好受多了。

科龙塔生了小狗，这八只小奶狗都挤在一个铺了麻袋的木箱里。它们很可怜，因为它们的爸爸妈妈身份地位相差悬殊。而科龙塔的女主人也没有对她优雅的小母狗发生的事情表示怀疑。

现在有了戴特的魔力，我不再操心要如何做个发明把他送回火星了。如果下次我对他没兴趣了，我就打开电灯，问他该怎么办。此外，我觉得该好好利用他来发现一些神秘的事情。我觉得这对抢劫及失踪案的解决都有帮助，也可以用来发现宝藏。

我准备睡觉的时候，听到床头柜有挠东西的声音，拉开了抽屉，发现了活着的萨罗蒙，它拿着一块奶酪，看着我的眼神就像其他老鼠看人的眼神一样。看来多米完成了我对她的嘱托……

我以前没有想过要带萨罗蒙去学校，但是看到妈妈带胖工匠去我房间挪我的床时，我就开始担心这个小可怜会很危险。所以我把它装进了一个袋子里，里面装了奶酪和其他东西。

我和乔克劳、科龙塔，还有它们的小宝宝们打完招呼，就赶忙出门了，希望不要再迟到了。

我准时到了学校，但是我撞上了门卫叔叔。我的袋子掉在了地上，所有东西散落一地。萨罗蒙吓坏了，像无头苍蝇一样跑了。

我走进教室，心里想着过会儿可以让戴特帮我找到萨罗蒙，可是我没有找到电灯，连蜡烛都没有，所以没办法给戴特下指令。

好不容易挨到放学了，但是我一直没走。我想只要等到天黑，人们就会开灯。结果，没等到灯，只等到了门卫叔叔，他身上的钥匙哐啷哐啷地乱响，让我赶紧离开学校。

我回到家，心想着第二天无论如何我都要带手电筒，这样才能找到萨罗蒙。可我还是很担心。如果它是一只很机灵的老鼠，那我没什么可担心的，可

它实在是太笨了。

胖工匠和多米在家里总共发现了十八个洞，所以工匠要花一整周的时间去堵洞。现在所有的老鼠都无路可逃了，那它们从哪里出去找吃的呢？

这件事让我一夜没睡。但我突然灵机一动，想起来可以利用现在的电灯，我询问戴特明天在哪里可以找到萨罗蒙。戴特告诉我说，在学校的教堂里就能找到它。然后我就安心地睡着了。

我梦到了小狗、老鼠、火星人、宝藏，各种事情掺杂在一起。我还梦到了我帮警察找到了小偷和其他一些罪犯，他们都非常尊敬我，给我颁发了奖章，还给了我很多奶酪。

我起得太早了，大街像空无一人的滑冰场，去学校的路也像沙漠般一片寂寥。我到学校的时候，保洁阿姨们正在打扫教堂，虔诚的神父正在教堂做弥撒。我低着头听弥撒，想看看会不会看到白痴的萨罗蒙。

虽然我因为担心它，没有很虔诚地听弥撒，但是我看上去很虔诚地在做这件事。以至于楚雷达一脸惊讶地看着我，问我是不是想当教士。

"不是。"我回答他，"我来这么早是想处理一件私事。"

"你不会告诉我是什么的。"

"不会，这是私事。"

"那你可以和我们一起吃早饭。"他邀请我。

"谢谢。"我说，"我想在教堂多待一会儿。"

他一脸费解地走了。我走进了教堂，很想让诵经的人赶快结束，最后他们终于走了。这时，我对上帝说："亲爱的上帝，我为自己在教堂翻箱倒柜的行为请求您的谅解，但是您知道我在找那只迷路的小老鼠，虽然只是一只老鼠，但是它是属于我的，我得把它找到。"说完我就走了。

我找遍了整个教堂、每个角落、长椅下面，甚至祭台和祭器室都找过了，可是什么都没有。估计我问戴特的时候，它就已经离开这里了。

这时上课铃声响起，我跑回了教室。我很生气没有找到萨罗蒙，也害怕其他小孩会发现它、虐待它。

我又扫视了一遍教室：从地上到墙角，再到写字台的桌角。这时，我的同桌疑心重重地盯着我，他的目光随着我的目光一起找，可他连我要找什么都不知道。突然，他对我说："喂，那下面有只老鼠。"他指了指老师的桌子。

我小心翼翼地写了张纸条给他。

"小心不要让其他人发现这只老鼠，它是我的。"

我把我的秘密告诉他了，所以他现在是我的朋友，虽然他有点傻。

我努力不去看萨罗蒙，两只眼睛左看看右看看。这节课是地理课，需要我们上去指认地图。

老师叫了我的同桌，他拿着教鞭指地图，可是他的眼睛一直盯着那个角落。我盯着他看，试图提醒他不要再盯着小家伙看了。

他突然转过头，教鞭从手上掉在了地上。萨罗蒙受到了惊吓，爬上了老师的桌子，一溜烟跑到了桌子的另一头，墨水瓶转了一转，头朝地栽了下去。

班上的同学都"哇"的一声大叫，像风吹过松树林，但是老师很担心我的同桌：因为他朝自己座位走的时候没有注意到萨罗蒙，避而不及，撞上了门框。

"乌尔盖塔，回到自己座位上。"老师说，"你要是不舒服可以出去。"

乌尔盖塔像喝醉了一样走出了教室。我很羡慕他，因为他会在校园里遇到我的小老鼠。但结果，晕晕乎乎的乌尔盖塔倒在了老师的脚下，一动不动。

此刻的教室一片混乱，老师让我们一起把乌尔盖塔抬到了医务室。就在我抬着他的一只脚、看向他的时候，他快速抬起头，朝我挤了挤眼睛，我这才

发现他没有这么严重。

穿过操场的时候，我远远看到小老鼠叼着面包在奔跑，等我到医务室，从窗户上再看它，它已经朝大街上飞奔而去。

我们把乌尔盖塔放在床上的时候，他放了个屁。然后他坐了起来，笑着说："现在我好多了。刚才我都不知道我怎么了……"

这时候，我觉得乌尔盖塔是个不错的家伙。

我邀请乌尔盖塔来家里吃午饭，让他认识一下乔克劳和它的女朋友科龙塔，还有一群已经睁开蓝色眼睛的小狗宝宝。

乌尔盖塔想让我们把这些小狗带去药店看看，因为它们看起来不太舒服。最后我们带了一只小狗当代表，科龙塔跟在我们身后。当我们和药剂师交流的时候，进来了一个贴着假睫毛的老妇人，大喊道：

"宝贝！我的宝贝！"说着扑向了科龙塔。

不老实的科龙塔躁动了，又跳又转，还做着鬼脸。老妇人和科龙塔都十分兴奋。老妇人的眼镜掉了，项链断了，丢了一个耳环，坏了一只鞋跟。她想往前走的时候，发现有点不平衡，这时候才注意到了小狗崽和我们。真正的大战开始了。

"所以是你们偷了我的狗。我不能让你们这样走了，你们必须受到该有的惩罚……老板！麻烦你叫一下警察，我找我的宝贝狗很久了，麻烦借我一下手机，你看住他们，千万不要让他们跑了。"

我们感觉到了事情的严重性，打算带着小狗离开这里。

没想到，过了一会儿就有看热闹的人追上了我们，或者说，是有人一直待在那里，满怀希望能发生点什么。

他们拎着我们的耳朵回到了药店，那里已经聚集了另外一批爱凑热闹的人，还有一个警察。老妇人颤颤巍巍地说着话，另一边，她的宝贝狗——不忠诚的科龙塔正在舔她的手。

他们数落完我们后，让我们说话了，我解释道："是这只母狗先爱上了我家乔克劳的，证据就是这只小狗。这只母狗最近一直住在我家，没人请它来，我们根本没有偷狗。"

这些看热闹的人开始责怪老妇人，老板也让老妇人出去申诉。老妇人对他很生气，随后两人吵了起来。这时候乔克劳来了，宝贝狗瞬间变回了科龙塔，它从老妇人怀中跳了出来，开心地跑向了乔克劳。

老妇人想要抓住它，但是乔克劳跨步向前一拦，扑向老妇人身上咬了一口，她的衣服从上到下被扯破了。

咬完后，乔克劳发现周围的人想抓它好来换它的女朋友。瞬间就像兔子一样撒腿就跑，科龙塔紧跟在

它身后，两分钟后，就看不见它们的踪影了。另一边，我们还在受别人的责备和质询，说实话，我们有一点点害怕。

突然，人群里中的一个男人说有人偷了他的钱包，大家的注意力被转移了，不再看我们了。所有人都摆出无辜的神情，警察说要对这里所有的人进行搜身检查。那位丢了钱包的男士看起来很紧张，相反，我们就淡定多了。

我突然觉得丢钱包的那个人很面熟。我想起来了，他就是克洛罗菲洛，这个骗子骗过我一次，还偷了我家的东西。我走近警察，悄悄地告诉他那个家伙是谁，他在骗我们，他肯定没有丢钱包。

正当我给警察讲这些的时候，克洛罗菲洛一转身，撒腿跑了。

所有人都笑了，而警察感觉非常不爽，因为那位掉了鞋跟的老妇人扯掉了他的袖子，责备他没有完成他的任务。

"我的任务是什么？"他问，"看您能不能教教我。"

"把偷狗的人抓走。"她说。

"女士，这样的话，我得把您抓走，因为您的狗没有佩戴法律规定的号码圈。"

"什么法律？您真是不可理喻……您得把这些小孩抓走……"在大家的笑声中，老妇人辩解道。

"而且他们带来的这只小狗崽也是我的，因为它是我的狗生的，我要去警察局举报。"

乌尔盖塔一直以来都把手揣在口袋里，这时候他把手拿了出来，握紧拳头，对着老妇人的肩膀锤了一拳。没想到萨罗蒙从他的口袋里跑了出来，顺势紧紧抓着老妇人的破衣服，一下子扯到了底。

混乱再次升级，叫喊声、嘈杂声此起彼伏。

那位老妇人最后抱着小狗崽以每分钟一千公里的

速度快速地离开了这里，萨罗蒙也以同样的速度追在她身后。

这是我最后一次看见萨罗蒙。

"我原本给你准备了一个惊喜。"乌尔盖塔说，"想在分开的时候给你的，我不知道是谁让我把她打发走的，但是我们现在永远失去那只可爱的小老鼠了。"

"应该是戴特的主意。"我脱口而出。

"戴特？谁是戴特？"乌尔盖塔奇怪地看着我。

"他是一个看不见的朋友。"我有点惊慌地说，"或许有一天我会向你解释的。"

"你不要装神秘。我很清楚你不想告诉我的事情。"

"那你为什么要问呢？我只是说戴特提醒你这个想法的。这没有什么特别之处，都是因为有人把灯打开了。"

"戴特是火星人，对吗？"

我只是看着他没有说话。

"喂。"他说，"我很了解火星人，比你认为的还要了解。如果你告诉我，我会替你保守这个秘密的，不会透露给任何人。但是要是我自己猜到了，那就不一样了……"

"你会告诉所有人吗？"

"人们有权把自己的想法告诉任何一个人……"

最后为了让他保守秘密，我给他讲了关于戴特的事情。乌尔盖塔听完一屁股坐在了地上。还好他屁股肉多不怕摔。我们说了很久的话，直到月亮升起。我们聊天的时候，卫星和飞碟在天空中嗡嗡作响。

后来我们发现已经很晚了，街上已经没有车辆穿行，我们的肚子也饿得咕咕叫。

我们站起来后，戴特又开始烦人了。

他在我的身体里不停地转圈，挤压我的肋骨和肾脏，好像他要膨胀起来了，我感觉要窒息了。

我想他可能会生气，因为我违背了对他的承诺——不告诉任何人他的事情。我试图向他解释，与其让乌尔盖塔猜到，让他告诉所有人，不如直截了当告诉他，信任一个很好的朋友。

但是戴特越来越紧张。

"你怎么了？"乌尔盖塔问我，"你脸色发白，一句话也不说。"

"是戴特。"我差点都说不出话了，"像有东西要把我弄碎。"

"他生病了还是生气了？又或者他在向你报告地震？"

这时候我听到了戴特的声音，无力且充满恐惧。

"火山……"他说完后恢复了活力，"爆发了！"他大叫道。

我赶忙跑回了家。这时候广播播报有一座火山正在爆发。

我感受到身体里的燥热和火山的力量。我的牙齿在打战，不断往外喷口水，就像燃烧的火山石。整个房子就像直升机的螺旋桨一直在打转，多米和妈妈飞速地从我面前闪过。乌尔盖塔从我面前经过，我就再也没有看见他了。

突然，我发现自己在绕圆周打转，越转越快。直到我一下子升到了空中，从窗户中呈直线向天空飞射出去。

飞碟、卫星和星星都被我抛在了身后。火星飞速向我靠近。噪音让我赶紧捂住了耳朵，我也闭上了眼睛，不想看到自己和火星相撞的场面。

我一下子跳了起来，发现自己在火星上，随处可见发光的火星人随着音乐的节奏在跳舞，而我就像烟雾一样缓缓地飘在空中。我很难不让自己飞起来。

这就是火星的不好之处，它没有地球一般的引力。

我试图找到我上次看到的东西：银制的旋转木马、小分队列队、没有时间的火星机器……但现在一切都变了。或许上次只是一场梦。

空中到处都是和戴特一样发光的小点。我不知道一个火星人有多少个小点，也不知道这里究竟有多少个火星人。我全身大汗淋漓，因为飘在空中，我感觉很不舒服，而且戴特也抛弃我了，在这样一个截然不同的世界中感觉自己格格不入，非常奇怪。

要是我能停下来，也就是说，双脚站在地上就好了。但是我不能。我就这样一直飘着，什么都抓不住，真是累极了。但这里的所有东西都是飘着的：火星人发光的小点、转圈的飞碟、各种植物、水，甚至土地……

"戴特！"我使劲喊，"快来帮我。"

"我就在你身边。"跳动的小点说，"你需要什么？"

"我不想再转圈了，我想固定下来，我们是怎么来到这里的？"

"我已经和你说了是火山爆发了。"

"这两者有什么关系吗？"

"火山爆发把我带回了火星，因为我在你身体中，所以把你也带来了。"

"那我现在要做什么？"

"和我在地球上做一样的事情：忍受。"

"火星上有火山吗？"

"有比这个还厉害的东西……"

"有阿司匹林吗？如果你给我一片阿司匹林让我缓解头疼的话，我倒是愿意了解一下火星。"

"你头疼是因为你有头，这里大家都没头，所以没有阿司匹林。"

"他们从来不生病吗？"

"他们都不会死亡，何来生病呢？"

"地球上的火山和火星有什么联系吗？"我问他，试图通过分散注意力来缓解我的疼痛。

"我不知道，我也没有调查过。但是无论如何，火山都是非常重要的。多亏了它，我才回到了这里。"戴特说。

"我不想生活在这里，一直在打转，在空中飘着。"

"你会习惯的。他们说很多人已经习惯了。"

"地球人吗？有地球人在这里吗？"

"我觉得之前是有一些。我敢保证的是这里有很多老鼠、猴子和比乔克劳还小的小狗。"

我想起了刚刚出生的小狗。要是那位老妇人没有抢走的话，我就有小狗来陪我了。

在火星人的小点中飘呀飘，我们来到了一个像体育场的地方。那里有一群奇怪的动物做着奇怪的事情。我不知道它们是在游泳还是挣扎，又或者在进行某个奇怪的冠军争夺赛。这些动物长得都不一样，有些动物抓着类似花园里软水管一样的树枝，好像口渴了一样在吮吸。

"这里发生了什么？"我问戴特，"它们是谁？"

"你应该知道的。它们都是来参观的。"

"来自地球的？"

"才不是，是来自其他星球的。它们来这里体验生活。"

"它们会谈论东西吗？"

"和你一样，一直在问问题。但是它们在努力适应这里。"

"听着，戴特，有一些人是他们星球伟大的智者……它们在那些奇怪的植物上吃什么呢？"

"你去问它们。它们坚信会从这些植物上获取到好东西。我觉得在地球这叫'可口可乐'，会帮助人们解渴和继续做蠢事。"

"戴特，我曾经做梦梦到我和你一起来到了火星，然后……"

"你不是做梦。我们确实来过。"

"那为什么变得不一样了？"

"这就是你之前不理解的地方。火星每时每刻都在发生变化，所以一直做同样的事情也没关系，人们也不会死。"

"好奇怪啊！"

"为什么奇怪呢？因为地球上都是一样的吗？你要明白：在这里，发生变化前，所有事情也是一样的。"

"但是，为什么会变呢？"我问他。

"我怎么会知道！也可能是为了让那些体验的人没办法了解我们的秘密。"

"那些飞碟呢？难道不是去别的星球体验打探的吗？"

"就像你说的，他们是智者。"

"喂，戴特，我现在非常热。我该怎么办？火星有海吗？我想洗澡。"

"地球上的海是我们最大的敌人，幸好我们这里没有。"

"我没想过带你去海边，我知道你害怕。可是你也应该让我凉快一下，我现在都快热熟了。这里有雪山吗？"

"有金山、铀山、水银山……什么山都有，就是没有雪山。"

"这些山在这儿有什么用？"

"我们对这些问题并不感兴趣。这里并没有整天担心蠢事的人类。"

"你们从来不渴吗？"

"从来不，'渴'是什么？"

"或许那些智者能够生产出水或者雪。"

"但是我们都不需要，水和雪都用来干吗的？"

"这里也没有战争或战士吗？"

这次戴特没有回答，转身就走了……

一大群火星人像蜜蜂一样在我的头周围跳舞。他们不断向我靠近，我感觉他们要包围我了。

"火星也许要发生变化了？"因为我觉得自己开始变得很暴躁。

我不知道那群在我脑袋边打转的火星人变成了一顶帽子后过了多久。我也不知道火星上是否发生了变化或者地球上的火山是否又来到了这里。

或许我昏迷了一小会儿，也有可能我昏迷了很长时间。

我醒来时，觉得自己掉进了海里，因为浑身都湿透了。我看到床边站满了人。

妈妈像老虎一样盯着我看，她的眼泪滴在了我的嘴巴上。多米一边哭一边打嗝。

我也看着她们。我从床上起来，对妈妈说："我回来了，我好饿啊。"

"上帝保佑！"妈妈说完，跑着去拿牛奶。

"多米，你快告诉我，你有没有看到我是怎么回来的？"我悄悄地问她。

"没有看到。"她擤着鼻涕说道，"你得了严重的支气管肺炎，差点就死了。"

"这就是你认为的？"我反问道。但多米还是觉得是这么回事。"这样更好。麻烦你给我日记本，我想在我忘记之前把一些记忆记录下来。"

等我喝完牛奶，头也不疼了，汗也不流了，身边的人和东西也不旋转了，我也不再担心身体里的戴特烦我、命令我、困扰我了，然后我着手开始写日记。

但这个日记是我的秘密，我从火星人身上学到的东西谁都不知道。

因为我之前违背了自己的诺言，把戴特的事情告诉了乌尔盖塔，所以火山爆发，我们被飞射出去。

　　相比火星，我更愿意留在这里，带着我的秘密和日记。等我长大后，哪怕我没有学习科学，但我也会成为一位智者，连宇航员们也会尊敬我，因为我懂得如何保守秘密，尽管我知道很多。

我的嬉皮士哥哥

"我受不了了！"爸爸扯着头发大叫道，"我竟然有一个嬉皮士儿子。"说完，爸爸朝桌子砸了一拳。因为疼痛，爸爸一边吮吸着自己的手指，一边咒骂得越来越厉害。

　　哈维尔刚度完假回来，他的那副样子谁看了都会生气：留着一头长卷发，上面系着一根印第安土著式发带；脖子上戴了一条盥洗池上的链子，链子上面挂着一颗海星，和胸前露出的五颜六色的毛发缠在了一块；腿上穿的是一条有许多白色蜥蜴图案的绿色长裤，脏兮兮的大脚则静静地踩在地面上，每个脚指甲上都粘着一只色彩斑斓的蜗牛。

一看到他走进来，多米泄了气，妈妈也昏了过去。而爸爸很生气地嘟囔着，同时挥舞着手臂，捶打房间里的家具。

我不敢相信这个人和我的哥哥——海军学员哈维尔是同一个人。我对他的改变保持着礼貌，其他人却恰恰相反。小希一看到哈维尔就哈哈大笑，直到可怜的哈维尔把自己关进厕所里才停。

接下来的这一切，都是在星期天下午哈维尔回到家的时候发生的。

星期一没人看见哈维尔，也没人问起过他。

星期二也是一样。

等到星期三的时候，一切都乱成了一锅粥。

"这个孩子在哪儿？"

"他发生了什么事？"

"得去报警！"

"得把这件事告诉所有的朋友和亲人！"

爸爸去了所有认识人的家里寻找哈维尔。最后他神情十分沮丧地回来了，看来他没有找到哈维尔。妈妈打了很多电话去询问哈维尔的去处，因为电话按键被她按了太多次，上面的漆都脱落了。多米则不停地哭，她把街上的人聚到一起，跟他们说哈维尔在烟雾里消失了……对多米来说，所有的事情，甚至偏头痛，都可以用烟雾来解释。

因为一直有邻居或其他人来家里询问或者向我们提供线索，所以家里的大门再也没有关过。

"我侄女的弟媳妇说她在飞机场看到过哈维尔。"一位邻居说。

"冷饮店的蒂托先生说哈维尔在修路障。"

"我阿姨发誓说她看到哈维尔从天空飞过，他已经被魔鬼附身了。"

......

同时喜欢着哈维尔的阿琼多双胞胎姐妹，整天都待在我家以泪洗面，我们也不好赶她们出门。

想到那天他回家的场面，我为哈维尔的失踪找到了理由：他留长自己的头发，就像我的耳朵变大一样，是件理所当然的事。他的头发是他自己的，我的耳朵也是我自己的。所以当一个人做了太久的军校学员并不停地服从命令之后，他想做任性的事的想法会变多。比如会突发奇想地在指甲上贴上蜗牛。他完全没有做错什么。

但是，哈维尔在哪儿呢？

现在家里像满员的电梯一样，挤满了人和他们各种可怕的想法。

"去停尸房里找一下他吧。"邻居奥里斯特拉夫人说。

"把圣卡洛斯河的水抽干看看能不能找到他

吧。"拉拉阿姨建议道。

"现在得去灰堆里找一找，他可能往身上浇汽油点火自杀了。"唐·西尔维奥说。

最后，我再也无法忍受了，便走出家门来到了街上，好好想想整件事的来龙去脉。

我脑袋里有一堆想法，它们就像交叉的电话线那样乱糟糟地缠在了一起。我在想，哈维尔可能是生气了，所以他跑去很远的地方，甚至他可能已经离开了这个世界，最糟糕的情况是他被他的某一位爱慕者给绑架了。

最后，为了更好地想清楚整件事，我望向了天空。就在这时，一只垃圾罐砸在我的头上。我一阵痉挛，就像触电了一样，一下子想明白了：不管他是迷路了还是被绑架了，消失了还是化成了灰烬。我都要做那个找到他的人！我已经决定了。

如果找遍每一寸土地、每一条河流和一望无垠的天空，到底要花多长时间？我可以在大把空闲时光里好好地探索这个世界，去找寻哈维尔的踪迹或者关于他的线索。

如果哈维尔此时出现在我们面前，阿琼多姐妹会高兴得发疯！妈妈、爸爸，还有我们这条街上那些好奇的人，他们肯定会把我抬到架子上绕城一圈。我不怎么喜欢上电视，除非他们给我一个与市长握手的机会，或者给我颁发金牌，如果是这样，我想我还是会考虑的。再或者奖励我一顿有馅饼、火鸡和香肠，还有塞满黄油的面包、冰镇的可口可乐和冰激凌的午餐也不错。如果还有别的奖励的话，再加上一辆电动自行车就最好了……

为了知道消失的人会干什么，我决定自己消失一次。我在街上发现了一个推开了一半的水泥盖，在这个水泥盖下面藏着一个神秘的坑，我慢慢地钻了

进去。^①

随着我越走越深，我发现天空越来越美、越来越蓝，空气也越来越清新。但黑暗的地下世界也越来越陌生，我像钻进了一个番荔枝里。我听到了更深处的水声，还有孤单的小癞蛤蟆和青蛙的呱呱声。这里没有人发号施令，也没有诡计多端的话语，更没有发动机发动的声音，这一切让人没有了欲望，不会有丝毫的焦躁。

一阵凉意拂过了我的脚尖，前面是一条黑不见底的水沟，我继续前进，一直到水淹没了我的膝盖。真可惜我没有蛙人那样的装备，这样或许我都游到日本了！

地下世界里的水流给我带来了一些和水有关的天才想法。

---

① 译注：动作危险，请勿模仿。

这些想法太棒了，让我几乎忘记了寻找哈维尔的事情。在这个地下世界里，在流水声的陪伴下，我向前走着。突然，我在水面上看到了一个颤动的、闪着光的小星星。随着我继续深入，我碰到了越来越多的、在水里闪着光的小东西和可爱的小动物，这些漂亮的事物让我停止了前进的步伐。在我观察这些小东西的时候，水底突然出现了一股巨大的力量向上飞来，狠狠地撞上了我的膝盖，仿佛有一个巨人在水下伸腿绊我，我滑倒了。一股水流暴躁地卷起了我，把我卷入了一个类似于河流的地方。那里光线充足，但如此大的水流声让我惊慌。外部的神奇力量使我感到我仿佛是一根在广阔、厚重、巨大的炖锅里翻滚的火柴。在水面上漂浮着果皮、植物根茎、木棍、鞋子和其他的东西，还有一个装水果的箱子，在翻滚中一直撞着我，溅起了小小的浪花。

我没有多想，抓住了这只箱子，爬了进去，但是水已经淹到我的后颈了。这时又有一块友好的大木板经过，我转而抱住了它。但是它太长了，两端卡在了河道边，我们被卡着无法前进。我帮助它脱离了这个困境，这样它便可以继续伟大的漂流事业。

此时，我就像泡在咖啡里一样，水变得越来越浑浊，浪也变得越来越高。虽然我现在抱着大木板坐在上面，但却像坐电梯一样不停地在升高落下，浪花也变得越来越凶猛了。

突然，我感觉有一条大蛇在我后面跟着我。于是我开始阻止这条该死的蛇继续前进，我想让它别再跟着我了。我把头埋进水里想躲开它，但是没有用……

这条蛇又瘦又长，弯弯曲曲的，像没有尽头一样。我用余光扫了它一眼，发现河道边有一个男人正握着它的尾巴。但是仔细一看，这条细细长长的东西并不是蛇，而是一根麻绳。男人把绳子扔了过来，他旁边还围着很多人：警察、消防队员、看热闹的人，还有许多边跑边扔绳子的爱管闲事的人，他们似乎在玩游戏。我一直在阻挠这些人的行动，不让他们套住我。这是一场比赛，我必须赢。

但是结果却相反，他们赢了。这条讨厌的绳子把头探了进来，紧紧缠住了我的胳膊。身边的大木板狠心地抛下我，继续着它的漂流事业。我被绳子挂了起来，只能眼睁睁看着果皮和其他垃圾从我身边经过，那些人用绳子把我捆住了以后又艰难地把我给拉了出来。

我没有办法，只好让他们把我拖上了岸。现在，我就像一名遇难者或一只被主人找到的小羊羔一样。

他们问了我许多的问题，我的头都被他们给问晕了。

我没理会他们，让他们自己回答自己的问题。最后我像小狗一样把身上的水给抖干净了，水溅得到处都是。然后我对他们说："我要回家了，大家也都回家吧！如果你们希望我感谢大家的话，我会感谢的。但是你们的确妨碍了我的冒险。再见！我真的要走了。"

也许他们只是想做好事而已，但是他们把我的事给搞砸了。我必须知道"消失"到底会怎么样，这样，我才能去研究我哥哥哈维尔到底是怎么想的。这个念头又一次深深地折磨着我了。我必须找到哈维尔。他是多么的可怜啊！

我确定哈维尔现在和我一样也都饿了，因为人都是要吃饭的。我相信饥饿会使人发疯。但又或许我一口都没吃，而哈维尔已经吃了两根香肠了。天知道他和他的肚子此时在干些什么呢？

我的肚子里像有一个摇滚乐队在演奏一样，正咕咕地叫，里面还有竖琴和一些管乐器在演奏。哈维尔饿的时候就像河马一样，我肯定他饿的时候连头发都吃……

当我回到家时，衣服已经快干了，我在厨房里美美地吃了一个烤面包和一些炸猪肉条。我从来没吃过这么美味的食物！

那天晚上我无法熟睡。因为我梦见了一台电传打字机，哈维尔用卫星给我传了消息，消息上说得非常清楚：他被人绑架了。

"为什么要绑架他？"我想，"就算只付五千比索都没有人愿意来救他。"

但是有一个被绑架的哥哥，不管他是一个多么嬉皮的嬉皮士，这件事都比牙疼时没有救命的阿司匹林还要糟糕。

在梦中，我没有看见有枪指着哈维尔，也没有看到他嘴里有被塞进什么，只看到他被吊在烤肉架上……

糟糕！饥饿又开始在折磨我了！

在去学校之前，我去鲁本先生家找乔里索·萨莫拉。我花了很大工夫才叫醒了他，他和他的宠物尼禄一起在鲁本先生院子里的"汽车旅馆"睡觉。尼禄是鲁本先生养的一只像小马一样大的狗，它的小屋里几乎没有乔里索睡觉的地方。我敲了小屋三下，叫了它的名字，但它也没有探出头来。

我对小屋一阵狂踢，小屋开始晃了起来。乔里索终于醒了。尼禄张大了嘴，但是乔里索马上把它的嘴巴捂住了。

"我得和你谈谈。"我小声说道。

"我已经警告过你别来我的'汽车旅馆'找我报仇了……"他开始抱怨。尼禄盯着我，它仿佛在等乔里索给它下令来咬我一口。

"嘿。"我说，"我想求你帮忙找哈维尔。"

"你哥哥什么时候消失的？"

"上星期日。今天是第四天，我认为是绑架。"

"我从不掺和绑架这种事。"他轻蔑地说，"我

也从不与绑架犯混在一起！"

"我可把你当成我的朋友。如果你有亲人或朋友不见了，我一定会帮你找到他的。"

"当然！因为你知道我只有自己。"

"你之前总说的那个帮派，我不能也加入吗？你们那帮人那么厉害，应该很容易就找到哈维尔。"

"我得和索托谈谈。"他思索了一会儿后，转身走向了尼禄，跟它说自己得出门一趟，然后尼禄钻回了它的小屋，我们就出发了。

"索托在附近吗？"我问。

"至少离我们两站远吧，你怎么总这么急……"

"我还得上学呢。"我解释说。

"那今天上午别去了，我们下午再一起去吧。"

下午一放学，我就在学校广场上看到了乔里索。

我们走了一站，又走了一站，经过了许多条陌生的街道后，几个小土丘和一个神秘的隧道出现在了

我们的面前。

"你在这儿等我一下。"然后，乔里索去找索托了。

我先等了一小会儿，接着我又等了好久。就在等到第三轮时，我突然想进这个神秘的隧道里看看。

于是我进去了，走在里面的我就像一只被大蛇吞下的蚂蚁。随着我不断深入，隧道里变得越来越暗，我不停地被大石头和水坑绊倒。天知道有多少埋在地下的黄金宝藏就这样被我给踩了过去！四处都能听见地底的小动物窃窃私语的声音，还有冰冷阴森的嘀嗒声和从地狱传来的口哨声。隧道的尽头在哪儿？周围连一点光也没有……

我的鞋子上沾满了泥，我的脚步变得越来越重。这地方跟我昨天去过的、把我卷入河流的地方不一样。这是一个完全不一样的世界，这里拥有谜一样的味道和气氛，一切对我来说都是全新的。我继续前进，因为我想看看这条隧道到底有没有尽头。

就在那时，隧道里突然响起了响亮的口哨声，哨声悠长又刺耳，在隧道中回响并引起了一阵轰鸣，就像是宣告最后的审判的小号声。但是我没有被吓着，因为这声口哨是我朋友吹的，我的大耳朵对他的口哨声已经非常熟悉了——这是乔里索在叫我呢。

我马上转身把手指放进嘴巴里吹了声口哨回应他。我的口哨声在隧道中产生了回声，我跟着回声跑，渐渐地我看见了光亮。在隧道的深处有光，而回声刚好在那里消失。在一个圆拱门下我隐隐约约看到了乔里索、索托和另一位朋友的影子。

他们正在等我呢。

我跌跌撞撞地跑着，不幸跌入了一个水坑里。我的鼻子和耳朵里灌满了泥巴。但是泥巴不会让我感到痛，我继续往前跑，慢慢地跑到了他们跟前。

"索托说帮派愿意帮你。"乔里索对我说，他对我一身泥的样子没说什么，"我们进去吧。"

这是一个洞穴，就藏在我们左边的一个小入口里。洞穴里面有很多石头座位，这些座位被围成了一个圈用来开会。我一下子觉得自己变得不一样了——我更像个团伙头头了，更像个大人了。我们坐了下来，索托便开始点名了。

"零号！"一个粗鲁的声音喊道。

"一号！"乔里索叫道。

"二号！"皮蒂科用刺耳的声音回答道。

"三号和四号不在，他们染上了感冒。"乔里索说。

"你认为他们会死吗？"有人问。

"应该会，他们烧得很厉害，都说不出话了。"

"好的。"索托说，"他们现在永远被帮派除名了。我们先别谈他们了，我们先来见证……你叫什么，小苍蝇拍？"他对我说。

"巴巴鲁丘。"我说，"如果你觉得我没用的话，我现在就向你证明我的用处。"我朝索托的脸打了一拳，他被我给打到坐下了。索托慢慢地站了起来，他盯着我，就好像从未见过我一样。

"好的，我们接受你了。你的名字不重要，从现在起你就是三号了。这里发生的一切都保密，你明白了吗？现在说说你的事吧。"

"我有一个哥哥，他叫哈维尔，但他几乎从不和我说话……"

"你说简单点，他怎么了？"

"他失踪了。"

"你有什么线索吗？"

"我要有的话，都已经找到他了。"

"我们可不是侦探。"二号说。

"你给我闭嘴。"索托的声音使人感到害怕，"让我来说。"

"我不想找侦探。"我说，"我想要找一个帮派

来帮我。你们不就是个帮派吗？"

"我们是'前进'帮。"索托说。

"前进？"

"就是我们要朝前走，要向世界前进，要向大海前进，要向天空前进，要向雨林前进，要向荒漠前进，要向山川前进，要向河流前进，要坐着飞机、宇宙飞船前进。我们要四处去旅行，去了解世界。这可和找人半点关系都没有。"

"那你们都到过哪些地方了？"

索托没有回答我。我可以看得出来这些可怜的人可能永远没有"前进"过吧。

"如果大家没有其他难事要处理的话，可以去帮我找一个失踪的人，这样你们就能向前进了。"

"当然，我们不会错过任何事。"索托说，"你哥哥有女朋友吗？"

"有两个！"我骄傲地说。

"那么一个女朋友把他绑起来没用，另外一个会找到他的。你最后一次见到他是什么时候？"

"星期天，当他进去浴室后，就再也没出来了。"

"有人把门关上了吗？"

"关上干吗？没有关门。"

"你认为我们能在哪里找到他？你有什么计划吗？"索托在向我寻求意见。

此时，所有人都跃跃欲试，但是他们都不敢和零号索托——也就是帮派的首领说。

"我没有计划。"我说，我之前也问过自己这个问题，"但是我们可以一起想个计划，我们可以先准备一些装备：雷达、检测器、指南针等。"

"我叔叔有一辆马车。"皮蒂科说。

"我的表哥在一家加油站工作。"索托说。

"我的一个朋友知道怎么做隐形墨水。"乔里索说。

"那么现在我们只缺主意了。"我说，"要不我们每个人都想一个寻找哈维尔的计划，明天再在这里集合吧？"

"谁是哈维尔？"皮蒂科问。

"我那个失踪的哥哥！"我生气地说。

"散会！"索托说。人一下子就都散开了。但在出口的地方，零号拦住了我，他和我偷偷地说：

"找你哥哥这件事，我打算让你指挥。但万一没找到他的话，我还是帮派的头！"

"好的，零号！"我像一名军人一样回答了他。

当我回家时，家里一个人都没有。电台开着，但是没有人在听。厨房灶台上的锅里散发着海带和花椰菜的味道。多米出门前应该在煮菜和听电台。所以没人敢进来，连小偷也不敢。

所以，那些因为找不到哈维尔而内心绝望的人都去哪里了？我推开每一间房门大喊大叫，看看有没有人回应我，但房中空无一人。人们总以为房子会留下他们的痕迹，这样就不会显得空荡荡了。但是没用的，因为房子只有住进人才能成为真正意义上的房子，并且人越多越有归属感。

房子里唯一不会有很多人的地方就是浴室。第一，因为浴室每次只能给一个人用；第二，因为当一个人待在浴室时，他可以自己决定要干什么。我就在那儿写日记，我不在乎有人来打断我或者敲门催我出来。哈维尔因为某件事走进了浴室，永远都没人能看见他在那里做什么。

为了体会哈维尔当时的想法，我走进了充满燃气味的浴室。

也许我在这里会找到一个秘密出口、某个植物标本、一个不被人理解的嬉皮士哥哥留下的痕迹……

我坐在马桶上，眼睛扫过了墙壁、天花板和地面。

他不可能从满是石渣和旧铁锈的热水器逃走的，地上的瓷砖总是松动的，我突然灵光一闪，把它们一块块地翻了过来。虽然我在瓷砖下没有找到秘密出口，但是我知道浴室必须重新装修一次了。

瓷砖上面有凸起的纹路，于是我顺手把瓷砖垒了起来，把它们堆成了一座小山，更准确地说，是我把它们堆成了一座瓷砖塔。但是不知道从哪一块瓷砖里掉出来了一张纸——这是一张从我作业本上撕下来的纸，它被折成了一封信，但是我并不能分辨上面的字是谁写的。只见上面写道：

别找我，别让他们找到我。想想……我们为什么要像我们的祖先那样穿衣、打扮、洗洗刷刷？我想为我的真理活着。哈维尔。

我找到了，这就是我一直在寻找的线索。虽然我并不是很明白他想说什么，但这是哈维尔留下的一条线索。

我跑出浴室去找爸爸，但我突然意识到爸爸并不在家，妈妈和小希也不在，连多米也不在家。我意外发现的重要线索，却没有人能够分享。

现在已经是晚上了，汽车在街上冷漠而缓慢地跑着，因为我太想马上把这个消息告诉别人了，那张纸就像烫手的山芋一样"灼伤"了我的双手。

我像门前的门牌一样傻傻地站着，慢慢地，我激动的心情平复了，那张"滚烫"的纸也在我手上慢慢冷却了下来。我想跑去帮派的秘密基地，告诉他们这件事。但是如果是由我指挥的话，告诉他们又有什么用呢？

突然，我想到这张纸条从星期天起就在浴室了，也就是说这张纸条是三天前写的，我走进家里，坐下来认真思考。

突然我有了一个想法：有没有可能哈维尔在今天或者昨天回过家，特意留下了这张纸条呢？房子里什么人都没有，我想任何人都可以进来。

我必须自己找到所有答案。

但是我只想了一会儿，脑子就又乱作一团。于是我决定把问题列出来让收音机来回答。我先关掉收音机，然后问了第一个问题：

"第一个问题，哈维尔什么时候留下这张纸的？"

随后我打开收音机，它完美地回答了我："八点在整个共和国。"我快速按下关闭键。

"第二个问题，这个信息是个秘密吗？是留给我，还是给所有人看的？"

我又一次打开了收音机，它说："为了您：储蓄贷款协会。"收音机回答得越来越完美了，我又关了它。

"第三个问题，这张纸条上面说他不想有人去找他，是真的吗？"我第三次打开了收音机：

"阵雨和降雨。"我换了个频道，收音机说，"国

家队。"

这个频道在讨论足球，所有频道都一样。收音机不管用。我意识到这种方法很糟糕。为什么人们会发明这些讨厌的设备？他们至少要发明一点智慧药丸，这样人们就不必思考、不必猜测，也不必研究了。

就在我刚要去发明这种药丸时，门突然开了。邻居们、多米、阿琼多姐妹、爸爸、妈妈，最后是小希，他们像要打劫一样一窝蜂地涌了进来。

他们一个个都神采奕奕，十分激动，所有人同时都开口了。我暂时没有说我找到的信息，因为我得先知道他们为什么这么开心。

"巴巴鲁丘！"妈妈尖叫道，"我有个大新闻，我们不用为哈维尔失踪担心了。因为这是典型的……"

"典型？"我重复了一遍，我没有太理解她的话。

"是心理学家告诉我的。"她像去宇宙航行了一样满脸惊喜地说道。

"那位先生是神吗？"我问。

"几乎是。他对哈维尔的问题很了解。"

"这样的话，我们不用再为他担心了？"我瘫坐在了沙发上。我收集的信息根本没有用上！这些让人生气的麻烦事让我很不高兴。

"你快做作业去！"每次有人来拜访时，妈妈都会这样大声命令我，我的耳朵每次都会被震得发烫。要是知道怎么能让一个人不再强迫别人服从他就好了！所以人们才学会装聋作哑。我应该让谁高兴呢？让我妈妈，还是谁？我的脑子和身体都很累了，从帮派开会回来后，发生了太多事，但是都没什么用。

爸爸一只手把我的耳朵提了起来，沙发上挤满了年老的和喷了香水的身体，他们说着各种闲话。他们没在说哈维尔，而是在讨论一些愚蠢的小事。阿琼多姐妹一边和爸爸聊着天，一边咬着她们长长的、丑陋的头发。

我去了厨房。

"你怎么了？"多米问我，她关了煮海带的煤气。我望向她，没有说话。

"看你这张脸，就知道你肯定发生了些什么……"她神秘地说。

"嘿。"我对她说，"如果你做了一千张馅饼和一千个美味的玉米粽子，原本你以为会让一千个人开心了，结果那些人看都不看那些馅饼一眼，也不尝一下玉米粽子，你什么感受？"

"所以这是你现在的感受吗？"多米边取出花椰菜边对我说，"我有个法子……"她打开了一个画着菜豆的罐子，取出了一瓶比尔森啤酒逼着我喝了下去。

"你快忘记那一千张馅饼。"她微笑着说，"最多两口，你就可以忘记那些玉米粽子了。"

喝酒是件糟糕的事，但是多米知道这会让一个人心情好起来，她甚至知道怎样让海带有另一种让人觉得很好吃的味道。

在喝完第二口后，我给她看了那张纸条，我想看看她会说些什么。

像平时一样，她磕磕巴巴地念完了。我一边回忆着我现在都找到了哪些线索，一边看她把那张纸叠了起来放进了自己的口袋里。

"我来保管这个。"她对我说，"这张纸是哈维尔的。他不想任何人去找他,这样就能做他想做的事。"

"我想找到他，这张纸是个超级大线索，虽然我不太能理解上面说的话。但是所有人都在为他们拜访的那个巫师说的话高兴着。"

多米一口气喝光了我没喝完的比尔森啤酒，她两眼发着光。

"你和我都要保守秘密。让我告诉你吧，我刚给小哈维尔带去了一大盘杂菜和炖菜，那是我从中午饭里给他留下来的，他永远不会被饿着的，哈维尔想让你父母担心，想要他们允许他来处理自己的头发。他希望所有人都能明白头发是他自己的，脚指甲也一样。"

"这可太好了。"我心想。也许哈维尔就睡在院子里，而我还像个疯子一样和帮派说他失踪了。

我一边想着，一边在厨房里转来转去。所有的家具都围成了个圈跑了起来。多米也变成了一个不停围着我跑的小号。她跑得太快了，我的肚子感到一阵翻滚。很明显，比尔森啤酒里被人"下毒"了。

当我终于好了一点时，多米的笑容消失了，她从口袋里掏出一大堆纸。

"你看看。"她对我说，"这都是小哈维尔的纸条。他让我偷偷带来，帮他一点点完成他的计划。"

我之前总是抱着最坏的打算，没想到最后被骗

得最惨的人竟然是我。帮派的人那么厉害，他们肯定早就发现事实的真相了，难道是帮派打算隐瞒真相来好好戏弄我一番吗！我的耳朵因为巨大的愤怒在变大。

我决定了！不管哈维尔有没有失踪，我都要在帮派面前装作他失踪了。我要给帮派的人带去很多古怪的线索，和他们一起去找哈维尔，甚至带他们去坟墓里找他。

我现在暴跳如雷，几乎都要魔怔了。我想把那些纸条从多米那都偷过来，撕碎它们，不留下任何线索。

我在多米的口袋里抓了一把，把那些纸条从口袋里全拿走了。但是在撕碎它们之前，我突然想读一读。

我出门去了院子里，把所有的纸条一张张展开。这些纸条只不过是小希的作业，一些写分家了的字母，还有画得歪歪扭扭的鸡蛋和斜线。

哈维尔只留下了我在浴室找到的那张纸条。多米在说谎。

此时的我已经"得救"了，但是可怜的哈维尔还下落不明。

有时候一个人脑子里一团乱时，他有两个选择：吐出来或者继续为此烦恼。最好是吐出来，这样他就舒服了。

但是，当一个人脑子的一堆想法和对这些想法的反思混杂在一起时，就没那么容易解决了。

当我把失踪的哥哥所承受的痛苦慢慢放大时，我知道帮派没拿我开玩笑的喜悦渐渐褪色了。虽然他在家的时候，我不喜欢他，但是现在他不见了，我却发现了他是一个有个性的哥哥。妈妈和那个巫师说的话无法说服我，而多米谎话连篇。

现在只有我手里有线索，而我也有义务寻找更多的线索来找到哈维尔。同时帮派里的其他人也听从我的命令，所以我必须做一个计划。

我找到铅笔后，想去浴室安静地待一会儿，那儿有很多的纸。糟糕的是，我发现了之前的瓷砖塔。趁着还没人来责备我，我开始一块块地把它们放回地板里。但奇怪的是，没有一块砖能重新嵌回到自己的坑里。所有的瓷砖都是松动的，它们到处乱跑。

我赶紧加快了动作，因为访客们开始说再见了。当然，告别的时光总是比拜访的时光还要长。我跑向多米，请求她给我一大锅糨糊。不一会儿糨糊就准备好了，糨糊闻起来十分美味，馋得我都想喝了。

为了不在重新排列瓷砖上耽误时间，我把糨糊倒在地面上，用手把糨糊一点点梳理好。现在地面看起来十分柔软光亮了。我也不知道是什么原因，反正糨糊变干后就能把那些糟糕的老旧瓷砖粘牢。

我还差一点点就全弄好了。但是我的膝盖和鞋子都被糨糊给粘住了，我花了好大工夫才把它们和糨糊分开。

终于，我把一切都搞定了，开始安心地做我的计划。可是糨糊的味道却让我无法静心，铅笔粘在了我的手指上，纸也粘在了我的手上，但是我必须尝试写我的计划。我终于从我的经验得出：不见了的东西或人其实往往就在我们眼前，或许我应该就在附近找找哈维尔。这时，有人敲门了——是小希。

"嘿。"她对我说，"我要用厕所。"

我一下子从马桶上站了起来，老旧的马桶盖粘住了我的丝绒裤。为了把裤子拔下来，我裤子上的绒毛都被扯掉了，现在马桶就像一只得了疥疮的狗身上的皮。但我没有时间清理了，我在黏黏的地板上滑行着离开了浴室。

我在门口碰上了双胞胎姐妹中的一人——罗萨里奥·阿琼多，她脸色苍白，看上去很忧伤。我知道她更爱哈维尔。但幸运的是，这些人总害怕自己说出什么蠢话，所以都不怎么说话。因此就算她看到了浴室里的一切，她也不会说一个字。

既然我在偏僻无人的地方想事情这么费劲，也许在很多人的地方思考事情会容易点。所以我去了客厅，我坐在了地板上，在一大堆脚之中。我知道在这里我能产生灵感，我静静等待着。

突然，嗒的一声！我的脑子里有什么东西响了，一丝电火花闪过，我闭上了双眼。"哈维尔在轨道上！"这是符合逻辑的。因为他既不在地面上，也不在地底下，也不在水里面的话，那么只剩下这个地方了——那就是太空。

我要马上去帮派那里告诉他们我的想法。这个想法在我的脑子里叽叽喳喳，像在热锅里不停跳动的香肠。

为了能够顺利地梦见寻人的可靠方法，并且早点把计划告诉帮派，我立刻上床睡觉。在睡梦中我找到了寻找哈维尔最可靠的方法——去跟踪卫星。

第二天早上我起得很早，所有人都还在沉睡中，连多米也还在睡。幸好多米没有洗碗，我吃了剩下的一点杂菜。我没有进那个糟心的浴室，只是随便梳理了一下头发。总的来说，如果一个人忘记了一场灾难，他就不会心烦了。所以在去乔里索家的路上，我已经忘记之前发生在浴室的灾难了。

当我走到离乔里索的"汽车旅馆"不远处时，我发现鲁本先生家豪华的铁栅栏前停着一辆巡逻车，一大群好奇的人围在这里。我在人群中挤出了一条路，看到只有尼禄自己待在"汽车旅馆"里，它被一条铁链拴着。但是我既没看见乔里索，也没有看见任何光亮。

"发生什么了？"我问送奶工，他正在把瓶子绑成一座塔。

“有人进鲁本先生家偷东西了。”他含糊地说。

我一边看着尼禄，一边想着乔里索，希望他们不会把过错怪到乔里索身上。事实上是尼禄负责保护别墅，但是它没干好。

“小偷找到了吗？”我悄悄地问。

“怎么可能？小偷开着一辆卡车，天亮之前就开车离开了。”

幸好偷窃是一件大事，他们无法怪罪乔里索。

我赶紧跑去找索托，通知他乔里索得消失一段时间，并且去告诉他要召集帮派开会来解决追踪卫星的事。

索托在看管一个西瓜棚，我到的时候他正坐在西瓜上面把它们一个个擦亮。

“嘿。”我对他说，“有人去乔里索的‘汽车旅馆’所在的那幢别墅偷东西了……”

他踩了我一脚后，看了看四周，示意我闭嘴，他把我带到了一个小角落。在那里有一座垃圾小山，里面露出了乔里索的脸，乔里索的脸上全是泥巴和泪水。

"你别怕。"我像个大人说，"没人会怀疑你的，他们正忙着找那辆留下了车痕的大卡车呢。"

"好的。"乔里索流着鼻涕，看上去有点恶心，"但要命的是我把一只鞋掉在'汽车旅馆'里了，逃跑的时候我被尼禄的链子缠住了。如果他们松开了尼禄的链子来追查我，怎样都会发现我的，这样我们就只能一起哭了。"

"听着。"我对他说，"我可以去现场帮你拿到你的鞋子。"

"我不想要鞋子，现在的问题是，为了不让尼禄找到我，我得躲起来。"

他说得有道理，对一只狗来说，就算它的主人死了、埋在一座山下，它都能找到他。可怜的乔里索！

"嘿。"我对他说，"我们可以换衣服穿。"

"尼禄闻到了我脱下来的衣服上的气味，他们会把你抓走的。"

"你可以多抹点肥皂洗个澡，然后去我家穿我的衣服。"

我们把他的另一只鞋子埋到了垃圾山里，用腐烂的洋葱把鞋子盖了起来。接着我们全身上下都擦了洋葱，去从来没去过的街道，来扰乱尼禄灵敏的嗅觉。

我给乔里索打扮了一番，为了遮掩他身上的味道，我还往他身上喷了香水，我们对此都非常满意。

这时我突然想起来了什么。"哎呀，六点钟我们要在索托那儿集合！但我还得去上学。"我完全不记得上学这件事了。因为一个人一旦有了心事和问题，大脑就会短路，脑电流也会运行失效。

"你知道怎么去那个洞穴吗？还是我在学校门口

等你，咱们一起去？"乔里索在后面边跑边对我大喊。

记得去上课总比不记得去上课好。虽然我赶到学校的时候，已经在上第二节课了，并且已经点过名了……

我本认为我可以幸运地溜进教室，坐在最后一个位置，因为教室后门是开着的。但是我并没有成功，因为西尔维娅老师是不会放过课堂上任何的风吹草的——她什么都能看到。

"巴巴鲁丘，你怎么第二节课才来，你有请假证明吗？"

"我没有，西尔维娅老师。"

"在放学之前，我们得谈谈你迟到的问题。"

这节课是数学课，我的大脑短路了，一道数学题都算不出来，但是在电脑课上，我的大脑却运转得飞快，每个任务我都完成了。我现在正处在飞快接收外界通讯的好时候。

下课了，所有人都走了，我走向了西尔维娅老师，去接受我的惩罚——和她谈谈，就像现在。

"你为什么迟到了？巴巴鲁丘，你以前总是按时到的，发生了什么事吗？"

"我的朋友碰上了一个大问题，这个问题会毁掉他的一切。您知道课本里说朋友总是最重要的，为朋友可以献出自己的生命。我必须把他'解救'出来，所以我就把上学这件事给抛到脑后了。除了朋友，我把一切都忘记了，但是我帮他解决了问题！"

"抄五页。"她打开了我的书，板着张冷漠的脸对我说。

从学校出来后，我在街道的转角处撞到了乔里索，我们慢慢走到车站，不停地说着话，这使原本很长的路程一下子就变短了。

到了索托的西瓜棚后，索托请我们吃了一个裂开的但十分美味的西瓜。

"我带来了一条线索。"我带着满嘴西瓜汁喘了口气，对索托说。紧接着我用 T 恤衫把手擦干，念了哈维尔的纸条。但是索托没理我，看样子他对这条线索十分不重视。

"我还带来了一个计划！"我说。但是，我感觉这些天里索托对什么都没兴趣。

"你的计划是什么？"他问我，但是他的那副样子使我感觉：他认为我的计划在说出来之前，就已经是个烂主意了。于是我试着表达我的不满。

"我已经在地面和水里找过哈维尔了。"我说，"现在我们只能去太空找他了。现在我有一个办法，就是去托洛洛山，在那里我们可以追踪到卫星。"

索托嘴角扯出一抹微笑，他的眼睛里闪过一丝光芒。

"继续说。"他说。

"如果你们叫'前进帮'的话，我们就可以前进

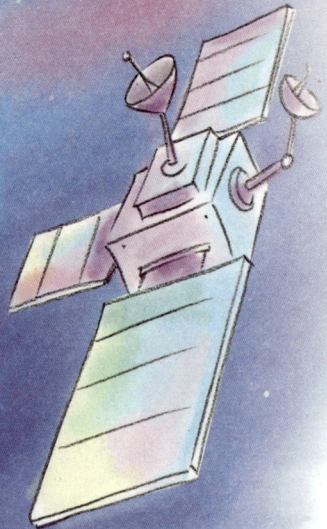

去托洛洛山。我可以说服那里的人帮我们追踪卫星，虽然哈维尔的事除我之外没人感兴趣……"

"继续说。"索托又开口了，但是他嘴巴已经笑到完全咧开了。

"如果我们要去托洛洛山的话，你得去向你叔叔借马车。"

"我们还可以带上加油站的汽油和制作隐形墨水的配方，托洛洛山的当地人可能会对配方感兴趣。汽油可以卖给那些出故障的车子，他们肯定会出个好价钱的。"

索托的嘴角开始逐渐下沉，他像往常一样静静思考着什么。

"我跟你说过你来指挥。但现在你却想让我来命令一些你不敢命令的事，你在搞笑吗？"索托说。

一腔怒火腾地一下从我身体里冒了上来，他的羞辱使我情不自禁地攥紧了拳头，我只有把手指藏在口袋里，才能忍住不给他一拳，因为我必须看上去有威严。

"你看看我能不能当好这个头！"我像智利历史上伟大的普拉特舰长一样喊道，"谁愿意跟随我？"

"请您吩咐！"乔里索不假思索地说。索托则在旁边嘟嘟囔囔一些谁都听不懂的话，我一直死死盯着他，一直到他脚跟并拢向我点头示意。

"首先要弄到皮蒂科叔叔的马车，"我命令乔里索说，"然后，你和索托去向你表哥弄两瓶汽油和隐形墨水的配方。"

"那你干什么？"索托问。

我没有回答这个酸溜溜的问题，继续发号施令："一放学我们必须在这儿会面，因为这将是一段很长的旅行。"

"你知道路吗？"索托想故意刁难我，但是作为帮派的首领，当有只小跳蚤咬他时，他是不会当众挠痒的。

"我们要在星星出来之前、托洛洛山关门之后到达目的地。"我胡说道。

"如果卡车抛锚了怎么办？"乔里索问。

"我们可以搭顺风车。"我回答。

"如果他们不让我们进托洛洛山呢？"索托追问道。

"我已经想了八种进去的方式了。"我又胡说了一通，"如果你们认为还少了的话，我还可以再想十种，反正进去的事由我来搞定。"

索托不吭声了，我心虚地问乔里索：

"小卡车、汽油和配方能准时备好吗？"

"可以！"乔里索站得笔直说。

"好，散会！"我命令道。

在被任命为寻找哈维尔小分队的首领后，我开始变得忧心忡忡，因为我怕靠卫星追踪会有问题。虽然到达托洛洛山没有一点问题，但是弄到太空舱可不容易。一个正在飞行的嬉皮士，我们得下点诱饵才能抓住他。此外，想到那些我要操作的航天设备，我也感到有点慌神了。

我的脑子里一团乱，就算我把脑子埋进水里，也还是一样乱。

无论如何，这件事都要花一晚时间来整理。在宇宙里找到一个浑身毛的嬉皮士可不太容易，因为那儿全是这样的人。

这时，我想到了妈妈。第一，妈妈一定会很想我的，她会搜查我所有的东西调查我在哪儿。第二，她会很绝望的，认为自己是世界上最不幸的妈妈，竟然有两个儿子失踪，虽然第二个儿子才消失了短短的几个小时。

我开始整理我的练习簿、实验工具和其他东西。

这时我想到留封信可能会让妈妈安心点，因为我记得一封好信比任何药片都管用。

糟糕的是，绵绵的睡意像一场突袭，我一下子就睡着了。我揣着所有的问题睡在了小床下面，我把它们藏了起来，因为这些问题都是我的私事。但是我也没有写信……

最后，是乔里索把我从床下猛拽出来的。

"嘿。"他对我说，"搭顺风车的事出问题了，昨晚我试着跷大拇指搭车，坏事就发生了。"

"他们把你带去哪儿了？"

"警察局，因为我们撞车了。"

"你睡在警察局的吗？"

"没有，我在你家睡的。我来找你时碰上了多米，她正好出来做家务，她把她的床借给了我。不久前她还到过你房间。

我没吃早饭就和乔里索一起去学校了。在打铃时，我们刚赶到了学校门口，但是和别的迟到的人撞在了一起。他们书包里的书一下子全掉在了地上。被人绊倒也是件很常见的事，我毫不介意。我走在人群的最后面，尽力朝乔里索喊："六点一定要准备好马车！"然后我就摔了一跤，跌在了坚硬的台阶上，这真令人讨厌。

我的脚脖子立刻肿了。我又开始焦虑起来，万一追踪哈维尔失败，索托会不会对我说一些难听的风凉话？如果妈妈发现我没回家，她会不会哭得很伤心……一想到这些，我变得沮丧起来。

当我还在为妈妈感到难过时，西尔维娅老师看到了我。

"你怎么了？巴巴鲁丘？你在哭吗？还是鼻子不舒服？"

"我不是鼻子不舒服。"我啜泣道，"我在为另一个人感到伤心。"

"你们家发生了什么事吗？"

"就要发生了……"

"或许你能阻止它的发生。"她开导我说。

但是作为"前进帮"的首领，我不仅要完成寻找哥哥的任务，还要承受一位即将"失去"儿子的母亲的悲痛，她的小儿子本来想给她写一封信的。

我一出教室，西尔维娅老师就马上走向了我，她把手放在我的肩膀上，把我带到了一边。

"我不会给你打一个差分数的，我知道你最近有烦心事。"

"我知道您要跟我说，'你可以告诉我这件事，我会帮你的'。"我打断她，用力吸了一口气。

"正是这样！"她用宇宙飞碟般大的眼睛看着我说，"你这个年纪的小孩，有了烦心事，说明就要变成熟了。所以你要变成熟了。"

"这永远都不可能！"我争辩道，"什么叫'成熟'？"

"意味着你已经经历一些事了，而且你也知道如果你做一件事，可能会产生一些糟糕的后果，所以……"

"我经历了很多事了！"我打断了西尔维娅老师，并推开了她的手。她看着我，不停地打着嗝。她站得笔直，似乎还想说点什么。我一边继续走我的路，一边想着对一件东西喜不喜欢的问题。在我小时候，大人们给我糖果时，不知道为什么我总是拒绝他们。就像现在，我不喜欢别人抢走我的问题，不喜欢别人总想保护我，也不喜欢我变成我应该成为的那个样子。有时我会感觉我像变了一个人，所以我的妈妈才会变得老派又粗暴，而我必须听她的话。

我一路上都十分愤怒，就这样走到了索托和乔里索那里。远远地我看见了一辆马车和一匹很多毛、身上全是泥的马，这时我才高兴起来。乔里索在给马

喂水，索托在弄缰绳。这是一匹很强壮的马，我们将和这匹马一起进行一次漫长的旅行，它是我们这场旅行的一件秘密法宝。我围着这匹马跑了一圈后，马上就把它当成了我心爱的宝贝，仿佛从小马驹起，这匹马就是我的一样。我高兴地发出了银铃般的笑声，因为就像过了很久以后，我现在和它又重逢了一样。

我朝它漂亮的马掌上洒水，这样它的马掌就能变得更坚硬。我还给它喂了多米放在我口袋里的糖，并亲吻它的鼻子。因为我相信这样做它就永远记得我。

我们爬上了小马车，索托一直拉着缰绳，其实那条缰绳只是一条细绳。车后面放着一大堆西瓜，还有两瓶汽油和一盏塑料纸灯笼。灯笼里面放着一支蜡烛，这是等到晚上用的。

我想："帮派里的家伙做事还挺靠谱的。"在之前来的路上我已经忘记了会不会饿的问题了。

如果在马车上吃西瓜来充饥，那吃的时候西瓜汁会不停地从嘴里喷出来，这样一点都不舒服。于是我建议："为了节省吃饭时间，我们为什么不吃点西瓜垫下肚子再上路呢？"

"你疯了吗？"索托说，"这些西瓜是用来卖的，不是用来吃的。如果最后卖完还剩一个西瓜的话，我们就把最后一个吃掉。"

就这样，我们出发了。

索托他们给这匹灵活的马取名为比奥莱塔。比奥莱塔小跑起来脚步沉稳，威风凛凛。马车像一个矮小的秋千不停地前后摇晃。碰巧的是，我们在路上总能碰到人，我们停下向他们推销西瓜。终于有个男人动心了，想买一个。

"三千比索。"索托说了价钱。

"这西瓜是用汽油浇出来的吗？"这个讨厌的男人问，"闻起来一股汽油味！我不喜欢汽油味……"

他把西瓜扔到了马车上，可怜的西瓜被摔成了好几瓣。

为了不浪费这个西瓜，我们每人一块把西瓜给分了。但生活总是变化莫测，西瓜还没放到我们的嘴里，我们就把西瓜吐出来了。我们一生都忘不了这股令人胀气的汽油味……那个男人说得有道理，因为汽油全撒在了西瓜上。应该是在比奥莱塔跑的时候，汽油瓶就在西瓜上滚来滚去，最后漏了出来。

但不管怎么说我们最后还是吃了，也都吃饱了。但索托似乎对比奥莱塔很生气，他用鞭子抽它，想让这匹马跑快点。我立马生气了。

"你想尝尝鞭子打起来有多疼吗？"我夺走了索托的鞭子，并质问他。索托一下子把我压倒了，他想抢我手里的鞭子。我们在西瓜上、汽油瓶上，还有有汽油痕迹的车斗里滚来滚去，直到我们察觉到马车跑得越来越快。脱缰的比奥莱塔跑下了山，细绳子贴在它的腿上，多出来的一截，不停地抽打着它的腿。

突然，剧烈的晃动使我向前扑去，我落在了比奥莱塔的脖子上。我的腿弯曲着，但是我抓住它的鬃毛，努力地调整自己的角度和位置。没过一会儿，我就骑得很好了，像一名真正的骑手一样。这种感觉让我很满足。

而当我回头想看其他人时，马车没有了！"前进派"的人一个都不见了！

我在远处看到了一些奇怪的东西：一辆没有缰绳的马车撞在了一颗大石头上，西瓜在路上滚，为了抓住比奥莱塔身后飞着的轮子，索托和乔里索在马路上正一路狂奔。

最后，轮子撞上了小山侧面的一块岩石边上，索托和乔里索便坐在了轮子上面休息。

同时，因为比奥莱塔没有了缰绳，它奔跑得越来越快，快到让我都要飞起来了。

这时，我突然想起了苏尼伊加的一次探险，她是罗萨里奥·阿琼多的姑姑。我没有多想，便模仿了她在探险中的举动。我脱下外套，把外套甩到比奥莱塔的头上，让它什么都看不见。它本想弓背一跃，因为看不见，它只好停了下来。这一跳本来能让我们跑得更远，但是我设法让它停下来了，然后我解开了一根细绳，把绳子拴到了它的脖子上，它便温顺地屈服于我的缰绳之下了，我们安静地回去找索托、乔里索、轮子，还有马车。

　　一些好心的卡车司机帮我们把轮子安了回去，还借给了我们一些做缰绳的细绳。轮子完全废了，我们最好还是回家，为了去找哈维尔把马车弄坏可不值得。

　　我试图通过安慰乔里索来安慰我自己："失败是成功之母。"我对他说，"这不过是去托洛洛山而已，没什么大不了的。如果我们去学习如何成为宇航员

的话，去托洛洛山的路就会跟去学校的路一样了。"

就这样不停地讲了一路，当我们到家时，已经是晚上了。

"再见！"乔里索在门口向我告别，他突然伸长了鼻子，我一下子就想到了……

"你去哪里睡觉？"我问他，"因为偷窃案的事，你回不了'汽车旅馆'了。"

"等下再决定。"他边说边用尽全力吸着鼻涕。

"我请你去我家睡吧。我妈妈人也挺好的。"

我们进了家门后，发现妈妈出门了，这样我们就不用见到有人哭哭啼啼、神经紧张的场景了，也不用回答怎么会有两个失踪的儿子的问题。多米满手鲜血迎接了我们。她正在处理一只羊头，她想剁碎它的脑髓、鼻子、脸、舌头来做汤。这简直太残忍了。

"主人喜欢羊头做的汤。"她尝了一口说，"今晚我们请了鲁德·辛达先生来吃饭，主人吩咐我要把这道汤做得十分美味。”

"鲁德·辛达先生可以用我的盘子。"我对她说，"但你得给我们点别的东西吃。我们现在很困，告诉妈妈我们先去睡觉了。"

我们吃了一点中午剩下的吃的，就离开厨房去了我的房间，我们把衣服脱了一半后，就钻进了床里。

"我们中的一个人必须把头盖着睡。如果我妈妈进房间看到有两个头，会觉得奇怪的。"我对乔里索说。

我们这样做了。当乔里索在被子外面呼吸，我就闷在被子里，然后我们轮流替换着来这样做。

当妈妈打开门时，我们还在讨论着寻找哈维尔的计划，这时恰好轮到乔里索探出头呼吸。妈妈问："巴巴鲁丘，你做噩梦了吗？怎么你睡着了还在说话。"

乔里索快速地把头埋进枕头里，我从被子深处闷声回答道：

"七乘以七，加三，乘以六十二……"我声调时高时低，还一边用力打着呼噜，直到妈妈和她那有魔力的鞋子消失。当我抬起头喘气时，乔里索已经睡着了，他的头放在我的胳膊上。他把我当作尼禄，一边流着口水，一边像被遥控了一样不停地踢我。我感觉到了他头发一根根的重量。最后为了让他在床上给我空出点位置，我把他那拖拉机一样重的头拖往床角。我们不停地挤来挤去，直到我睡着。

第二天，我们都是在地上醒来的，但是我们中途根本没有感觉到自己摔了下来。

奇怪的是当我穿袜子时，我发现左脚两只脚趾里夹着一张小纸条。我小心地把纸条展开，看见上面写了字。我之前没有感觉到这张纸条的存在，因为我的肢体和器官都被冻僵了。这是一条留言，上面说：

给我带五千比索，还有面包、火腿、干酪和鳄梨。今晚放在垃圾桶下面，如果你没有为我保守秘密的话，有你好受的！

上面没有署名，但好歹我明白哈维尔还没有坐航天器离开这里。但他是怎么进来给我留下这条信息的呢？

"你怎么了？"乔里索问我，他还没有系鞋带。

既然我不能说出来，我便没有问答他的问题。

"你从脚上取下的那张纸条说了什么？"他问道。

"上面说你连鞋怎么系都不知道。"我把他的鞋带绑得非常紧，就像这双鞋他要穿一辈子一样。乔里索用他洞穴般的眼睛深深地望着我。我不知道我这样做的原因是因为我想给他系鞋带，还是因为我不想和他说这张纸条的内容。从这刻起，气氛变得怪异起来。现在，我唯一想做的事就是离开这里。

"你在这儿等我，我去给你拿早餐。"我和他说，然后去了厨房。现在还很早，家里一个人都看不见。在一个纸袋里，我找到了鳄梨、火腿和干酪，这正是我暴躁饥饿的哥哥所需要的。有三只鳄梨，我拿了两个，留下一个。我把干酪和火腿分成了两半，我留下了小的那一半。我只差面包和五千比索了。

从现在到晚上，我应该能凑齐纸条上要的这些东西。最重要的是我要保管好手上的东西，要想好把它们藏在哪里，但是多米总是喜欢翻箱倒柜。总而言之，最后我决定把它们带在身上。

我把所有给哈维尔准备的东西都藏在口袋里。然后我再拿了一瓶牛奶作为乔里索的早餐，一切都收拾妥当后，我回到了乔里索那儿。

他一言不发，继续用他洞穴一样的眼睛盯着我。他狼吞虎咽地把整瓶牛奶都喝光了，连一滴都没给我留。

"这些面包是只给你一人吃的吗？"他指指我圆滚滚的口袋问我。

"我没找到面包。"我对他说，"今天刚好是要买新面包的日子，现在太早了。"

他那双洞穴般的眼睛更加幽深了，里面还有闪电划过。

"那你在口袋里藏什么了？"他最后问我。

"嘿。"我回答他，"藏起来的东西是个秘密，但真的不是面包。"

幸运的是乔里索不生气，这个小疯子像游客一样不停地打量着周围，只是走路有点跛脚。

"啊呀！这鞋真硬！"他突然一屁股坐在了地上。

"昨天你脚不疼。"我对他说。

"昨天我没系鞋带。"他试着解开我给他系的死结，但是他怎么都解不开。我也坐在了他旁边帮他。就像所有的发明一样：不小心就发明出了一个讨厌的结，这个结把一切都弄糟了。

"要不你就忍着，要不你就把鞋子给脱了。"

乔里索忧伤地看了一会儿他的鞋，然后开始无声地咒骂，并缩回了脚："快帮我把鞋脱了吧！"他哀号道。

我们开始用力脱他的鞋子。乔里索的骨头吱呀作响，他的脚踝已经挣脱了出来。我很害怕等下我的手上会留下一双长着腿的鞋子。

谁能使乔里索不流血就脱下鞋呢？我不敢再使劲了，乔里索疼到哭了起来。

"你要忍到有鞋店开门。"我对他说。

就在这时，一个木匠师傅带着小工具箱路过，他用锯子锯断了乔里索的鞋带。

我们揉了好一会儿乔里索脚上留下的鞋眼印，试着来缓解他脚踝的疼痛，乔里索在脚踝被揉时发出的喊叫声，就像屠宰场传出的嘶吼声一样。

当乔里索停止抱怨穿上我的鞋时，太阳已经出来了。不一会儿，乔里索能走了，他一下子又高兴了起来。他不停地找我说着一些傻话，而我此时在想，要怎样才能在夜晚到来之前凑到五千比索给哈维尔。面包不是问题，其余的我也有了。

"嘿。"他对我说，"这双鞋很好，能穿一辈子，对吗？"

"……"

"这双鞋你妈妈买的时候肯定很贵，对吗？"

"穿一双这样的鞋可以进任何地方，我可以进去你的学校吗？"

"……"

"你说，这双鞋是不是照着我脚的尺寸做的啊？"

"嘿。"我忍不住打断了他，"你已经没有什么烦心事了，但是我还有。我现在必须想一个问题，你能安静一会儿吗？"

他一下变得很安静，我得一直看着他才能确定他还在跟着我。周围有颗"卫星"转来转去，我是不可能想得出怎样才能弄到五千比索的。更糟糕的是

我们到了学校，在那个地方我永远都无法安静思考。我要提防西尔维娅老师发现我的烦恼，所以我得等到放学时再想这件事，因为只有在那时，西尔维娅老师脑子里的"雷达"才会歇息会儿。此外，我必须得在那些推推搡搡和爱问问题的同学面前保护好鳄梨、火腿和干酪。

下午回家时，家里正上演着一场激烈的争吵。在厨房里，多米正在号啕大哭，她不停地把那个用绳子关上的大箱子打开又合上。她一边哭一边努力说她要离开。妈妈的睫毛膏都哭花了，她哭诉着说"这一切都太不公平了"。小希一脸神秘地双手背在身后，从厨房走进了卧室。

我马上就明白了：这场争吵是那些我为哈维尔拿走的食物引起的，那些食物是多米为了野餐特意准备的。我看到妈妈朝多米大吼，并对多米破口大骂。

多米也向妈妈反击。"我们别去买火腿、鳄梨，就这样哭下去吧！"

最好让她们忘记是为什么哭的。于是我走向多米所在的地方，对她说："嘿，这个箱子关不上。我有一个朋友可以免费给你的箱子安锁和铰链。"

多米停止了哭泣，她取出了东西把箱子交给我。

我又跑向妈妈，对她说："妈妈，你不该为一个'典型失踪'的儿子哭泣。你有三个孩子，现在还有两个。"她的哭声刹住了，她擦干了黑色的眼泪。

很显然：当一个儿子在场时，一个妈妈会为自己为一块丢失的火腿哭泣而感到羞愧。

她们停止了哭泣，这可是我办到的。但是天已经黑了，我还是没有筹到五千比索来完成哈维尔交给我的任务。我只能等爸爸晚上回来和他做笔交易或者找他借钱了。

我待在客厅写作业和日记。小希摇头晃脑地走

过，她在尝试用我的"乐队风格"吹口哨。但她不知道我是用松动的牙齿吹出来的，当我用舌头把牙齿抬起来时，吹出来的是小号的声音；当我把它弄弯，发出的是铃铛的声音；而当我不用它吹时，吹出的口哨就有一股地道爵士乐的韵味。

磕磕巴巴的口哨声、对爸爸回来的期望、交易和作业，这些东西混在一起让我无法思考。

幸运的是还有上帝，我认为他让我们感到绝望的原因是为了让我们能记得他。于是我在内心默默祈祷："上帝啊，请赐予我奇迹吧，让我能轻松得到五千比索。"就在我结束祈祷时，门边响起了钥匙声，爸爸进来了。

"嗨，孩子们！"他慈爱地说。我看得出来爸爸似乎想亲我一口，所以我站了起来。爸爸有点心不在焉地亲吻了我。

"你的那颗牙齿掉了吗？"他高兴得像个孩子一

样问我。

我摇头说"没有"，我用舌头抵那颗牙齿，把它给露了出来。

"你应该拔了它。"他边说边把手指弯成钳子的形状。

我立马闭上了嘴巴。我看到他的眼睛里闪烁着贪婪的目光。

我明白上帝已经听到了我的祈祷，于是我慢慢走开了。

"谁都不能拔我的牙，"我说，"它应该自己掉落……"我用它吹了一段口哨，又把它给露了出来。

"巴巴鲁丘，勇敢点，像个男人一样，让我帮你一次性拔出来吧。"

我又慢慢往旁边挪了一小步，因为我并不想走得太远。

"我们来做个交易吧。"爸爸猫着步子走向了我，

"我把它买下怎么样？"

"那得看价钱，所有的交易都这样。"我边退边说。爸爸的手指又一次弯成了钳子的形状，他露出了牙医式的微笑。

"五百比索怎么样？"他说。

"五百比索？"我生气地抗议道，"你认为用五百比索就能拔我的牙？这连我一根头发丝都买不到。"

"一千比索。"

"一千比索一根头发。"

我们就这样不停地谈判，直到爸爸口袋里所有比索都落到了我的手里，刚好五千比索。爸爸整个人，连他令人眩晕的大鼻子都在激动地发光。但正当他把手伸进我嘴巴里时，我的那颗牙齿落在了他的脚边。

"谢谢！"我向门跑去，碰巧遇见了托马斯叔叔。

如果托马斯叔叔提前来了，爸爸或许就不会和我协商这项关于我牙齿的交易了。我趁机出门，把包裹放在了垃圾桶下面。就在我为完成哈维尔交给我的任务而感到高兴时，我看见乔里索慢慢地走过来。

"我就是散散步，没别的事。"他说。

"你今晚睡哪儿？"

"就在那儿吧，我还没想过呢。"

"我给你打开窗户，你进来吧。你先上床盖好被子，我要过一会儿才能给你带吃的。因为托马斯叔叔来我家吃饭了。"

晚饭多米准备了一些食物，但是好吃的几乎都给托马斯叔叔了，而我和小希只能在厨房一起吃饭。爸爸妈妈也说他们自己生病了，所以只能和我们一样吃那些被晒过的熟玉米。最后，用鳄梨卷起来的火腿，就直接被端到了托马斯叔叔面前。

幸好还有晒过的熟玉米可以给乔里索吃，当我端着盘子到卧室时，乔里索正在打鼾，我也没有叫醒他。

我把盘子放在床头柜的抽屉里，给他明天早上填肚子，然后我就上床睡觉了。我知道妈妈今晚不会来我的房间，因为托马斯叔叔正在讲一些又长又俏皮的故事，这些故事托马斯叔叔可以讲到第二天。

但是半夜发生了一件大事。

我半夜醒了过来，因为我听到了一阵窸窸窣窣的声音。有人在房间里翻箱倒柜，还把东西到处乱扔。客厅里回荡着托马斯叔叔被自己笑话逗笑时发出的大笑声。我打开了灯，我以为我马上就要抓住手拿烦人纸条的哈维尔了。但是，最后我只看见床头柜被撞倒，抽屉在外面，装玉米的盘子已经成了许多块碎片，但是玉米已经不见了。一条巨大的舌头正在吧唧吧唧吃着什么，尼禄的眼睛正愧疚地看着我。

我把尼禄抱在了怀里，安抚它。尼禄钻进了被子，它舒服地躺在了床上，我和乔里索不得不给它让出一个位置，但是全程乔里索一点都没醒。我把灯关了，这时我才发现，原来乔里索钻进屋子时没关窗户。

我们都睡熟了，因为巨大的尼禄和我们睡在一起，床上一下变得十分暖和。

我们和尼禄一起吃了早饭。我知道多米是不会来叫我起床的，因为她昨天应该睡得很晚。每次托马斯叔叔来吃饭，她都会留下来一起听他讲故事，给他倒上至少十杯咖啡，他们俩是很好的朋友。当然，所有人第二天都会睡到吃午饭的时候才起床。

于是我小心翼翼地把盘子的碎片丢到垃圾桶里。我看见我给哈维尔放的那个包裹已经不见了。他应该是饿了，当晚就来找这个包裹了。

"嘿。"在去学校的路上，乔里索和我说，"我擦了鞋子，还有，为了不把 T 恤弄皱，我睡觉的时候都没穿 T 恤。你觉得我能和你一起进学校上学吗？"

"为什么不呢？反正教室有这么多人，混进一群迟到的孩子中，实在是太简单了。"但糟糕的是，尼禄也跟着溜了进来，一开始没人注意到它，但在上课时它闯了一个大祸。

乔里索和我坐在后面，因为我一直都坐在那里，尼禄躺在我的脚边。西尔维娅老师在上数学课，她在讲着一些她自己都不懂的东西。尼禄感到无聊了，为了让自己不睡着，它不停喘着气。突然西尔维娅老师点了乔里索的名。

"你，坐在巴巴鲁丘旁边的那个，"她叫道，"你站近点。"乔里索走近了。我按住了尼禄不让它乱动。

"你是那个总在生病的男孩对不对？你是第一次来上课吧，你病好了吗？"

"是的，老师。"乔里索正经地说。

"你在家应该没学习吧。但我还是想知道你会不会算加减乘除。"

"我之前会，但我已经忘记了。"乔里索厚着脸

皮说。

"你得了什么病？"老师和蔼地问。

"我也不记得了。"乔里索说。

我把手指从尼禄头上抽出来说："他失忆了，还带了药。"我说。就在这时，尼禄叫了一声。西尔维娅老师伸长脖子问："谁在学狗叫？"她的声音在教室里回荡，但没人回答她。

然后她对乔里索说："亲爱的，回座位去。你，巴巴鲁丘，来前面。"

等到乔里索把尼禄按住了以后，我走到了前面。

"这个生病的孩子是你的朋友？"她笑着对我说，"医生有批准他来上课吗？他看上去好像还未康复。"

"他已经完全康复了。"我谨慎地说，"他之所以表现得像第一次来上学的学生，是因为他失忆了，您明白了吗？"

"我明白。"她开始记下一些东西，"我会和他的父母说的。"

"他没有爸爸妈妈。"我说。

"和他的代理监护人说也一样。代理监护人得好好教导这个孩子，让他上一些特殊的课程。"

"我会帮您和他的代理监护人说的。"我自告奋勇地说。

"你可以和他的代理监护人说他随时都可以来找我聊聊，谢谢。"

我回到座位继续上课。乔里索拿了我一个练习簿，抄了我写的问题和一些数字，开始计算。我十分高兴，我认真思考着学校是否能同意乔里索上学。如果妈妈丢了一个儿子的话，她为什么不能把乔里索收养为自己的儿子呢？这样乔里索和我就会成为传说中的"兄弟帮"了。等我们长大后，我们俩可能会成为卫星站站长或者美洲公路的售票员，这都是我目前最想从事的职业。事实上，我之前还想过做一名宇航员的独生子……

尼禄觉得无聊透了。没人按着它，也没人给它挠痒痒。它在长椅间伸长脖子去嗅别人的鞋子，舔别人的膝盖，那些小孩开始坐不住了，在尼禄的"攻击"下开始咯吱咯吱地笑了起来。除了傻子图帕玛罗以——因为他尖叫了，还吓得尿裤子。为了让图帕玛罗安静点，尼禄朝他叫了起来，它叫得很凶，这时教室乱成了一锅粥。

西尔维娅老师的脸都吓变色了，她拿着教鞭站了起来，像部落的首领拿着长矛一样前进。她走下了讲台，用被吓呆了的声音说："谁带来了这只狗？"她大声质问。

尼禄用叫声回答了她，它的叫声比图帕玛罗和老师的尖叫声还要大。

"这太不尊重课堂，也太不遵守纪律了，快把它

弄出去！"

现场变得非常混乱，没人在座位上。也不知道他们是被尼禄吓的，还是被西尔维娅老师吓的。

西尔维娅老师一直前进着，她走到了尼禄的身边。她试图去抚摸它，但是尼禄才不会让她得逞呢。它看不起她，它十分平静地回到了乔里索身边。

"巴巴鲁丘，"老师高声说道，"是你把狗带来的？"

"这只狗是我同伴的狗，他们从未分开过。"我说。

西尔维娅老师回到了讲台上，她吞下一粒药片，放下了教鞭，双手合了起来。我不知道她这样是为了祈祷，还是为了稳住她不停颤抖的拳头。

"孩子们，"西尔维娅老师说，"都回自己的座位上。你们的同学不知道狗要留在家里。这是他病了很久后第一次来上学。这位同学！以后不要带它来了，因为它会引起混乱。我们继续上课……"

除了我们要忍受图帕玛罗的尿臭味和要给尼禄挠痒痒外，一切又照常进行。

乔里索在第一天学会了写"1""i"和"o"。虽然"o"写得歪歪扭扭，和"0"一样，但他还是很聪明。

当我和乔里索到家时，妈妈不在家。三点钟的时候多米给我们做了点心，然后我们就进房间去做作业了。乔里索在写着 mejoral laca desodorante odon[1]（清新口气的牙膏）的牙膏上盯了很久。我是这么给我的兄弟当老师的：每天让他学写一个房间里的东西上的字，今天轮到的是浴室。明天会更容易一些，因为轮到的是餐厅。餐厅里除了油瓶上的 A、醋瓶上的 V、收音机上的 RCA 外没有别的字母了。轮到爸

———————————

① 译注：以上单词均为西班牙语。

爸的床头柜时，乔里索就可以毕业了，我是这么认为的。

妈妈到家了，她脸色难看地和乔里索打了一声招呼。

她把自己扔在了沙发上，摇晃着头发，像要把邪恶的灵魂全都赶走似的。她发出一声叹息，就像一枚深水炸弹爆炸时一样沉重。一开始我被她吓着了，以为她坐在沙发上时，发现里面藏着一把刀。但是我转头想，如果是这样的话，她早尖叫了，所以我觉得她可能需要和人说说让她难过的事。

"你为什么哭？"我问她。所有人都这样问哭泣的人。

"我不能跟孩子说这件事。"她边啜泣，边望着天花板。如果她不想要我来安慰她的话，或许多米可以安慰她，但多米去药店了。于是我给妈妈带来了一杯水和一片阿司匹林。妈妈把药和水吞了下去，她擦干了眼泪，一边亲切地对我笑，一边把杯子还给了我。我一下子也跟着伤感了起来，杯子从我的手中滑了下去……有没有裂缝不重要了，因为杯子被摔成了两半。

"巴巴鲁丘。"她说着，咽了下口水，"我刚从心理学家那里回来。"

"我记得他说哈维尔的问题不重要。"

"他开始是这么说的。"

"他说这是很典型的，这是很平常的……"我鼓励她。

她又开始用力摇晃她的头发。

"不是的，他已经消失了太久了。我可能已经失去了一个儿子了……"

我突然想到哈维尔的纸条的事，我已经和他联系上了。我很想把这些都说出来，让妈妈不要再哭了。但这是我的哥哥第一次信任我，如果我没有为他保守秘密的话，我也将永远失去他。所以我又把话吞了回去。我想到了另外一个主意。

"总之，"我忧伤地说，"既然你丢了个儿子，这里有另外一个新儿子。"我把乔里索带过来安慰她，"你可以收养他当儿子，我可以认他当哥哥，这样就行了！"

到这时，她好像才察觉到乔里索的存在。她看着乔里索不停地打着嗝。她对乔里索微笑，握住了他的手。

"如果我把你抢走了，你的父母会说什么？"

"他们什么都不会说。因为在他出生后不久，他的父母就已经去世了。他是个孤儿。"

这时，妈妈抱住了乔里索。

"一个儿子是无法被替代的。"她像座爆发的火山般地说道，"父母也是无法替代的,乔里索,对吗？"

"这个他无法知道，他从来都没有过父母。你思想太过时了。如果丈夫都能代替的话，为什么儿子就不行？"

"因为他会很想念那个把他教大的人的。"她换了一个话题。

如果妈妈知道没人教过乔里索的话……但跟妈妈说太多不好。趁妈妈沮丧离开时，我大声问她："在哈维尔消失的这段日子里，他可以在这儿睡几天吗？我们在学校是一个班的。"

"当然可以。"妈妈微笑地站了起来，她亲昵地抚摸着乔里索，"巴巴鲁丘的家就是你的家，可爱的乔里索。"显而易见，阿司匹林起效了，妈妈迈着坚定的步子向卧室走去。

但是乔里索脸上却是一副便秘了的表情。

"怎么了？"我问乔里索，"难道有个家对你来说是件坏事吗？"

他晃了晃乱糟糟的头发，没有回答我。他看起来很奇怪，好像心里愿意，但是嘴巴却又不承认一样。他看起来要哭了，就像个小孩子一样。可能有什么东西刺疼了他的眼睛。最后，他艰难地开口了："第一次有人叫我可爱的乔里索……"他不停用手指撸着鼻涕。

"这是客套话而已。"我向他解释说，"他们从来都没跟我说过，我也不需要他们这么说。你要习惯这个家和这些人。这个家有很多老派的事情，但是没有什么阴谋诡计，只是必须洗漱，不能用手指吃饭，还有其他的这类蠢事不能做。很容易让他们喜欢你的。"

让别人理解连自己也不是特别明白的事，是件很费力的事。我们进了我的房间。尼禄躺在床上在等着我们。

"嘿。"我对乔里索说，"昨晚和尼禄一起睡，我睡得很不好，因为它的身上有跳蚤。你介意你和尼禄单独睡哈维尔的床吗？食物和早饭我们还是给你放在这里，当然……"

"我想问你一件事。"乔里索对我说，"多米知道我身上的衣服全是你的。"

"多米也会保守秘密。"我对他说，"因为我也会保守她的秘密。"

乔里索吹起了口哨，开始在另一面纸上写"laca"。但他越写越差，最后开始自己"发明"单词，还让我读出来。有些单词实在是太粗俗了，于是我禁止他再这么做。

"如果明天在学校里，你写这些词的话。他们会把你赶出去的。"

"请你要记得我现在是个生病的小可怜，他们应该对我有耐心才对。"乔里索笑了。

"西尔维娅老师想和你的监护人谈谈。"我突然想到，对乔里索说。

"哎呀。"他大叫，"我的监护人是你的爸爸，可我甚至都不认识他。"

"因为你失忆了，所以你忘记了老师给他的口信。"我对他说。

"但事实不是这样的,是你自告奋勇地说帮忙的。"

乔里索说得有道理。但还有一个问题：一个有这么多坏习惯的人怎么能上学呢？

但生活总是美好的，就在我关窗户时，我在窗闩边发现了一块裹着小纸条的口香糖，纸条上面说：

"谢谢你！我的好弟弟！"

幸运的是哈维尔很感激我。当一个人体会到曾经瞧不起自己的哥哥感谢他时，他会高兴得像上了天……

又到了星期天，这个星期天我有了新哥哥，但这天我们遇到了个很大的麻烦。

妈妈很早就来了我的房间，她撞见我、乔里索和尼禄在一起玩耍打闹。她一下子就不高兴了。

"巴巴鲁丘，你没和我说过养狗的事情。"她的脸变得越来越严肃，"你有了朋友我很高兴，但这个家已经装不下这条大狗了。"

"妈妈，您不要那么没有爱心，这只狗没那么大。乔里索就是尼禄的妈妈、爸爸和它所有的家人。您不能把它赶到街上，让它在悲伤和饥饿中死去。"

"这些话和你爸爸说去。"妈妈冷淡地说。她走出了房间。我知道她要去说服爸爸，所以我和爸爸说也没用。最好是我们把尼禄带回它的"汽车旅馆"，偶尔邀请它来家里玩一下。如果不这样的话，乔里索就要和狗还有和他的东西一起被赶出这个家了。

我们穿好衣服，准备把尼禄送回鲁本先生家的"汽车旅馆"，尼禄的主人鲁本先生很喜欢尼禄。

在出发之前，我们谨慎行事，并且四处察看，我们希望不要看到任何人。但是我们还是遇见了经

过的车，遇见了打扫小路和倒垃圾桶的厨工，遇见了骑自行车的小孩，直到走向那无边无际的巨大铁栅栏面前，那里已经荒无人烟。街道也变得光秃秃的。

我们跑到了门边。但是门已经被锁了，尼禄的"汽车旅馆"也不见了。要怎么样才能进去呢？我们围着那些有金色尖柄的巨大铁栅栏把整片街区转了一圈，其他的门也全关着，整座房子就像被诡计多端的女巫施了魔法的城堡一样，仿佛一按下门铃，你就会走进一个燃烧的火炉里。我们不能把尼禄丢在这里自己回去，我们要在下个行人出现之前，赶快想好怎样解决这件事。

"要是我们按下门铃后拔腿就跑呢？"我提议道。

"尼禄会跟在我们后面一起跑的。"乔里索说。他也在思索着。一分钟后乔里索想到了一个主意："我们用腰带把它绑在栅栏上，然后我们按铃再跑。这样他们就能把它带走了。"

这就是乔里索的优点，他很聪明，甚至有时候比我都聪明。有一个聪明的兄弟和朋友，是一个人能拥有的最幸福的事了。

我的腰带只能勉强给尼禄当项圈，但乔里索的腰带做绑它的皮带正好，我们把尼禄牢牢地绑在了栅栏上。

我爬到了乔里索背上，按下了门铃。按下后我们拔腿就跑，跑的速度只比宇宙火箭喷射慢一点点。

跑到转角时，我们气喘吁吁地停了下来。我们在那儿暗中窥探，想看看等下会发生什么事。我们看到尼禄一脸耐心地等待着，它一会儿看向铁栅栏，一会儿看向我们，它不叫也不摇尾巴。谁知道它脑子里在想什么悲伤的事。

我们等了一会儿，门没开……我再按了一次门铃，以防那些看门人以为是一些爱恶作剧的小孩在按铃。

就在我们想再按一次时，那扇庄严的大门开了。尼禄跳了起来，它咬断了皮带，钻进了别墅的花园。我们最后看见的是它的尾巴，它的尾巴像风中飘扬的旗子一样上下摇动着。

我们捡起了被咬断的腰带，重新系回我们的裤子上。一想到他们会像对待回家的浪子一样热烈欢迎尼禄，我们就从再也见不到它的悲伤中缓和了过来。

今天的午饭是馅饼，乔里索吃了三个。看得出来乔里索像原始人那样饥饿，因为他的嘴巴都没空说话了。妈妈和爸爸看着乔里索，不停地叹着气。我想他们想到了哈维尔现在也很饿，因为他们的眼睛里几乎全是泪水。小希在新哥哥面前表现得十分主动，我打算好好教育一下她，因为她越来越大了。

到这时，所有的一切都和以往的星期天一样，没人想得到接下来会发生这样的事……

就在我们要出门去街角放风筝时，屋子里响起了一阵铃声，尼禄猛地一下跳了进来，它的嘴里叼着一只乔里索的旧拖鞋。

它先是扑在了我们身上，紧接着我们又压在了它身上，于是我们就在地上滚成一团。爪子、胳膊、尾巴、鼻子、嘴巴，和多到溢出来的喜悦纠缠在一起。如果当一个人身陷麻烦时，总会有大惊喜发生，那么当一个人太幸福时，情况就恰恰相反了。

两分钟后我们的笑容凝固了。我们仨的耳朵都竖了起来，因为在大门外被阳光挡住的地方，出现了两个可怕的、穿着制服的身影。

就在一瞬间内，乔里索像鱼一样地挺身跳了起来，我不知道乔里索是从上面，还是从下面，或者从中间，反正他飞快地穿过了那些警察跑了出去。当然，那些警察只能朝我发火了。尼禄愤怒地对他们叫，它的叫声仿佛是从超声速洞穴传来的一样，整座房子都跟着晃了起来。

这时，多米出现了，在睡午觉的爸爸也光着脚来了。

"这只该死的狗怎么了？我不是和你说要你赶走它吗？"

爸爸想继续说，但他看到那些警察时，突然停住了。

"先生，我们要带走这只狗，还有……这个孩子。"一个警察边说边在可怜的尼禄头上戴了个罩子。另一个警察用钢铁般坚硬的大手扼住了我的手腕，我的指头都要被捏碎了。

"慢着……"爸爸说，"你们有什么权利进我家？我不允许任何人绑走我的一个儿子。"

爸爸看上去像落魄的人猿泰山，那两个警察从头到脚打量了他一遍。爸爸为了让自己看上去更壮，把双脚分开了些，挺了挺胸。两个警察中的一个警察向我们出示了警官证，另一个从口袋里掏出张纸。

"这是 9 号逮捕令。"他说，"皮尼亚大街上的一栋房子里发生了一起盗窃案。这只狗是那栋房子的守卫，它消失了有一段时间，然而它再次出现，就把我们带到了这里。这是我们掌握的唯一线索。我们的任务就是完成上级交代的指令。"

"我一点也不知道狗的事。"爸爸说，"今天早上天亮时，它出现了，我的孩子给它喂了东西吃。但这并不能成为逮捕我孩子的理由。"

"您可以和我们一起去警察局把事情说清楚。"

在这两个严肃的男人里有一个专门发号施令，连爸爸都要听他的话。

"我跟你们一起去。"爸爸试图模仿他们的语气，"但是得等我穿好衣服。"

他们抓着我的手也跟着进去了，他们坐满了整张沙发。爸爸去穿衣服了，多米端来了两小杯红葡萄酒和一些炸肉条。警察们和她高兴地聊着天，他们的笑声使杯子不停地晃动。尼禄则躺在旁边津津有味地吃着炸肉条。小希也来了，她坐在了那个胖一点的警察的衬衣下摆上。

"嘿，"小希对那位有警官证的先生说，"你为什么这么早就来拜访我家了？"

"拜访别人就是我的工作，什么时候都可以。"他一边回答，一边对多米眨了下眼睛。

"他们给你付钱只让你拜访别人吗？"小希用两只手托住那名警官胖胖的脸，强迫他看着自己。"那等我长大了你愿意娶我吗？我可以陪你去拜访别人家。"小希朝他呵呵地笑。

多米做了碗洋葱鱼汤，他们一起喝掉了。只有我和尼禄一言不发，内心充满了嫉妒。

爸爸终于出来了，他的脸色很奇怪，但是他什么都没说。我们五点钟来到了街上，外面一辆黑白相间的警车在等着我们，街上所有门的后面都有一群

人正在看我们的热闹。

我们出发了，多米和那两个警察都成了朋友，尼禄和那个瘦警察坐在后面。小希从窗户边不停给我们送着飞吻，她做作地扭来扭去，和多米一样。

现在是晚上了，我却无法入睡。假如我聪明的新哥哥失踪了，我怎么能睡得着呢？假如尼禄被扣在警察局，但那些警察为了让尼禄去找线索不给它喂东西吃的话，我怎么能睡得着呢？

假如我两个哥哥都失踪了的话，我怎么可能关灯去睡觉呢？

事实是，在警察局时只有爸爸在讲话，他回答了所有问题。因为爸爸什么都不知道，所以他回答得不怎么好。但不管怎么说，那些警察放了我们——除了尼禄，它要像抵押物一样留下当人质。当小偷出现并且所有问题解决后，他们才会放了它。似乎被偷的东西非常贵重，可能是很多钱，或人们很想要的东西：电视机、各种机器、金币、军用水壶、望远镜、电传打字机，还有百万富翁才会有的东西。这些可怜的警察拥有的唯一线索只有乔里索的一只鞋子，唯一的希望就是尼禄能出马找到他……他们相信乔里索负责放风，是那些小偷的同伙。

我无法入睡，一直在想被人追捕的新哥哥，他得藏在一个好地方，因为尼禄会找到他的。这就是坏的一面：狗太爱它的朋友，也会把它的朋友毁掉，或者送进监狱的。

我想到为了甩掉他们，乔里索可能会活埋自己。我还想到为了不被饿死，乔里索会日夜不停地舔他的手指。我还想到正当他习惯有一个家，有家人和这所有的一切时，他又不得不离开，逃进一座山里。也许在某天，他的胡子和头发都长到了手边，他就像个孤独的巫师，每天只能吃树根，和狮子一起玩。

第二天早上醒来时，我发现自己是坐着的，嘴里还咬着日记本，手上拿着支很硬的铅笔。

现在已经起晚了，我顾不上吃早饭，从窗户跳了下来，向学校一路狂奔。在经过那个长着梨树的街角时，我突然记起来我对乔里索的担心。

因为在路上跑得太快，我吞进了许多空气。我停了下来，走在了人群的最前面，步伐坚定地走向了教室。西尔维娅老师还没来，我独自坐在自己的座位上。就在这时我发现：在旁边的乔里索正安静地在他的作业本上写着"laca-laca"。我愣住了，他是怎么做到这么神出鬼没的？

"嘿，"乔里索抿着嘴说，"为了不落下课，我来看看。"

"可他们在到处找你，你得好好藏起来，不让他们抓到你。你可是唯一的线索！"

"当然！我是偷偷来学校的。他们不会来这儿找我的，我实在是一节课都不想落下。"

"你别傻了，尼禄只靠闻着你鞋的气味就带着警察来了我家。"

"如果尼禄想带他们来这里，他们不会理它的，因为他们不相信它。"

在这时，西尔维娅老师走了进来，她特别亲密地跟乔里索打了招呼，拍了下他的头，给了他一张写着特别作业的纸。

"我该怎么做？"他问我，嘴唇一动未动。

"抄写。"我对他说，"如果你现在失忆了，你就不用记得任何事……"

乔里索抄写了西尔维娅老师给他的所有的字，我不知道他怎么做到的。下午他给我读了西尔维亚老师让他做的抄写和他自己抄的书上的字，他简直就是个天才！两天不到他就学会了写字和读书！

我们走到学校大门时，乔里索没有去他藏身的地方，而是和我一起回了家。

"如果他们已经去了你家找我的话，他们不会想到我会再回去的。"

"但是他们和爸爸说了你是那些小偷的'同伙'，那么爸爸……"

"我没想重新当你爸爸的'儿子'。我想当你私下的哥哥，或者只当你晚上的哥哥，这样我就能继续上学了。"

"好的。"我想了想说，"我会记得把窗户打开的。你昨晚睡在哪儿的？"

"警察局，我和尼禄一起睡的。他们把尼禄关在了一个角落，一个像是专门关被抓住的狗的车库里。如果我在尼禄旁边的话，它就不会出去找我了。这是最安全的办法。"乔里索从口袋里拿出了一张被折了很多次的大纸，递给了我。我打开了，上面写着："酬金……提供皮尼亚大街偷窃案细节的人将得到十亿比索的奖励。"

"我想得到那十亿比索。"乔里索对我说，"我当时看到了一位穿制服的先生，但他跑到了街角时就消失了。"

当乔里索回忆着皮尼亚大街上那座宫殿的边边角角时，我在担心哈维尔是否吃得饱。这个可怜的人现在只靠弟弟好心的施舍活着。我每天都给他准备一包食物和水果，把它们放在垃圾桶下面。有几次，我在那里放一封信求他赶快回家，并告诉他，妈妈等他回家等到要疯了，而爸爸回家从不安慰她；还告诉他，我认为爸爸妈妈把这些食物失踪的事都怪到可怜的多米身上。

我用尽了所有的方法，但哈维尔依旧不回我的信。一个人不管是个多好的弟弟，帮助哥哥都应该适可而止。

所以我昨晚花了一晚上的时间在暗中窥探，等他出现，只为了对他说："你这个什么都不知道的人，你这个蠢货，三流嬉皮士。你没有权利让别人为你"被绑架"背锅。你是个哥哥，却给我树立了一个坏榜样。要不你就回家，要不你就饿死吧。可怜的多米受你的连累都要进监狱了……"

我还有更多事想告诉他，但正当他开口解释时，我一下子在窗边醒了过来。我听见包裹在滚动，是一只浑身青色的狗在滚动这个包裹。我看到了街角还有另外三只狗在等它，在它们的哼哼声和啃咬中，食物被它们分了。那可是我为哥哥精心选出来的食物啊……

虽然战况十分激烈。但是这四只狗都得到了一些吃的。

这就难怪没人给我回信了。

我难过地爬上了床，虽然太阳从房顶上露出了头，但我还是睡着了。

过了一会儿，小床在轻微地震动，有什么东西压住了我的鼻子——是乔里索，他从窗户跳了进来，他刚从学校里跑回来看我。

"我来看看你还活着没。"乔里索说，"我看了你好一会儿，以为你死了，我摇了你的床一个小时，最后我按住你的鼻子想确认一下……"

"现在几点了？"我像刚从另一个混沌的世界回来一样。

"快到晚上了，这是你的奶茶吗？"乔里索说，他拿着我的餐杯给我看。

我们分了这杯奶茶。奶茶已经冷了，上面起了层奶皮。我们两个还是很饿。我飞快地穿好衣服，往走廊探出头来。家里没有人，多米正好出门了。"战场"解放了，我和乔里索可以做任何事情。

"十亿比索的事进行得怎么样？"我问他。

"我让前进帮的人入伙了。如果帮派的人发现了

小偷的话，我分他们一半钱。"

"如果他们没告诉你就把证据拿走了呢？"

"不会的，他们不会暴露自己的。"

"你要暴露自己吗？"

"帮派的人以为我是那个'放风'的人，所以他们对放风的人很好。你失踪的哥哥找得怎么样了？"

我告诉了乔里索昨天我发现是狗把食物分了的事情。

我要再想想怎么去找哈维尔。总之，纸条上的信息过时了，可能哈维尔这么多天都躺在医院里。

我们给自己做了三明治，在里面放上了鸡蛋、洋葱、生菜等。

"我有主意了。"我对乔里索说，"唯一能让哈维尔回来的方法就是发布一则妈妈去世的消息。"

"你觉得哈维尔恨她吗？"乔里索问。

"恰恰相反，哈维尔会很难过，然后就会回家了。"

"如果他不看日报呢？"

我思索了起来。乔里索说得有道理：哈维尔不读日报。

"我们可以雇辆灵车。如果他看见的话，至少他会好奇是谁去世了。"

我们马上在电话簿上找了起来，拨了电话。

"永生殡仪馆，下午好。"一个声音唐突地说。

"下午好。"为了听起来像是哭得很厉害，我捏着鼻子答道。

"永生殡仪馆为您服务。"电话里的声音重复道，"您想要我们去医院为您服务还是上门服务呢？"

"上门服务。"我回答说。

"我们有三种服务——特级的：两辆马车、四辆汽车、银蜡烛、帘幔、六个花圈、葬礼进行曲、六名哭到墓地的哭灵人。您想了解下价格吗？"

"价格不重要……"

"我们也提供一等葬礼服务：一辆马车、两个花圈、铜蜡烛，这些只要一枚硬币。二等葬礼服务是一样的装饰和一个干木棺材。价格上我们可以便宜些……"

"要特级的。"我说，我想爸爸不喜欢别人认为他是个小气鬼。

"棺材的大小呢？请您告诉我……"

"我不知道大小。"我说。

"正常来说，这种情况是不可能的……您可以告诉我死者是位先生还是女士，是高还是矮。大概说一下，死者是标准身材吗？"

"是的。"我重复了他的话。

"好的，请告诉我您需要服务的时间，还有您的地址。"

"凌晨五点。"我说，我想这个时间哈维尔可能会来找他的口粮。

"这个时间？"他吃惊地说，"死者是突发疾病死亡的吗？"

"我们完全没有意料到他会死。"我回答。

"您必须额外支付百分之二十的……"

"当然。"我告诉了他地址和电话。

过了一会儿，电话响了，同一个声音问："是这里刚订了葬礼服务吗？"

"是的，就是这里。"

"好的，我们将在凌晨五点上门为您服务，再见。"电话挂了，刚好这时妈妈、小希、爸爸、多米和心理学家进来了。事实证明这个心理学家是个女人。

这就是有人拜访的好处，爸爸妈妈会变得很和蔼，也不会注意你说了什么傻话。他们把乔里索也当成了客人。

"乔里索，你今晚睡在这儿吧。"爸爸说，"你什么都没做错。"我要解决明早殡仪馆要来的问题，以防殡仪馆的人到的时候会有点慌神。

虽然多米耽误做饭了，但买来的食物好吃极了：冷鸡肉、菠萝罐头。可以看得出来这位心理学家在这个家里很重要。

为了能在凌晨五点钟醒来，我们吃完饭就上床了。我们还得去迎接银蜡烛、帘幔、花圈、葬礼进行曲和哭到墓地的哭灵人。

结果我们还是搞砸了。为了听到马车和汽车声，我们特意把窗户打开了。这时，我和乔里索在床上睡得正香，突然乔里索感到有个东西跳上了他的床，乔里索醒来后一脸茫然地跑到了我的床上。他以为是丛林里的豹子闯了进来，但我们发现原来是尼禄。

当我们发现是尼禄时，忍不住哈哈大笑起来。但当我们想到警察就跟着尼禄时，立马又愣住了。

我们现在必须准备好为自己开脱，还得考虑很多事，比如决定好被问时要怎么回答警察的问题。

"你别插手这件事。"乔里索现在像个男子汉一样说，"我就回答说我想和他们联系的，但是他们得给我时间……"

刚好在这一刻，殡仪馆的人来了，或者说殡仪队伍和那些殡仪用具到了——现在正好是凌晨五点。

我向窗外探出身子，我看到一位先生按了门铃。我们在昨晚的时候就把门铃线路切断了，这样就没人会发现殡仪队来了。所以就算那位先生按了又按，所有人都还是在睡梦当中，除了我们。

就在门边，有一辆马车，马车的门全被打开了，一些巨大的银色物体露了出来。车子里面有一个巨大的、像唱片机似的木箱子，上面缠着一些用巨大的永不干枯的刺菜蓟扎成的深紫色花圈。负责丧事的先生们穿着黑色长礼服，戴着同色的礼帽和手套。

"嘿。"我对乔里索说，"如果哈维尔看到这个，肯定会留下来，但麻烦的是你、尼禄还有警察的事。"

乔里索静静地思考了一会儿，他不希望这些人把事搅乱。

"没问题。"乔里索说，"我和尼禄从窗子跳出去，那些警察会来追我们和抓我们，我们会跑到一个空旷的地方。"

"我明天给你把早餐带到学校。"我对乔里索喊道。因为他在说"地方"之前，就已经带着尼禄跑到了街角。

远处传来了警笛声，为了追上"放风的人"和他的"卫星"，巡逻车第一个加速赶到。我直愣愣地站着，我想象着在警察局里他们会怎样对我的天才哥哥。当我想起他正在努力赚取数百万比索，并且有合伙人时，才感到了一丝安慰。当我正要关上窗时，我又看到了那些一身黑色的先生们。其中一个还在用一只手指紧按着门铃，另外两个已经把棺材木箱抬了出来，他们在一边等待。

　　我穿上衬衫，踮起脚打开了门。我意识到了这是一等殡仪服务，因为汽车不在那里，没有出租车，也没有哭灵人。这样在举行葬礼时，我还有时间取消它。

　　"永生殡仪馆葬礼服务听候您的吩咐，向您表示哀悼。"那个按铃的男人说。

　　"非常感谢。"我悲伤地回答说。

　　"棺材放哪儿？"他问。这时那两个抬着录音机式木箱的先生也进来了，在一旁等我给他们下命令。

　　"你们可以放在这里。"我指了指门口的走廊。他们看着他们的上级，乖乖服从了。这个木箱把走廊都占满了，人必须要跳过上面才能穿过去。

　　"蜡烛放在哪儿？"那两个人问。

　　"就放在上面吧。"我回答道。没办法了。蜡烛上面装饰着花圈，效果好极了，有种朦胧的感觉。可要是起火的话，谁也跑不了。事情就是这样的。

此外，我发觉到那辆黑色的马车把货物放下后就要离开了，这样给哈维尔准备的诱饵就不起作用了。我怎么做才能留住这些男人？他们正拿给我一些文件等我签名。

　　我想了一下，然后跟他们说：

　　"诸位，你们得等我的爸爸醒来，我的签名管用吗？"

　　"你的签名怎样都是没用的，我们等等。不用过多久他就会来，对吗？"

　　"也许晚点，"我悲伤地说，"他现在需要睡眠。"

　　如果爸爸出现了，被他们围住的话，我该怎么办？我可能以后连他的办公室都进不去了。

　　哈维尔还是没有出现。凑巧的是大门因为无法关上而完全敞开着，就像那些举办婚礼的教堂一样。我看到人们从街上经过，所有的人都十分同情地看向这边。时间应该有点晚了，因为送报纸的人来了，

他没有把报纸直接扔过来而是递给了我。送牛奶的人也来了，我还看到了对面的人行道上跑步的退休运动员，他每天太阳还没出来就出来跑步。

我开始慌神了。如果哈维尔不出现的话，我该拿这些东西怎么办？我瞬间想到屋子里将会发生一场激烈的争吵。

我感到脸色一下子变得苍白了。我必须彻底昏倒，或者做点什么。

"上帝啊！救救我！"我在内心呐喊，"请给我出个主意，我会服从您的！"

我突然有了一个主意，然后我赶紧去照做了。

"多米，"我在她耳边说，"你赶紧起床救救我！"

她红润的脸蛋从一堆衣服里冒了出来，多米衣装整齐地从衣服堆里钻出来了。

"发生了什么吗？"她边问边拉平了她的衬衫，"是发生了火灾还是抢劫？"

我向她把事情解释了一遍。多米知道当有人向她求助的时候，她必须帮忙解决这个问题。她有各式各样的点子。

　　"我们必须弄走棺材。"她像沙漠中的先知一样说道，"在主人醒来前，我们必须把'死人'带到一家教堂给他们看守，还得让'死人'在路上消失，还必须赶在这些人从大门离开前。吃早饭吧，孩子，我来搞定一切。"她离开了厨房。

　　我不小心把杯子打碎了，又把面包烤煳了。但我还是吃上了早饭，吃完后我感觉好了很多。

　　可是多米还没回来……

　　厨房上方的挂钟的指针一点点移动，就像是厨师的计时表一样令人不安。指针指向七点了，"易炸"的闹钟响了。我按下了按钮，不然它会把家里所有人都叫醒的。

　　我打开了厨房的门，偷偷地往外看。走廊上没有

任何东西，也没有任何人。

到了晚上，我才有时间写日记。发生了如此多的事，我都不知道该不该写。于是我就像收音机准时报事一样写道：早上八点，在无聊地等待了哈维尔和多米很久后，我去了学校。他们俩永远都不会再回来了。

八点零五分，我进了教室，看到乔里索正坐得十分端正地在写作业。

"警察们抓住你了吗？"我问他。

"是的，他们问我你家里发生了什么。我回答说：在举办葬礼。他们到葬礼结束才放我走。但是他们带走了尼禄，哈维尔发生了什么事吗？"

八点零七分，西尔维娅老师点了名，她检查了我们的作业后表扬了乔里索。

八点一刻，尼禄出现了。教室乱成了一锅粥，因为尼禄把每个人都闻了一遍。弗洛林多吓晕了，他撞到了西尔维娅老师的头。乔里索不得不带走了尼禄，他们都没有再回来。

上午九点，课被暂停了，因为弗洛林多的原因，西尔维娅老师脑袋也扭伤了。

九点零五分，他们让我们休息，有人来代课了。

九点十分，我在栅栏中看见了哈维尔巨大的、毛茸茸的头。因为他没系发带，看上去像头马戏团的狮子。

九点十一分，我跑去和哈维尔说话。他对我说："嗨。"我也回答他："嗨。"

"你还活着，也没穿丧服。那是谁死了？"他问。我知道当自己不知道怎么回答一个人时，最好的方法就是向他提问。

"这对你很重要吗？"我对哈维尔说，"你什么时候回家？你还好吗？你有捎过什么信息吗？"

"没有。你别和别人说你见过我，但我跟你说，我还需要五千比索，我明天在这儿等你。"我还来不及回答他，他就走到了公交车站，从他之前来的地方溜走了。

九点十五分，我想我不会再帮哈维尔了，他一点良心都没有。

九点十六分，我想如果我不帮哈维尔，他会饿死的。

九点十八分，上课的哨声再次响起。西尔维娅老师布置了作业。她头扭伤了，所以只能看向一边。

九点二十二分，我被喊去了办公室。

九点二十五分，我和佩特里夫人——我们的一位女邻居，还有小希走在回家的路上。是爸爸托她们来找我的。

在回家的路上，她们向我说多米死了，她被装在客厅的一个木箱子里。妈妈已经要疯了，爸爸托人来找我解释清楚。我开始为这场"意外"祈祷，祈祷没人能记得之前发生的事……

十点零五分，守灵人、木箱、帘幔、花圈都还在家里。多米在大木箱里睡着了，她像被放在盒子里的玩具娃娃。在我开口解释前，我把多米叫醒了，让她先向爸爸妈妈解释一下。爸爸不停地挠着脑袋，走来走去，妈妈高声地和多米说话。没有人听懂这个"死人"解释的一切，最后多米放弃了解释，她决定去哭一会儿，在去厨房的路上，她大喊大叫说把一切都算在她头上。

十一点零六分，爸爸和妈妈又开始斥责我。我对这种不公平表示抗议，我说出了真相：我给哈维尔备下了一个诱饵，哈维尔也回应了，他露面后还求我给他五千比索。但没人相信我！

爸爸："你在哪儿看到他的？"

我："我不能说，我发誓了。"

爸爸："那么，你让我怎么相信你？"

我耳朵发烫，不停地走来走去。妈妈亲密地靠近了我。

妈妈："他怎么样？还好吗？"

我："很好。"

爸爸："你跟他发誓不说出在哪儿看见的他，那你跟我发誓这是真的。"

我："我不想再发誓了。"

爸爸："这个葬礼的玩笑要花一大笔钱。另外我已经浪费了一上午了……我们还真是可笑！"

我："我认为你们真正应该感兴趣的是哈维尔出现了才对。他露面了，你们却还为此争吵……"

十二点，葬礼结束了，爸爸开了张支票。多米也不哭了。妈妈带我去了家饭店吃饭，她问了我七百三十八个没意义的问题，但最后，她还是为了满足我那混蛋哥哥的要求，给了我很多张五千比索。

妈妈给了我三张五千比索的钞票让我给哈维尔。我对她纵容哈维尔继续消失并且给了三倍的钱这件事感到气愤。爸爸妈妈从没一次给过我这么多零花钱，但我没有把我的伤心表现出来。

从哈维尔毛茸茸的大脑袋出现在学校的栅栏那一刻起，我就完全不期待这场寻人冒险了，但我还是对去托洛洛山学当宇航员抱有期待。

整个早上我都在走来走去，我不停地把多出来的钞票轮换地放到不同的口袋里，并且不停地给自己找理由：哥哥只找我要了五千比索，我为什么要多给他呢？

但拿了别人的东西就是偷了。我此时想到了妈妈对我的信任，虽然她从不会考虑对孩子们是否公平，也从来不会考虑是否给予孩子太多，但是我不想成为小偷，也不想辜负妈妈对我的信任。

我刚出去休息，就看到哈维尔在栅栏对面走着，他像个孩子王一样。但是他看都不看学校一眼，好像他等的东西不重要一样——这就是哈维尔，一个让人恼火的家伙！

我靠近了栅栏，等他来和我说话。哈维尔顶着他的狮子头到了："嗨！"

"嗨。"我回答他，装作不知道他在等什么。

"我托你带的东西你给我带来了吗？"

"什么东西啊？我找到了你写的一张纸条，上面说：'别来找我，别让他们找到我，我要为自己的真理而活。'你的真理是什么？"

"我现在所经历的一切——挣脱束缚！"

"你应该很开心，但你为什么来学校看我呢？"

"我委托你帮我办的事，巴巴鲁丘。"哈维尔一下子变得严肃了起来。

"你现在已经摆脱了束缚，为什么还要请我帮忙。"

"我得吃饭。在这个糟糕的世界没有钱，我不能解决吃饭的问题，这样我就会……"

"那证明你还没有像你说的那样挣脱束缚。"

"以我的方式，我做到了。"

"你的方式就是求我给你弄钱？如果我没弄到呢？"

"我就会饿死……"

"但你是'自由'地被饿死。"我对他说。

"我不想年轻时死掉，我还有世界难题没有解决……"

"什么任务？"

"嘿，我不是来跟你聊天的。我要的东西你到底带来没有？"

我不停在想哈维尔的任务和他要解决的世界难题是什么。也许哈维尔是个真正的头，只是我之前不知道罢了。

"我给你带了。"我把手伸进口袋，里面只有一张钞票。我是在什么时候把另外的钞票放到另一个口袋里的？

"你怎么弄到的？"他问道。此时，他的眼睛发着光。

"很简单，我帮你要的。"

"笨蛋！你答应过我，你发誓会为我保守秘密。"

"我是发誓了。没人知道我们在哪里碰面。这还有小费，也许是为了让你继续失踪才给的。"我心怀不满地把其余钱也交给了他，因为他刚才骂了我。但是，当他看到钱时，他脸都亮了。当他要走时我拦住了他："你不留什么口信吗？"

"告诉妈妈我解决掉世界难题就回家。她会为我骄傲的！再见！谢谢！"

当哈维尔拿到钱时，他总会变得和善很多。但由他来解决世界难题这件事是大错特错的。因为解决世界难题的那个人是我。一个不用把头发和指甲留长，一个让所有的人、狗、老鼠、马等都高兴的人。我知道这没那么容易，但是我感觉我能做到。

还是明天再想这件事吧！因为现在，我还有很多其他事要想。

乔里索告诉我要去参加"前进帮"的帮派会议。我们约好六点整在洞穴里见面。

在洞穴里，索托、奇里科塔、新来的七仔，还有另外五个名字不重要的人在等我们。我们坐在了石头上。索托开始喊了，声音在洞穴里回荡："会议开始！"他点了名。包括零号，总共有十人。零号这次还是头。

一号提到了一件事："找到皮尼亚大街偷窃案（也就是鲁本先生家的失窃案）的犯案人的人将得到十亿比索。"他掏出了乔里索拿到的那张布告，展示给大家看。

"当然要干，这可是真金白银啊。"奇里科塔说，"但我们得赌上性命和自由……"

"自由万岁！"七仔喊道，有人给了他一拳让他闭嘴。

"为什么要赌上性命？"我问。

"因为那些坏人会因为我们的举报来报仇的。"

"那自由呢？"我又问。

"因为我们要被作为'联系人'被录入档案里，每次有偷窃案我们都要去提供情报。"

"但如果我们不说自己的名字呢？"我提到。

"你认为我们不说名字，他们就会把十亿比索给我们吗？傻子！"

"总之，编四个假名字又能费什么劲呢？"我堵住了他的话。

我们互不相让，动起手来。一阵拳飞脚踢后我们坐回了石头上，石头变得更加硌人了。但没人说话，所有人都在喘气。索托和我都流了鼻血，我们盯着对方看谁流得多。这时乔里索发言了："我提议把责

罚和收益平分。我们来抽签吧：五个人来当'受责罚的人'，五个人当'联系人'。受责罚的人藏起来，'联系人'去拿钱帮助他们来找。"

"如果'受责罚的人'被找到了呢？如果小偷不出现呢？"奇里科塔问。

"我们可以去找个巫师，这样就知道他们在哪儿了。"我提议。

"当我们收到赏金后，'受责罚的人'和'联系人'就一起把钱平分掉。"乔里索说完了。

"我们来投票。"索托说。所有人都投的同意票。于是他继续说："那我们来抽签吧！"

他们让我在练习簿上的一页纸上分别写下了十个名字。索托把纸折了起来，用小刀将纸裁成了十张小纸片。他小心地把纸片折成一样大，然后丢进了地上的一个陶罐里。

"第一个抽出来的是'受责罚的人'。"索托说，

"第二个是'联系人'，第三个是'受责罚的人'，第四个是'联系人'，以此类推。排好队！"他命令道，"每个人都拿张纸片，把名字念出来！'联系人'站在我的右边，'受责罚的人'站在我的左边。"

索托拿出了一张纸片，读道：

"七仔，'受责罚的人'。"他说，七仔站到了他的左边。

"索托，"奇里科塔读道，"'联系人'。"索托站在了七仔的右边。

"皮提科，'受责罚的人'。"我说道。皮提科站在了队伍里。

"巴巴鲁丘，'联系人'。"另一个人念道。就这样所有的纸片和名字都被念完了。糟糕的是只有一队"联系人"，"受责罚的人"一个也没有。索托气到脸都变黑了，他尖叫道："'受责罚的人'向前一步！"没有人动。

"'联系人'向前一步！"像军队的士兵一样，所有人都向前了一步。

"发生了什么？"索托问，"没人遵守诺言，没人执行命令吗？'前进帮'不要这样的懦夫！"可他的话还没说完，所有"受责罚的人"和小部分"联系人"就把他丢上了天。脚和拳头、攥着头发的手、飞着的鞋、没有伴奏的打斗声和吐牙齿的抽气声搅在了一起。一切都乱成了一团！大家后面都不知道自己打的到底是谁了。

直到乔里索脸色苍白地倒下，其他人都从他身上踩了过去的时候，那团混战才停止。所有人都站了起来，惊恐地给乔里索做人工呼吸，我不确定我有没有听到他的心跳声，他的心脏似乎停止跳动了。

"有人杀了他。"七仔尖叫着，他的声音像警报器一样。帮派的人一下子都跑了，除了索托和我。

"他们太没纪律了。"乔里索的声音响起了，他站了起来。

"你的心脏不是不跳了吗？"我惊恐地问他。乔里索笑着吐出了一颗牙齿，并从他的衬衫下拿出了我的一本书。

"我会保护好我的心脏。"他对我说，然后把书还给了我。

看来赏金的事吹了。

星期天到了，外面正在下雨，今天没有什么安排。但糟糕的是，妈妈又开始了她的老一套：强迫我和乔里索待在无聊的家里——因为我们都感冒了。但我跟她发过誓，我再也不会自寻无聊，也不会允许别人让我感到无聊，所以就连乔里索都无法说服我留在家里。

乔里索很喜欢生病，这是他第一次生病，他喜欢咳嗽和擤鼻涕。我想到哈维尔现在正幸福地在雨里漫步。

我试着不要去嫉妒哥哥，但这个念头还是像雨滴一样不停砸向我。多米在唱着一些关于爱情和表白的蠢话。雨滴突然开始敲打起房顶，越来越急，越来越密。"咔嚓"一声，一大块房顶塌了下来，一股湍急的雨水、泥巴、土块，还有一只死老鼠涌进房里了。

为了把雨水和其他掉下来的东西收起来，乔里索去找锅了。但拿着锅赶到的却是多米，她大喊大叫："世界末日到了吗？房子倒了！约沙法山谷的洪水来了。"她尖叫道。

"房顶上的某块瓦片被挪开了。"乔里索像半个大人一样说，"家里有梯子吗？我上去修一下。"

多米停止了哀号，她拿来了梯子。我和乔里索光脚爬上了屋顶。雨太大了，我们连眼睛都睁不开，只有睫毛像挡风玻璃刮雨器一样不停地在扇。我们只能边摸索边爬上去，就这样我们爬到了没有瓦片的地方。从那里的洞，我们可以看见湿漉漉的客厅。客厅里面有一个壮观的水塘，一只死老鼠庄严地在水面上漂浮着。多米头上顶了一份日报，她运送的锅越来越多，锅里全装满了雨水。

虽然我们在喊着说话，但下雨的声音太大了，我无法听懂乔里索的话。我小心翼翼地把另一块瓦片移开来盖住小洞。这时更糟糕的事情发生了……

屋顶高处的一片片瓦片就像凶猛的敌人一样，不停地朝身处屋顶低处的我轰炸。我勉强骑在屋顶的一根房梁上，我看到了一场震天动地的大塌陷。还好，最后我得救了！如果我没爬上这根房梁，我会跟着那些瓦片一起掉下去，然后被瓦片压扁全身，被压得粉碎。

"傻瓜！你别动……"乔里索在屋顶最上面朝我喊，他顺着没有瓦片的房梁爬到了我这里，我在的地方只剩房梁了。这里就像给巨人爬的梯子。我们像从汤里跑出来的一样，但更糟糕的是多米把自己当作消防员，为了把家具从水里救出来，她把所有家具全搬到了另一边。现在家里到处都被淹了。

乔里索一点都没有慌，他一点点地取出浴室的塑料窗帘，又爬上了房顶，他把窗帘当罩布盖在了没有瓦片的地方。

不一会儿，从新的大洞里就看到一片透明的天空。我们用基督教的方式在垃圾箱埋葬了那只死老鼠。多米和我们努力擦洗地板掩盖"灾难"。

我们正干得起劲时，门铃响了，我们愣住了。不可能是爸爸和妈妈，他们去了一个很远的地方参加午宴了。也有可能是要问无数个关于盗窃案问题的警察。我们偷偷往外看，没有看见任何人。门铃又响了。

"我来开门。"多米像首领一样说。她冲向门边，将手在腰间擦干。我和乔里索飞快地用抹布把鼻子上的泥点擦干净，在一边静静等待着。

"上帝保佑！"我们听到了多米的声音，"失踪的人出现了！"她用假声尖叫道，"不会是他的鬼魂跑回来了吧……"

我和乔里索跑到了门边。哈维尔本人就站在那里，他连耳朵都在滴着水，全身裹着报纸。他国王式的长发，现在看上去像堆老鼠尾巴，胡子像缠绕的金属丝，上面沾满了发光的雨水。他的鼻子像一块斜着的石头，大脚像两只木筏，漂浮在从身上滴下来的雨水上。

"听说我的国王就要来了。"多米说，"我正在给他做蜜炸果，给他床上送上做好的鱼、一杯热柠檬水，我还给他做了一份牛排，是用他最喜欢的做法做的。"

多米给哈维尔脱下了湿衣服，拿下了湿报纸，用毛巾把他擦干，给他喷了香水，整理了床铺，好让她的"国王"就寝。

"所以你就是哈维尔。"聪明的乔里索说，"多亏了你，我们才能吃到蜜炸果。"

我为乔里索看到如此落魄的哈维尔感到羞愧，我都替他狼狈的样子感到害臊。

"幸亏你回来了。"我对他说，"乔里索和我都开始觉得无聊了。"

"我也觉得无聊了。"哈维尔坦白道，他钻进了床上，把衣服拉到了脖子那里，"而且在这个腐败的世界里，饿死也不值得。"

"但你要去解决世界难题。"我提到，我也换下了湿衣服，"快说说你经历的冒险，还有为你的真理而活的事吧。"

"你太小了，我不能说给你听。"哈维尔轻蔑地说。

"你的真理就是你的胡子和长头发吗？至少你得让我找到你。"

"你没发现你什么都不懂吗？我是在给我思想落后的资产阶级父母一个教训。"

"但这个不是去解决世界难题，你连自己的事都不想解决，你让爸妈以为你是嬉皮士，以为你什么都不做。"

"笨蛋！关于世界的问题，你又知道多少？"

"我知道有人在挨饿，我有解决方法。如果我们种足够多的树，比如种许多果树，让大家可以想吃就吃。如果这个想法实现了的话，这个问题就解决了。"

在这时，多米端着诱人的、热腾腾的蜜炸果到了。

"如果有一棵结着蜜炸果的树就好了！"乔里索边流口水边感叹道。

这天晚上，因为哈维尔回来了，我只能再一次给乔里索让了个位置，这让我睡不着。之前我不介意失眠，因为我有事要想：那个为了找到失踪的哥哥制订的伟大计划。但是，现在他本人的出现，使我不用再想计划了。于是我想起了乔里索说的，"如果有一棵结着蜜炸果的树就好了"。我为什么不去发明这个呢，如今有这么多东西都发明出来了？

然后我又开始想新的发明……

正当我想到一个妙点子——在不结果的柳树上应用嫁接技术来生产蜜炸果——时，乔里索猛地一脚把我踹下了床。我打着嗝，看着他。我看到他双眼睁开坐了起来，他睫毛都不动一下，胳膊朝前伸着，拖着步子去了哈维尔的房间。

我从地上跳了起来，跟着乔里索，在他手上有东西在闪光。乔里索把门打开了，他进了房间，一切都处在黑暗当中。于是我开了灯，看到乔里索手上拿着刀，我一下子就明白了乔里索在梦游。他是要杀了哈维尔吗？得有人快来回答下这个问题！因为如果一个人叫醒了一个梦游的人，也许梦游的人会把他杀了。我决定偷偷跟着乔里索，如果他想犯罪的话，我就立马阻止他。

乔里索在床前站住了。房间的灯光照亮了一点哈维尔的轮廓，他浓密又散乱的头发在床单的阴影里变成了黑色。

乔里索慢慢靠近了，他一只手挥舞着刀子，另一只手轻抚着哈维尔易怒的胡子。我也一点点靠近乔里索。这个梦游的人的指头不停地弄乱哈维尔本就乱蓬蓬的头发，似乎很享受。刀子在半明半暗的房间中闪闪发亮。

现在，刀就落在我那"不懂解决世界难题"的哥哥的头旁边，离他毛茸茸的脖子越来越近。乔里索要从哈维尔的脖子那儿下手吗？我必须马上决定谁活谁死。

但是乔里索只轻轻地动了一下发光的刀片。在我站到他身边之前，他成功地剃下了哈维尔的一绺胡子，那绺胡子散落在床上，就像花朵一样。所以我继续观察。

乔里索继续着他的工作，他像一名舞者一样优雅地给睡着的哈维尔一点点剃着胡子。我高兴地笑了，因为乔里索没有杀死哈维尔，所以他们都不用死了。乔里索继续干着他的事业，他把哈维尔脸边圆状的头发割短了，床上铺满了硬硬的鬃毛，乱蓬蓬的胡须和可怕的长发。哥哥此时正睡得香，他喘着粗气，一点都没有感觉到……

他又变成之前的哈维尔了，一个不知羞愧、一点都不会难过的人。他安静地睡着，甚至转过身来，这使勇敢的乔里索的工作变得更轻松了。

我的新哥哥梦游的时候会变成塞尔维亚的理发师，这真是一个完美的职业。

一结束工作，乔里索就平静地回了我的房间，他钻到了床上，把刀放在了腰间，就像之前一样。

知道两个哥哥还活着，让我感到很轻松。最后，我也幸福地睡着了。我决定让世界继续保持它原来的样子：有胖胖的手可以做如此多的蜜炸果，没必要让柳树结出蜜炸果。

糟糕的是，哈维尔因为被淹没在头发中，咳了一整晚。这个本来没什么大不了的，但是每咳嗽一声，妈妈就来给我和乔里索盖上一件又一件衣服。最后当衣柜里的衣服都盖完了，她给我们盖上了坐垫。我和乔里索要窒息了，而且因为身上太重，我们整晚都睡得很累。

终于，天亮了，我们却无法起床去上学。因为我们的情况比被埋在圣克里斯托瓦尔山下更糟糕。多米得用巨大的力气才能扔出坐垫、手工毛毯和其他衣物，从而把我们解救出来。当她做到时，时间已经来不及了。

我和乔里索立马起床，想去告诉妈妈这个好消息：哈维尔回来了。因为这件事我们可以不用去上学了。这是理所当然的事，因为我们要庆祝。妈妈睡袍都没穿就在睡梦中跳了起来，爸爸慌忙穿上了外套，我们列成一队跑向了哈维尔的房间。嬉皮士儿子回家这个惊喜来得是如此突然。

我们到了他的房间，多米和小希也加入了队伍之中……

为了不发出声音吵醒哈维尔，妈妈慢慢地、轻轻地推开了嘎吱作响的门，我们踮着脚进去了。哈维尔的床就像长着牧草的牧场一样，他庞大的身躯躺在里面就像堆起来的牧草堆一样。

他怎么可能在一晚上的短短几个小时里重新长出了头发和胡子？

妈妈全身散发着春天般的温柔，她慢慢靠近了哈维尔。爸爸踮脚站在她身后，他十分理解妈妈为何会如此激动。小希和多米身上也闪耀着爱意，乔里索和我享受地看着这一切，我们等待着喜悦和派对的来临。

一阵仿佛来自天际的哼哼声打断了队伍的前进。床单被掀翻了，床上的头发飞起来了，一个粗暴的巨人跳向了我们。我们都害怕地往后退。易怒的哈维尔变成了奇异的野兽！在一条满是口水的温热的大舌头舔上了我的脸时，我才明白这不是哈维尔而是尼禄。哈维尔是什么时候走的？他什么时候用尼禄替换了自己躺在床上的呢？

妈妈昏倒在毛茸茸的床上，爸爸转身咒骂我们。他的愤怒比阿空加瓜山更大。

"骗子！"他吼道，"你们正在拿一个爸爸的感受开玩笑，你们这群罪犯！看看你要昏'死'过去的妈妈……"

糟糕的是，对于我们"骗"了他们这件事，爸爸妈妈似乎是正确的。哈维尔只留下了头发，这也可能是尼禄的头发，或者一个破碎的马鬃坐垫上的鬃毛。

乔里索和我走出了房间。妈妈苏醒后，想去浴室。当她打开门时，她发出了巨大的尖叫声。

我们都认为这次她真的昏"死"了，或者她亲眼看到了魔鬼，所以我们连忙跑了过去……

妈妈就在那里，她紧紧地抱住了哈维尔，哈维尔已经把他凹陷的脸颊剃得干干净净了。爸爸感觉很糟糕，因为他是一个男人，他不能哭，于是只能不停地打喷嚏，一直到他的鼻涕都流出来了。

更糟糕的是爸爸从没有排练过，如果哈维尔出现的话要对他做些什么。所以爸爸只握了握哈维尔的手，拍了拍他的背，他一个字都没有对哈维尔说。

多米准备的早餐像百万富翁吃的野餐：一些我们从没吃过的蛋糕，塞满果酱的蝴蝶结通心粉和裹着糖浆拔丝的炼乳，蘸了棕榈蜜糖的水煮蛋。我都只尝了尝，因为我更喜欢吃剩下的蜜炸果。凑巧的是，

尼禄到了，它的大舌头把所有的大盘子都舔了个干干净净。

欢迎嬉皮士浪子回家的方式，就是假装他从未消失过，只谈论这件事以外的任何事情。他回家的喜悦我已经感觉不到了，我开始为我自己感到难过，之前我还满世界寻找嬉皮士哥哥。

"你们在这里做什么，不去上学吗？"爸爸问我和乔里索。

"至少今天给我们放一天假。"我指向哈维尔。

"我看不出有什么理由这样做，"爸爸说，"和所有日子一样，今天是一个工作日。"

他说错话了，可怜的爸爸，如果他看到哈维尔在他提到工作这个词时的那张脸的话。我必须和那个女心理学家谈谈，使她让爸爸明白，如果他不想看到他的嬉皮士儿子再次消失，他可不能再说这样的话了。